KB116769

컨페션

THE CONFESSION
by Jessie Burton

Copyright © 2019 by Peter Jessie Burton
Korean translation copyright © 2021 by Viche, an imprint of Gimm-Young Publishers, Inc.
All rights reserved.

Korean edition is published by arrangement with Caskie Mushens through Duran Kim Agency, Seoul.

이 책의 한국어판 저작권은 듀란킴 에이전시를 통한 저작권사와의 독점 계약으로 비채에 있습니다.
저작권법에 의해 한국 내에서 보호를 받는 저작물이므로 무단전재와 무단복제를 금합니다.

The Confession

컨페션

제시 버튼 장편소설

이나경 옮김

비채

내 친구들에게

마리아 바르가스(에바 가드너)
믿기 힘든 일이죠, 오늘 이 시대에 살고 있다는 것이.

해리 도스(험프리 보가트)
우리가 오늘 이 시대에 살고 있다고 생각하는 이유가 뭡니까?

— 조지프 맹키위츠, 〈맨발의 백작 부인〉(1954년 작)

•

허구 세계에서 일상 세계로 돌아갈 수는 있지만,
돌아간 후에도 마음속에는 뭔가 낯선 것이 남아 있다.

— 파울리 펠쾨

1980

1

그 토요일, 햄프스테드 히스에서 맞이한 초겨울 오후, 엘리스는 사실 다른 사람을 기다리고 있었다. 같은 아파트에 사는 존이 소개해준 사람이었다. 만나본 적도 없는 사람을 왜 기다리고 있을까 싶었지만, 엘리스는 남의 말에 잘 휘둘렸다. 결국 그 남자는 나타나지 않았고, 엘리스는 해가 뉘엿뉘엿 기울던 공터로 나오다가 청록색 하늘을 배경으로 잎이 계피색으로 물든 나무들을 등지고 서 있는 여자를 보았다. 나무들은 여자의 몸에 비해 엄청나게 컸지만 꼭 맞아 들어가는 듯했다. 그녀가 여신이나 자연의 여왕쯤 되는 것 같았고 나무는 정교하고 거대한 머리 장식 같았다. 그녀는 공터를 가로질러 엘리스 쪽으로 다가오더니 눈이 마주치자 미소를 지었다. 엘리스가 재수 좋게 여왕의 관심을 얻은 궁전 시동侍童이라도 되는 것처럼.

어쩌면 엘리스를 만나러 햄프스테드 히스로 뒤늦게 달려온 남자가 있었을지도 모른다. 목도리를 두르고 패딩 재킷을 입고서 떨어지는 낙엽 사이로 빠르게 걸어가는 남자가. 그랬더라도 엘리스는 알지 못했을 것이다. 엘리스가 그 여자를 마주 보고 미소 지었더니 여자가 다가오기 시작했으니까. 원래의 계획은 그렇게 틀어졌다. 엘리스는 돌아서서 걸어갔다. 한번 어깨 너머를 돌아보니 여자가 따라오고 있었다. 엘리스는 사람들이 따라오는 데 익숙했다. 열 살 때 부엌에서 어른들이 하는 말을 훔쳐 들은 적이 있는데, "저 애가 여러 사람 울릴 거야!"라던 엄마 친구의 말을 엘리스는 잊지 않았다. 어릴 때는 사람들이 내가 무엇인지, 어떻게 될 것인지 말하는 걸 들으면 기억하기 마련이니까. 엘리스는 미인이 되었다. 사람들이 그렇다고 했다. 엘리스는 거기에 대해 아무 말도, 행동도 하지 않았다. 열서너 살 때 거리에서 모델 일을 해보겠느냐고 제안을 받았지만 응한 적도 전화를 건 적도 없었다. 그래도 그녀가 미인이라는 사실에는 변함이 없었다. 하지만 엘리스는 자신이 사람들 눈에 띄지 않는다고 느꼈다. 햄프스테드 히스의 계피나무 옆에서 콘스턴스 홀든이 바라보기 전까지는.

*

두 사람은 햄프스테드 히스에서 나와 공동묘지를 에워싸고 있는 긴 철책으로 다가갔고, 엘리스는 앞으로 어떻게 되는 걸까 생각했다. 그 전까지는 여자와 사귄 적이 없었다. 엘리스는 걸음을 멈추고, 할머니 계단 게임•에서 늑대를 맡은 아이처럼 돌아서지 않고 기다렸다. 그녀는 올림픽 투창 선수처럼 철책 하나를 먼 묘지로 던져 유골을 산산조각 내는 상상을 했다. 그렇게 하면 그 여자에게 자신이 강하다고 증명할 수 있을 것 같았다.

• 우리나라의 '무궁화꽃이 피었습니다'와 같은 게임으로, 늑대가 술래 역할이다

돌아보니 여자는 아직도 그 자리에서 팔짱을 끼고 살짝 멋쩍은 표정으로 서 있었다. 엘리스보다 확실히 나이가 많지만, 엘리스는 스무 살이고 만나는 성인은 대부분 그녀보다 연장자였다. 여자는 삼십대쯤 되어 보였다. 엘리스는 여자의 옷차림을 살펴보았다. 남성용 셔츠, 롱코트의 앞섶 사이로 장식 없이 날렵한 청바지와 브로그가 보였다. 화장기는 없고, 귀에는 작은 은구슬 귀고리를 하고 있었다. 아름다운 손목에 찬 섬세한 시계가 보였다. 엘리스는 묘지 철책에 손을 얹고, 사람들이 있는 곳에서는 안전하다고 믿었기에 여자에게 말을 걸었다. 자신을 추행하거나 철책을 던질 수는 없을 테니까. 게다가 모델 일을 하는 누드 스케치 수업이 취소되었기 때문에 달리 할 일도 없었다.

"나도 언젠가는 죽을 거예요. 그러면 저렇게 되겠죠." 엘리스는 철책 사이를 가리키며 말했다. 여자가 자신을 따라왔다는 사실에 대해서는 아무 말도 하지 않았다.

여자는 팔짱을 더 꽉 끼더니 웃음을 터뜨렸고, 그러자 두 다리로 선 자신감 넘치는 여우처럼 보였다. 엘리스는 여자의 왼쪽 어깨 너머, 비뚤어진 치아처럼 땅에서 밀고 올라온 비석을 보았다. 이 묘지에서 가난한 사람들이 묻히는 구역이었다. 이승을 떠난 산업 개척자들의 번쩍이는 대리석 묘지는 저 멀리 있고, 근처 어딘가에는 그들의 아내가 묻혀 있었다. 그 너머에는 화장터의 벽돌 굴뚝이 우뚝 솟아 있었다. 다행히 연기는 나오지 않았다.

"당신은 앞으로 한동안은 죽지 않을 거예요." 여자가 말했고, 그 목소리는 쇠창처럼 엘리스를 관통했다.

두 사람은 서로 빤히 보았다. "제가 도와드릴 일이 있나요?" 엘리스가 말했다.

*

두 사람은 곧바로 이십사 시간 영업 식당을 찾아 들어갔지만 아무것도 먹지 않았다. 여자는 자기 이름이 코니라고 했다. 엘리스는 엘리스 모소라고 자신을 소개했다. 그들은 홍차 찻잔을 앞에 두고 마주 앉아 싸구려 도자기를 쥐고 손가락을 녹였다. 여자는 현실이 아니라는 눈빛으로 엘리스를 보았다.

"난 보통 이런 거 안 해요. 당신은요?" 그녀가 물었다.

"뭘 안 해요?" 엘리스가 물었다.

코니는 찻잔을 내려다보다가 고개를 들었다. "이거요. 이런 식으로 만나는 거. 길에서."

"아뇨. 이러지 않아요." 엘리스는 코니를 보았다. 코니가 대답을 듣고 싶은 속마음을 감추려 하는 것을 알 수 있었다. "나도 보통은 이러지 않아요." 엘리스가 말하자 코니는 눈에 띄게 안도하는 표정을 지었다.

사는 곳에 대해 잠시 이야기했다. 코니는 근처에, 엘리스는 브릭스턴에 살았다. "늘 강 남쪽에서 살았어요?" 코니가 물었다.

"네."

"거기서 태어났어요?"

엘리스가 코니를 보며 대답했다. "네."

"몇 살이에요?"

"스물여덟요." 엘리스가 말했다.

코니가 얼굴을 찡그렸다. "못 믿겠는데. 정말로 몇 살이에요?"

"**당신**은요?"

"난 서른여섯. 진짜예요. 그리고 코니는 본명이고."

"스물이에요. 그리고 엘리스예요."

"런던에서 일해요?"

"핌리코에 있는 카페에서 일해요. 시들링이라는 곳이에요. 국립극장에서 안내원으로도 일해요. RCA•에서 모델 일도 하고."

"다양하네요." 코니가 말했다.

"시내에서 일하세요?" 엘리스가 묻자 코니는 이상한 놀림을 받은 것처럼 살짝 긴장했다.

"집에서 일해요. 작가거든요."

"뭘 쓰세요?"

"이야기요."

"무슨 이야기요?"

"끝내주게 멋진 이야기." 코니가 웃으면서 말했다.

"확실해요?" 엘리스가 물었다.

"가끔은요."

"도서관에 가면 당신 책을 찾을 수 있어요?"

"그럴 거예요. 서점에도 있고."

"멋지네요." 엘리스가 말했다.

코니는 다시 찻잔을 들여다보았다. "그런 것 같군요." 그러고는 고개를 들었다. "저녁 사도 돼요?"

*

그다음 주 금요일, 엘리스는 토요일 저녁 약속에 앞서 브릭스턴

• 런던에 위치한 왕립 미술 대학원

도서관에 가서 H 섹션을 찾았다. 작년에 발표된《밀랍 심장》이 있었다. 엘리스는 앞서 많은 사람이 그 책을 대출했음을 알 수 있었다. 뒤표지에는 이런 홍보 문구가 적혀 있었다. "모두가 이야기하는 책."

그날 밤 존이 귀가했을 때 엘리스는《밀랍 심장》을 쓴 소설가 콘스턴스 홀든을 만났다고 말했다. 공원에서 마주친 상대와 데이트한다는 인상을 주고 싶지 않아서 히스에서 만난 과정에 대해서는 편집하고 이야기했다. 소설가들이 다니는 세련된 모임에서 사람들을 만났다고 둘러댔다. 콘스턴스 홀든이, 사기꾼들이 나오고 표지에 양각으로 제목을 새긴, 불난 건물에서 달려 나오는 남자가 당연한듯 그려진 소설을 쓰는 작가는 아니라고 판단하자 존은 엘리스의 이야기를 건성으로 들었다. 게다가 홀든의 작품을 학교에서 배우지도 않았다. 무엇보다 그는 콘스턴스 홀든이라는 이름을 들어본 적이 없었다.

그날 저녁 엘리스는《밀랍 심장》을 읽었다. 강렬하고, 냉혹하고, 열정적이며, 밑줄 긋고 싶은 문장으로 가득한 책이었다. 엘리스는 책을 읽는 동안 마음이 여성의 편에서 남성의 편으로 바뀌는 것을 알게 되었다. 가련한 비어트리스는 속아서 남자와 결혼하고 피폐해진 여자였다. 하지만 프레더릭은 얼마나 매혹적이고 분별 있는 사람인지. 비어트리스는 자신에게 위험을 불러올 남자와 사랑에 빠졌다. 그럼에도 불구하고 사랑이었다. 사랑, 사랑. 그녀가 빠져나올 수 있을까? 그러고 나면 그녀의 딸, 개비에겐 무슨 일이 일어날까? 흡인력이 강하고, 추진력 있고, 난폭하며, 폭로적인, 감정으로 가득한 일종의 반反연애소설 같았다.

엘리스는 그날 밤, 도서관 비닐 커버로 덮은 책등에 살짝 금이

갈 만큼 코니의 책을 활짝 펼쳐 가슴 위에 올려놓고서 사랑에 대해 생각했다. 사랑. 그건 어떤 느낌일까? 엘리스는 평생 분화구 가장자리만 살금살금 돌아다녔다고 생각했다. 그 깊이를 가늠할 수 없지만 뭔가 강력한 것, 한 번도 본 적 없는 것으로 가득한 분화구를. 그 어두운 구멍 속에는 행복한 사람도 많았지만 쓰러진 시체도 많았다.

*

저녁식사를 하러, 실은 첫 데이트를 하러, 그들은 소호 딘 스트리트에 있는 마리포사라는 레스토랑에 갔다. 코니가 고른 곳이었다. 어두운 자리, 황동 스탠드, 색감을 느낄 수는 있지만 실제로 볼 수는 없는 붉은색의 낡은 벨벳 의자. 엘리스는 계단을 내려가 지하에 펼쳐진 공간으로 들어갔다. 붐비고, 연기가 자욱하고, 웅웅거리는 곳이었다. 아이라인을 짙게 그리고 전사처럼 어깨를 세운 벨벳 드레스 차림의 여인들이 흘러내리는 긴 머리 위로 유행하는 모자를 눌러 쓴 시티•의 지친 남자들과 몸을 비비고 있었다. 데님, 가죽, 니코틴, 돈…… 엘리스는 물이나 불, 흙이나 공기처럼 그것들을 혀끝에 느낄 수 있었다.

코니는 이미 와서 와인 한 병을 시켜놓았다. 코니는 그림자 속에서 일어서서 손님을 맞이했고, 엘리스는 그녀가 예의를 갖추고 노력하는 모습을 보고 놀랐다. 차림새도 굉장했다. 무늬 없는 검정 칵테일 드레스, 골드체인 목걸이, 붉은 머리는 무심한 듯 완벽하게

• 런던탑을 포함하는 템스 북쪽 강변의 금융 중심 지역

헝클어져 있었다. 엘리스는 부러움이 솟아올랐다. 그녀도 서른여섯이 되고, 집을 갖고, 《밀랍 심장》 같은 책을 쓰고, 이런 사람들이 다니는 소호의 이런 곳을 알고 싶었다.

"안녕하세요." 코니가 말했다.

"안녕하세요." 엘리스가 말했다. 엘리스는 자기 옷을 내려다보았다. 검은색 진에 흰색 티셔츠. "이럴 줄 알았으면 좀 더 차려입고 올 걸 그랬네요."

"근사해요." 코니는 손을 내밀어 엘리스의 어깨를 만졌다. 둘은 서로 바라보며 웃었다.

"카페에서 바로 오는 길이에요." 엘리스는 자리로 미끄러지듯 앉으면서 말했다.

"시들링요."

"네." 코니가 기억해준 것에 홀린 기분으로, 엘리스가 말했다.

원하는지 묻지도 않고 코니는 엘리스의 잔에 와인을 따랐다. "극장에서 일할 때 공연을 볼 수 있어요?"

"항상 볼 수 있어요."

"지루하진 않아요?"

"늘 그렇죠."

코니가 웃는데, 허리가 날씬하고 눈 화장을 짙게 한 청년 웨이터가 나타났다. 엘리스는 그를 빤히 보지 않으려고 애썼다. 코니는 야채를 곁들인 포토푀•를 골랐다. 엘리스는 재빨리 메뉴를 훑어보고 스테이크를 선택했다.

"건배." 코니가 잔을 들며 말했다. "웨이트리스 일과 극장 안내

• 쇠고기와 뼈를 고아 만든 냄비 요리

일과 모델 일을 위하여." 그녀는 와인을 깊이 한 모금 마셨다. "해보고 싶은 다른 일은 없어요?"

"다른 일요?"

"일자리라든가 외국 여행이라든가."

"글쎄요." 엘리스가 말했다.

"부모님은 어떻게 생각하시죠?"

"모르겠어요." 엘리스는 이렇게 말하고 더 물어볼 테면 물어보라는 듯이 코니를 보았다. 코니는 더 묻지 않았다. "희곡 아이디어가 있어요." 엘리스가 말했다.

"희곡?"

"네. 희곡을 쓰고 싶어요."

"그럼 써야죠."

엘리스는 희곡을 쓰고 싶다는 말이 엄밀히 사실인지 알 수 없었지만, 그렇게 말하면 멋있을 것 같았다. 배경막이 내려오거나, 무대가 돌아서 텅 빈 공간이 빅토리아 시대 응접실로 바뀌거나, 그리스 비극이 대재앙 이후의 세상으로, 영국 시골의 목가적 풍경으로, 일본, 맨해튼, 인도로 변하는 동안, 그녀가 하늘을 바라보며 국립극장의 컴컴한 공연장에 앉아 있곤 했던 것은 사실이다. 가끔씩 한 장면을 써보려 했지만 의미를 찾기 어려웠고, 결국 일이 너무 버거워져 미완성의 계획으로 만족했다. 엘리스는 세상을 종이에 옮길 수 없었다. 그녀 마음속 소용돌이, 그 움직임과 추상적인 본질이 완벽한 의미를 만들었다. 그녀는 언젠가 그것이 저절로 자신에게서 나올 것이라고 생각했지만 아직은 아니었다. "나는 화가의 모델이 되는 게 좋아요." 그녀가 말했다.

"왜요?" 코니가 물었다.

옷을 벗고 학생들 앞으로 걸어나갈 때면, 엘리스의 몸은 기꺼이, 순순히 사람들의 시선을 받았다. 그녀의 입술, 손, 가슴, 목덜미, 다리 안쪽으로 향하는 시선. 그녀는 몇 시간씩 가만히 앉아 두꺼운 종이 위에서 사각거리는 연필 소리를 들으면서 자기 마음속 여기저기를 살폈다. 엘리스가 워낙 꼼짝 않고 잘 앉아 있어서 학교에서 자꾸 다시 불렀다. 그리고 가끔, 학생들이 수업을 마치고 나가면 엘리스는 화장실에서 기다리다가 작업실로 살그머니 들어가 그날의 작업이 남아 있는 이젤 사이를 돌아보았다. 엘리스는 자신을 찾아 헤맸다. 비록 그 지도를 제공한 것도 그녀 자신이었지만. 자신을 정말로 포착해낸 사람을 찾는 순간을 기다리며, 엘리스는 자신의 팔다리가 그려진 종이 숲을 서성이곤 했다. 아직은 아무도 성공하지 못했다. 보물은 감추어져 있었다.

엘리스는 이런 이야기를 코니에게 하지 않았다. "평화롭거든요."

"하지만 한 자세로 있어야 하잖아요?"

"네."

"몇 시간씩?" 엘리스는 어깨를 으쓱였고 코니는 씩 웃었다. "시선받기를 좋아하는군요." 코니가 말했다.

"그게 나쁜 건가요?"

"아뇨. 하지만 그걸 인정하는 건 상당히 드문 일이죠." 코니는 미소를 지었다. "이리 올래요?"

엘리스는 잠시 무슨 말인지 알지 못했다. "어디요?"

"여기요." 코니가 자기 옆자리를 두드리며 말했다. 엘리스는 시키는 대로 했고, 코니의 서늘한 손가락이 양 뺨에 닿는 것을 느꼈다. 마치 엘리스를 새로운 모양으로 만들어내려는 것 같았다. "이 얼굴을 액자에 넣을 수 있을 것 같아." 코니가 말했다.

엘리스는 와인 때문에 자제심이 사라지는 느낌이었다. "비용이 들 거예요." 엘리스가 말했다. 눈을 감고서, 상대가 그 말이 농담이라는 걸 알까 생각했다.

코니는 엘리스의 얼굴을 좀 더 부드럽게 감싸 쥐었다. 그리고 다가왔다. 그녀의 숨결은 달콤하고 뜨거웠다. 엘리스는 그녀의 얇은 입술이 그리는 곡선과 촛불 불빛 속에서 집중하는 두 눈을 볼 수 있었다.

"얼마면 될까?"

"키스 한 번에 50파운드요."

그러자 코니가 웃었다. "액자 말이야, 키스가 아니라."

코니의 손이 멀어졌고 엘리스는 당했다고 느꼈다. 엘리스는 코니가 무릎에 둔 손을 잡아 다시 자기 얼굴 위에 올렸다. "당신 책을 읽었어요. 《밀랍 심장》요."

"그래요?"

"당신은 굉장해요." 엘리스가 코니의 손을 꼭 쥐고 말했다. 코니는 웃었다.

*

엘리스는 낯선 침대에서 자다 일어났음을 깨달았다. 이불을 들춰 보니, 팬티와 티셔츠는 입었지만 바지는 벗고 있었다. 언제 벗은 걸까? 바지는 살인사건 피해자의 윤곽선처럼 바닥에 널브러져 있었다. 부츠는 구부러진 채 뒤꿈치를 마주 대고 있었다. 언제 벗어 던졌는지 기억나지 않았다. **여기가 어딜까?** 방 안은 어둡지만 초록색 줄무늬 벽지와 작은 옷장, 폐지 바구니가 모두 깔끔하게 놓여 있는 것은 보였다. 가슴팍과 발이 하얀, 커다랗고 폭신한 얼룩 고양이가 방 가운데에서 그녀를 살피고 있었다.

"리플리가 성가시게 한 건 아니겠죠." 문에서 음성이 들려왔다.

엘리스가 돌아보았다. "리플리요?"

"고양이요. 쉿, 일어날 거 없어요." 코니는 물 한 잔과 아스피린 두 알을 엘리스의 머리맡 탁자에 놓았다.

"고마워요." 엘리스가 우물거리며 말했다.

코니는 침실 커튼을 걷었고, 11월의 흐릿한 햇빛에 엘리스가 앓는 소리를 냈다. "미안해요." 코니는 이렇게 말했지만, 커튼을 치지는 않았다.

"어떻게 된 거예요?" 엘리스는 겨우 목소리를 냈다. 코니는 곧바로 대답하지 않았다. 창밖을 내다보고 있었다.

"코니?"

"언제 말이에요?"

"어젯밤에요."

"기억 안 나요?"

"네. 안 나요."

코니는 돌아와서 엘리스를 마주 보고 침대 가장자리에 앉았다.

"저녁을 먹으러 갔어요. 술을 너무 많이 마셔서 여기로 왔고, 당신은 소파에서 정신을 잃었어요."

"소파에서 정신을 잃었어요?"

"네. 그래서 여기로 옮겨 놓았어요."

"날 옮겼다고요?"

그들은 서로 빤히 바라보았다. 코니는 미소를 지었다.

"미안해요. 집에 가야 했는데."

코니는 손을 내밀어 엘리스의 이마를 짚었다. "그런 상태로는 내가 못 가게 했을 거예요. 편히 잤어요?"

"지금 몇 시예요?"

코니는 시계를 보았다. "11시 20분이네요."

엘리스는 눈을 감았다. 11시 20분인데 여기 누워 있다니, 뭔가 문제가 있었다. "오, 젠장. **젠장.** 오늘 일이 있어요."

"말도 안 돼. 일요일에 문 여는 데가 어디 있어요? 가지 말아요."

"가야 해요. 카페에."

"내가 50파운드를 내면요?"

"무슨 50파운드요?"

"아, **정말로** 취했었군요. 아무것도 아니에요."

엘리스는 마음이 불편했다.

"카페는 잊어버려요." 코니가 말했다.

'당신에겐 상관없겠죠.' 엘리스는 생각했다. "가야 해요." 엘리스가 노인처럼 힘겹게 일어나면서 말했다.

"엘리스, 제발, 누워요."

"코니……."

"지금은 아무것도 할 수 없는 상태예요. 가만히 누워 있어요."

엘리스는 누웠고, 눈물이 날 것 같았다. "일하러 가지 못하게 최면을 걸 거예요." 코니가 말했다.

엘리스가 눈을 문질렀다. "농담이에요?"

"네. 최면 시험에 통과한 적은 없거든요."

엘리스는 속이 메슥거렸지만, 어쨌든 웃었다. 코니가 부드러운 눈빛으로 보고 있었다. "베이컨 샌드위치 만들어줄까요?"

"네." 엘리스가 조그맣게 말했다.

엘리스는 코니가 사라지는 것을 보았고 그녀가 전화하는 소리를 들었다. 곧 베이컨 굽는 냄새가 계단을 오르고, 복도를 지나, 문틈 밑으로 흘러 들어와 엘리스의 코에 닿았다. 그녀는 눈을 감고 새로운 몸을 갖기를 기도했다. 뜨거운 물 목욕이 간절했다.

*

코니는 쟁반에 베이컨 샌드위치와 차 두 잔을 받쳐들고 돌아왔다. "자, 내 최고 걸작이에요."

엘리스는 겨우 일어나 앉았다. "고마워요. 여기서 핌리코까지 얼마나 걸려요?"

"걱정할 것 없어요. 이미 전화했으니까." 코니가 말했다.

"뭘 했다고요?"

"시들링 말이에요. 희한한 이름예요! 나는 동거인이고 당신이 독감에 걸렸다고 했어요."

"그 말을 믿던가요?"

"물론이죠."

"개브였어요?"

"남자요. 개브인지는 모르겠네요. 하지만 어서 나으라고 전해달라더군요. 며칠 걸릴 거고, 의사가 무리하지 말랬다고 했어요."

엘리스는 샌드위치를 보았다. 다른 사람이 대신 문제를 해결해주는 것이 낯설었다. "네. 고마워요."

코니는 차를 마셨다. 엘리스는 머그에 '♥ 버드월드•'라고 적힌

• 영국 최대의 조류 공원

글을 보았다. "내가 괜한 짓을 한 건가요? 가끔 나는 선을 넘기도 해서……." 코니가 말했다.

"아뇨. 선 같은 거 없어요. 어차피 일은 못했을 거예요. 그냥…… 당신이 전화해줄 거라고는 생각하지 못해서요."

"도와준 거라고 생각해요."

엘리스는 일자리에서 잘린 건 아닌가 싶었다. 사실 그 문제에 신경 쓰기는 하는 건가 싶기도 했다. 그녀는 코니의 머그에 손을 뻗었고 두 사람의 손가락이 스쳤다. "정말로 버드월드에 갔어요?"

"친구랑 친구 아들이랑 갔죠. 그 애를 위해서요. 하지만 나도 아주 즐거웠어요. 플라밍고, 펭귄, 작은 새들. 건물들."

"버드월드에 간 당신을 상상해보는 중이에요."

"나도 버드월드에 잘 어울리는 사람이에요."

"당신은 너무 화려해요."

"엘리스, 플라밍고보다 더 화려한 사람이 어디 있어요."

두 사람은 웃었다. 서로 마음을 떠보는 중임을 엘리스도 알고 있었다. 흥분과 염려가 뒤섞인 숙취 상태로 서로를 확인하는 과정. 그다음 차례는 무엇이며, 어떻게 해야 할까. 어젯밤에 무슨 일이 있었나? 무슨 일이 있었던 것 같지는 않았다. "목욕할래요?" 코니가 다 안다는 듯이 물었다.

"네." 엘리스가 너무 빨리 대답하는 바람에 두 사람은 다시 웃었다. "기분이 너무 엉망이에요. 정말 미안해요."

"오, 저런. 아주 멀쩡해 보이는데."

"거짓말이에요. 내 피부 좀 봐요!"

"당신은 아름다워요. 걱정 말아요. 목욕물 받을게요."

코니가 나가자 엘리스는 혼자서 베이컨 샌드위치를 먹었다. 존의 아파트에는 욕조가 없었고, 코니의 집 현관이 너무 멀게 느껴졌다. 기름진 빵은 성경에 나오는 만나• 같았고, 엘리스는 어느 정도 기운을 차렸다. 하지만 그날 하루가 걷잡을 수 없이 흘러가는 것 같았다.

문득 이런 생각이 들었다. **코니가 날 붙잡고 보내주지 않을 거야.** 숙취가 가져온 피해망상에, 염려인지 소망인지 알 수 없는 이런 생각이 더해지면서 그나마 남아 있던 자립심도 사라져버렸다. 이렇게 강력하고 재능 있는 사람, 술을 그렇게 마시고도 수분 부족 따위를 겪지 않고, 다른 사람인 척 전화해 엘리스가 출근하지 않아도 되도록 도와주고, 쌀쌀한 11월 아침에 집에서 따뜻하게 지낼 수 있게 해주고, 목욕물을 받아주고, 상쾌하고 깨끗한 잠자리를 마련해주는 사람의 품에서 보호받는 어린 소녀가 되고 싶었다.

목욕물이 준비되자 엘리스는 그 안에 들어갔다. 뜨거운 물이 주는 순수한 느낌에 눈물이 날 것 같았다.

"히스에서 머리 좀 식히고 올게요!" 코니가 말했다.

엘리스는 코니가 자신을 집에 혼자 둘 정도로 신뢰한다는 사실에 깜짝 놀랐다. '내가 도둑일 수도 있잖아! 집 안을 뒤져 장신구와 핸드백을 훔쳐 갈 수도 있는데. 하지만 내 꼴을 봐. 문장 하나 제대로 만들지 못하는 상태인걸.'

엘리스는 코니가 숲 속 마녀처럼 과자와 사탕으로 꾀어 집에 데려올 그레텔을 더 찾으러 갔다고 생각했다. 그러나 한 시간 뒤 코니는 일요일 신문을 옆구리에 끼고, 뺨을 분홍색으로 물들인 채 돌아와 이렇게 말했다. "자기 개가 **아무 데나** 똥을 싸는데도 치우지

• 이스라엘 민족에게 하나님이 내려주었다는 기적의 음식

않는 사람은 대학살을 당해도 싸요."

코니는 그날 뭔가에 들떠 있었다. 소호의 레스토랑에 있을 때보다 더 부드럽고 더 개방적이었다. 그리고 엘리스에게 더욱 상냥했다. 코니는 거실 소파에 엘리스와 함께 앉아 있었고, 11월의 이른 어둠이 내리는데도 엘리스는 여전히 그 집을 나서지 않았다. 그들은 BBC2에서 〈우리, 피고인〉 한 편을 보았다. 코니가 1935년에 발표된 원작 소설을 좋아해서 드라마로 어떻게 만들었는지 보고 싶다고 했기 때문이다. 엘리스는 코니의 무릎을 베고 누워 잠들었다 깨었다 하다가, 어른이 된 후 처음 느껴보는 부드러운 손길로 관자놀이를 쓰다듬는 코니 덕분에 결국 잠들어버렸다.

2017

2

어머니를 죽였을 때 나는 열네 살이었다. 그 전에는 늘 어머니를 기다렸고, 어머니는 어딘가에서 다른 어머니들보다 더 재미있는 일을 하면서 내가 '이제 내 인생에 등장해달라'라고 신호 보내기만 기대하고 있을 거라 생각했다. 하지만 어머니는 그럴 마음이 없었고 한 번도 나타나지 않았다. 열 살에서 열한 살 무렵, 나는 반 친구들에게 어머니가 러시아 서커스단과 달아나 야크 털로 만든 텐트에서 산다고 했다. 산 풍경이 찍힌 엽서에 어머니 글씨체로 글을 써서 학교에 가져가기도 했다. "알겠지? 엄마는 여기 있어. 내가 말했잖아!"

"우표가 없잖아." 해밀턴 태너가 말했다. 그 애가 미웠다.

"봉투에 있었어. 아빠가 봉투를 버렸거든."

나는 언제나 더 깊은 허구의 굴을 파고 그 안에 들어갈 준비가 되어 있었다. 어린 시절 내내 온갖 이야기를 다 지어냈지만, 어머니는 답이 없는 이야기였다. 아버지 말에 따르면 어머니는 내가 한 살이 되기 전에 집을 나갔다. 그러나 어머니의 부재를 더욱 강하게 느끼기 시작한 것은 초등학교에 입학한 이후였다. 그때가 되자 다른 어머니들은 모두 교문 앞에 모여 서서 팔짱을 끼고 서로 잡담을 나누다가 아이들이 패딩 재킷 자락을 잡아당기면 이리저리 양옆으로 흔들거렸다. 생일 파티에서는 바로 그 어머니들이 게임과 음식과 즐거움으로 가득한, 완벽한 오후 시간을 계획했다. 그리고 항상 내게 각별한 관심을 보였기 때문에 다른 아이들은 나를 싫어했다. 돌봄을 받는 것은 좋았지만 나는 늘 궁금했다. 어머니는 지금 어디 있을까? 뭘 하고 있을까? 왜 그걸 나와 함께하지 않을까?

나는 식물에서 아기가 태어나거나 동물 모습에서 인간으로 변하는 이야기들을 좋아했다. 그리스 신화를 꼼꼼히 읽었다. 빛이나 천둥, 백조에게서 아기가 태어나는 이야기를. 그런 아기들, 다른 종류의 인간에게 동질감을 느꼈다. 나는 사실 굉장히 정상적인 인간이었으니 위험한 동질감이라고 덧붙여야겠다. 오비디우스가 나를 주인공으로 하는 이야기는 쓰지 않았을 테니까. 나는 신이 아니었다. 하지만 나는 어디서, 누구의 몸에서 나왔을까? 내 아버지를 향해 뛴 심장은 누구 것이었을까?

아무 대답도 얻지 못하자 보이지 않는 어머니를 이용해 나를 신비하고 특별해 보이도록 만들기 시작했다. 불쌍하게 보이는 대신 말이다. 앞뒤가 안 맞는 드라마, 로맨스, 엉터리 추측 따위를 내놓았다. 열심히 노력했다. 내가 기억하기로 러시아 곡예사 이야기, 도주 중인 범죄자 이야기(어머니는 엄청나게 비싼 다이아몬드 목걸이를 훔쳤지만, 그건 어머니 잘못이 아니었다), 배 이야기(어머니는 바하마 제도 주위를 운항하는 무역선 선장이었다)가 있었다. 하지만 아이들은 의심했고, 질서와 정상을 좋아했다. 반 아이들은 내가 이상하다고, 심지어 무심하다고 여겼다. 나란 아이는 대체 어떤 존재이기에 어머니도 곁에 있어주지 않은 것일까? 나를 데리고는 보석을 훔치기가 아무리 힘들더라도 말이다. 독서 시간에 신화나 동화를 읽을 때면 나와 피차 싫어하는 사이였던 해밀턴 태너가 이렇게 말했다. "네 엄마는 악마와 계약을 맺어서 동물로 변한 거야."

*

어머니에 대해 아는 것은 아버지에게서 들은 게 전부다. 이름은 엘리스 모소이고, 젊은 시절 아버지와 뉴욕에 살 때 나를 낳았다. 그리고 삼십사 년 전, 내가 만 한 살이 되기 전에 떠났다. 우리가 함께 찍은 사진은 없다. 아버지가 갖고 있는 것도 전혀 없었다. 종이에도, 소지품에도, 어머니 흔적은 남아 있지 않았다. 내가 알기로 아버지는 집을 나간 어머니를 찾지 않았다. 뒤쫓을 마음이 없어서 포기했거나, 어머니가 찾지 말라고 했을 것이다. 아버지는 설명해주지 않았다. 나는 어머니에 대해 물어볼 적절한 순간을 (이런 순간은 드물었지만) 기다렸고, 이따금 아버지는 정보를 주기도 했다. **다리가 짧았어.** (짧은 다리! 그것이 성품 혹은 빠르게 도망치는 능력과 무슨 관련이 있을까?) **너와 머리색이 같았지.** (그건 마음에 들었다.) **네 엄마는 까다로운 사람이었다. 긍정적이었지.** 술에 많이 취했을 때는 이런 말도 했다. **어차피 잘 안 됐을 거야. 네 엄마는 성격이 나빴으니까.**

아버지는 기억이 잘 안 난다고 하거나 너무 오래전 일이라고 했다. **그 후로 너무 많은 일이 있었잖니, 로지. 그리고 넌 멀쩡하잖니, 그렇지?** 그래서 나는 아버지가 어머니를 어떻게 만났는지도 모르고, 어째서 양육권을 갖게 되었는지도 몰랐다. 내가 첫 돌이 되기 전 아버지가 나를 다시 영국으로 데리고 왔기 때문에 뉴욕 생활이 비교적 짧았다는 것은 알 수 있었다. 아마도 내가 상처받지 않도록 지켜주고 싶었을 것이다. 아버지는 부모 역할을 모두 떠맡고는 나 자신과 내 인생에 대해서만 생각하라고, 지나간 일은 생각하지 말라고 가르쳤다. 아버지는 언제나 다정했다. 나를 보호해주고 싶어 했다. 하지만 이런 식으로 어머니에 대해 말해주지 않는 것이 무엇보다 큰 상처를 주었다.

네 아빠가 그 이야기를 하기가 어려운 게지. 아버지의 어머니, 체리 할머니는 돌아가시기 전에 이렇게 말하곤 했다. 나는 말하지 않기가 더 어렵다고 생각했다. 하지만 어렵다는 데는 합의가 이루어진 듯하고, 그 이유를 더 캐물을 수는 없었다. 체리 할머니도 어머니에 대해서는 입이 무거웠다. 엘리스에 대해서 말하는 것이 저주의 주문이라도 되는 듯했다.

할머니에게 만난 적이 있는지 물었더니 없다고 했다. "사기꾼 같은 여자였어." 할머니는 이렇게 말했는데, 만나본 적도 없는 사람에게 그런 말을 하다니 부당하다는 생각이 들었다. 하지만 할머니에게 사기꾼 같은 여자가 아니고 무엇이었을까? 할머니에게는 손재간이 뛰어나고, 상자 안으로 들어가 반 토막이 나서 사라지는 마술을 부리는 여자였을 것이다.

그래서 결국 나는 어머니를 죽였다. 어머니를 놓고 벌인 허구의 모험은 반 아이들에게도 내게도 곤란해졌다. 열네 살이 되니 이 세상 해밀턴 태너들이 사실을 지적해주지 않아도 나 역시 어머니가 어떻게 되었는지 알 수 있었다. 어머니는 러시아 공중그네에서 목이 부러지지도, 에메랄드 도둑을 위해 감옥에 갇히지도, 배에 탔다가 바하마의 바위에 난파되지도 않았다. 어머니는 동물도 아니었다. 그저…… 죽은 것이었다. 그리고 아버지도 동의했다. 사실 아버지는 어머니가 존재하지 않는다고, 어른이 되어 잊어버린 어린 시절의 동화라고 여기는 편이 낫다고 생각하는 모양이었다. 아버지는 내가 자라나는 내내 이런 행동 방침을 유지했다. 스스로 건 주문을 깨뜨릴 방법을 모른 것 같다고 말할 수밖에 없다. 어머니에 대해 말하는 언어를 배우지 못한 아버지는 내게 가르쳐줄 수 없었다. 차라리 어머니가 죽은 편이 백 배 더 나았던 것이다.

하지만 이십대가 되면서 나는 진짜 부모가 있는 사람들(평생 함께 살고 정말로 세상을 떠난 부모가 있는 사람들)을 알게 되었다. 그들이 큰 비탄에 빠지고, 도저히 현실을 믿지 못하고, 끝나지 않을 고통을 느끼는 모습을 지켜보았다. 어머니 장례식에서 관이 커튼 뒤로 사라지는 광경을 지켜보던 친구가 너무 슬퍼 얼굴을 일그러뜨리며 우는 것을 보았다. 내게 어머니의 상실이란 느낄 수는 있지만 다른 종류의 고통이었다. 내가 느낀 슬픔은 잠가놓아 열 수 없는 상자였고, 열쇠 없는 집이었으며, 이름을 발음할 수 없는 지도 위 장소였다. 어느 날 정체를 알게 된다면 당연히 압도당하겠지만 그럴까 봐 두렵다고 아무에게도 말하지 않았다. 나는 어머니가 없었고 어머니를 가진 적도 한 번도 없었다. 실제로 잃은 적 없는 대상을 어떻게 그리워할 수 있을까?

그리움에 대해서도, 궁금증에 대해서도 사람들에게 말하지 않는다. 이렇게 말할 뿐이다. **가진 적 없는 건 그리워할 수도 없어!**

*

어머니 생각을 하지 않던 때도 이따금 있었다. 살면서 어머니의 부재를 유난히 강렬하게 느낀 기간도 있었다. 인터넷 검색 엔진이 생겨난 뒤 나는 그 그물망을 이용해 어머니를 찾아보았다. 하지만 와인 한 병과 가계도 사이트의 빈칸만이 곁에 남은 긴긴 밤에도, 엘리스 모소를 찾을 수는 없었다. 모소는 본명이 아니었으리라. 모소는 프랑스어로 조각이나 부분이라는 뜻이고, 그건 어머니의 장난이었으리라. 다 소용없었다. 가상의 여정에서 나는 아무것도 건져내지 못했다.

어머니는 아버지에게 퍼즐 조각을 전부 내어주지 않았을 것이다. 연인 사이에 그러는 사람이 어디 있는가? 어머니는 훨씬 적게 내어주었을 것이다. 등장인물 목록에서 빌려온 이름 정도. 어머니는 아주 작은 부스러기만 주었고, 아버지는 내게 그것을 전했으며, 내가 그걸로 할 수 있는 일은 없는 것 같았다.

3

남자친구 조와 함께 아버지가 사는 프랑스에서 2017년 여름 마지막 주를 보냈다. 아버지는 얼마 전 전립선암 수술을 받고 회복했으며, 자신이 필멸의 존재임을 경험했다. 아버지의 부인 클레어가 브르타뉴 출신이라, 두 사람은 그곳으로 가서 클레어 부모님이 소유하던 작은 시골집에서 평생 살기로 했다. 요즘 우리가 너무 띄엄띄엄 찾아갔고, 문자 메시지로만 연락을 취하던 차라 이번 여행이 중요하게 느껴졌다. 조는 나와 아버지의 감정 표현이 '변비' 상태라고 생각했다. 하지만 조의 가족은 아마추어 극단의 〈뜨거운 양철 지붕 위의 고양이〉•를 보러 간 기분이 들게 하는 사람들이었다.

아버지는 바다를 좋아했다. 늘 물가에서 지내는 것을 좋아했고 결국 템스강으로 만족하지 못했다. 조와 나는 가진 돈을 거의 다 조의 부리토 사업인 '조리토스'에 투자한 상태였다. 그래서 아버지와 클레어가 시골집 남는 방에서 휴가를 보내라고 제안하자, 조가 마뜩잖아 했음에도 불구하고 그러기로 했다. 단기적으로 볼 때 그

• 완벽해 보이는 가족의 추한 내면을 그린 테네시 윌리엄스의 희곡

결정은 실수였지만 장기적으로는 그렇지 않았다. 우리는 모두 한 곳에 모여 창문으로 납빛 하늘을 바라보았다. 바다는 줄줄이 변하는 회색으로 물들어 어두웠다. 나는 반짝이는 태양과 금빛 해변의 광경이 그리웠다. 그리고 그 주 초반부터 아버지는 말수가 좀 늘었다가 침울해지기를 반복하며 낯설게 행동했다. 암이 재발했을지도 모른다는 생각에 나는 몸져누울 지경이었다. "아빠는 괜찮아요?" 우리가 도착하고 처음 맞은 아침, 아버지가 조와 빵을 사러 시장에 나간 사이에 클레어에게 물었다.

브르타뉴 주방의 어둠 속에서 자그맣게 보이던 클레어는 다초점 렌즈 안경을 벗더니 눈을 문질렀다. "맷은 괜찮아. 암이라면 말이야. 하지만 네 걱정을 하는 것 같아." 클레어가 말했다.

"제 걱정을요? 왜요?"

"네가 물어봐야지." 클레어는 한숨을 쉬었다. "좀 우울한 것 같기도 해." 클레어는 눈을 감았다. "노인들에게 있는 증상이야."

"우리가 여기까지 왔잖아요!" 나는 우리가 차를 두 번 타고 그사이에 P&O 페리를 탄 것이 아니라, 낙타를 타고 반년이나 걸려 사막 한가운데로 찾아온 것인 양 말했다.

"그렇지." 클레어는 차분하게 대답했다. "어쨌든 이야기를 해보렴, 로즈. 너희 아빠가 그래주기를 바랄 것 같구나."

아버지가 클레어를 만난 건 행운이었다. 클레어 입장에서는 특별히 운이 좋다고 여기는지 모르겠지만, 클레어가 있어주어서 나는 기쁘다. 두 사람은 친구의 친구가 주최한 여름 파티에서 삼십대 중반에 만났고 내가 스물여섯 살 때 결혼했다. 물론 나는 어머니가 프랑스 성을 가졌다는 사실과 아버지가 결국 프랑스 여자를 만났다는 사실을 놓치지 않았지만, 그 점에 관해서는 아무 말도 하지 않았다. 클레어는 나쁜 새엄마와는 거리가 멀다. 아버지를 이해하고 사랑하는 것이 분명히 보이지만, 늘 자신의 조건을 양보하지 않는다. 나는 이것이 클레어가 결혼한 적이 있기 때문이라고 생각한다. 클레어는 실수를 저지르고 교훈을 얻었으며, 그다음에는 다른 남자를 고른 것이리라. 클레어는 평정심과 장래에 대한 안목을 가지고 아버지를 당당하게 상대하는 데다 깔끔하고 상냥한 태도도 잃지 않는다. 나는 그 점을 존경한다. 아버지에겐 그런 것이 필요하다. 아버지가 자신의 위치를 알아야 할 필요가 있음을 나는 깨닫게 되었다.

아버지가 클레어에게 과거에 대해, 내 아버지가 되기 전에 자신이 어떤 사람이었는지에 대해 말했을까 종종 궁금했다. 클레어는 내게 아무것도 묻지 않았다. 그건 확실하다. 빈방 서랍장 위에는 아버지와 내 사진 액자가 놓여 있다. 두 살 때쯤, 색색 리본으로 머리를 말아 올리고 있다. 나는 발을 살짝 끌면서 아버지 손을 잡고 있는데 아마 체험 동물원 같은 곳인 모양이다. 아버지는 근육이 탄탄했다. 검은 머리에, 전투적인 자세로 다리를 벌리고 서 있다. 물론 나는 누가 사진을 찍어주었는지 궁금해했을 것이다. 분명 물어보았을 것이다. 그러면 안 된다는 것을 깨달을 때까지. 찍어준 사람은 없다고 했다. 우리가 직접 찍었다고.

*

"산책하러 나갈까요?" 그날 오후 아버지에게 물었다.

아버지는 여느 때처럼 고개를 숙인 채 집 앞쪽 낮은 창문을 통해 바다를 내다보고 있었다. "바닷가?" 거기 말고 갈 데가 있기라도 하다는 양 아버지가 물었다.

우리는 집 아래쪽 자갈이 깔린 해변으로 내려가면서 죽은 게를 피하고, 허리를 숙여 맛조개나 색 바랜 굴을 집어 들었다. 바다를 벗어나면 살 수 없는 해양 생물의 잔해였다. 갈매기들이 머리 위에서 맴돌며 가느다란 소리로 울었다. 이런 생각이 들었다. **클레어가 잘 몰랐던 거야. 이제 우리는 암이 재발했으며 말기라는 대화를 나누게 될 거야.**

“일은 곧바로 다시 시작할 거니?” 아버지가 자갈 쪽으로 허리를 굽히며 물었다.

“네. 집에 돌아가면요.”

아버지는 끝없이 펼쳐진 대서양 수평선을 바라보았다. 나는 아버지의 옆모습을, 얼굴의 날렵한 각도와 큰 코, 갑오징어 가장자리처럼 날카로운 광대뼈, 헝클어진 회색 머리카락을 보았다. 아버지는 예순넷, 나는 서른네 살이었다. 우리는 항상 둘뿐이었다. 내가 커피숍에서 일하는 것을 아버지가 얼마나 싫어하는지 알고 있었다. 클린 빈이라는 깔끔하고 유명한 곳인데도 말이다. 아버지가 나에 대해서 말할 때 “머리는 일급”이라는 표현을 쓰는 걸 얼마나 많이 들었는지. 여러모로 나는 머리가 좋았을 것이고, 지금 더 잘되어 있어야 하는 모양이다. 다만, ‘더 잘되는’ 것이 무엇인지 알 수 없었다. 심지어 제일 친한 친구 켈리도 이 문제에 대해 말하기 시작했다. 내가 클린 빈에서 일하기에는 나이가 많다면서. **로지, 넌 뭐든지 할 수 있어! 정말 똑똑하잖니. 할 수 있다고 믿어봐. 제발.**

아버지는 나를 가장 오래, 가장 가까이에서 지켜보았으면서 어쩌다 이렇게 되었는지 이해할 수 없는 모양이었다. 나 자신을 변호하는 것은 포기했지만 조는 여전히 변호했다. 우리는 조리토스를 성공시킬 것이다. 아버지에게는 조리토스에 대해 이야기하지 않았다. 민감한 사안이었다.

"로지, 내가 돈을 좀 줄 수 있다. 많은 액수는 아니지만, 조금 말이다. 배우고 싶거나 하고 싶은 일 있니? 외국어? 아니면 기술?"

"아빠."

아버지는 양손을 들어 보였다. "미안하다. 미안." 아버지는 잠시 말을 멈췄다. "넌 이미 학위가 있으니."

"네, 학위는 있어요." 우리는 이 대화를 십 년째 띄엄띄엄 계속해왔다. 이십대 초반 영문학 학사 학위를 받고 졸업한 이후로 나는 꽤 번듯한, 재미있는 회사 몇 곳에서 주로 비서로 일했다. 하지만 무리해서 열심히 일하지는 않았다. 나는 본질적으로 남에게 능력을 부여하고, 촉진시켜주고, 타인의 계획과 야망을 실행시켜주는 사람이었다. 조가 이 년 전 부리토 사업을 제안했을 때 나는 일을 그만두고 함께 사업 계획을 세우기로 결정했다. 이런 생각이었다. **내가 요리는 잘하니까.** 그리고 남은 직장 생활 내내 남의 밑에서 일하는 것도 두려웠다.

"행복하니?" 문득 아버지가 물었다.

나는 놀라서 아버지를 보았다. **아뇨.** 이렇게 말하고 싶었다. 그런데 그 말을 머릿속에서 듣고 있으니 내 나이의 건강한 여자가 그런 대답을 내놓아서는 안 된다는 느낌이 들었다. 내 맥박의 고동 속에서, 한 잔의 물을 마시면서, 타인의 시선 속에서, 나는 행복을 볼 수 있었다. 행복을 알고 있었다. 하지만 내 행복보다는 타인의 행복을 훨씬 더 강렬하게 맛볼 수 있는 느낌이다. 무엇이 나를 행복하게 만드는지 말할 수는 없을 테지만, 끊임없이 발전하려 노력하는 데 지쳤다. 내가 가진 숱한 시시한 자아 사이에서 최고의 자아를 찾으려 노력하는 것도. 조는 그저 아침에 일어나면 조 자신이 되었지만, 나는 내 안에서 실패하는 자아나 잠재적 자아에서 벗어나지 못했다. 인터넷은 날마다 행복으로 가는 길이 여럿 있다고 알려주었다. 편안한 요가용 레깅스, 향초, 다육이라고 부르는 식물. 하지만 인터넷은 또 하나의 메시지를 쏘아 보냈다. 진짜 화살은 아니지만 그래도 살갗을 뚫고 들어온다. 서른다섯이 되었을 때는 행복을 찾아야 한다는 것.

살짝 당황스러웠다. "스트레스를 좀 받은 거 같아요."

"시장에서 조랑 이야기를 했다." 아버지가 계속 말했다. "너희 둘이 가족을 꾸릴 생각이라던데."

나는 불신 가득한 표정으로 아버지를 보았다. "조가 그래요?"

"그냥 지나가는 말로. 멀리 내다보면 그렇다고."

"그렇군요."

"네 나이 여자가 그런 생각을 하는 건 정상이라고 생각한다만."

"네." 나는 딱딱하게 말했다.

"그러다 보면 철이 들 수도 있다." 아버지가 말했다.

"네?"

"그러다 보면……."

"처음 말씀하셨을 때 제대로 들었어요."

아버지는 고통스러운 표정을 지었다. "내가 말실수를 했구나. 그냥 한 소리다, 로지. 아기가 나쁜 건 아니야."

"누구 아이냐에 따라 다르죠."

"켈리는 잘 살고 있잖니, 그렇지?" 아버지는 내 말을 무시하고 말했다. 나는 중학교에 입학하자마자 켈리와 친구가 되었다. 아버지도 마찬가지였다. 우리는 처음부터 찰싹 붙어서 떨어지지 않았고, 늘 서로의 집을 드나들었기 때문이다. 이제 켈리에겐 네 살배기 딸 몰이 있었다. 얼마 전, 켈리는 살짝 충격받은 목소리로 둘째 임신 초기임을 알렸다. 켈리만이 아니다. 중고등학교나 대학교에서 사귄 친구들은 대부분 아이를 낳고, 결혼하고, 집을 사는 실용주의자였다. 나는 아무 말도 하지 않았다.

아버지는 목청을 가다듬었다. "내가…… 그러니까, 죽을 거라고 생각하면, 그저 내가 떠난 뒤에도 네가 잘 살기를 바랄 뿐이다."

"하지만 아빠는 떠나지 않았잖아요. 그러니까 나는 쓰레기 인생을 계속 살아도 되죠!"

"로지, 진지하게 들어. 네게 힘든 일이 많았다는 건 나도 안다. 하지만 나는 네가 훌륭한 엄마가 될 거라고 생각해."

잠시 아무 말도 할 수가 없었다. "아빠." 내가 쉰 목소리로 말했다. **"그러지 마세요."**

아버지는 입을 다물었고, 우리는 잠시 아무 말도 하지 않았다. 나는 손에 쥔 자갈을 이리저리 굴렸다. "어떻게 애를 낳으면 철든다는 말씀을 하세요?" 내가 불쑥 말했다. "지난 삼십 년 동안 제가 뭘 했는데요?"

"그런 뜻은 아니었다."

"그거나 마찬가지죠. 그렇게 말하지 않았다 뿐이지."

"미안하다. 내가 큰 실수를 했구나, 그렇지?"

늦은 오후였고, 바다 위로 바람이 불어 하얀 거품이 이는 작은 파도가 밀려왔다. 가을이 어딘가 가까이 다가와 있었다. 런던에 대해, 거기 있는 것과 없는 것에 대해 생각했다. "아뇨, 아빠." 내가 말했다. "괜찮아요."

4

마지막 날, 조와 함께 런던으로 돌아가기 한 시간 전쯤, 아버지와 나는 식탁에 앉아 아침 커피가 준비되기를 기다리고 있었다. 조는 아직 자고 있었고 클레어는 조깅하러 나갔다. 나는 마음이 불편해 이리저리 뒤척이면서 제대로 자지 못했다. 신선한 공기 탓이라고, 나는 스스로에게 말했다. 사람들은 늘 도시에서 벗어나면 잠을 푹 잔다고 하지만, 나는 깨끗한 공기와 끊임없이 들려오는 바다 소리에 거의 온몸이 불편할 정도였다. 런던의 매연과 번쩍이는 불빛이 불러일으키는 혼미한 상태와는 달리, 생각의 흐름을 감출 수 없기 때문이다. 런던이 지닌 겹겹의 층 속에서는 수백만 사람들 밑에 내 자아를 감출 수 있다. 여기, 바닷가에서는 벌거벗은 느낌이었다.

아버지의 얼굴이 창백했고 긴장되어 있었다. 숨을 참는 사람처럼 입을 꾹 다물고 있었다. 아버지는 앉아 있던 벤치로 손을 내리더니 책 두 권을 집어 오래전 벼룩시장에서 구한 상처 난 식탁 위에 올렸다. 무해하게 생긴 페이퍼백 두 권이 우리 사이에 놓였다.

"이 책 본 적 있니? 대학에서 읽은 적 있어?"

"네?"

아버지는 책을 내게 밀었고, 나는 내키지 않는 마음으로 들어보았다. 하나는 《밀랍 심장》이고, 또 하나는 《초록 토끼》였다. 표지가 낡았지만 독특했다. 글씨체는 단순하지만 그림은 섬세했다. 《밀랍 심장》 앞표지에는 옛날식 목판화로 새긴 커다란 심장이 그려져 있었다. 심장은 12궁도처럼 나뉘었지만 염소, 게, 황소 같은 여느 12궁 대신 전통적으로 여성과 연관시키는 냄비, 바늘, 털실, 말린 꽃 등이 엘리자베스 여왕 시대의 검고 굵은 펜선으로 그려져 있었다. 《초록 토끼》는 더 자유롭고 솜씨 좋게 단번에 휘갈긴 초록 잉크로 토끼 윤곽선을 그려놓았는데, 다시 자세히 보면 그 토끼는 여인의 윤곽선도 되었다. 두 권 모두 콘스턴스 홀든이라는 여자가 쓴 책이었다.

"아뇨. 전 빅토리아 시대 작품을 주로 읽었어요."

"사실 굉장히 훌륭한 작가다. 옛날 일이지만."

"죽었어요?"

"모르겠다. 정말 읽은 적이 없니?"

"네, 아빠." 나는 짜증을 내며 말했다. "그건 왜요?"

"읽어보렴. 처음 나왔을 때는 인기가 많았던 책이야."

추론 불가능한 대화, 과거 물건을 갑자기 끄집어내는 것, 아무도 관심이 없건만 자기 삶의 우물에서 물을 길어내는 행동. 나는 치매 초기 증세가 아닌가 싶었다.

"표지는 예쁘네요." 내가 《초록 토끼》의 페이지를 휙휙 넘기면서 말했다. 가장자리는 색이 바랬고, 활자는 작고 구식이었다. "그런데 **아빠가** 왜 이걸 갖고 계세요?"

아버지는 아무 말도 하지 않았다. 나는 고개를 들었다. "이 책을 치우시려는 거예요? 안 읽으셨죠, 그렇죠?"

"네 엄마가……." 아버지는 말을 꺼내다 멈췄다. 그리고 숨을 한 번 들이쉬었다.

나는 놀라서 부드러운 페이퍼백을 꽉 쥐었다. "네? 엄마가 뭐라고요?"

우리 사이에 긴장이 감돌았다. 아버지는 표지 속 이름을 가리켰다. "네 엄마가 콘스턴스 홀든을 알고 있었다."

"아빠, 무슨 말인지 모르겠어요."

아버지는 내게서 시선을 돌려 주방 창문을 통해 바다를 바라보았다. "오래전에 꺼내야 했는데."

나는 심장이 더 세게 뛰는 것을 느낄 수 있었다. "오래전에 뭘 꺼내셔야 했다고요?"

아버지는 다시 나를 보았다. "내가 네 엄마를 만나기 전에." 아버지는 손가락을 모아 주먹을 쥐며 말했다. "네 엄마와 콘스턴스…… 둘은 사귀는 사이였어."

나는 아버지를 뚫어져라 바라보았다. "엄마가요?" 나는 《밀랍 심장》 위에 손을 얹었다. "엄마가 이 여자랑 사귀었다고요?"

"그래."

"엄마가 레즈비언이었어요?"

"글쎄다, 로지. 그럴 수도 있고. 한동안 둘은 뗄 수 없는 사이였다. 그러니까, 우리가 널 낳았으니 내가…… 장담할 수는 없구나."

"그럼 양성애자였어요?"

"그렇게 부를 수도 있을 것 같다." 아버지는 온몸을 동그랗게 말고 다시는 펴고 싶지 않은 것 같아 보였다.

나는 숨을 깊이 들이쉬고 《초록 토끼》를 부적처럼 꽉 쥐었다. "와." 내가 말했다.

"바람 좀 쐬어야겠다." 아버지는 무겁게 한숨을 쉬면서 말했다. "커피 들고 밖으로 나가자."

*

그래서 우리는 다시 자갈 위에 나란히 앉았다. 나는 책을 아직 쥐고 있었지만 허벅지 위에 올려두었다. 바닷물은 몇 피트 떨어진 곳에서 철썩였고, 이번에는 게 한 마리가 집게발을 들고 물가를 따라 기계처럼 움직였다. 나는 변함없이 구름이 낀 하늘을 보았다. 머리가 지끈거렸지만 궁금한 것이 많았다. "왜 지금 이 이야기를 해주시는 거예요?" 아버지는 대답 없이 편평한 잿빛 수평선만 바라보았다. "아빠? 혹시…… 편찮으신 건 아니죠?"

"아니, 아니야. 난 괜찮아. 다만, 나도 모르겠다. 그런 생각이 들더구나. 너랑. 네 엄마가."

아버지는 아스널의 리그 성적을 걱정하는 말투로 그렇게 말했지만 나는 알고 있었다. 아주 드물게 아버지가 이런 식으로 말을 꺼낼 때는 이야기를 시작할 방법을 스스로 찾도록 두는 것이 최선임을. "조가 내게 이야기를 했을 때였다. 단지 이런 상태가 옳지 않다는 생각이 들더구나. 알겠니? 네가 그 사람에 대해서 아무것도 모르면서 엄마가 되려고 생각하는 것이 말이다."

경고 한 마디 없이 눈에 눈물이 차올랐다. 가끔 전해지곤 했다. 아버지가 얼마나 노력하는지, 아버지도 아무런 준비가 안 되어 있었지만 나를 위해서는 무엇이든 했다는 사실이. 내가 아버지에게 얼마나 큰 의미인지, 아버지와 얼마나 강하게 결속되어 있는지 가끔 느낄 수 있었다. 아무 말 없이 눈물을 닦았다.

"로지, 너는 항상 내게 물었지. 내게 화를 냈고."

"알아요. 전……."

"아주 당연한 일이기도 하지. 내가 별로 이야기해주지 않았으니까. 왜냐하면 사실, 그 사람에게 무슨 일이 일어났는지 나도 모르거든."

나는 아버지를 보았다. "아빠, 그게 정말이에요?"

아버지는 한 손에 든 양철 머그를 꽉 쥐면서 침을 삼켰다. "그래. 그 사람은 사라졌어. 그게 사실이다."

"연기 속으로요?"

아버지는 나를 빤히 보았다. "로즈, 그 사람은 오늘까지 곁에 있더니 다음 날 사라져버렸어. 그 사람을 **찾았다**. 날 위해서가 아니었어. 널 위해서였지. 내가 무슨 일이 있었는지 안다고 생각하니?"

"저보다는 잘 아시겠죠."

아버지는 한숨을 쉬었다. "네 엄마, 그 사람은…… 그 무렵 우리는 함께 살지 않았단다. 너를 데리고 집을 나갔어. 그리고 코니, 콘스턴스가 왔어."

"뉴욕에요?"

"그래." 아버지는 한숨을 쉬었다. "하지만 네 엄마는 집을 나가 친구랑 살고 있었어. 욜란다라는 여자랑."

"**욜란다**요? 그럼 그 콘스턴스란 여자는요?"

아버지는 다급한 표정으로 허공에 손을 흔들었다. "잠깐만, 로즈. 들어보렴. 네 엄마와 욜란다는 맨해튼의 식당에서 같이 일했다. 욜란다도 나처럼 어찌 된 영문인지 알지 못했어. 네 엄마가 사라진 뒤, 욜란다가 전화를 했기에 너를 데리러 갔다. 나는 지쳐 있었어."

한 번도 듣지 못한 이야기였다. 나는 내용을 새겨들으면서 바다를 바라보고 있었다. "엄마를 얼마나 열심히 찾으셨어요?" 내가 조용히 물었다.

아버지는 화가 난 얼굴로 나를 보았다. "찾는 데 **몇 달**을 썼다. 심지어 경찰 조사도 받으러 갔어." 아버지는 잠시 말을 멈췄다. "하지만 네 엄마는 남이 찾는 걸 원하지 않았다. 사라져버렸어." 아버지는 다시 바다를 보았다. "로즈, 내가 하고 싶은 말은, 어떻게 된 건지 알고 싶다면, 네가 정말 원한다면 나랑 이야기해서는 소용없다는 거다. 나는 몰라. 답을 알 수도 있는 사람은 코니뿐이야."

"그 사람을 왜 **코니**라고 부르세요? 얼마나 친했는데요?"

"어느 정도는 친했지." 아버지는 침울한 표정으로 말했다. "하지만 절친한 사이는 아니었어."

"왜요?"

아버지는 바다가 자신을 휩쓸어 가버리길 원하는 표정을 짓고 있었다. "이야기하기 참 어렵구나. 우리는 모두 다 실수를 저지르지. 그때는…… 힘든 시기였어. 내가 소중히 여긴 건 너뿐이었다, 로즈."

"절 소중히 여겼다면 진작 이 이야기를 해주셨어야죠." 또 눈물이 차오르는 것이 느껴져 벌떡 일어났다. 《초록 토끼》가 자갈 위로 굴러떨어졌다. 내가 발로 차버리자 아버지가 서둘러 책을 구했다. "왜 내가 엄마를 가지고 바보 같은 이야기를 꾸며내게 두셨어요? 어떻게 감추고 계실 수 있어요? 이건 **정보**잖아요."

아버지는 나를 껴안으려 했다. 나는 아버지를 밀쳐내고 약간 비틀거리면서 바닷가 쪽으로 내려갔다. "미안하다. 그저 그게 도움이 되지 않을 거라고 생각했다. 전부 너무나 엉망이었으니까! 우리는 영국으로 돌아왔고, 네 엄마가 어디 있는지는 아무도 몰랐다. 그저

는 작은 턱, 회녹색 눈동자, 내려앉는 비둘기 날개처럼 단정한 눈썹. 그녀는 마주 보고 있는 멕시코의 수수께끼에 비해 너무나 적갈색이고 너무나 영국적이었다. 프리다와 콘스턴스는 다른 행성의 존재일 수 있지만, 둘 다 엘리스의 마음속에 뭔가 비슷한 것을 자극했다. 그들은 이 년 가까이 사귀었고, 엘리스는 코니를 너무 사랑해서 코니가 먼저 죽는다면 이 세상에 오래 머물지 못할 거라고 느꼈다. 콘의 몸이 신들의 손으로 가버린 것을 알면 엘리스의 몸도 항복할 것이다.

엘리스는 이렇게 육체와 하나 되는 정신을 경험해본 적 없었다. 아버지는 아직 엘리스가 여자와 연애하는 것을 알지 못했다. 영영 알지 못할 것이다. 엘리스는 열여섯에 아버지의 집을 나왔고, 어머니는 그보다 한참 전에 돌아가셨다. 이제 엘리스는 인생에서 가장 아름다운 장에 들어와 있었다. 아마도 그녀가 지닌 유일한 아름다운 장이었을 것이다.

*

햄프스테드에서 숙취에 시달리며 깨어난 그날 아침부터 육 개월쯤 뒤 코니는 엘리스에게 같이 살자고 제안했고, 엘리스는 겨우 더플백 두 개를 옆에 놓고 존의 아파트 바닥에 앉아 두근거리는 가슴으로 작은 빨강 시트로앵 소리를 기다렸다. **이건 옳은 일이야.** 그녀는 우유 짜는 처녀가 지고 가는 양동이처럼 골반을 툭툭 건드리는 가방을 양어깨에 메고 계단을 내려가며 생각했다. 한 달치 집세를 봉투에 넣어 식탁에 올려두고 나왔는데, 코니가 준 돈이었다. **옳은 일이라는 느낌이 들어.**

브릭스턴에서 햄프스테드까지 가는 데는 오랜 시간이 걸렸다. 엘리스는 코니가 능숙하게 기어를 바꾸고 주황색 신호등에서 망설임 없이 직진하는 것을 보고 감탄했다.

"이 도시는 굉장해요." 엘리스가 코니에게 말했다. "대공습이 어땠을지 상상이 돼요? 대화재•는 어땠을지?"

"차라리 재수 없는 은행 간부랑 사귀겠네." 코니는 웃으면서 말하더니 핸들에서 한 손을 떼어 엘리스의 손을 잡았다. 건조하고 힘센 손이었다. 그리고 그녀는 정말이지 자신만만한 운전자였다! 둘은 신호 대기 때 손을 만지며 있었고, 엘리스는 신호가 바뀔 때까지 계속 밖을 보았다. 그러다가 코니는 손을 놓고 유스턴 로드를 달려 세인트 판크라스를 지나고, 요크 웨이 거리에 서 있는 여자들을 지나고, 더 북쪽의 햄프스테드를 향해 차를 몰았다.

*

칼로 전시회를 본 뒤, 엘리스와 코니는 밖에 나란히 서서 거리를 오가는 차들을 지켜보았다. 둘은 말없이, 손도 잡지 않고 화이트채플 역을 향해 걸어갔다. "정말 다사다난했던 사람이야." 잠시 후 친구에 대해 말하는 것처럼 코니가 말했다. 4월이고 산들바람이 불고 있어서 코니의 연한 붉은색 곱슬머리가 사방에 날렸다.

"다사다난요?" 엘리스가 되물었다. 무슨 말인지 알 수 없었다. 어렴풋이 들어본 것 같기도 했다. 그 그림이 주는 은밀한 느낌에 아직도 어지러웠다. 그녀도 칼로처럼, 자신이 충돌하는 모든 순간

• 1666년 9월 2일부터 닷새 동안 런던을 휩쓴 화재

을 알고 어쨌든 받아들이고 싶었다. 그녀는 코니를 보며 코니를 만지고 싶었지만, 누가 보고 있는지 알 수 없었다. 곧 그들이 함께 가진 모든 것이 변할 것이었다. 곧 《밀랍 심장》은 〈하트랜즈〉라는 할리우드 영화로 제작될 예정이었다. 그들은 로스앤젤레스로 가서 그 과정을 지켜보기로 했다. 문득 엘리스는 이스트엔드의 보도에 무릎을 꿇고 앉아 손바닥을 대보고 싶었다. 이곳이 엘리스의 도시였다. 그렇지 않은가?

"음, 알잖아." 코니가 말했다. "어릴 때 병을 앓았고. 사고가 났고, 수술을 받았고. 아이를 얼마나 원했는지. 유산에. 그 **결혼**에."

엘리스는 어깨를 으쓱였다. "글쎄요."

"겨우 마흔일곱 살에 죽다니. 그렇게 젊은 나이에 죽다니, 참 아깝지!"

"항상 그런 건 아니죠. 그리고 마흔일곱은 **젊지** 않아요."

코니는 당혹스러운 표정으로 계속 말했다. "칼로가 왜 이렇게 안쓰러운지 정확히 모르겠어."

"난 안쓰럽지 않은데. 프리다 칼로는 당신의 동정을 원하지 않을 것 같네요. 저 그림을 보면, 그 사람은 화가 나 있었어요. 당신에게 보여주고 싶은 걸 보여주겠다는 결심이 상당히 확고했어요."

코니가 웃었다. 엘리스는 코니가 이렇게, 불이 켜진 촛불에 물을 부어 꺼버리는 것처럼 굴 때가 싫었다. 자신이 이런 데 강한 느낌을 받는 것은 스스로도 어쩔 수 없었다. 예술은 진실이 아니지만 진실을 말하기 위한 거짓말이었다. 그녀가 모델 일을 하던 RCA에서 드로잉 교수가 한 말이었다. 그리고 진실은 사실과는 다른 자질을 갖고 있었다. 그것은 각도의 문제, 어디에 서 있고 어떤 광경을 봐야 하느냐의 문제였다. 예술은 언제나 매달릴 수 있는 무엇을 찾는 과정이었다.

"프리다 칼로는," 엘리스는 자신이 미술 교수라고 생각하면서 지하철 표를 지갑에서 꺼내며 말했다. "보아하니 그 사람은 아는 모두를 상대로 작업했어요. 자신도 대상으로 삼았고. 하지만 다른 사람들도 모두 이용했어요. 수프에 모두를 넣은 거죠."

*

화이트채플 역 플랫폼에 지하철이 들어왔고, 그들은 디스트릭트 선을 타고 나란히 앉아 모뉴먼트 역으로 갔다. 코니는 피곤해 보였다. 그녀는 머리 옆을 지하철 창문에 기댔다. 지하철에 몸이 흔들리고 터널 불빛이 반짝이며 지나가는 동안 엘리스는 전시 프로그램을 손에 쥐고 말았다가 펼쳤다. 코니와 만난 이후 엘리스는 심장이 난방된 실험실의 복숭아 같은 속도로 성숙하는 것을 느꼈다. 부풀어 올랐고, 무거워졌으며, 엘리스 속에 늘 있던 돌덩이를 밀어냈다. 엘리스가 코니의 집으로 들어가던 날 시트로앵의 문을 잡는 순간에도, 오 분 전보다 나이가 든 기분이었다. 하지만 오로지 너무 젊기에 느끼는 것임을 깨닫지는 못했다.

코니는 엘리스에게 잘되기를 원한다고 말하곤 했다. 왜 코니는 엘리스에게 그걸 원할까? 지하철에 흔들리며 시내로 돌아가는 동안 엘리스는 그런 생각을 했다. 코니는 엘리스 자신에게서 무엇을 원할까? **그저 당신을 사랑하고 싶어.** 그녀는 이런 말도 했다. **당신을 사랑하는 것은 가장 큰 특권이야. 이제 그 희곡을 써보지그래?**

엘리스는 시내를 가로질러 여러 가지 일을 하러 가는 사이에 전처럼 날마다 코니가 그립지 않았다. 코니의 얼굴은 연못처럼 고요했고, 성기는 석탄처럼 따뜻했다. 하지만 그녀가 느끼는 사랑은 여전히 점점 커지며 그녀를 짓눌렀다. 그것은 땅속에 뿌리를 내리고 있었다. 엘리스는 코니와 함께 산 이후 별로 한 일이 없다는 것을 알고 있었다. 이제 겨우 스물두 살이었다. 아직 모든 것이 그녀 안에 있었다. 코니는 엘리스를 멍청한 쇠물닭으로 만들어놓았다. 수면에 이는 잔물결. 욕망 때문에 편협해진 머리 작은 새. 엘리스는 자신이 너무나 무능하고 너무나 행복하다고 느꼈다.

6

엘리스가 서재 문턱에 서서 코니를 말없이 지켜보았다. 안에는 절대 들어가지 않았다. 코니는 너무 깊이 집중하느라 알아차리지 못했다. 코니는 고개를 책상 위로 살짝 숙이고 공책 위로 팔을 움직이고 있었다. 리플리가 카펫에서 고개를 들더니 다시 엎드렸다. 녀석이 돌아누워 바라보았다. 코니는 수호 동물을 데리고 주문을 기록하는 마녀라고 엘리스는 생각했다. 코니 곁에 있을 때면 엘리스도 리플리처럼, 코니라는 존재에서 흘러나오는 따스함과 안전함을 즐기게 되었다. 자신도 코니의 발치에 웅크린 고양이가 되고 싶었다. 코니는 점점 더 오래 일하고 있었고, 하루 일이 끝나면 이따금 괴로운 표정이 되었으며, 아침, 점심, 저녁식사 때 집중하지 못하며 모종의 환희를 발산하기도 해서 엘리스는 그 곁에 있으면 흥분된다고 생각했다.

"콘?"

"음?"

"차 한잔할래요?"

"괜찮아."

"비스킷은요?"

"아니."

엘리스는 계속 서성거렸다. 코니의 가정부 메리 오라일리가 아래층에 와 있었다. 엘리스는 메리가 있을 때 편치 않았다. 엘리스가 코니와 사귀기 시작하고 메리를 처음 만난 날, 코니는 위층에서 일하고 엘리스는 주방에서 신문을 읽고 있었다. 엘리스는 문이 열리는 소리를 듣고 누군지는 모르지만 열쇠가 있다는 사실에 긴장했다. 발소리가 들리고, 여자의 등과 털모자가 보이더니, 그녀는 아무렇지 않게 주방 의자에 배낭을 놓고 싱크 아래 청소 도구를 향해 걸어갔다. 그제야 메리는 돌아서서 식탁에 앉은 엘리스를 보았다. 날씬한 몸매를 가진 메리는 지루하고 엄숙한 오십대의 관료였고, 장관의 비밀을 알고 있었다. "안녕하세요." 메리는 손끝으로 모자를 쥐며 말했다. "그럼, 찾아오는 사람이 그쪽이군요."

"네. 제가 찾아와요."

*

"뭘 써요?" 엘리스가 묻자 코니의 등이 긴장했다. 글쓰기를 멈췄지만 돌아보지는 않았다.

"뭐 좀."

"뭐 좀요?"

코니는 펜을 내려놓았지만 여전히 돌아보지는 않았다. "엘."

"미안해요."

코니는 글을 쓰고 있었다. 누구나 거기까지만 알 수 있었다. 엘리스는 이런 질문을 해서는 안 되며, 철없는 침범임을 알았지만 그날은 짜증이 났다. 로스앤젤레스로 가는 날이 이 주도 남지 않았다. 카페에 사표를 냈고 국립극장에서도 마지막 근무를 마쳤다. RCA에도 한동안 미국에 갈 거라서 모델 일을 못 한다고 알렸다. 거기 가서 할 일이 있는 것처럼 말하고 나서, 외풍이 있는 작업실에서 마지막으로 모델을 하며 연필 사각거리는 소리를 들었다. 엘리스는 여기서 했던 모든 일을 정리하면서 계속하고 싶을지도 모른다고 생각했다. 다만 코니를 위해 함께 로스앤젤레스에 갈 것이다. 도저히 헤어질 수 없으니까. 그런데 지금 코니는 돌아보지도 않는다.

"나는 무슨 일을 하는지 다 말했어요." 엘리스는 문틀에 기대며 애써 무심한 말투로 말했다. "당신이 묻는 건 전부 다 대답해요."

코니는 사무용 의자에 앉은 채로 획 돌았다. 짜증이 난 표정이었다. "초록 토끼에 대해 쓰고 있어." 코니가 말했다.

"뭐요?"

"초록 토끼."

"그렇군요."

코니가 이를 앙다물었다. "부탁이야. 그러지 마."

"뭘요?"

코니는 이마를 문질렀다. "미안해. 하지만 마치면 보여줄게."

"그래요." 하지만 엘리스는 여전히 망설였다. "어떨 것 같아요?"

"책이?"

그랬다, 그녀는 책을 쓰고 있었다. "아뇨. 로스앤젤레스가."

"아, 호크니가 그린 수영장 그림 같겠지. 햇볕. 가짜."

"소차가 정말 리플리를 봐줄까요?"

소차는 맨체스터 학창 시절부터 코니와 친구로, 지금은 현대사를 가르치는 교수였다. 하지만 코니의 친구 중 많은 이들이 그렇듯이 엘리스는 소차를 만난 적이 없었다.

"물론이지." 코니는 그제서야 엘리스를 찬찬히 살펴보았다. "무슨 일 있어, 엘? 시들링에서 계속 일하고 싶어? 가고 싶지 않아? 왜 그래?"

"아니, 아니에요. 걱정 마요."

엘리스는 침실로 올라가 누워서 로스앤젤레스에 대해 생각했다. 아는 것이 별로 없었다. 꿈이 이루어지는 곳, 명성으로 얻는 재산이 어마어마한 곳 같았다. 거기서 20세기 내내 영화 스타들은 마약과 술로 자살이나 다름없는 선택을 했고, 퇴물이 되었다는 치욕을 겪거나 지나친 노출이라는 자만에 빠져들었다. 돈을 위해 경주를 벌이고, 여성 배우는 재능이 아니라 영수증으로 가치를 인정받는 곳 같았다. **졸작이 나오면 무너지는 거야.** 코니가 이렇게 말했었다. **영화가 졸작이 아니기를 신에게 기원해.**

*

메리가 아래층에서 찬장을 쾅쾅 여닫고 있긴 했지만, 엘리스는 코니의 집이 평화로워서 좋았다. 엘리스가 전에 알지 못한 평화였고, 자기 힘으로 그곳을 찾아내 자랑스러웠다. 코니가 엘리스를 꾀어 들였지만, 엘리스는 달아나고 싶지 않았고 계속 머물고 싶었다. 처음으로 집처럼 느껴지는 곳이었다. 배우들이 떠난 뒤 남은 아마추어 극단의 무대 세트처럼, 가득 찬 코니의 책장과 짝이 맞지 않는 가구들을 보며 엘리스는 마음껏 백일몽을 꿀 수 있었다.

그날 밤 침대에 누웠을 때, 엘리스는 코니에게 아몬드 같다고 했다. 낮에 말다툼을 했으니 뭔가 화해를 해야 할 것 같았다. 우스꽝스러운 소리를 해야 했다. "당신이 견과류•라면 아몬드일 거예요." 엘리스가 말했다.

코니는 엘리스 쪽으로 등을 돌린 채 모로 누워 있었고, 엘리스는 연인의 단정하게 생긴 두개골에 손을 얹고 마지팬처럼 달콤한 향이 나는 코니의 머리에 코를 댔다. "당신을 갈아서 케이크에 넣을 수도 있을 거예요." 엘리스가 말했다. 코니는 웃었고, 엘리스는 코니의 뾰족한 견갑골이 이완하는 것을 보고 욕망이 솟았다.

"난 아몬드 같지 않은데." 코니가 말했다. "캐슈넛에 더 가깝지 않아?" 그녀는 엘리스 쪽으로 돌아누워 팔로 감싸 안았다. "당신은 무슨 견과류지?"

엘리스는 코니가 이런 잠자리 잡담을 거부하지 않는다는 사실이 좋았다. 그들은 이런저런 이야기와 생각을 나누면서 함께 세상을 지어내고 오롯이 둘만의 고요한 시간을 이어갔다. "난 브라질너트죠." 엘리스가 말했다.

"크림 같은 브라질너트." 코니는 배고픈 사람마냥 신음 소리를 냈다. "내가 제일 좋아하는 거."

코니는 그런 재주가 있었다. 견과류 이야기를 사랑의 확인으로 바꾸어놓을 줄 아는 형이상학의 마법사였고, 엘리스는 그 마법에 걸려 벗어날 수 없었다. 엘리스는 코니의 뺨에 얹은 손을 쇄골로, 주근깨가 난 창백한 어깨로 내렸다. 코니는 시선을 끌었지만 시선이 끌려간 뒤에는 무엇을 해야 할지 알 수 없었다. 그렇다고 꼭 가까이 다가가고 싶은 건 아니었다. 허락받지 못할까 봐 두려웠다.

• 견과류를 뜻하는 'nut'에는 괴짜라는 의미도 있다

코니는 자신이 얼마나 강한지 전혀 모르는 것 같았다. 자신의 목소리가 얼마나 위압적인지 인식하지 못했다. 하지만 지금 그녀는 말없이 기다리고 있었다. 엘리스가 행동할 때까지 움직이지 않았다.

엘리스는 코니의 입술에 부드럽게 키스했고, 코니가 쾌감에 들떠 내는 완벽한 한숨 소리를 들었고, 코니의 손이 다가와 끌어안는 것을 느꼈다. 세상에서 가장 자연스러운 행동이었다.

*

엘리스는 일찍 깨어났다. 코니는 아름답게 자는 사람이었다. 꼼짝 않고 조용하게, 엘리스가 언제든지 산 채로 껍질을 벗겨 먹어치울 수 있다는 사실을 모른 채, 숲에서 찾아와 엘리스의 심장 옆에 자리를 잡은 요정처럼 잤다. 코니는 기적 같은 존재지만, 로스앤젤레스가 다가오고 있었고 엘리스는 두려웠다. 이 두려움을, 전에도 행복을 갉아먹고 여러 가지 문제를 일으킨 두려움을 묻어두었다. 그것은 그녀 영혼에 슨 녹이었다. 언제나 거기 있었다.

"사랑해요." 그녀가 이렇게 속삭이자 그 말은 들어주기를 기다리며 공중에 떠 있었다.

코니가 깜짝 놀란 표정으로 깨어났다. 시트 아래 그녀의 팔다리가 나뭇잎이 바스락거리는 것 같은 소리를 냈다. "엘." 코니는 미소를 지으며 엘리스의 목덜미에 얼굴을 묻었다. "엘, 나도 사랑해."

2017

7

포츠머스로 돌아가는 페리에서 《밀랍 심장》을 읽기 시작했고, 조와는 거의 한 마디도 나누지 않았다. 아버지가 해준 이야기를 조에게는 꺼내지 않았다. 우리 망상 속 아기에 대해 아버지와 이야기한 그에게 화가 났다. 그런 것(우리 사이의, 내 몸의 내밀한 일들)을 프랑스의 식당에서 편안히 커피나 마시며 의논해서는 안 된다고 생각했던 것 같다. 조는 기분을 읽은 듯 나를 내버려두고 갑판을 돌아보더니 자리에 털썩 앉아 음식 블로거와 요리사들 인스타그램 계정을 훑어보았다.

《밀랍 심장》은 1979년 발표되었고, 1983년 《초록 토끼》가 뒤를 이었다. 《밀랍 심장》은 70년대 느낌이 있긴 하지만 시대 배경이 이상하리만치 묘연한, 간결하고 우수에 찬 책이었다. 주인공은 비어트리스 존스라는 여자로, 남편이 연달아 불륜을 저지른 사실을 알게 된 뒤 혼자가 되지만 당당하게 살아간다. 《초록 토끼》는 분노가 느껴지는 더욱 깊이 있고 육감적인 책이지만 첫 소설의 변주였다. 사랑에 빠진 여자가 주인공인데 그녀는 혼자가 되길 원하지 않는다. 아버지가 이 책 읽는 모습을 상상하니 혼란스러웠다. 하지만 엘리스와 콘스턴스의 비밀을 추적하려면 아버지에게도 비밀이 있다는 사실을 받아들여야 했다. 마침내 아버지는 내가 늘 원하던 것을 주었다. 어머니와 함께하던 아버지의 삶을 들여다볼 창문을. 비록 그 창문은 반쯤 닫혀 있어서 전망이 가려져 있지만. 그리고 그 전망이 내 마음에 들지도 알 수 없었다.

그럼에도 불구하고 나는 포기하지 않았다. 아버지가 (내키지 않는 마음으로 근근이) 콘스턴스 홀든을 내놓았으니 도로 건넬 생각이 없었다. 《초록 토끼》가 특히 마음에 들었다. 삶을 끝까지 살아내고 그 속에서 길을 잃은 이들. 그리고 확실한 대답은 없지만 마지막 문장이 끝나고도 계속해서 꽃을 피워낼 사람들. 런던에 돌아간 뒤 커피숍에 일하러 가는 버스에 서서 이리저리 흔들리면서도 그 책을 읽었다. 변기에 앉아서도 읽었다. 주전자에서 찻물이 끓기를 기다리면서도 읽었다. 이틀 동안 손에서 그 책을 내려놓지 않고 머리와 심장이 코니의 인물들과 하나 되는 경험을 했다. 당연히 내용에서 어머니를 찾아보았지만, 어머니가 있다 하더라도 내가 알아볼 수 있었을까? 어머니는 보이지 않았어도 마음속 한구석에서 나를 가득 채우고 있었다. 유원지에서 파는 풍선 묶음처럼 줄들이 나를 하늘로 날려 올리고 그곳, 그 장소에서 벗어나게 해주었다.

콘스턴스 홀든은 책을 읽어보지 않아도 작가의 이름은 아는 그런 부류의 작가는 아닌 것 같았다. 그녀는 스파크나 안젤루, 레싱이나 애트우드 같은 작가는 아니었다. 숱하게 많은 여성 작가가 그렇듯이 그녀 역시 다른 이름에 가려진 채 사라져갔다. 하지만 코니의 문체는 모방 불가였다. 알고 보니 그 후에 모방을 시도한 사람들이 있었다. 《초록 토끼》는 삶의 고독, 잘못된 사랑이 일으키는 파괴에 관한 책이다. 타인과 함께하고 싶은 사라지지 않는 욕구, 그들을 모두 밀어내고자 하는 영원한 욕망에 관한 책이다. 하지만 그 버스에 서서 래빗이, 초록색 여인이, 기대와 선망과 새 출발을 상징하는 그 여인이 잘되기를 얼마나 바랐는지 모른다.

책 한 권이 마음에 들어와 인생을 바꿔주기를 얼마나 원했던가? 코니의 글을 읽는 동안 이 사람이 어머니와 그렇게 가까운 사이였으며, 어머니가 어떻게 되었는지 알지도 모른다는 사실이 내게는 무시무시한 기쁨이었다. 이 관계를 알지만 소설을 읽는 것 이외에 어떻게 해야 할지 모른다는 것이 고통스러웠다. 나는 소설을 원하지 않았다. 누군가 진실을 말해주기를 원했다.

*

클린 빈에 상주하는 영문학 전공 학부생이자 책벌레 조이에게 콘스턴스 홀든이라는 이름을 들어본 적 있는지 물어보았다. 조이는 카푸치노에 스팀 노즐을 밀어 넣다가 눈을 휘둥그레 떴다. "어머, 《초록 토끼》는 내가 **제일 좋아하는 책**이에요."

"방금 읽었거든요."

"딱 두 권밖에 안 써서 정말 슬퍼요."

"책을 더 쓰지 않은 이유를 알아요?"

스무 살 조이는 콧구멍 사이에 피어싱을 하고 섬세한 금발을 파란색으로 염색하고, 소설가부터 넷플릭스까지 모든 것을 아주 진지하게 받아들이는 사람이었다. 나는 그런 그녀를 귀여워했다. "몇 가지 이론이 있긴 해요. 《초록 토끼》를 내고 일 년 뒤에 정말 유명한 에세이를 한 편 썼는데, 그건 내가 들어본 모든 페미니즘 이론 수업에서 다 다뤘거든요."

“홀든이 다시는 책을 쓰지 않겠다고 직접 말했어요?”

“그렇진 않아요. 하지만 홀든이 발표한 건 그게 마지막이었어요. 제목이 〈메뚜기 재앙〉이에요. 필요하면 빌려줄까요?”

“그러면 정말 좋겠네요. 고마워요, 조이.”

“별거 아니에요.”

“작가가 아직 살아있는지는 알아요?”

조이는 이맛살을 찡그렸다. “사망했다면 분명 신문에 부고가 났을 거예요. 사망한 것 같지는 않아요. 대단한 작가였거든요. 컬트적이고 이상한 은둔자이지만 아직도 대단한 작가예요.”

“이상한 은둔자요?”

“음, 성공의 정점에서 왜 그런 식으로 절필했을까요? 책을 더 써야 했는데. 우리는 그 작가가 필요했다고요! 하지만 그만뒀어요. 정말 아까워요.”

조이가 몸을 부르르 떨었다. 모든 걸 깊이 느끼는 사람이었다. 나는 부끄러워졌다. 열네 살이나 많은 나는 그렇게 느끼는 법을 잊어버렸으니까.

*

아파트로 돌아와 식탁에 앉아 인터넷으로 콘스턴스를 검색해보았다. 조이가 옳았다. 콘스턴스 홀든이 망각되기를 원했든지, 다른 사람들이 그녀를 잊기로 했든지 (혹은 그렇게 의도적인 것이 전혀 아니든지) 그녀는 두 권의 책과 〈메뚜기 재앙〉을 쓴 뒤 더는 아무것도 쓰지 않았다. 찾을 수 있는 사진은 80년대에 찍은 흐릿한 얼굴 사진뿐이었다. 흑백에 흐트러진 머리, 헐렁한 블라우스, 단정하지만 립스틱을 바른 입술. 젊어 보였다. 이제는 칠십대가 되었을 테지만 나는 그녀를 젊은 사람으로 생각하기 시작했다. 아버지가 준 책 뒤표지에 적힌 저자 경력 사항은 터무니없이 오래되었는데 온라인에도 그것을 대신할 새 정보는 없었다. 지금 그녀는 어디에 있을까?

"누구야?" 조가 어깨 너머로 노트북 화면을 들여다보았다.

"콘스턴스 홀든."

"누구?"

"작가야. 방금 이 사람 책을 읽었어."

"여우 같은데."

"옛날 사진이야. 하지만 늙은 여우가 되어 있을지 모르지." 나는 그를 향해 몸을 홱 돌렸다. "조이, 프랑스에서 아빠가 해준 이야기가 있어. 이 사람이 엄마랑 아는 사이였대."

조는 곧바로 경계하는 표정을 지었다. 어머니 이야기만 나오면 짓는 표정이었다. 어쩔 수 없었다. 그는 너무 많은 눈물을 보았고, 내 검은 안개 속을 너무 많이 헤맸다.

"그렇군." 그가 말했다.

"그래서 이 사람을 찾을 거야."

"로지……."

"꼭 찾을 거야."

"그게 좋은 생각이라고 확신해?"

"물론 확신은 없지. 하지만 찾긴 해야지. 이건 처음으로……."

"됐어, 이해해. 알았어."

"뭐?"

"뭐, 너무 큰 희망을 갖지는 마, 알았지?"

"그럴게."

내 말이 사실이 아님을 우리 둘 다 알고 있었다.

"이제 부모님 만나러 출발해야 해." 그가 말했다. "준비됐어?"

나는 현실로 돌아가기 싫어서 한숨을 쉬고 노트북을 닫았다. "어젯밤은 어땠어?" 조는 어느 '천사' 투자자와 한잔하면서 그가 부리토 트럭 사업 아이디어에 돈을 댈 의향이 있는지 알아보기로 했다.

"좋았지!" 조가 밝게 말했다.

"그래서?"

"이런 일에는 시간이 걸리는 법이야." 그가 걸어가며 말했다.

나는 속으로 비명을 지르고 있었다. 내 입은 꾹 다문 것처럼 보이지만 실제로는 딱 벌어졌고, 거기서 초자연적인 허리케인이 튀어나가고 있었다. 이 년 동안 우리가 이룬 팀에서 힘든 일은 내가 도맡아왔다. 콘스턴스 홀든이 어머니와 관련이 있을지 모른다는 사실에 그는 시큰둥한 반응을 보였다. 나는 기분이 상해 눈을 감았다. 이런 일에는 시간이 걸렸고 그 시간은 결코 보상받지 못했다.

이 년 전 조는 멕시코 음식과 새로운 음악과 여행에 대한 애정을 뭔가 확실한 것으로 바꾸고자 했다. 세계를 돌아다니는 페스티벌 부리토 트럭이 세 가지 애정이 만나는 접점이 되었다. 나는 좋은 생각이라고 맞장구쳤다. 정말 그랬다, 낭만적이지 않은가! 게다가 삼십대에 접어들던 우리는 로맨스와 모험을 지시하는 기표라면 무엇이든지 붙잡아야 할 것 같았다. 그 덕분에 조는 행복해했다. 처음에는 노점 자격증을 따고 페스티벌 주최 측에 연락을 취하는 등 열심이었다.

하지만 증권 중개인 일을 그만둔 뒤 돌아가신 할아버지 유산으로 트럭을 사고 남은 돈을 생활비로 날려버린 것은 좋은 생각이 아니었다. 트럭 내부를 최고급 주방으로 교체해야 했지만 그 역시 '시간이 걸릴' 것이라고 했다. 조는 고집이 셌고, 페스티벌 푸드 트럭 사업이 실제로 얼마나 무자비하고 경쟁이 심한지 깨닫지 못했으며, 인정할 생각이 없었다. 원해야 하는데 조는 좋아할 뿐이었다. 자신을 밀어붙일 마음의 준비도 의지도 없었다.

조의 부모님은 우리가 함께 사는 아파트를 사주었고 나는 거기서 월세를 내지 않고 살았다. 이 사실 때문에 나는 (알코올이 개입하지 않는 한) 조리토스에 진전이 없는 점에 대해 늘 입을 다물었다. 그의 재산에 아무 지분이 없으니 사업에 대한 그의 행동이나 우리 관계에 미치는 영향에도 어쩐지 아무런 발언권이 없는 것 같았다. 이상적인 관계와는 거리가 멀었다. 아파트는 요정의 결계처럼 조를 지켜주었다. 내가 보기에 조는 그것 때문에 정말 힘든 노동이 무엇인지, 안전망이 없는 것이 어떤 의미인지 제대로 배우지 못했다.

우리는 구 년째 사귀고 있었다. 좋은 시절도 물론 있었다. 많이 있었다. 그렇지 않고서야 왜 함께했겠는가? 나는 그를 정말 사랑했다. 그저 가끔 다른 커플도 이런 식으로 힘겹게 바다 밑을 지나가는지, 왜 그러는지 궁금해질 따름이었다. 모두 사랑의 존재를 믿기 때문에? 달리 할 일이 없기 때문에? 말다툼을 하면 양팔과 배 속, 어깨를 무겁게 짓누르는 느낌이 그저 오후의 피로 탓이 아님을 알게 되었다. 조와의 싸움은 내 온몸을 짓눌렀다. 하지만 근래에는 더는 그에게 화가 나지도 않았다. 너무 지쳤다. 기분은 늘 우울했고 아무것도 느껴지지 않았다. 대신 새로운 체념이 오고 있었던 것 같다. 물에 빠진 듯한 이런 느낌은 나만의 것이었다. 날마다 그 기분을 감수해야 했다. 그와 헤어지는 건 생각할 수도 없었다. 우리는 이십대의 절반을 만났고 그건 보통 일이 아니었다. 켈리는 여러 명의 남자친구, 여러 명의 연인을 사귀었다. 학교 시절 친구들 중 몇 명도 그랬다. 나는 그런 부류가 아니었다. 내 바위를 찾으면 거기 딱 붙어 떨어지지 않는 부류였다.

조는 돈을 펑펑 써대는 여느 사람들과는 달랐다. 그는 가진 것 없이 낭비하는 사람은 아니었다. 하지만 계속 사업에 '투자'했다. 화장지를 사고 이따금 외식비를 내고 이 주간의 여름휴가 비용을 대는 사람이 나뿐일 때, 함께하는 공간에 우리가 어른이라는 가련한 증거로 예쁜 양초나 쿠션을 사다놓는 사람이 나뿐일 때, 사랑의 매혹은 쑥 줄어들었다. 내 조부모님도 유언장에 내 몫을 조금 남겨놓았고, 나는 그 절반을 아버지와 상의도 없이 조리토스에 투자했다. 아버지가 내게 재산을 물려줄 가능성은 거의 없었다.

내 분노는 날카로워졌고 점점 더 쉽게 다가왔다. 나 말고는 아무도 모르는 분노였다. 잘 감췄으니까. 하지만 텔레비전에서 요리사가 멕시코 요리의 즐거움을 설파하거나(부리토에 대해서는 언급 한 번 없이), 마야 문명이나 아즈텍 폐허를 돌아다니는 장면이 나오면 채널을 돌려야 했다. 부리토를 증오하기 시작했다. 매일 아침 클린 빈에 출근하고 퇴근할 때마다 사업 실패가 새롭게 실감났다. 트럭은 조의 부모님 집 앞에서 녹이 슬고 있었다. 조의 어머니 도로시는 덮개를 덮어 그 흉한 오렌지색을 가리는 조건으로 차를 거기 세워두어도 좋다고 했다. 자동차세와 보험료도 내주었다. 조의 아버지는 이 사실을 몰랐을 것이다.

한 해는 두 해가 되었고, 조가 할아버지에게서 받은 유산이 거의 바닥났는데도 우리는 똑같은 상태였다. 부리토 조리법을 시험하고, 이 카운티 축제나 저 마을 장터에 가보자고 말할 뿐이다. 참 놀라운 맹점이었다. 우리는 술에 많이 취하면 그 일로 다퉜다. 트럭의 존재를 모욕하는 것은 조의 존재 자체를, 그가 바라는 모든 것을 공격하는 것처럼 느껴졌기 때문이다. 내가 그의 꿈을 짓밟고 뭔가 해내려는 시도를 비웃는 것처럼 느껴졌기 때문이다. 그는 그 모든 것에 몹시 예민했다. 나는 한번 실수했다가는 부리토의 시계가 이미 돌아간 것보다 훨씬 더 뒤로 돌아갈 수 있음을 알고 있었다.

*

조의 부모님과 하게 될 점심식사는 걱정스럽지 않았다. 그다지 즐겁지는 않아도 모든 것이 익숙했기 때문이다. 조에겐 데이지라는 여동생이 있는데, 우리보다 세 살 어리지만 결혼해서 아이가 둘이었다. 그 아이들이 관심을 대부분 차지해 내게 지나친 시선이 집중되는 것을 막아주었다. 데이지는 모든 것을 완벽하게 해내 늘 긴장의 근원이 되어왔다. 학교 성적, 대학 입학 전 갭이어•, 졸업 후 인턴 프로그램, 자선 번지 점프, 마라톤, 유능한 배우자, 두 아이, 출산 후 체중 감량……. 그런데 말 그대로 그중 무엇도 한 적 없는 조가, 대놓고 말하는 사람은 없지만 단연 부모가 가장 좋아하는 자식이었다. 데이지가 남편 라덱과 결혼하던 날 데이지의 친구들도 만났는데 하나같이 경쟁적이었다. 그들에 비하면 데이지는 자신이 약간 아웃사이더라고 상상했다. 마리화나를 좀 피우고 팔 안쪽에 작은 평화 기호 문신을 했으니까. 그러나 그녀는 아웃사이더가 아니었고, 평화 기호는 메르세데스 벤츠 배지처럼 보였다. 그녀도 아

• 고교 졸업 후 대학 입학 전 여행이나 봉사 등을 하면서 보내는 한 해

이를 낳기 전에는 아버지처럼 시티에서 일했다. 라덱은 여전히 그곳에서 하느님이 선사하신 매시간을 일하고 있었다. 내가 만약 데이지의 배우자라면 나 역시 늘 밖에 있고 싶었을 것이다.

이런 일요일 점심때면 보통 여섯 살 루시아의 학교생활이나 아기 월프의 '열'에 대해 이야기했다. 조의 어머니는 의사였다. 아버지 벤은 내가 제대로 이해한 적 없는 무슨 재정 사업의 무슨 CEO 자리에서 연내 은퇴할 예정이었다. 벤이 상대하기 더 쉬웠다. 평생 인맥을 만들고 이사회에서 자기 목소리를 내며 살아온 그는 예측, 조종 가능한 상대였다. 도로시는 까다로웠다. 조가 자기 '잠재력'을 다 쓰지 못하는 것은 나 때문이라고 여긴다는 느낌을 받았다. 전적으로 내 잘못이라고 생각할 가능성도 있었다. 얼마 전부터 그 때문에 반항심이 생겼고 짜증도 났다. **도로시는 조의 엄마야. 나보다 조를 먼저 알았다고!** 이렇게 생각하며 마음을 다스렸다.

*

도로시와 벤의 집에 다가가니 방수포에 감춰놓은 부리토 트럭이 보였다. 나는 주유소에서 산 장미꽃을 핸드백에서 꺼내 상표를 떼어냈다. 우리는 아무 말 없이 트럭을 지나 현관으로 직진해서 황동 노커를 들었다.

루시아가 문을 열었다. 승마 헬멧을 쓰고 있었다. "기수를 할 만큼 키가 컸네." 나는 이렇게 말하며 안으로 들어섰다.

"알아요!" 루시아가 외치며 보이지 않는 말을 타고 복도를 지나 주방을 포함하는 커다란 증축 공간으로 뛰어갔다. "왔어요!" 루시아가 소리쳤다.

"어서 와라!" 벤이 거실에서 인사했다.

"안녕하세요, 벤!" 나는 밝게 말했다. 벤이 문 앞으로 나왔고 우리는 서로 뺨에 입을 맞췄다.

"마실 것 줄까?" 그가 아들의 어깨를 두드리며 물었다.

"레드 와인 한 잔 주세요." 내가 말했다.

"네, 저도요." 조는 열네 살짜리처럼 구부정한 걸음걸이로 주방으로 들어가면서 말했다.

"갑니다." 벤이 와인 셀러 쪽으로 걸어가며 말했다. 그들에게는 와인 셀러가 있지만 그렇게 부르지 않았다. 그저 아래층에 와인 랙이 두어 개 있다고만 말했다.

나는 조의 뒤를 따라서 허세 가득한 괘종시계와 십대 시절 데이지의 스튜디오 사진 앞을 지나갔다. 학교 사진이 끝없이 걸려 있었고, 90년대에 휴가를 즐기는 가족이 의도적으로 무심한 표정을 지은 사진들이 걸려 있었다. 모두 줄무늬 수영복을 입었고, 도로시는 어울리지 않는 펌을 하고 있었다. 나는 밀실 공포증이 외투처럼 온몸을 감싸는 느낌이라 잠시 심호흡을 하려고 걸음을 멈췄다.

"아! 방랑자들이 돌아왔네!" 도로시가 말했다.

나는 그녀를 향해 미소를 짓고 입을 맞췄다. "선물이에요."

"어머, 고맙구나. 아, 모로코산이구나! 이 철에 장미를 어떻게 키우나 싶었어. 루스, 꽃병에 꽂아주겠니?"

"말 타고 있어요." 루시아가 말했다.

"일 분도 안 걸려." 도로시가 말했다.

"제가 할게요." 나는 도로시가 장미의 북아메리카 정체성을 못마땅히 여기는 것을 느끼며 꽃다발을 도로 받았다. 탄소 발자국 때문일까 인종차별 때문일까. 알 수 없는 일이었다.

"어떻게 지내니?" 도로시가 물었다.

"잘 지내요, 감사합니다." 나는 불쾌감이 밀실 공포증과 뒤섞여 빠르게 자리 잡는 것을 느끼며 대답했다. 데이지가 주방 문 앞에 나타났다.

"안녕!" 내가 말했다.

그녀가 내 뺨에 입을 맞췄다. "안녕, 로즈."

"래드는?"

데이지는 어이없다는 표정을 지었다. "총각 파티. 지금쯤이면 다들 결혼했을 때라고 생각하겠지만."

"그러게."

"사실 이번이 재혼이야. 훨씬 더 잘 어울리는 커플이 될 거야."

도로시는 한숨을 쉬었다. "아빠한테 와서 고기 좀 잘라달라고 할래? 대체 거기서 뭘 한다니?"

"와인 가지러 가신 것 같아요." 내가 말했다.

"아니야. 스카이 플레이어로 녹화를 맞추고 계셔." 루시아가 말했다.

"또? 가서 네가 해드리렴, 루스. 다 식어버리면 안 되니까. 너희 둘은 겨우 시간 맞춰 왔구나." 도로시는 이렇게 덧붙였지만 나만 보았다.

*

점심식사에서 우리는 데이지 외에는 아무도 모르는 커플의 결혼식에 대해 주로 이야기했다. 나는 데이지의 입이 움직이는 것을 보면서 참 고단해 보인다고 생각했다. 이야기 소리를 무시하고 콘스턴스 홀든이 어떻게 어머니에게 반했을까 생각하려 했지만, 데이지의 목소리는 집요했고 이야기가 끝도 없이 계속되고 있으니 화제가 바뀌기를 바라게 되었다. 윌프의 폐렴에 대한 새 소식이나 루시아의 교과과정, 데이지의 딸이 또 반 아이들보다 뛰어난 성적을 받은 것("하지만 그 애들과 같이 두는 게 훨씬 낫죠. 또래 아이들과 사귀는 법을 아는 게 정말 중요하잖아요?"). 문득 루시아가 십오 년 후에 어떻게 될지 보이는 것 같았다. 친구 하나 없이, 아무것도 모르는 천재 루시아가 눈에 선했다. 암울했다. 특징 없이 꾸민 식당을, 도로시의 빅토리아 시대 먼 친척들의 야심찬 초상화들을 둘러보았다. 복도에서 괘종시계가 울렸다.

"그리고 결혼 얘기가 나왔으니 말인데 두 사람은 어떻게 할 거야?" 접시를 치우는 내게 데이지가 물었다.

조는 긴장했고 나는 멍하니 미소를 지었다. "그 아파트에 함께 산 지 너무 오래됐잖아!" 데이지가 명랑하게 말했다. 나는 쓸데없는 대답을 하지 않았다. "언제쯤이면 로즈를 유부녀로 만들어줄 거야, 조?"

"아, 제발." 조가 말했다.

"그냥 질문이야."

"쓰레기 같은 질문이라고! 지금 이대로 좋다면 어쩔래?"

데이지는 코웃음을 쳤다. "엄마는 돼지야!" 루시아가 말했고, 나는 웃지 않을 수 없었다.

"그럼 두 사람은 결혼을 믿지 않는 거야? 안 믿어도 상관없어!"

"세상에. 고맙다, 데이지. 그 문제에 대해 네가 뭐라고 생각할지 몰라서 안절부절못했는데." 조가 말했다. 하지만 데이지의 요령 없는 침범과 무관하게, 조가 너무 화를 내는 것이 더 심란했다. "엄마.” 조가 말했다. “재 입 좀 다물라고 해요. 항상 이러잖아요. 어이가 없어요.”

“하지만 안정을 원하지 않아, 로즈?” 데이지가 말했다.

나는 데이지를 보았다. 대체 자기 오빠의 삶에 대해 무엇을 제대로 알까? 벽 네 개에 지붕을 얹은 아파트 이외에, 조가 내게 어떤 안정도 가져다주지 못한다는 것을 모른단 말인가? 요즘에는 자기 집착에 사로 잡혀 감정적으로도 별 도움을 주지 못한다는 것을? 어쩌면 모를 것이다. 어쩌면 볼 생각이 없는 사람들에겐 보이지 않을지도 모른다. 나는 뭐라고 해야 할지, 어떤 행동을 해야 할지 몰라서 웃었다.

“로즈, 왜 항상 날 비웃는 거야?” 데이지가 말했다.

“그런 거 아냐. 정말이야.”

데이지는 못마땅한 표정으로 나를 보았다. 도로시가 껴들었다. “데이지, 제발 그 와인 좀 내려놔라. 넌 지쳤어. 저 애가 너무 지쳐서 그래.” 도로시가 나를 향해 말했다. 마치 자신의 성인 자녀에게서 이런 알 수 없는 불안의 투사와 증오를 일으킨 것이 나라는 듯이. “어린애 돌보기는 지치거든.”

“로즈가 그걸 어떻게 알겠어.” 데이지가 말했다.

“데이지.” 도로시가 날카롭게 말했다. “거실에 가서 앉아.”

“제발 좀.” 조가 말했다.

벤은 입을 다물고 있었다. 데이지는 상처받은 공작부인처럼 일어나서 식당을 나갔다. 나도 친구들을 통해 아이 돌보는 일이 힘들다는 건 알지만, 피곤할 때 그런 식으로 행동하는 사람은 아무도 없었다. 데이지는 우울증이 아닌가 싶었다.

“재들에게 문제가 있어.” 도로시가 조용히 말했다.

"도로시." 벤이 마침내 경고하는 말투로 루시아 쪽을 보며 음성을 높였다.

"아, 참." 도로시는 한숨을 쉬며 말했다. "누구나 기복이 있기 마련이지."

도로시의 목소리에는 초원의 암컷 무리를 이끄는 대장 같은 느낌이 있었다. 나는 짜증이 났다. 데이지가 내게 그런 말을 하도록 그냥 둬서는 안 되는데 어물쩍 넘어가는 분위기다. 항상 그랬다.

"아버지, 가서 트럭 좀 볼까요?" 조가 말했다.

도로시, 월프, 루시아, 나는 또 한 번의 일요일 점심이 지나간 여파 속에 남아 있었다. "루스, 아가, 놀이방에 가서 퍼즐 좀 찾아오렴." 도로시가 말했다.

"할머니, 나 퍼즐 싫어요."

"우리 다 마찬가지란다. 하지만 할머니 부탁 좀 들어주렴."

루시아는 로봇처럼 연필을 내려놓고 바닥에 쏟아지듯이 의자에서 내려갔다.

도로시는 다시 한숨을 쉬었다. "아버지는 어떠시니, 로즈?" 도로시는 항상 그렇게 말하지 '맷은 어떠시니?'라고 묻는 법이 없었다.

"건강하세요. 감사합니다. 브르타뉴에서 지내세요."

도로시는 테이블보에 수놓은 모란꽃을 자꾸 쓰다듬었다. "너를 보고 싶어 하시겠구나."

"클레어가 있으니까요."

"크리스마스에 거기 갈 거니?"

머릿속에 경보가 울렸다. 도로시는 크리스마스 계획을 일찌감치 짜기 좋아했다. 내가 크리스마스에 프랑스에 가기를 원하는 걸까? 나를 아들에게서 떼어놓을 셈인가? "아뇨, 그럴 것 같지 않아요. 조와 함께 있을 거예요. 조가 어디에 있든지."

도로시는 나를 올려다보았다. 그 표정이라니! 너무 이상했다. 패배감이 후광처럼 도로시의 머리를 에워싼 것 같았다. 그 표정을 들여다보고 있으니 나까지 상실감이 느껴졌다. 후광이 도로시의 눈 위로 흘러내려 눈을 감기는 것 같았다. "크리스마스에." 도로시가 속삭였다.

도로시의 와인 잔에 눈길이 갔다. 취했나? **크리스마스에.** 한 해의 마지막인 사분기를 향해 나아가고 있는데 그 말투에 시즌이 다시 눈앞에 펼쳐지는 듯했다. 도로시가 삼십 년 넘게 지켜본 것과 똑같은 역학 관계를 드러내는 일들이 또다시 벌어지리라. 똑같은 말다툼, 똑같은 캐럴, 똑같은 칠면조. 그 음성에서 느낄 수 있었다. 손을 내밀어 도로시의 손을 잡고 혼자서 다 할 필요 없다고 말해주고 싶었다. 조에게 요리를 시키고 데이지에게 정리를 시키라고! 하지만 그러지 않았다. 데이지는 나와 친밀한 사이가 되기를 원하지 않았다. 이렇게 세월이 지났어도 나는 여전히 손님이었다. 가족처럼 느낀 적이 없었다.

"괜찮으세요, 도로시? 물 한 잔 가져다드릴까요?"

"아니, 아니, 고마워." 도로시는 나를 올려다보았다. 마음을 다잡는 것이 보였다. "오, 로즈. 트럭이 더 녹슬지 않았으면 좋겠구나."

8

조이는 약속을 지켰고 나는 〈메뚜기 재앙〉을 탐독했다. 콘스턴스는 이렇게 썼다.

모든 여성은 실패라는 특권을 누릴 자격이 있지만 극소수만 그 자격을 얻는다. 어떤 일을 재앙이나 다름없이 잘못하고, 아무 일도 없었다는 듯 다시 기회를 얻는 것은 특권이다. 남자는 늘 그렇게 하고, 그 후에 개인으로서 책망받는다. 정치가들이 곧바로 떠오른다. 사업가. 살인자. 우리 세상을 망쳐놓는 하얀 악마들. 물론, 여성도 악마다. 하지만 여성이 일을 망치면 그건 모든 여성을 대표하기 마련이다. 마치 우리가 한 가슴 속에서 움직인다는 듯이. 그래도 우리는 일을 망칠 수 있어야 한다! 여성의 삶에서 자의식은 메뚜기의 재앙이다!

나는 느낌표에서 느껴지는 대담함이 마음에 들었다. 전부 좋았다. 하지만 콘스턴스는 여기서 대체로 정치적인 내용을 쓰고 있었다. 사적인 것을 알고 싶었다. **물론, 여성도 악마다.** 그녀가 어떤 실수를 이야기하고 있는 것인지 알고 싶었다. 자신의 삶에서 무엇을 그렇게 재앙이나 다름없이 잘못했는지, 그것이 어머니와 어떻게 연결되는지. 아버지가 말해준 내용에 대해, 어머니가 그녀에게 반했다는 말에 대해 생각했다.

인터넷도 좀 더 깊이 파고들었다. 콘스턴스 홀든은 전화번호부에도 기재되어 있지 않았다. 공유 정보에 주소가 삭제되어서 집 앞에 무작정 찾아갈 수도 없었다. 하지만 책은 인터넷에 존재했다. 어느 에세이에 따르면《초록 토끼》는 "작가로서 절정에 다다른 여성을 보여주었다. 유창하고, 놀라우며, 쓰라린 고통과 극심한 소심함 사이를 힘들이지 않고 넘나든다." 그 책은 발표된 해에 몇 개의 상을 탔고 그 후로 백만 부가 훨씬 넘게 팔렸다. 두 권의 책에서 홀든은 어머니와 딸, 사랑, 자연과 감정적 처벌의 조건, 놓친 기회에 집착하는 것 같았다.《밀랍 심장》은 〈하트랜즈〉라는 오랫동안 인기를 누린 영화로 각색되었다. 주연을 맡은 전설적 배우 바버라 로든은 오스카상을 받았다. 두 권 모두 절판되지는 않았지만 콘스턴스는《초록 토끼》이후 소설을 쓰지 않았다. 몇몇 기사는 콘스턴스가 글을 쓰지 못한 것이 아니라 〈하트랜즈〉 박스 오피스 수입의 1퍼센트를 받고 은퇴하기로 결정했다고 상정했다. 그럴 리 없다고 느껴졌지만 어쨌든 다른 소설은 나오지 않았다.

1997년에 콘스턴스와 인터뷰를 하려는 시도가 있었음을 알게 되었다. 〈옵저버〉 기자가 나처럼, 코니가 권력의 정점에서 사라지길 원한 까닭을 알아보고자 나선 것이다. 에이전트인 데버라 클라크는 협조하지 않았다. 작가의 요청이 있었을 것이다. 기자는 콘스턴스가 늘 성장 과정에 대해 '비밀스러웠'으며, 책들이 살아온 삶을 충분히 알려주는 암호로서 이미 존재하는데 자신을 에워싼 겹겹의 껍질을 벗겨내는 일이 무슨 의미가 있는지 종종 질문했다고 설명했다. 그 기자에 따르면《밀랍 심장》이 발표되었을 때 한 인터뷰나 온라인으로 읽어볼 수는 없는 과거 인터뷰에서 콘스턴스는 아버지가 군대에 있었다고 말했다. 그가 배치되는 곳으로 어디든지 이동했기에 땅에 뿌리를 내릴 만큼 오래 살지 못했다고도 했다. "하지만 뿌리란 어쨌든 보수적인 것이죠." 기자는 이전 인터뷰에서 콘스턴스가 이렇게 말했다고 인용했다. "뿌리라는 개념은 우리를 제자리에 두고 유지하는 것이니까요." 코니는 미혼이며 파트너나 자녀에 대한 이야기는 없었다. 기자가 알아낸 것은 한동안 그녀가 미국에서, 그다음에는 아마도 그리스에서, 잉글랜드 남부의 시골 어딘가 작은 집에서 살았다는 사실뿐이다. 그는 친구도, 가족도 찾지 못했다. 코니가 살았다는 마을의 가게 점원은 '퉁명스럽고' '방어적'이어서 기자는 그녀가 어딘가 가까이 있다고 확신했다. 그리고 추적은 끝났다. 아무도 도와주지 않았다. 기자는 그것을 이용해 기사를 문학 미스터리로 바꾸었다. 하지만 아무런 해결책도 내놓지 못했다.

그 일이 이십 년 전이고, 그 후로는 아무도 코니를 신경 쓰지 않았다.

*

클린 빈에서 기다리면서 〈메뚜기 재앙〉 첫 부분을 다시 읽고 있는데, 켈리가 딸 몰리와 함께 문을 밀고 들어왔다. 너무나 익숙하고 따뜻한 그 모습에 마음이 들떴다.

켈리는 학교에서 공부를 제일 잘하지는 않았지만 적응력과 영리

함만큼은 최고였다. 나는 매우 학구적이고 훨씬 내성적이었으므로 우리는 전혀 안 어울리는 성격이었는데도 서로 정말 좋아했다. 켈리는 내 특이한 성격에서 즐거움을 찾았고 나는 켈리의 다양한 능력이 좋았다. 어느 대학에 가야 좋을지 결정하지 못한 채 방황하고 있을 때, 켈은 십 년이 지나면 졸업장이 그 후에 있을 일만큼 중요하지는 않을 거라고 생각했다. **하지만!** 다른 친구 몇몇이 켈리가 없을 때 콕 집어 말했듯이, **켈은 아무래도 상관없었다. 켈에겐 매력이 있으니까.**

켈리는 아주 매력적이었으나 가족에게서도 도움받지 못하고 인맥도 없어 고생을 많이 했다. 켈리는 위로 계속 올라가 이십대 중반에 자기 일에서 천국을 발견했다. 주니어 스타일리스트로, 다음에는 영향력 있는 잡지의 미술감독으로. 그다음에는 인스타그램 스타(@thestellakella)가 되었다. 수많은 팔로워를 가진 취향의 여왕, 컬래버레이션 전문가가 된 것이다. 옷 가게와 가구점들은 자기 상점이 @thestellakella의 집처럼 보이도록 꾸미기 시작했다. 정확히 어떻게 비슷해진 것인지 말하기는 어려웠지만 비슷했다. 인터넷의 수많은 기회주의자와 달리, 켈은 많은 경험과 증거를 지니고 있었다. 그리고 지금의 남편 댄이 등장했다. 다섯 살 때 자수성가한 것처럼 보이는, 인스타그램에 너무 잘 어울리는 사람이었다. 켈리는 "처음 만났을 때는 감자 하나 굽지 못하는 남자였지"라고 늘 말하지만 말이다. 그리고 몰리가 태어났다. 몰이 태어났을 때 켈리는 "절대 애를 또 갖지 않을 거야. 다시는"이라고 말했다. 몰은 이제 네 살이 되었고, 내년 3월에 둘째가 태어날 예정이었다.

몰이 의자에 자리를 잡더니 펜과 공책을 꺼내 자기만의 세상으로 빠져들기 시작했다. 네모난 집을 그리고, 막힘없이, 기가 막히게 아름다운 자주색 줄로 채우고 있었다. 집의 윤곽선을 지키지 않고 자주색 선은 사방으로 벽을 넘어 뻗어나갔다. 우리는 그 자리에 없는 사람 취급을 당했다. 그 애는 성인 여자 둘이 그 자리에 있어줄 거라고 확신하며 집중했다. 우리가 소금 기둥으로 변해도 알아차리지 못했으리라.

"아까 짜증을 냈어." 켈리가 자리에 앉으며 입 모양으로 말했다.

"뭐 먹을래, 몰?" 내가 말했다. 켈리는 디카페인으로 마시는 것을 기억하고, 조이에게 플랫 화이트 두 잔을 이미 시켜두었다.

"아뇨, 고마워요, 로즈." 몰이 대답했다.

나는 숙이고 있는 몰의 머리를 보았다. 몰과 함께 있으면 좋았다. 특히 공원 산책이 좋았다. 몰은 늘 앞에서 달려갔고, 쪼그리고 앉아서는 이끼가 붙은 나뭇가지나 특별히 예쁘게 생긴 나뭇잎을 쉽게 주웠다. 아이는 무게중심이 낮아서 팝업 장난감처럼 쉽게 일어서고 앉았다. 벌써 눈은 켈리를 닮았다. 켈리는 아이가 자라면서 관찰력을 갖도록 이끌었다. 일상에서 흥미로운 것을 찾아 맥락에서 끄집어낸 뒤 집에 가져가 마술 지팡이로, 요정 담요로, 콜라주 재료로 바꾸어놓는 과정에서 느낄 수 있는 경이로움과 기쁨을 가르쳤다. 함께 공원에 가지 못해도 그들의 인스타그램을 팔로우하니 알 수 있었다. 금색 물감을 묻힌 나뭇잎들이 2만5000개의 '좋아요'를 받은 것도 보았다.

조이가 플랫 화이트를 내놓으면서 켈리와 딸을 향해 환하게 웃었다. 사람들은 그 둘을 보면 종종 그랬다. 이상적인 엄마와 아이의 모습을 한 둘을 보면 기분이 참 좋았다. 나는 커피를 가지러 갔다. "잠깐만." 켈이 이렇게 말하자 무슨 일인지 알 수 있었다. 몰의 머리가 두 커피잔 사이에 정확히 자리 잡았고, 켈리는 이미 휴대전화를 꺼내고 있었다. "그림 계속 그리렴, 아가." 켈리는 이렇게 말했지만 몰은 그 말을 듣지도 않은 것 같았다. 아이는 전화기에 너무 익숙해서 신경도 쓰지 않았다. 사진을 찍고 난 뒤에 켈은 서너 개의 필터를 돌려보다가 실제보다 더 분명하게 순간을 포착해낸 것을 발견했다. "**악동 화이트**•." 켈리는 이렇게 소리 내어 말하면서 사진 설명을 타이핑하고, 보내기 버튼을 누른 뒤 가방에 전화기를 도로 넣었다. 문득 켈리가 장소를 입력했는지, 그랬다면 클린 빈의 매상이 오를 것인지 궁금했다.

몰과 댄은 켈리가 온라인에 짜 넣는 중독적인 이야기에 소극적이긴 하지만 규칙적으로 기여하고 있었다. 모르는 사람들이 매일 보는 곳에 아이와 배우자를 등장시켜 돈을 버는 것이, 특히 몰은 거기 동의할 수도 없는 나이라는 것이 아직 내겐 기괴하게 느껴졌다. 하지만 켈리는 여전히 나와 가장 친한 친구이고, 조나 나보다는 훨씬 더 많은 일을 하며 살았다. 그리고 한 가지는 확실했다. 몰은 최고의 콘텐츠라는 것. "이건 지지와 관심을 나누는 커뮤니티야!" 켈은 이렇게 말하곤 했다. "몇 년 전에 날 팔로우하기 시작한 여자들도 아이를 갖기 시작했어. 잘되고 있잖아!" 몰은 달콤하면서도 굉장히 재미있는 콘텐츠였고, 켈리는 자신의 결정이 지니는 철학적, 윤리적 문제에 대해 토론할 생각이 없는 듯했다. 그건 켈리의 선택일 뿐이다. 게다가 켈리가 하는 거래 계약이나 공짜 호텔 숙박, 켈리가 스톡홀름의 작은 의류 업체에서 처음 선보인 스웨터를 입은 여자를 한 주에 서너 명이나 보았다는 사실에 미루어, @thestellakella가 하나의 대중문화 현상이라는 데는 의심의

• 플랫 화이트의 'flat'과 악동을 의미하는 'brat'의 발음이 비슷한 것을 이용한 말장난

여지가 없었다.

"조는 어때?" 켈리가 잔을 당기며 물었다. "조리토스는?"

나는 켈리의 말에서 무게는 감지했지만 온도는 알 수 없었다. 켈리가 조를 여러 가지로 지긋지긋하다 여기면서도 내색 않는다는 것은 알고 있었다.

"잘 있어. 투자자를 만나고 있어."

켈리는 커피를 저었다. "투자자." 켈리가 되풀이해서 말하자 그 단어가 지닌 마법은 모조리 빠져나갔다.

켈리가 조의 안부를 먼저 묻다니 이상하다고 생각했지만 그냥 넘어갔다. "너는 어때? 몸은 괜찮아?"

켈리는 몰을 내려다보았다. "응, 나쁘지 않아. 다행히 입덧이 줄고 있어."

나는 감탄하며 고개를 저었다. "어떻게 해내는지 모르겠다."

켈리는 웃었다. "너도 할 수 있어, 로지. 해야 한다면."

"정말 그렇게 생각해?"

켈리는 놀란 표정으로 나를 보았다. "물론이지. 봐, 내가 할 수 있으면 누구나 할 수 있는 거야." 우리 둘 다 그렇지 않다는 것을 알고 있었지만 그냥 넘어갔다. "아, 이 얘길 하고 싶었어. @thestellakella를 두 아이 엄마 이야기로 만들려고 해. 어떻게 되는지 봐줘." 켈리는 단호하게 두 손을 흔들며 말했다. "한 아이 엄마에서 두 아이 엄마로 나아가는 여정."

홀린 듯이 내 가장 오랜 친구를 바라보았다. 켈리는 이런 일에 너무나 능숙했다. 아주 많은 사람을 위해 단순한 이야기를 지어내는 것. 켈리는 공감하기 쉬우면서도 자신만만했다. 그 터무니없는 계획이 성공하는 까닭은 스스로 믿기 때문이고, 요즘에는 많은 사람이 방황하며 안내자를 원한다는 것을 이해하기 때문이다. 나도 포함해서.

"좋을 것 같아. 실은 물어볼 게 있어." 나는 계속 이야기했다. "엄마에 대해서."

"너희 엄마?"

조와 마찬가지로, 켈리의 눈에도 경계하는 기색이 떠올랐지만 나는 계속 말했다. "아빠가 엄마에 대해 아무것도 알려주지 않은 것 기억해? 네가 있을 때 엄마에 대해서 한 마디도 하지 않은 거?"

켈리는 고개를 돌려 카페 창밖을 내다보았다. 최선의 대답이 무엇인지 궁리하고 있으리라. 방과 후나 주말이면 켈리는 자주 우리 아파트에서 지냈고 잠도 함께 잤다. 아버지는 우리를 차에 태워 극장이나 쇼핑센터에 데려다주었다. 켈리는 나만큼 내 삶을 알았다.

"지금 그걸 왜 물어?" 켈리가 말했다.

"프랑스에 갔을 때, 아빠가 엄마가 알던 여자가 있었다고 알려주셨어. 연인 사이였던 것 같아."

"그래." 켈리는 테이블 위로 팔짱을 꼈다. "그거 흥미롭다."

"들어봐. 너도 우리 집에 자주 왔잖아. 아빠가 코니라는 사람 이야기를 한 적 있어? 콘스턴스 홀든이라는 사람, 이 책을 쓴 사람이야." 나는 〈메뚜기 재앙〉 표지를 두드렸다.

켈리는 흥미롭다는 표정으로 책을 보았다. "미안, 로지. 기억이 안 나. 오래전 일이잖아." 켈리의 표정이 부드러워졌다. "너 괜찮은 거야?"

"응, 괜찮아. 아니, 약간 충격은 받았지."

"조에게 이야기했어?"

"응. 음, 다 하진 않았어. 콘스턴스 홀든이 엄마가 알던 작가라고

만 이야기했지."

"그랬더니?"

나는 어깨를 으쓱였다. "별거 아니라는 식이지."

켈리는 한숨을 쉬었다.

"어쨌든. 내가 엄마 이야기를 하면 좋아하지 않거든."

"음, 우리 모두 뭐라고 해야 할지, 어떻게 해야 할지 몰라서 그럴 거야, 로지."

나는 테이블을 내려다보았다. 다시 브르타뉴 바닷가에서 아버지와 앉아 있는 느낌이었다. 눈물이 나올 것 같아서 눈을 감았다.

"정말 괜찮아?" 켈리가 말했다.

"아, 이런. 응." 내가 말했다. 나는 손을 뻗어 켈리의 손을 꼭 잡으며 우리 애정의 지각 판이 다시 한번 움직이며 멀어지는 것을 느꼈다.

"엄마, 언제 가요?" 몰이 말했다.

나는 카운터 쪽으로 시선을 돌렸다. 집중하느라 앳된 얼굴을 경직시킨 채 커피머신을 청소하는 조이가 보였다. 이마에 난 자잘한 여드름은 귀엽고 싱그러운 아름다움을 더해줄 따름이었다. 내 삶은 무의미하게 느껴졌다. 몸이 무겁게 깊은 물속에서 허우적거리는 것 같았다.

*

켈리와 작별 인사를 한 다음, 바로 집으로 돌아가지 않았다. 카페를 나온 뒤 아버지와 나눈 대화를 생각하며 근처 공원 벤치에 앉아 있었다. 콘스턴스 홀든에 대해 아버지가 한 불길한 이야기는 생각하지 않았고, 외국어나 기술을 배워보라던 설득을 생각했다. 지금 나는 충분하지 않다는 듯이. **너는 큰일을 할 사람이었어!** 수도 없이 들은 말이었다. 사실 내게 일어난 중대한 일은 단 하나였다. 나는 어머니가 곁에 있어줄 만한 존재가 아니라는 것.

이 사실이 마침내 내 발목을 잡았다. 삼십 년 넘게 마음을 죄어온 메시지와 더는 싸울 기력이 없어질 때까지 나를 갉아먹고 또 갉아먹었다. 그런데 이제 내가 누구인지, 대체 나 자신을 가지고 무엇을 해야 할지 알 수 없었다. 나에게 아무런 정이 느껴지지 않았다. 진전도 없고 서투르기만 한 내가 부끄러웠다. 누구나 상실이 있고 부끄러움이 있고 집착이 있지만, 남들은 어떻게든 극복하는 것 같았다. 그들은 어떻게든 해낸다. 포기하지 않고 혼자 힘으로 삶을 꾸려나간다. 나는 그러지 못했다. 어느 여자 유령과 자신만의 환상 속에 사는 남자친구에게 사로잡혀 내 손으로는 아무것도 이루지 못했다. 내겐 몰도, 엄청난 인스타그램 팔로워도, 내 이름으로 발표한 책도, 바닷가에서 함께 살 아내도 없었다.

까짓것, 해버리자. 휴대전화를 꺼내 검색창에 이렇게 입력했다. **데버라 클라크, 출판사 에이전트.**

여성의 삶에서 자의식은 메뚜기의 재앙이다.

1982

9

공항에서 영화사 측이 보내준 택시를 타고 고속도로를 달렸다. 시차에 시달리던 엘리스는 이미 돌아가고 싶었다. **하지만 그곳의 라이프 스타일을 생각해봐!** 사람들이 이렇게 말했으므로 엘리스는 라이프 스타일을 찾고자 코니 곁에서 떠나지 않았다. 런던에서는 콘스턴스도 확신이 없다고 했다. 하지만 지금 선글라스를 쓴 채 바깥에 펼쳐진 로스앤젤레스를 내다보다가 이따금 엘리스를 향해 씩 웃어 보이는 그녀를 보니, 엘리스는 코니가 얼마나 확신이 없었던 것일까 궁금해졌다. 영국을 떠나기 직전에 에이전트 데버라에게서 전화가 왔다. 바버라 로든. 오스카상을 두 번이나 수상한, 이곳뿐 아니라 서구 세계 곳곳의 영화계에서 여왕으로 군림하는 바로 그 바버라 로든이 비어트리스 존스 역을 수락했다는 연락이었다. 코니와 엘리스는 놀라 서로 멍하니 보다가 환호성을 질렀고, 오후 4시부터 술에 취했다.

엘리스는 미용실에서 로스앤젤레스에 대한 기사를 읽었다. 그 도시는 "낯선 꿈과 '브레인 온'이라는 술, 해조류 주스, 마리화나 궐련, 혈액 검사 다이어트, 검은 문 뒤에 진실을 감춘 방갈로 건물이 있는 곳"으로 묘사되었다. 엘리스는 거기서 살 수 있을지 궁금했다. 소설《대부》에서 톰 헤이건이 영화사 사장을 만나러 로스앤젤레스에 갔다가 사장 사무실에서 사춘기도 지나지 않은 소녀가 다친 새끼 사슴처럼 비틀거리며 나오는 것을 목격하던 장면이 자꾸 생각났다. 이제는 부러진 새끼 사슴의 다리, 베티 데이비스, 조앤 크로퍼드, 스타 지망생의 가난을 감추는 긴 속눈썹, 그 모든 것에도 불구하고 사라지지 않는 화려함이 생각났다.

저 멀리 해변이 있다. 태양이 있다. 그리고 기회가 있다. 하지만 가까이 다가가면, 엘리스가 원하는 것은 코니뿐이었다. 평화와 고요, 그리고 살면서 겪게 되는 소소한 일들을 원했다. 코니는 그 순간 강했다. 자기의 유명한 작품을 물리적인 몸과 추상적인 자아에 모두 새기고 로스앤젤레스로 날아왔다. 그것은 한때 그렇게 무의미하다고 느꼈던 로스앤젤레스 같은 곳에서도 부적처럼 그녀를 지켜줄 것이다. 그러나 엘리스에게는 부적이 없었다. 코니뿐이었다.

*

모든 도시가 그렇듯이 차로 지나가며 본 곳들은 혐오스러웠다. 스모그가 껴 있었고, 노예처럼 꼼짝할 수 없는 느낌, 끝없이 이어지는 자동차 행렬이 있었다. "여러분을 위한 헬씨이이이이 라이프!" 광고판이 외쳤다. 택시에 라디오가 켜져 있었다. "사세요! 사세요! 사세요!" 라디오가 고함을 질러댔다. 광고는 끝이 없는 것 같았다. 엘리스는 압도당할 것 같았다. 그들은 식당 앞을 장식하는 거대한 금속 도넛 모형 앞을 지났다. 코끼리 키 높이는 될 법한 그 불룩한 도넛은 회전 장치 위에서 녹이 슬어 있었다. 마비되어 있지만 존재감이 대단한 그 구조물이 서서히 지나갔다. 엘리스는 사진을 찍으려 했지만 택시가 계속 움직이자 도넛은 폴로 민트 사탕 크기로 줄어들었다. 택시는 도로 위에 자리 잡은 또 하나의 거대한 광고판을 지나갔다. 거기서 보이는 건 아주 크고 완벽한, 어마어마한 눈을 가진 여성의 얼굴과 '영부인'이라는 단어뿐이었다.

"세상에!" 코니가 비명을 질렀다. 엘리스는 흠칫했다. 코니가 그런 비명을 지를 줄 몰랐다. "그 사람이야. 믿을 수가 없어! 바바라 로든이야!"

"저 영화를 보러 가야 하나요?" 엘리스가 물었다.

"그래야지. 믿을 수가 없어. 저 사람은, 아니 저보다 더 유명한 사람이 있긴 한가?"

"여왕님이나 교황쯤?"

코니는 씩 웃으며 선글라스를 고쳐 썼다. "바바라 로든과 자고 싶어 하는 사람이 더 많을걸."

바바라 로든. 곧 그녀를 만나게 될 것이다. 너무나 터무니없게 느껴졌다.

〈하트랜즈〉를 제작하는 영화사인 실버크레스트는 코니를 위해 방갈로를 한 채 빌려놓았다. 택시는 웨스트 할리우드에 도착해 꽃으로 장식된 조용한 거리를 지나 스페인 식민지 시대 양식의 나지막한 건물 앞에 섰다. 차분하고 조용한 그 건물은 세심하게 길들인 정글 같은 수목에 둘러싸여 있었다. 선인장 보초병이 적절하게 가장자리에 늘어섰고 어두운 창문으로는 아무것도 보이지 않았다. 엘리스는 햄프스테드의 집과 너무 멀게 느껴져서 놀랐다. 햄프스테드의 집은 브릭스턴의 작은 아파트와 그렇게 멀게 느껴졌는데 말이다. 모두 그녀가 집이라고 불렀지만 실은 그녀 것이 아니었다.

"준비됐어?" 코니가 물었다.

"됐어요." 엘리스는 무슨 준비인지 모르면서도 답했다.

코니가 초인종을 눌렀다. 방갈로 깊숙한 어딘가에서 벨 소리가 들렸다. 곧 가사 도우미 옷차림을 한 여자가 문을 열었다. 그녀의 이름은 놀랍게도 마리아였다. 마리아는 수줍고 어렸고, 코니 집의 메리 오라일리와 비슷한 구석이라고는 없었다.

*

엘리스는 사실 그 도시가 자신에게 아무것도 빚지지 않았음을 알고 있었다. 산이, 해변과 빛이 거기 있었다. 빛은 좋았다. 해 질 녘의 연보랏빛 하늘이 좋았다. 엘리스와 콘스턴스가 거실에 마주 앉아 있는 동안 마리아가 차를 준비했다. 그들은 살짝 멍한 상태로 말없이 있었다. 그들이 해냈다. 여기 도착한 것이다.

이슥고 집 안쪽 거대한 침대에 누워 눈을 말똥말똥 뜬 채로, 엘리스는 잔디밭 자동 급수 장치의 물소리를 들었다. 코니는 깊이 잠들었다. 그러나 엘리스는 마리아의 얼굴, 피로한 눈빛을 감추지 못한 예의 바른 얼굴을 떠올리며 오싹함을 느꼈다.

10

"할리우드 사방에서 결혼이 깨지고 있군요." 바버라 로든이 말했다. "남자들은 괴물이에요."

"그런가요?" 엘리스가 말했다.

"맞아요." 맷이 말했다.

"그리고 여자들도." 바버라가 웃으면서 말했다.

"그건 사실이 아니죠." 샤라가 말했다.

"친구들이 로스앤젤레스가 뇌를 파먹을 거라고 하던데요." 코니가 진을 한 모금 마시며 말했다.

"그 문제를 도와줄 딜러를 알고 있어요." 맷이 이렇게 말하자 모두 웃었다.

코니는 자신이 바버라 앞에서 자연스럽게 행동한다고 생각했겠지만, 엘리스는 코니가 너무나 괴상하게 군다고 느꼈다. 지노스라는 레스토랑에서 〈하트랜즈〉의 촬영 시작을 축하하기 위해 환영 만찬이 열렸다. 전설적인 베벌리힐스의 노스 크레센트 드라이브에 위치한, 흰 벽토로 장식한 저택 같은 2층 건물이었다. 루비 같은 진홍색의 부겐빌레아가 벽을 따라 밤하늘로 올라가고 있었다. 무늬 없는 초록색 현관으로 이어지는 길을 촛불로 밝혔고 문에 다가가자 자유의지로 움직이는 것처럼 활짝 열렸다. 그들의 테이블은 작은 안뜰 연못 옆 조용한 자리였고, 불 밝힌 청록색 마름모꼴 연못에는 꽃잎이 이리저리 떠다녔다.

모두 일곱 명이었다. 코니, 엘리스, 코니의 대학 시절 미국인 친구 사라, 그녀의 영국인 남편 맷, 영화 프로듀서인 빌 가차라, 감독 에릭 윌리엄슨, 그리고 가장 중요한 바버라 로든.

엘리스는 방갈로를 떠나기 전 코니에게 바버라가 정말로 나타날지 믿을 수 없다고 했다.

"남들 앞에 서는 걸 좋아할 거야." 코니는 그렇게 대답했다.

그런데 바버라가 정말로 나타나자, 정말로 그들 앞에 서자, 코니는 냉정한 척했지만 엘리스는 믿지 않았다. 극장에서 숱한 밤을 보냈으며 그 덕분에 화려함이라면 면역이 생겼을 엘리스에게도, 바버라는 꿈꿀 수 있는 모든 것이었다. 그녀는 기적 같지만 과하지 않았다. 그저 공중에 떠다니는 두 개의 광대뼈라든가, 검고 큰 것으로 악명 높은 두 개의 눈동자로 분할되지 않는 존재였다. 아름다움 이상이었다. 그녀는 바버라 로든이었다.

바버라가 〈하트랜즈〉에서 맡은 비어트리스 존스는 엉망진창인 인물이었다. 위트와 욕망을 지녔고, 잔인하게 굴기도 하고 잔인한 짓을 당하기도 하는 근사한 장면을 연기하게 될 예정이었다. 사십대 여성 배우 모두가 눈물 나게 얻고 싶어 할 배역이었다. 이런 배역은 너무 드물었다.

바버라 로든은 사십대가 아니었다. 오랜 경력과 초기 작품의 달콤하고 흐릿한 노스탤지어에 비추어 볼 때 오십대 초반일 테지만 수십 년이 지나도 탄성 좋은 아름다움은 변치 않았다.

레스토랑 테이블로 다가오는 바버라를 지켜보고 있으니 엘리스는 대천사와 함께하는 느낌이었다. 그녀가 여기로 와 인간과 함께 앉다니! 바버라의 머리는 작지만 사자 같았고 이마가 높았다. 웃을 때 보이는 (그녀는 엘리스에게 재빨리 미소를 지어주었다) 치아는 커다랬다. 그리고 그 특별한 입! 미소가 정직함을 호소했다. 억양에는 아직 남부 사투리가 살짝 남아 있었다. 따뜻하고, 깊고, 부드러우며, 교묘하고, 음악적이었다. 한때 그녀가 노동자 계급이었다는 소문을 낳은 특유의 비음은 오래전에 사라지고 없었다. 그녀가 자리에 앉자 공기가 파문을 일으키는 것 같았다. 그 아우라에, 엘리스는 마음속으로 이 만찬이 실제로는 누구를 위한 것일까 하는 흥미로운 질문을 던져보았다.

"그래서 로스앤젤레스는 어떤가요?" 모두 자리에 앉을 때 맷이 물었다. 엘리스는 그가 자신에게 물었음을 잠시 후에야 알았다.

엘리스는 지난 삼 주 동안 맷과 샤라와 친해졌다. 샤라와 코니가 그간의 이야기를 나누느라 두 커플은 자주 함께 시간을 보냈다. 샤라는 옛 친구를 만나서 들떴거나 만사에 지쳤거나 둘 중 하나였다. 샤라는 그들이 원한다면 멜로즈에서 쇼핑 안내를 맡겠다고 했다. 요즘은 거의 가지 않지만 매니큐어, 마사지, 키위 주스 클렌즈를 잘하는 집을 안다고 했다. 샤라는 단순히 미국인이 아니었다. 캘리포니아인이었다. 그리고 집안 대대로 내려오는 재산과 바다를 내다보는 대형 스튜디오를 가진 화가였다. 상냥한 사람처럼 보였다. 그녀의 내력을 따져보면 여섯 세대 위부터 이 주에서 살았고, 태양과 땅과 바다가 금빛으로 번쩍이고 브레인 온이라는 술이나 쇼핑몰과는 무관하던 시절로 거슬러 올라갔다. 엘리스는 과거의 삶이 더 쉬웠을지 가늠할 수는 없었지만, 샤라와 맷을 만나고 코니의 과

거의 파편인 친구들을 알게 되어 기뻤다. 그러면 자신이 좀 더 정당한 존재가 되는 것 같았다.

엘리스는 맷의 질문에 대해 생각해보았다. 솔직히 기괴하다고 생각했다. 이곳은 정말이지 이상했다. 수영장 파티에 가는 것조차 일자리를 위해서인 이곳은 삶이 아닌 일의 터전이었다! 웨이트리스들에게는 어딘지 모를 음험한 가식의 기미가 있고, 간판에는 평균 이상의 백치미가 있으며, 모든 것이 여러 개라는 사실이 어지럽고 몹시 불편했다. 싫어하거나 좋아하거나 둘 중 하나지! 코니와 엘리스가 맷과 샤라의 말리부 집에 갔을 때 샤라가 말했다. 말인즉슨, 그들이 그곳을 싫어한다면 고지식하고 거만한 유럽인이라는 것이다.

"좀 달라요." 엘리스가 맷에게 말했다.

맷이 웃었다. "런던과 비교해서?"

"모든 곳과 비교해서요."

"뉴욕에 가봤어요?" 그가 말했다.

"아뇨."

맷이 심각한 표정으로 엘리스를 바라보았다. "거길 좋아할 것 같군요."

맷과 샤라의 해변 집에서 모두 함께 바닷가에 앉아 바다를 바라볼 때, 엘리스는 프랑스 남부 해안선이 더 멋지고 말리부의 모래는 너무 굵다고 생각했다. 엘리스는 코니의 책 덕분에 여기 와서 기뻤지만 만사가 내일을 위한 계획일 뿐 당장 아무것도 손에 잡히지 않는 것 같았다.

샤라는 코니와 비슷한 나이지만 맷은 서른 살쯤 되었다. 키가 자그마하고 날씬했으며, 강단 있는 용수철 같은 에너지를 가졌고, 날

렵하고 매력적인 얼굴에는 거뭇한 수염 자국과 다크서클이 있었다. 머리는 헝클어진 황갈색 둥지였다. 극본을 쓰는 모양이었다. 코니는 두 사람이 맨체스터의 바에서 만났고, 그가 꿈을 찾아서 그녀를 따라 이곳으로 왔다고 했다. 코니에 따르면, 샤라의 부모님은 외동딸이 무슨 영국인 귀족과 결혼한 줄 알았다가 곧바로 실망했다고 한다. 맷은 매우…… 정상이었다. "맷은 그래서 상처받았어." 코니가 말했다. "미국인이 영국인보다 더 속물이 될 수 있다니까. 모든 인간이 평등하다고? 그럴 수도 있겠지." 오늘 밤 맷은 흰색 블레이저를 입고 소매를 걷어 올리고 있었다. 초조해 보였다. "샤라의 돈 때문이야. 그 사람은 뭘 해야 할지 몰라." 코니가 말했다.

모인 사람들이 잔을 채우는 사이 뒤쪽 언덕에서 매미가 울었고, 엘리스는 바버라 옆이 아니라 맷과 에릭 윌리엄슨 사이에 앉게 되어 실망했다. 윌리엄슨 왼쪽에 바버라가 앉았다. 바버라는 코니와 눈이 마주쳤고 두 사람만의 의미심장한 순간을 나눴다.

에릭 윌리엄슨은 테이블 위 샹들리에의 크리스털처럼 작고 강렬한 느낌을 주는 사람이었다. 머리카락은 회색이고 갈색 얼굴은 팽팽했다. 야구 모자를 쓰고 감독 자리에 앉아 있을 사람으로 보이지 않았다. 피트니스 강사의 몸을 한 철학자처럼 보였다. 엘리스와 이야기를 나누는 데는 관심이 없는 것 같았다.

"다들 멍청이라고 생각하죠, 그렇죠?" 맷이 속삭였다.

엘리스는 속마음이 드러난 느낌이었다. "아뇨." 변명하듯 대답했다. "그렇지 않아요."

"처음엔 나도 그랬어요. 처음 왔을 때. 하지만 사실 여기서 살아남으려면 영리해야 해요. 지구상 다른 어디서보다 영리한 사람을 많이 봤어요. 물론 몇몇은 아주 둔하지만." 그는 씩 웃으며 말했다.

"하지만 믿을 수 없이 엄청난 아이디어와 열정과 끈기가 있어야 하죠."

"그리고 쿨에이드는 마시지 말아야 해요." 바버라가 뒤에서 불쑥 나타나 맷의 의자 등받이에 손을 얹고는 껴들었다. 바버라가 그렇게 가까이 있으니 엘리스는 온몸이 굳는 것 같았다. "알잖아요, 끝내주게 잘난 체하는 거?" 바버라가 말했다. 담배가 두 손가락 사이에 끼워져 있고, 연기가 맷의 머리카락 속으로 흘러 들어갔다.

맷은 긴장하지 않은 척 그녀 쪽으로 고개를 들었다. "기억해두죠." 그가 말했다.

"그냥 그건 확실히 해두어야 할 것 같아서요." 바버라가 말했다. "그래야 할 것 같았어요."

"엘리스는 스크린 테스트를 받아야 할 것 같지 않습니까?" 맷이 모인 사람들을 향해서 말했다.

"내가요?" 엘리스가 말했다.

"당신 얼굴이면." 그가 말했다.

"얼굴만으로?" 엘리스가 말하자 모두 웃었다. 바버라는 자기 자리로 돌아갔다.

"전 배우가 아니에요." 엘리스가 말했다.

"거짓말만 잘하면 돼요." 맷이 말했다.

"이봐요!" 바버라가 발끈했지만 얼굴에는 미소를 짓고 있었다.

"작가가 거짓말을 잘해야 하고, 배우는 진실돼야 한다고 말하겠어요." 코니가 말했다.

샤라는 레몬 조각을 빨더니 보드카 토닉에 다시 올려놓았다.

"그럼 당신은 거짓말을 잘해요, 콘?" 엘리스가 물었다.

코니는 엘리스를 보았다. "대부분은. 진실도 잘 말하고."

"런던을 고향이라고 부르겠어요, 엘리스?" 샤라가 말했다. 크림색 어깨 패드와 갈색으로 그을린 데콜타주에 걸린 호박 목걸이가 부드러운 조명의 안뜰과 절묘하게 어울렸다. 샤라가 고향이라는 단어를 말할 때 강조하는 것이나 코니가 거짓말을 잘한다는 이야기에 엘리스는 불편해졌다.

"전 도망을 잘 다녀요." 엘리스가 말했다.

맷이 웃었고 엘리스는 샤라의 눈에서 실망하는 기색을 보았다. 엘리스는 샤라가 평생 끊임없이 옮겨 다니며 산 자신의 경험을 이해할지 알 수 없었다. 부모가 없는 것이나 아직 제자리를 잡지 못한 자신을 동정하면서 느끼는 삐뚤어진 위안도 이해하지 못할 것 같았다. "그러니까, 전에는 도망 다녔단 말이에요. 코니를 만나기 전에요." 엘리스가 말했다.

*

〈하트랜즈〉의 배경이 미국으로 바뀌었다. 런던은 뉴욕이 되었고 영국의 시골은 캣스킬 산이 되었다. 야외 촬영(비아트리스의 마을, 주위의 숲, 딸 개비가 그리니치빌리지에서 돌아다니는 장면)은 실제 장소에서, 실내 촬영은 모두 실버크레스트의 부지 내에서 촬영할 예정이었다. 코니의 소설을 해부하고, 거대한 대륙을 건너오며 하나하나 자른 뒤 끝에 가서는 일관성이 있는 전체로 짜 맞추는 것이다.

"그게 의미가 있나요, 코니?" 바버라가 말했다. "영화에선 미국이 되는 것이?"

코니는 잠시 생각했다. "상처에는 수표를 문지르죠." 코니가 말하자 모두 웃었다.

"그럼 두 분께선 촬영 내내 계실 건가요?" 빌 가차라가 물었다. "얼마든지 환영합니다."

코니의 표정을 엘리스는 읽을 수 없었다. 이런 일은 처음이었고 마음에 들지 않았다.

"아직 모르겠군요. 방해가 되고 싶지는 않아요."

*

바버라는 그날 밤 훌륭한 배우였다. 그녀는 바보가 아니었다. 엘리스는 맷의 말이, 바보라면 로스앤젤레스에서 오래 버티지 못한다는 말이 옳은 것 같다고 여겼다. 바버라는 자신의 존재가 이 영화에 어떤 일을 해줄지 알았을 것이다. 지금까지 네 명의 남편과 살았다는 사실도 바버라의 신화 중 하나였다. 그녀는 연기만큼이나 결혼으로도 유명했고, 그녀의 이 말은 자주 인용되었다. "나는 남자를 좋아해요. 그저 하나를 다 못 먹을 뿐이죠." 하지만 정말로 그 말을 했는지는 아무도 몰랐다. 엘리스는 바버라가 새우 칵테일을 우아하게 먹는 모습을 지켜보았다. 샤라처럼 그녀도 보글거리는 보드카 토닉을 앞에 놓고 있었다. 엘리스는 이 술이 언제 왔는지 보지 못했다. 세세한 것은 아무것도 보이지 않는데, 더 큰 것은 죄다 초자연적인 능력으로 의식하는 것 같았다. 웨이터가 엘리스에게 화이트 와인을 따라주었다. 엘리스는 차가운 액체가 잔에 응결 막을 만드는 것을 보며 먹을거리를 좀 주었으면 좋겠다고 생각했다. 바버라와 코니와 에릭은 《밀랍 심장》과 사람이 죽지 않고 다시 태어날 수 있는 가능성이라는 주제에 대해 이야기하고 있었다.

"나는 그런 종류의 부활에 대해 믿어요." 바버라가 말했다. "다만 똑같은 실수를 반복하기 위해 다시 태어날 필요도 없다는 거죠. 우리에겐 자꾸 반복되고야 마는 무엇이 있거든요."

"나와 테킬라 사이를 말하는 거라면 동의하고 싶군요." 빌이 말했다.

"그건 동전이 어디에 떨어지느냐의 문제입니다." 에릭이 말했다. "운이 좋아야 해요."

"관이 나오는 부분 말인데요, 콘스턴스. 비가 개비에게 실망스러운 존재라고 말할 때 있잖아요? 세상에." 바버라가 말했다.

"아, 코니라고 불러주세요."

빌이 키득키득 웃었다. "대단하죠. 하지만 왜 뭐라고 반박하지 않는 거죠?"

"비는 딸보다 더 재미있는 사람이에요." 샤라가 말했다. "개비, 그 여자는! 아, 도저히 참을 수가 없어요."

"어린애잖아요. 좀 봐줘요." 맷이 말했다.

"나랑 에릭은 네 번 함께 작업했어요." 바버라가 에릭 쪽으로 잔을 들며 말했다. "우린 서로를 알아요. 난 당신을 알아요, 에릭. 이 일도 흥미진진할 거예요. 아주 훌륭한 영화가 될 거예요. 데릭 엘런드 촬영감독을 모시지 못한 건 아쉽지만요."

"바브, 그분은 여든넷이에요. 작년에 뇌졸중을 겪었어요. 쉬게 둡시다." 에릭이 말했다.

"데릭은 어쨌든 맡지 않았을 거예요." 빌이 말했다. "〈글로리 데이즈〉를 제안했지만 부인께서 다시는 일하지 못하게 하셨거든요. 농장에서 나가지도 못하게 하세요. 꼼짝도 못 하실 거예요."

"그럴 겁니다. 하지만 어쨌든 그분에게 맞는 작품도 아니에요.

그분을 좋아하긴 하지만, 데릭이 이런 작품에 필요한 분위기 있는 장면을 마지막으로 찍은 게 언제죠? 전부 다 서로 다투거나 걷어차는 것뿐이었지." 에릭이 말했다.

"나는 영화 보러 자주 가지 않아요." 코니가 말했다.

그 말에 바버라는 양손으로 눈을 가리며 연극적인 몸짓으로 반응했다. "이거 무슨 공격인가요?" 바버라는 이렇게 말하며 한 손은 관자놀이를 짚고 다른 한 손을 우스꽝스럽게 코니를 가리켜서 모두가 농담임을 알 수 있었다. "너무 **영국 사람**처럼 말하잖아요!"

"영국인은 영화를 만들지 않아요." 코니가 말했다. "늪지대 위로 비가 철철 내릴 때 모닥불 피워놓고 이야기하길 더 좋아하죠."

"그게 다행일지도 몰라요. 너무 많은 영화가 쓰레기니까." 바버라가 말했다.

"내가 찾던 건," 빌이 자신에게 관심을 되돌리고자 애쓰며 말했다. "그리고 내가 얻은 건 이야기를 할 줄 하는 사람, 드라마 속에서 움직이는 개인 너머에 작용하는 서사의 감각을 갖고 있는 사람입니다. 지니고 있는 엄청난 비전을 오하이오의 가정주부나 디트로이트의 간호사, 런던의 사업가에게 전달할 줄 아는 사람이죠." 그는 테이블보가 제단이라도 된다는 듯 한 손으로 눌렀다. "좋은 마음씨를 가진 사람이 필요했습니다. 하지만 대신 에릭을 얻었죠!" 모두 웃었다. "농담이네, 친구. 자네가 이걸 맡다니, 완벽한 성공이지. 실버크레스트에선 모두 기뻐하고 있어."

모인 사람들이 이 확신에 감동했는지 분위기가 무르익었다. 좋은 마음씨를 가진 영화감독. 모두 잔을 부딪혔다.

"여긴 좋은 마음씨를 가질 곳이 아니죠." 바버라가 담뱃불을 붙이면서 건조하게 웃었다. 불이 붙고, 일상처럼 쉽게 담배를 빨아들이는 모습…… 엘리스는 '영화 대사인가?' 하고 생각했다. 너무나 적절한 타이밍이었다.

바바라의 말에 모두 잔을 들었다. 그리고 바바라에게, 그다음에는 〈하트랜즈〉에, 마지막으로 코니에게. 가장 진심어린 건배였다.

"당신이 없었으면, 코니." 빌이 말했다. "이런 작업은 존재하지 않았을 테니까요."

"아, 다른 소설을 찾아내셨겠죠, 빌." 코니는 이렇게 말했지만 감동하고 행복해하는 것을 엘리스는 알 수 있었다.

전채 요리가 나왔다. 누가 주문한 건지 알 수 없었지만 요리는 나왔다. 테린•과 작은 샐러드, 한입에 먹어치울 수 있는 정교한 무스. 엘리스는 파스타를 떠올렸다. 혹시 파스타가 다음에 나올까? 바바라는 모두 사양했다. 새우 칵테일과 보드카 토닉만 있으면 되는 모양이었다.

"어설라 이닝이 딸 역할을 하고 싶어 하던데요. 난 아닌 것 같았어요." 에릭이 말했다.

바바라가 인상을 썼다. "어스가? 내 딸 역을 하겠다고요?"

"루시 크렌쇼와 하게 되어서 다행이에요."

"누구라고 했죠?" 바바라가 물었다.

"아, 참 아름다운 사람이죠." 샤라가 말했다.

"몇 살이라고요?" 바바라가 말했다.

"열여덟요." 에릭이 말했다.

"스물여덟이 될 거예요." 빌이 중얼거렸다.

"어디 나온 데가 있나요?" 바바라가 말했다.

• 고기 등을 잘게 다져 익힌 뒤 차게 식혀 썰어내는 요리

에릭은 어이없다는 표정을 지었다. "알잖아요, 바브. 처비 크렌쇼의 딸이에요. 〈붉은 운명〉을 찍으려고 줄리아드를 중퇴했어요."

"처비 크렌쇼?" 코니는 코웃음을 섞어 말하곤 야유를 참으려고 입을 막았다.

샤라가 코니를 보았다. "샬럿 크렌쇼, 모델 말이야?"

"아니, 미안. 나도 몰라." 코니가 말했다.

"영화 음악 작곡가, 톰 크렌쇼랑 결혼한 여자?" 샤라가 끈덕지게 물었다. "오래전에 은퇴해서 토판가에서 아마 보호구역을 운영한다더니. 이젠 딸이 선풍을 일으키네."

"대체 그런 걸 어떻게 다 알지?" 맷이 말했다.

"잡지." 샤라가 말했다.

"나는 소설을 쓰는 사람일 뿐이에요." 코니가 무거운 목소리로 말했다.

엘리스는 테이블에 십오 년째 앉아 있는 느낌이었다.

"그럼 루시는 왜 오늘 밤에 오지 않은 거죠? 내 딸이라면?" 바버라가 말했다.

"동부에서 촬영 막바지랍니다. 다음 주에 돌아옵니다."

"그럼 남자들은요? 아직 남자 주연이 없는 건가요, 여러분? 왜 늦어지는 거죠?"

"마음대로 고를 수 있습니다." 에릭이 말했다.

"보세요, 난 항상 그래요." 바버라는 대화를 스크루볼 코미디 대사처럼 만들지 않고는 못 배기는 기질을 타고난 모양이었다. "연극배우도 몇 명 불러와요. 근육 덩어리들은 빼고. 너무 부담스러워."

"동감입니다. 진심 동감입니다." 에릭이 말했다.

"한 남자에게서 모든 걸 발견할 순 없어요. 한 번도 그런 적은 없었죠. 한 남자의 성기와 다른 남자의 머리가 좋아요. 그 두 가지를 도저히 한곳에서 찾을 수가 없다니까요."

*

엘리스로서는 반갑게도 주요리는 파스타였다. 쇠고기 라구 파르펠레, 그리고 호박과 카넬리니 탈리아텔레였다. 엘리스는 두 가지 모두 조금씩 덜었다. 남자들도 코니도 그랬다. 샤라는 비건 파스타를 약간 덜더니 작은 호박 조각만 포크로 집어 입에 넣고 파스타 가닥은 접시 위에서 빙빙 돌렸다. 식사를 하는 것이 아니라 준비하는 사람 같았다. 배우들 이야기가 지나가고 사람들은 자리를 옮겨 담뱃불을 붙이고 브랜디와 이런저런 디저트를 주문했다. 그들은 살짝 무심한 어조로 레이건과 대처에 대해 이야기했다. 음식 때문에 졸음이 와서 아무런 관심도 없다는 듯이.

"레이건도 배우 아니었어요?" 엘리스가 말했다.

"예전에 하던 일을 더 잘했지." 바버라가 말했다.

모임이 흐트러지기 시작했다. 코니와 바버라는 제인 오스틴 소설에 나오는 여인들처럼 팔짱을 끼고 수영장 쪽으로 걸어갔다. 엘리스는 코니가 뭐라고 하자 바버라가 웃는 모습을 보았다. 빌과 에릭은 아직 테이블에서, 지저분해진 테이블보에서 몸을 떼어 뒤로 기댄 채 대본에 대해 이야기했다. 대니얼 스타인이라는, 멀리 뉴욕에 사는 새로운 신동이 쓴 대본이었다. 맷은 둘의 이야기를 듣고 있었고 엘리스는 그가 어떤 기분일지 궁금했다. "그 친구가 코니의 소설을 가져갔어. 그걸 가지고 내가 키스하고 싶은 대본으로 바꿔놓았지. 있잖나, 바브는 그 소설을 좋아했지만 대니의 대본이 아니었더라면 맡지 않았을 거야. 그 친구가 제대로 만들어놓았지."

샤라는 실례한다며 화장실에 갔다. "여보." 샤라는 맷의 어깨에 손을 올리면서 말했다. 하지만 그러고는 아무 말도 하지 않았다.

맷과 엘리스는 샤라가 건물 안으로 사라지는 것을 보았다. "글을 쓰나요?" 맷이 빌과 에릭에게서 몸을 돌려 엘리스에게 물었다.

"아뇨." 엘리스가 대답했다. "지금 하고 계신 작업이 있어요?"

"최근에는 주로 시를 썼죠." 맷이 말했다.

"와, 발표하신 적도 있어요?"

"여기 있는 작은 출판사에서요. 언제 일요일에 서핑하러 오세요. 지루하면요."

"지루하지 않아요."

"지루해질 수도 있죠."

"서핑은 해본 적 없어요."

"가르쳐줄게요."

"그럴게요."

맷은 곧 엘리스에게서 시선을 돌려 수영장 건너 바버라와 코니의 당당한 걸음걸이를 보았다. 두 여자는 아무도 의식하지 않고 머리를 맞대고 있었는데, 웨이터가 다가가서 바버라에게 뭐라고 속삭였다. "기사가 왔어요." 바버라가 크게 말했다. 모임은 끝났다. 겨우 9시가 지난 때였다. 샤라가 미소를 지으면서 화장실에서 돌아왔다. 모두 일어서서 각자 작별 인사를 하려 했지만, 바버라에게 먼저 인사를 건네는 것이 자연스럽게 느껴졌다. 모두 영화배우를 살짝 끌어안았다. 모종의 의례 때 가족끼리 하듯이. 엘리스도 그렇게 하면서 바버라 뺨의 살짝 촉촉한 느낌과 바닐라 향, 말보로 냄새를 느꼈다.

"전화해요." 바버라가 에릭에게 말했다. "코니!" 그녀는 이렇게 외치며 코니의 손을 잡았다. "영혼의 동생과 상봉한 것 같아요."

코니는 미소를 지었다. "저야말로 반가웠어요."

"비어트리스에게 합당한 열정을 쏟아붓고 싶어요."

"고마워요."

"곧 다시 만나요."

바버라는 코니의 손을 놓고 엘리스에게 미소를 지었다. 그러고는 떠났다.

*

집으로 가는 택시에서 코니와 엘리스는 그날 저녁을 하나하나 곱씹었다. "내 평생 가장 정신없는 밤이었을 거야." 코니가 말했다.

"맷이 시인인 줄 몰랐어요." 엘리스가 말했다.

코니가 웃었다. "그놈의 시."

엘리스는 코니의 어조에 움츠러들었고, 코니는 자신이 지나쳤음을 감지한 눈치였다. "엘리스, 그거 안 읽어봤지? 그 사람은 가끔 저녁식사 때 그걸 읽는다니까. 말 그대로 나이프랑 포크를 내려놓고 들어야 해. 내가 그러는 게 상상이 돼?"

"샤라는 좀 이상한 것 같아요. 맷에게 짜증이 난 것 같아."

"샤라는 밖에 잘 안 나왔거든." 코니가 말했다.

"응? 왜요?"

코니는 계속해서 택시 차창을 내다보았다. "작년에 유산을 했어. 육 개월 때."

"어머나."

"상황이 안 좋았어. 맷이 대처를 못 했지."

"무슨 말이에요?"

코니는 한숨을 쉬었다. "나도 어떻게 된 건지 잘 몰라. 하지만 맷이 샤라에게 도움이 되어주지 않았어."

"왜 그 사람이 샤라보다 더 잘 대처할 줄 알아야 하죠?"

코니는 잠시 입을 다물고 있었다. "맞는 말이야. 하지만 내가 알기로, 맷은 그 일이 샤라에게 어떤 의미인지 이해하려고 노력도 안 했어. 샤라는…… 마음을 닫았는데 맷이 끈질기게 매달리지 않았지. 그것 때문에 샤라가 벌을 주는 것 같아."

"샤라의 모습만 봐서는 짐작도 못 했을 것 같은데."

"바바라만 좋은 배우가 아닌가 보지." 코니가 말했다. 코니는 엘리스의 어깨에 팔을 둘렀고 엘리스는 코니에게 기댔다.

"그런 일로는 둘 다 탓할 수 없죠." 엘리스가 말했다.

"그럼, 물론이지. 끔찍한 일이었을 거야. 하지만 나중에 대처하는 방식의 문제이지. 샤라는 나와 동갑이야, 엘. 서른여덟. 맷에겐 창창한 세월이 있어. 이야기를 들어보니 임신도 힘들게 된 모양이던데."

엘리스는 눈을 감고 디너파티에서는 항상 남들이 모르게 오가는 대화가 있다고 생각했다. 맷과 샤라와 그들의 결혼 속으로 유령처럼 사라져 보이지 않는 아기. 엘리스는 지금도 샤라의 몸에 남은 통증이 있는지, 그저 머릿속에만 남아 이따금 찾아오는 손님이 되어서 샤라만 밟을 수 있는 계단으로 끌고 내려가는지 궁금했다.

11

이튿날, 엘리스는 방갈로 수영장 가장자리에 앉아 다리를 물에 담그고 어머니 생각을 했다. 퍼트리샤 모소가 주방 카운터에 기대서서 머릿속에 이상한 혹이 생겼다고 했을 때, 엘리스는 일곱 살이었다. 의사들은 혹을 잘라내면서 말하는 능력도 잘라냈고, 퍼트리샤는 다시 말하는 법을 배우기는 했지만 이전과 달리 괴상했다. 자기 혀를 통제하지 못했다. 엘리스도 아버지도 무슨 말이 튀어나올지 알 수 없었다. 독약 바른 말일지, 상냥한 말일지.

수술 몇 주 뒤, 엘리스 가족은 퍼트리샤가 의상 디자인을 한 무대의 마지막 공연을 축하하기 위해 파티에 참석했다. 퍼트리샤에게 생긴 변화는 엘리스를 똑바로 볼 때 말고는 쉽게 알아볼 수 없었다. 눈이 달라졌다. 퍼트리샤의 눈은 항상 짙은 청회색이었는데, 탈색한 것처럼 옅어져 있었다. 눈동자가 작아지고 수평을 이루는 것 같지 않았다. 어머니는 사라지고 없었다.

엘리스는 밝고 파란 물속에서 다리를 앞뒤로 흔들면서 퍼트리샤가 그날 파티에서 옅은 두 눈으로 자신을 꼼짝 못 하게 한 것을 기억했다. 자신이 원하지 않던 변화를 딸에게 각인시키려는 것 같았다. 엘리스는 머릿속 바위 웅덩이에 물이 다 빠지고 진흙탕만 남은 어머니에게 어떻게 반응해야 할지 알 수 없었다. 한동안 뭔가(무엇이라도) 도움 될 말을 하게 되길 기다렸지만, 퍼트리샤는 말도 행동도 쓸데없음을 가혹하리만큼 분명히 보여주었다. 종양 제거는 모성이라는 문에서 경첩을 떼어내버렸다. 사소한 잡담 같은 무의미한 일은 하나도 남지 않았다. 엘리스는 할 말을 잃어버렸고, 할 수 있는 일이라고는 어머니가 원치 않는 동정을 드러내지 않는 것뿐이었다.

코니가 돌아가신 어머니에 대해 물을 때마다 (게다가 그녀는 상당히 자주 물었다) 엘리스는 코니에게 사실을, 아무에게도 털어놓은 적 없는 이야기를 할 수 있을 것 같았다. 이 년 뒤 종양이 재발했는데 두 번째는 너무 해롭고 너무 커서 어머니가 돌아가셨다고 코니에게 말했다. "정말, 진심으로 유감이야. 어머니가 그립겠네." 코니가 말했다.

순간 엘리스는 적응했다고 거짓말을 말했다. 이제 다 괜찮아졌으며 그런 일도 있는 법이라고 했다. 코니는 이 말을 받아들인 듯 설득력 없는 말에 의문을 제기하지 않았다.

나도 거짓말을 잘하나 보지. 엘리스는 물속에서 발차기를 하며 생각했다.

"엄마라면 여길 좋아했을 텐데." 엘리스는 소리 내어 말했다. 말하자마자 목소리에 울음이 섞여 있음을 느꼈다. 여기서 지금 무슨 일이 일어나는 걸까?

양산 밑에 창백한 피부를 감추고 테이블에서 공책에 글을 쓰던 코니가 엘리스 쪽을 보았다. "응?"

"샤라 생각을 하던 중이에요."

"가엾은 샤라."

"아기를 많이 원했어요?"

"응, 확실해. 샤라의 여동생은 아이가 넷쯤 될 거야."

"아기에 대해 생각해본 적 있어요?"

"내 아기?" 코니는 펜을 내려놓았다. "지금은 별로. 예전엔 했지. 생리가 끝나서 그 문제를 고민할 수 없게 되었을 때 상당히 반가웠어. 갑자기 이런 이야기는 왜?"

"말했잖아요." 엘리스가 잘라 말했다. "샤라라고."

"그래." 코니는 부드럽게 말했다. "음, 물어보니까 하는 말인데 나는 어머니가 되고 싶지 않아, 엘. 그럴 시간이 없어. 힘든 일 같던데. 그만한 관심은 없어. 사실 관심을 가진 적이 없어. 아기의 작은 발이나 작은 귀는 좋아해. 아기의 아름다움은 좋아. 하지만 아기는 자랄 테고 아이의 목적은 떠나는 거잖아. 그래야 하는 것이고. 솔직히 말하면, 그건 아주 큰 충격일 거야. 내가 부모님에게 한 짓을 누군가 내게 할지도 모른다고 생각하면."

"결국 당신은 약해빠져서 남에게 상처받고 싶지 않은 거군요."

"하, 글쎄." 코니는 생각하는 것처럼 잠시 말을 멈췄다. "한 가지 더 있는데, 설명하기 쉽지 않아."

"뭔데요?"

"음, 내가 보기에, 아이 가진 사람들을 보면…… 아이들이 어릴 때는 확실히 현재를 살아야 하는 것 같아. 말하자면 계속해서 경계해야지. 그 순간 당면한 과제에 아주 집중해."

"그런 것 같아요."

"그리고 미래에 대해서도 분명 생각할 거야. 하지만 문제는, 집필은 정반대에 가깝다는 거야. 나는 다른 시공간에서 살아. 조작된 현재에서 살고, 미래도 만들어내고, 과거도 새롭게 상상하지."

"아이가 있는 사람도 그런다고 생각하지 않아요?"

"그럴지도. 하지만 일상의 현재로 돌아와야 하잖아. 나는 아니야. 적어도 그들만큼 많이 돌아오지 않아도 돼. 그리고 내가 사는 곳, 내 머릿속에서 너무 많은 시간을 보내서, 시민권을 포기할 마음의 준비가 되었는지도 모르겠고."

엘리스는 코니가 정말 똑똑하다고, 좋은 엄마가 될 거라고 생각했다.

"또," 코니가 말했다. "나는 여러 가지 것들의 아름다움을 좋아해. 아이들의 아름다움은 내겐 다른 것들의 아름다움과 보상보다 크지 않아."

"그런 이야기를 공개적인 자리에서 한 적 있어요?"

코니는 시무룩한 표정을 지었다. "아니, 전혀. 그러면 다른 것에 대해서는 아무 말도 못 하게 될 거야. 동성애자라고 알리지 않는 것도 마찬가지지. 상상이 돼? 전혀 가치 없는 짓이야."

"당신이 아이들을 원하지 않는 건 납득이 돼요." 엘리스는 물속으로 미끄러져 들어가 수영하기 시작했다. 평영을 하면서 머리는 물속에 넣지 않았다.

"기분 나빠야 할지 좋아야 할지 모르겠네. 왜 납득이 돼?"

"당신은 당신이니까."

엘리스는 물속으로 들어가 눈을 떴다. 그 아래 세상은 둥글둥글하고 흐릿했으며 더욱 새파랬다. 물속에서 숨을 쉴 수 있다면 어떨까 상상했다. 할 수 있다면 거기서 살까? 꽉 막히고 소독약 냄새나는 네모 안이 아니라 저 바다에서, 커다란 지느러미가 달린 인어처럼 산호초 사이를 헤엄쳐 다니면서? 가슴이 답답했다. 밖으로 올라오니 코니가 염려스러운 표정으로 수영장 옆에 무릎을 꿇고 있었다. "당신은?" 코니가 말했다.

"내가 뭘요?"

"아이를 갖고 싶어?"

"모르겠어요, 콘." 사실이었다.

"당신은 어쨌든 너무 젊으니까." 코니가 말했다.

"그렇지 않아요."

코니는 한숨을 쉬었다. 그러자 엘리스는 더욱 화가 났다. "내가 너무 젊다고, 그런 말 하면 안 돼요. 그런 말을 자주 하는데 난 스물세 살이 다 됐다고요."

코니는 뭐라고 말하려는 듯했지만 그만두었다. "당신은 젊어. 하지만 너무 젊은 건 아니지. 미안해." 그렇게 덧붙이고 그는 안 공책으로 돌아갔다.

12

〈하트랜즈〉의 실내 촬영이 모두 진행되는 동안, 그들은 웨스트 할리우드에 머물기로 결정했다. 또 이 주일이 지나갔다. 벌써 육 주를 로스앤젤레스에서 보냈다. 그사이 그들은 사흘을 샌프란시스코에, 긴 주말을 몬터레이에서 보냈고, 코니가 스타인벡이 살던 곳을 보고 싶어 해서 살리나스에 다녀오기도 했다. "영감을 받으러 가요?" 엘리스가 물었다.

"아니. 남의 일을 캐기 좋아해서." 코니가 말했다.

구경한 곳들은 대단했다. 어마어마한 크기의 레드우드, 절벽 위에서 본 바다 풍경, 7월의 여신 태양이 파도 끄트머리와 인간의 어깨에 미끄러지고, 어둠이 내리면 부엉이와 다른 동물이 나타나 울었다. 엘리스는 숲 속에 더 머무르고 싶었지만 그들은 자동차 도로를 따라 움직이며 모텔에서 묵었고 코니는 어디든지 빠르게 차를 몰았다. 엘리스는 자신들이 서부 시대의 여자이며, 마찬가지로 일확천금을 꿈꾸며 찾아온 남자들의 맹비난에도 불구하고 금을 찾고 있다고 상상했다.

가끔, 코니가 글을 쓸 때 엘리스도 공책을 꺼내 글을 써보려고 했다. 아무것도 나오지 않았다. 아무것도 쓸 수 없다는 사실에 몸살이 날 지경이었다. 코니는 어떻게 쓸 수 있을까? 그녀는 여기서도 너무나 잘 지내며 늘 글을 썼다. 아마도 초록 토끼에 관한 글일 테지만 아무 말도 하지 않았다. 그녀는 바버라 로든과 진짜 친구가 되기도 했다. 두 사람은 종종 만났다. 배역에 대해 의논하기 위해서라고 했다. 그런 만남이 피곤하다고 가끔 넌지시 말했지만, 엘리스가 영화배우의 변덕에 다 맞춰줄 필요는 없다고 하니 특별히 맞춰주는 것은 없다고 대답했다.

"바버라를 보면 이상하지 않아요?" 엘리스가 물었다.

코니는 웃었다. "아니. 우리랑 같은 사람인걸. 아주 웃기는 사람. 너무 오랫동안 너무 유명인으로 살다 보니 바버라는 남들에게 다르게 행동해. 그건 매혹적이라고 생각해."

영화제작 팀과 함께 캣스킬로 옮겨 갈지 아직 의논하지 않았지만 로스앤젤레스에서의 생활, 나아가 미국에서의 생활은 확실히 끝이 미정인 것 같았다. 그들은 종종 말리부로 가서 샤라와 맷을 만났다. 넷은 종종 불을 피우고 모여 앉았다. 불꽃에 달아오른 얼굴로 등에는 숄을 걸치고 별이 반짝이는 하늘 아래서, 엘리스는 부부를 바라보며 그들에게 감추어진 아픔을 상상하곤 했다.

조슈아 트리 파크에서 하룻밤 캠핑을 하자고 제안한 것은 맷이었다. "겨우 세 시간밖에 안 걸려요. 거기 별들을 기대해도 좋아요. 바위도." 그가 말했다.

맷이 별과 바위들이 이루는 형태와 해 질 녘에 변하는 색깔에 대해 이야기할 때 엘리스는 감탄하며 경청했다.

"안 돼요. 코요테한테 잡아먹히고 싶지 않아요." 코니가 말했다.

"숲의 정적이 좋지 않아, 콘?" 샤라가 물었다.

코니는 인상을 썼다. "거긴 우주 같아. 죽는다고 소리를 질러도 아무도 듣지 못할 거야."

"그건 좀 과장이군요." 맷이 말했다.

"본질적으로, 자연에선 할 일이 없어요. 얼마나 쉽게 지루해지는지 끔찍하게 의식하는 것 말고는 말이죠." 코니가 말했다.

"난 가고 싶어요." 엘리스가 말했다. 하지만 대화는 딴 데로 옮겨 갔고 아무도 엘리스의 말을 듣지 못한 것 같았다.

*

엘리스는 코니와 맷이 서로 이야기를 거의 하지 않는 것을 알아차렸다. 어쩌다 이야기할 때면 냉랭하거나 어색하지는 않았지만 코니가 맷의 대화 시도 자체를 싹 잘라버리는 것 같았다.

"맷에게 무슨 문제 있어요?" 어느 날 말리부에서 집으로 돌아오는 길에 엘리스가 코니에게 물었다. 그 무렵 그들은 자동차를 장기 렌트했고, 바닥 매트에는 엘리스의 구두에서 떨어진 모래가 항상 가득했다.

"맷? 괜찮아. 그저 샤라가 그 사람과 결혼하지 말았어야 한다고 생각할 뿐이지."

"왜요?"

"평범해."

"그런가요?"

"그렇다고 생각하지 않아? 어딜 가야 한다거나 자기가 가본 곳 말고는 그 사람이 무슨 이야기를 했어? 그런 게 싫어."

"공유하려는 거죠, 콘."

"자랑하려는 거야. 우리는 그 사람 없이도 빌어먹을 조슈아 트리에 갈 수 있다고."

코니는 새로운 사교 생활에서 더욱 가차 없이 굴었다. 인상적이고 눈부시긴 하지만 타인의 약점에 지나치게 비판적이었다. 어쩌면 엘리스가 사귀는 다른 사람들 탓일지도 몰랐다. 모종의 자신감이 삼투현상에 의해 바버라 로든에게서 이식된 것이다. 아니면 맷이 유산 후에 샤라를 충분히 지지해주지 않았다는 코니의 믿음에서 기원한 것일지도 몰랐다. 어쩌면 코니의 생각이 옳을 거라고 엘리스는 생각했다. 어쩌면 페요테 선인장 가운데가 아니라 아내를 돌보는 데서 평화를 찾아야 한다고. 하지만 맷은? 그 기간 동안 맷은 무엇을 느꼈을까? 누가 그에게 물어봐주기는 했을까?

"샤라Shara의 이름이 실은 사하라Sahara였는데, 히피 엄마를 짜증나게 만들고 평범해 보이려고 앞의 a를 빼버린 것 알고 있었어?" 코니가 웃으면서 말했다. "학부생 시절 샤라는 맨체스터에서 충격적인 존재였어. 내가 장담해."

"대체 왜 맨체스터의 대학에 간 거죠?"

"샤라 아버지가 한 일이야. 샤라는 절반은 영국에서 컸거든. 하지만 여기가 집이라고 느끼지."

"그럼 맷은 여기가 집이라고 느끼나요?"

코니는 냉소를 지었다. "이미 알고 있잖아."

코니가 굳이 말할 필요가 없었다. 맷과 샤라 사이는 분명 금이 가고 있었다. 결혼 생활에 어려움 많은 부부의 아이가 종종 그렇듯이 엘리스도 눈치가 빨랐다. 샤라는 매정하고 확고했다. 맷은 어쩔 줄 몰라하며, 보름달이 뜰 때 선인장에 물을 주는 것부터 자동차 여행에 이르기까지 온갖 계획을 지나치게 열심히, 과하게 내놓왔다. 그러다 우울해져서 세상의 부당함에 대해, 생존의 고단함에 대해 사색했다. 엘리스는 공감할 수 있었다. 엘리스 자신이 이따금 그렇듯이, 맷도 코니에게 이길 수 없는 것이라는 느낌이 들었으리라. 그리고 샤라와는 별로 공감대가 없었다. 엘리스는 맷의 열정이, 거의 아무도 자신에게 관심이 없는데 맷만은 잘해주려 노력한다는 사실이 좋았다.

어느 날 샤라가 엘리스와 코니를 스튜디오로 초대해 그림을 보여주었다. 그들은 소심해져 안으로 들어갔다. 널찍하고 환한 공간이었고, 사방 벽에 캔버스가 늘어서 있었다. 대체로 커다란 추상화였다. 원을 반구상적으로 연결해놓은 작품이 많았다.

"이것들," 샤라가 가리키며 말했다. "모성의 편재에 대해 말하고 싶었어."

엘리스는 뭐라고 말해야 할지 알 수 없었지만 코니는 고개를 끄덕였다. **대체 코니가 모성의 편재에 대해 뭘 안다는 거지?** 엘리스는 의아했지만, 코니가 하는 일의 절반은 호기심을 갖는 것이고 나머지 절반은 권위 있는 모습을 취하는 것임을 떠올렸다.

"저거, 샤. 저게 마음에 들어." 코니는 가장 큰 작품을 가리켰다. 엘리스는 끝없이 음영을 지닌 원들을 바라보았다. 자신을 마주 보면서도 동시에 날카로운 시선을 피하는 눈들 같았다. 그녀를 꾀어 들이는 텅 빈 공간이었다.

"가져." 샤라가 말했다.

"그만둬. 내가 살게."

"아니. 주고 싶어."

"정말?"

"정말."

엘리스는 두 사람을 방해하지 않아야 한다고 생각하며 스튜디오 주위를 둘러보았다. 자신이 스물한 살이 되었을 때, 히스에서 코니와 처음 만나 근처에서 피크닉을 하던 때를 생각했다. 정육점에서 사 온 민스파이와 식은 소시지에, 코니는 초콜릿 케이크까지 만들어 왔다. 엘리스는 드디어 난생처음으로 보살핌을 받는다고 느꼈던 것을 기억했다. 동화 속에 나오는 피크닉 바구니와 코니가 준비한 진저비어에도 불구하고, 거기엔 끓어오르는 성욕이 뒤섞여 있었다. 그다음 생일에 코니는 국립극장에서 공연하는 〈헛소동〉 표를 샀다. "당신도 하루는 쉬면서 안내를 받을 수 있도록." 코니는 이렇게 말했다. 퍼넬러피 윌턴이 비어트리스 역을 맡았고 마이클 갬본이 베네딕트를 맡았으며, 코니와 엘리스는 어둠 속에서 웃어대며 서로 손을 잡았다.

지금, 엘리스는 코니에게, 코니에게 그렇게 꽉 붙잡혀 있는 것에, 비이성적인 증오심이 솟구쳤다. 엘리스도 미국인 친구에게서 그림을 선물받는 서른여덟 살의 사람이 되고 싶었다. 차를 몰고 웨스트 할리우드로 달려가고 싶었다. 말리부 해변에서 살고 싶었다. 대신 그녀는 그 모든 일을 지켜보기만 했다. 이 중 무엇도 엘리스 자신의 것이 아니었다. 그리고 코니는 엘리스가 가진 얼마 안 되는 것을 순식간에 앗아갈 수 있었다.

2017

13

나는 우리 아파트 거실에 앉아 데버라 클라크의 저작권 에이전시 전화번호를 적어둔 구겨진 포스트잇 조각을 노려보고 있었다. "안녕하세요, 콘스턴스 홀든의 열혈 팬이에요!" 이래선 성공할 수 없다. 에이전트라면 그런 사람을 콘스턴스와 연결해줄 리 없다. 그 동안의 세월을 생각하면 데버라 클라크는 은퇴했을 것 같았고, 그렇다면 내게 유리할 수도 있을 것 같았다. 하지만 지금 에이전트가 누구든지 어떤 정보도 알려줄 것 같지 않았다. "안녕하세요! 콘스턴스가 제 어머니의 실종에 관여했을지 몰라서 이야기를 하고 싶은데요…… 만나주실 수 있겠죠?"

사실대로 말할 수 있을 거라고 잠시 생각했다. 아버지 이름을 대고, 내 어린 시절의 수수께끼를 풀고 싶다고 말하는 것이다. 상상해보라. 솔직하게 말해버리는 것을. 하지만 진지하게 고려할 수는 없었다. 아버지가 그녀를 만날 때 주의하라고 한 것, 어머니가 약했던 반면 그녀는 강했으며, 콘스턴스는 나와 엘리스 모소 이야기를 하고 싶지 않을 수도 있다는 말만 머릿속에 떠올랐다.

나는 가명을 짓기로 했다. 인터넷으로 쉽게 찾을 수 없는, 조용하고 단순한 신원. 로라와 브라운이라면 정체를 쉽게 감출 수 있는 흔한 이름과 성의 조합이었다. 미란다, 이사벨라, 퍼넬러피 같은 강렬한 가명에 스톰이나 몽고메리 같은 성을 붙이고 싶은 유혹도 있었지만 좀 위험할 것 같았다. 나는 에이전시 웹사이트를 찾아보았다. 레베카 포레스터라는 어시스턴트가 한 명 있었고, 다행히 투명성의 시대인지라 이메일 주소와 전화번호가 공개되어 있었다.

나는 로라 브라운이고 홀든 씨에게 편지를 쓰고 싶다고 할 참이었다. 편지를 어디로 보내야 할까요? 전화번호를 누르고 기다렸다. 신호음이 세 번 울린 뒤 누군가 전화를 받았다. "클라크 앤드 데이비스의 레베카입니다. 뭘 도와드릴까요?" 서두르는 목소리였다.

"안녕하세요, 레베카." 나는 바보처럼, 친한 척 말해버렸다. 당황해서 머릿속이 하얘졌다. "콘스턴스 말인데요."

"오, 다시 전화해주셔서 다행이에요." 그녀가 다급하게 말했다.

"저……."

"잠깐만요." 전화기를 통해 부스럭거리는 소리가 들려왔다. "아직 사람을 못 구했나요? 그분이 꽤 재촉이 심하셔서요."

"재촉요?"

"음, 이미 알고 계시겠지만요. 다른 지원자는 전부 퇴짜를 놓으셔서 어떻게 하면 좋을지 모르겠어요."

"물론, 그러시겠죠." 나는 뭐가 뭔지 알 수 없는 기분으로 대답했다.

"누구 없나요? 당장 사람이 필요해요."

나는 최대한 머리를 빠르게 굴렸다. 레베카가 무슨 말을 하는지 알 수 없지만, 원하는 것이 없다고 하면 내게서도 기회가 사라질 거라는 사실만큼은 알 수 있었다. "있어요." 내가 대답했다.

"잘됐네요. 그 사람 인적 사항을 보내줄 수 있어요?"

"인적 사항을 보낼 수 있냐고요?" 나는 생각을 정리할 시간을 벌어보려고 되풀이해서 말했다.

"네……?"

나는 정신을 똑바로 차리려고 애썼다. "그럼요, 물론이죠. 이메일로 보낼까요?"

"네." 레베카는 살짝 조급한 목소리로 말했다. "지금 보내줄 수 있어요?"

"물론이죠. 다만…… 지금 집에서 일하는 중이라 개인 이메일 계정으로 보낼 거예요. 그러니까……." 나는 말을 잠시 멈췄다. 작은 식탁 위에 조가 미처 치우지 않은 매킨타이어 핫소스 병이 놓여 있었다. "mcintyre0553@gmail.com으로 보낼게요." 머릿속이 쿵쿵 울렸다. "그래도 괜찮을까요?"

"네. 그 계정 메일을 확인할게요. 읽고 나서 전화할게요. 지금은 바로 회의에 들어가야 해요."

"그럼…… 전화 대신 이메일로 대답을 주실 수 있을까요? 아기가 자고 있어서 전화가 울리면 깰 거예요."

젠장, 대체 내가 무슨 짓을 하는 거지?

"걱정 마세요. 곧 연락할게요." 레베카가 말했다. 그녀는 그날 생각해야 할 일이 쉰다섯 가지는 더 있다는 듯 점점 더 초조한 목소리로 말했다. 그리고 전화를 끊었다.

뭔가 일을 저지르긴 했는데 그게 뭔지 알 수 없었다. 물과 햇볕이 필요한 일이었다. 거짓말을 어찌나 재빠르게 꾸며냈는지 나도 놀라웠다. 노트북을 연 다음 로라 브라운의 이력서를 쓰기 시작했다. 이런 짓을 하다니 믿을 수 없었지만 나는 모든 내용을 매끄럽게 지어내고 있었다.

로라 브라운은 내 나이였다. 나와 같은 대학에서 같은 과목을 전공했다. 특이하고 성공적인 경력을 선사하고 싶은 마음이 굴뚝같았지만 가능한 한 현실적인 영역에서 벗어나지 않는 편이 좋을 것이다. 주니어 노벨상을 받은 물리학 전공자라든가 러시아어 소설을 번역할 줄 아는 사람이라고 쓰지는 않았다.

그렇지만 졸업은 우등으로 한 것으로 올렸다.

그런 다음, 통화를 하면서 얼마나 빨리 이 가면극을 지어냈는지 놀란 바람에 무엇에 지원한지조차 알아내지 않았다는 생각이 떠올랐다. 짐작으로 알아맞혀야 하는데, 시작도 전에 전부 무너져버릴 수도 있었다. 콘스턴스의 간병인? 비서? 어이가 없었다. 나는 심호흡을 했다. 몇 달 만에 느끼는 활기에 들떠 두 가지를 섞어보기로 했다.

로라 브라운은 자선사업과 자원봉사 일을 좀 했고, 삼 년 동안 서점에서 일했으며, 코스타리카에서 조교로 일했다. 이런 조작을 얼마나 빨리할 수 있는지 내가 보기에도 놀라웠다. 나 자신보다도 로라를 설명하는 형용사를 더 빨리 찾을 수 있었다. 그녀는 근면하고 열정적이며, 긍정적이고 세세한 것을 잘 살피는 사람이었다. 하지만 여가 시간에는 오랫동안 산책을 했다. 꼭 나처럼.

결국 가짜 이력서가 문제가 아니라 가짜 이메일 계정을 만드는 것이 문제였다. 나는 코니를 찾아 숲으로 더 깊이 들어가고 있었다. 만약 발각된다면 끔찍한 꼴이 될 것이다. 하지만 빵 부스러기를 남기고 싶지 않았다. mcintyre0553@gmail.com 계정을 누가 이미 갖고 있지 않기를 기도했다. 운이 좋았다. 이 시나리오에 대해 행운이라는 말을 쓸 수 있다면 말이다.

보낸 사람: mcintyre0553@gmail.com

받는 사람: rebecca@clarkeanddavies.com

레베카,

전화를 받아주셔서 고맙습니다. 말씀드린 대로 로라 브라운의 이력서를 첨부합니다. 로라는 이 일로 콘스턴스를 꼭 만나서 제시하는 요건에 대해 이야기하고 싶어 합니다. 로라는 이전 고용주가 외국으로 떠나는 바람에 최근에야 구직에 나선 아주 훌륭한 지원자입니다. 그는 로라와 헤어지게 되어 아주 슬프다고 했답니다! 로라는 매우 믿음직하고 성격이 좋으며 다재다능한 사람입니다. 우리는 그녀가 당신의 의뢰인에게 탁월하고 잘 적응하고 어울리는 사람이 되어드릴 거라고 생각합니다.

그럼 답장을 기다리겠습니다.

서명은 하지 않았다. 레베카는 내가 허구 속 까탈스러운 아기에게 정신이 팔려 서명을 잊었다고 여길 수도 있을 것이다. 나는 마음이 바뀌기 전에 보내기 버튼을 눌렀다. 미친 짓을 이렇게 쉽게 해치우다니. 노트북을 덮어버린 뒤, 범행에 사용한 기계를 두고 나가면 내 속임수와 자포자기의 행동이 무죄가 될 수도 있다는 듯 산책을 나갔다. 아파트 앞 작은 공원을 십오 분 동안 한 바퀴 돌고 집에 돌아오니 조가 소파에 앉아 월간 요리 잡지를 뒤적이고 있었다.

"다녀왔어." 그가 말했다. "저녁은 뭘로 할지 생각한 거 있어?"

"안녕." 나는 그 옆에 앉아 뺨에 키스하며 말했다. "아니."

조는 반응하지 않았다. "켈리랑 만났어? 인스타그램에 분만 과정을 중계한대?"

"그럴 리가." 하지만 혹시 그러는 걸까 의심이 들긴 했다. "또 애를 낳는다고 제정신이 아니야. 사람들이 서른이 되면 그런다고들 하잖아. 하지만 확실히 난 서른 살에 아이를 원하지 않았어."

"맞아, 그랬지." 조가 말했다.

"당신도 마찬가지였어."

"사람들? **사람들**이 누구야? 그렇게 되면 그렇게 되는 거지."

내 말을 하는지 조는 이해하지 못했다. 전혀. 조의 몸은 정말로 변한 적이 없었다. 물론 털이 더 나고 몸집이 커지기는 했지만 안팎으로 거의 똑같은 셈이었다. 열두 살 때 아랫배에 찌르르 느껴지는 낯선 통증에, 그리고 흘러나오는 혈액에 충격을 받고, 오 년 뒤 A레벨 시험을 마치다가 고통에 배를 움켜쥐던 나는, 매달 달처럼 찼다 기울며 몸속이 젖는 과정이 임신 가능성을 예측해준다는 것을 알고 있는 나는, 그가 자신의 몸에 대해 아는 것보다 내 몸에 대해 훨씬 더 잘 알았다. 거리의 낯선 사람들은 내 몸처럼 그의 몸을 샅샅이 훑어보지 않았다. 그런데 지금 나는 너무 늦어 다른 사람을 생산하는 행위를 수행하지 못할지도 모르는 지점에 와 있었다.

"그때의 열정이 그리워, 조. 당신이랑 나 사이에." 내가 문득 말했다.

"그래." 그가 대답했지만, 동의하는 것인지 패배감에서 하는 말인지 둘 다인지 알 수 없었다. "하지만 계속 그렇게 살 순 없지."

"진심이야?"

"다른 사람은 어떻게 그러는지 모르겠어."

"하지만 사람들은 그렇게 살아." 양적인 면에서 섹스를 많이 한다는 게 얼마나인지 궁금했다.

"아이가 생기면 이름을 뭐라고 할 거야?" 조가 잡지를 덮으며 말했다.

전에도 이런 대화를 나누었는데 말투가 보통 매우 추상적이고 가정형이며 거리감이 있었다. 하지만 그의 음성에서 느껴지는 무언가에 나는 불안해졌다.

"사람을 만나기 전에 이름을 생각하기는 어려워. 하지만 놀림받지 않을 이름이 되어야 할 거야. 나에 대한 것이 아닌 이름. 왜 자식에게 이상한 이름을 붙여주는지 이해할 수가 없어. 정말 부당해." 조가 재미있다는 표정을 지었다. "왜? 나는 그렇게 생각해."

"그런 것 같네."

"아, 사람들은 원하는 대로 아이들 이름을 지을 수 있어. 옐로. 햄버거. 댄들리언. 내가 뭐라고 이래라저래라 하겠어?"

"햄버거 좋네."

"해미! 그네에서 내려와!"

"특이한 느낌이 있어."

우리는 웃었다. 우리는 잘 지낼 수 있었다. 그랬다. 바로 그때 소파에 앉아 있는 우리를 본 사람이라면 '그렇군, 잘 어울리는 한 쌍이야'라고 생각했을 것이다. 어쩌면 사실이었을지도 모른다. 어쩌면 끊임없이 타협하고 답답함을 느끼고 어딘가 저 모퉁이를 돌면, 혹은 방향 전환을 놓치고 지나간 길 어딘가에 진정한 내 삶이 기다리고 있다는 느낌을 떨칠 수 없는 것이 인생의 조건일지도 모른다. 아니, 타인과 함께 살기 위한 조건이랄까?

조를 사랑하느냐고 묻는다면 그렇다고 대답할 것이다. 하지만 그와 함께 있을 때의 나라는 사람은 사랑하지 않았다. 세월이 흐르며 내가…… 이런 꼴이 된 것이 마음에 들지 않았다. 나는 여러 자아가 내 속에 갇혀 있으며, 그의 손을 잡고 이 안정된 길을 걷는다면 그 자아들은 영원히 갇히고 말 거라고 확신했다. 아버지는 클레어 이전에 상대와 오래 사귀며 이런저런 일을 겪은 적이 있기 때문에, 나는 사람들이 평생 함께 겪는 오르막과 내리막에서 (둔해지게 만드는 행동들, 반복과 결점, 지루함 가운데서) 존엄성을 유지해야 할 때 어떻게 타협하는지 본보기로 삼을 전례를 얻지 못했다.

조와 함께한 과거를 사랑했지만, 현재 속에 우리 모습을 맞추기 위해 나 자신을 축소했다. 내 혈관 속에 다 부숴버리고 싶다는 욕망의 기미가 흐르는 것이 느껴졌다. 내가 허락하면 그 욕망이 퍼져 나갈까? 그리고 동시에, 사과하고 싶었다. 조리토스에 대해 더는 열의를 느끼지 않는 것에, 내가 원하는 것이 무엇인지 알지 못한 것에, 켈리와 조금이라도 비슷한 사람이 되지 못한 것에.

"조이, 아기 문제에 대해 어떻게 생각해?" 내가 말했다.

"모르겠어." 그는 잠시 말을 멈췄다. "지금이 적당한 때일까?" 그가 다시 말했다. "나랑 사업을 생각하면?"

대체 무슨 놈의 사업이냐고 소리 지르고 싶었다. 우리가 얼마나 심한 망상에 빠져 있는지 믿을 수가 없었다. 빠져나갈 길이 없는 것 같았다.

조는 털실 가닥에서 자기 미래를 가려내기라도 하는 사람처럼 카펫을 뚫어져라 보았다. "당신은 어떤데? 아기를 갖고 싶어?"

나는 그를 보았다. 어디까지 올라갔는지 결코 알 수 없는 에셔의 계단•을 오르듯이 자연의 여신과 추측 게임을 시작했다는 것을 알고 있었다. 나이 든 여자들은 곧잘 "자연의 여신을 만만하게 봐선 안 돼요!"라고 말하곤 했다. 자연의 여신이 좀스러운 규칙을 강요하지만 업무 능력은 뛰어난 제닛이라는 까다로운 동료라도 된다는

• 수도사들이 상승과 하강을 무한 반복하는 계단을 그린 것으로, 대표적인 불가능 모형

듯이. 수다쟁이 노파처럼 남에게 슬며시 겁주기를 좋아하는 그런 여자들은 자기 삶에 만족할 여유가 있었다. 그들은 그런 소릴 하는 것이, 원하든 원치 않든 자기 결정을 지키고 최선을 다한 사람들의 권리라고 여겼다.

"아기는 반품할 수 없는 거잖아, 조이. 내가 인생에서 절대 돌이킬 수 없는 단 하나라고."

"나도 알아."

"돈도 많이 들고. 우리가 운이 좋아서 아파트는 갖고 있지만, 방이 하나뿐이잖아."

"아기를 서랍에 넣을 수도 있잖아." 조가 말했다.

"농담하지 마. 런던 생활비는 엄청나."

하지만 생활비 때문에 걱정한 건 아니다. 학창 시절의 화두는 아기가 아니었다. 그때는 다른 종류의 성취, 몸 밖에서 이루어지는 것들을 이야기했다. 학위, 능력, 밀랍으로 날개를 붙이고 태양을 향해 솟아오르는 것. 친구 대부분은 나와 비슷한, 밀랍 날개를 단 신화 속 여자들이었다. 하지만 그들은 하나씩 임신을 하고 아이를 낳았고 (하나같이 너무 아름다웠다) 그들은 날개의 낡은 깃털로 둥지를 지었다. 소식이 들려올 때 질투가 나거나 슬픈 적은 없었다. 늘 기쁘고 흥분됐으며, 이번이 내 차례가 아니라는 공허한 안도감을 느끼지도 않았다. 나는 그 아이들을 보고 즐기다가 저녁때가 되면 집에 와서 쉴 수 있었다.

나는 신체에 일어날 변화에 대해서는 누구도 확신하지 못한다는 것을 알 만큼 지적이지만, 삼십대 중반에도 확신에 도달할 수 있을지 모른다고 생각할 만큼 낙관적이기도 했다. 다만 나는 확신에 도달하지 못했다. 거기에 대해서는 더는 이야기하고 싶지 않았다. 그

이야기를 입에 올릴 수가 없었다. 아마 우리 두 사람에게 필요한 욕망과 확신을 그가 표현해주기를 원했던 것 같은데, 불공평한 생각이었을 것이다. 대신 나는 노트북을 열었다. 새롭게 반짝이는 레베카의 이메일이 있었다.

"어머나." 내가 말했다.

"왜?" 조가 말했다.

"어떤 일에 지원했는데."

"일자리 구하고 있었어?"

"잠깐만."

두근거리는 가슴을 안고 이메일을 열었다. 조도 함께 읽으려 했지만 나는 소파에서 일어나 침실로 갔다. "무슨 일인데?" 조가 뒤에서 불렀지만 대답하지 않았다.

로라가 적임자 같군요! 데버라와 의논했고, 데버라는 콘스턴스와 이야기했어요. 내일 오후 2시, 로라가 콘스턴스의 집에 가서 면접을 볼 수 있을까요?

어머나 세상에.

안녕하세요, 레베카. 네, 로라는 이번 주 내내 낮에 시간이 있을 거예요. 시간 확인해보고 연락드릴게요. 주소를 다시 한번 보내주겠어요?

위험하지만 어쩔 수 없는 노릇이었다.

물론이죠. 레베카가 답장을 보냈다. 상사에게 잘 보이기 위해서든 단순히 일을 해치우기 위해서든 레베카는 서두르고 있었다.

주소는 데이커스 로드 17번지, NW3 5RP예요.

고마워요.

나는 침대 가장자리에 앉아 조이에게 문자 메시지를 보냈다.

안녕, Z, 내일 근무시간을 바꿀 수 있을까요? 너무 늦게 물어봐서 미안

해요. 바꿔주면 정말 고마울 거예요.

조이는 곧장 답장했다.

물론이죠.

고마워요. 나도 답장했다.

시계를 보며 오 분이 지나기를 기다렸다. 노트북을 다시 열고 레베카의 마지막 이메일에 답장했다.

로라가 내일 2시에 가능하답니다. 피드백이 있으면 제게 알려주세요. 그러면 계속 진행할 수 있을 테니까요.

고마워요. 잘되길 기원할게요!

레베카에게 답장이 왔다. 그리고 끝이었다. 나는 이불 위에 누웠다. 잘될 리 없지. 그럴 리가 없어. 어느 시점에 에이전시에서 지원자를 연결해주던 사람과 연락을 취하겠지. 나는 들키지 않고 빠져나갈 수 없을 거야.

하지만 아무리 그렇다 해도, 잡히기 전까지 이십사 시간 정도는 있을 거라고 여겼다. 그리고 그 전까지 데이커스 로드 17번지에 들어가서 콘스턴스 홀든 앞에 앉아볼 생각이었다.

14

런던을 가로지르는 템스강 북쪽에 산 적이 없는 나는 햄프스테드 히스에도 별로 가본 적이 없었다. 넓고 탁 트인 공간을 원하면 리치먼드 공원에 가서 거대한 하늘과 가을의 금빛 단풍을 즐기면서 사슴 사냥을 하는 헨리 8세를 떠올렸다. 그 사슴의 후손이 아직도 참나무 밑에서 풀을 뜯었다. 하지만 나는 여기, 팔리어먼트 힐 위를 걷고 있었다. 런던 중심부와 동서로 뻗은 하늘, 거킨 빌딩, 워키토키 빌딩, 샤드 빌딩, 세인트폴 성당의 돔, 둥그런 런던 아이…… 마녀가 소호를 향해 걸던 주문이 끊어진 것처럼 느껴지는, 햇살 속에 반짝이는 현대 건물들의 전망이 보이는 쪽으로 걸어갔다. 따뜻한 10월이었다. 셔츠 차림에 선글라스를 쓰고 걷는 사람들은 팔 주 뒤면 한겨울을 지나리라는 사실을 무심한 표정으로 감추고 있었다. 나는 멍한 기분으로 조그만 구름 같은 푸들 강아지 옆을 지나쳐, 파란 눈의 허스키가 어떤 여자를 끌고 가는 모습을 보았다. 가느다란 팔이 목줄에 흔들리는 모습은 노예 같은 느낌을 살짝 주었다. 스포츠 반바지를 입고 하얀 다리를 드러낸 남자들도 보였다. 스쿠터를 타고 휙 지나가는 아이들도 있었다.

나는 그 언덕 위에 존재하기도 하고 그렇지 않기도 했다. 위에서 둥둥 떠다니며 히스에서 걸어가는 내 발의 빠른 속도를 지켜보는 느낌이었다. 나는 로즈 시먼스였고, 나는 로라 브라운이었다. 나는 북쪽이고, 나는 남쪽이며, 나침반의 어떤 방향도 아니었다. 어찌어찌하다 보니 데이커스 로드를 향해 언덕을 내려가 내 어머니를 알던 사람을 만나러 가고 있었다. 아버지의 말에 의하면 내게 해줄 이야기가 있을지도 모르는 여자를. 나는 정신을 바짝 차리고 로라 브라운의 경력을 죄다 기억하려고 노력했다.

내가 무슨 일을 하는지 조에게는 말하지 않았다. 그의 맹비난이나 의구심을 원치 않았다. 이 일은 전적으로 나 혼자서 하고 싶었다. 하지만 데이커스 로드로 접어드는데 문득 내가 여기 있다는 걸 아무도 모른다는 생각이 들었다. 콘스턴스가 내게서 어머니 얼굴을 알아보더니 가둬놓고 살을 찌워 잡아먹으면 어쩌지? 그러면 해답을 얻지 못한 채 여기서 죽게 될 테고, 로즈 시먼스를 찾을 방법은 영영 아무도 모르게 될 것이다.

*

데이커스 로드의 주택가는 4층짜리 건물들로, 꼭대기에도 작은 박공 창문이 났고, 현관문까지 계단을 올라가며 내려다보면 지하에도 그 창이 나 있었다. 벽돌 질이 좋아 런던의 공기를 백 년 이상 견디고 있었다. 짙은 적갈색 벽돌이 깔끔하게 쌓였고 창가는 미색으로 칠해져 있었다. 손질한 산울타리와 소담한 장미 덤불이 스테인드글라스 현관 위로 늘어진 담쟁이덩굴을 장식하고 있었다. 고급스러운 고요함이지만, 보아하니 아파트로 나누어 쓰는 건물도 많았다. 작가 콘스턴스가 이 호화로운 햄프스테드의 주택에 사는 것이 어쩐지 필연이라고 느껴지긴 했지만 내심 반갑기도 했다. 이런 고급 주택의 내부를 들여다볼 기회는 아마도 이번뿐일 테니까.

11번지, 13번지, 15번지…… 그녀의 집에 다가갈수록 맥박이 고동쳤다. **그냥 문을 두드려.** 나 자신에게 말했다. **최악의 일이 벌어진다 해도 별거 있겠어?**

문을 열면 당장 나를 알아볼 거라고, 엘리스 모소의 자취가 그녀의 눈에 너무나 분명히 보일 거라고 생각했다. 솔직히 확신했다. 콘스턴스가 나를 뉴욕으로 데려가 내가 어릴 때 살던 아파트를 찾는 광경을 머릿속에 그렸다. 어머니의 사연을 찾는 여정의 완성. 그렇다면 이 정도 위험은 감수할 가치가 있었다.

17번지에 다다랐다. 집 앞은 현관 상인방을 가린 담쟁이덩굴로 뒤덮여 있었다. 발밑 타일은 흑백의 작은 마름모꼴이었고, 오래되어 여기저기 금이 갔다. 문은 진한 암녹색에 짙은 빨강과 노랑, 파랑과 보라의 유리판이 두 개 붙어 있었다. 노커는 소맷동에서 섬세하게 튀어나온 손 모양의 주철이었다. 나는 그 손을 들어 아래 쇠공에 떨어뜨린 뒤 기다렸다. 십 초 남짓한 시간이 지나고, 유리판을 통해 키가 크고 어두운 사람의 형체가 복도를 지나오는 것이 보였다. 앞으로 다가오면서 그 모습은 자꾸 변했고, 윤곽선은 검은 물결 같았다.

지금이라도 달아나버릴 수 있다고, 아무 일도 없었던 척 행동할 수 있다고 생각했다.

하지만 가식이 지겨웠다. 진실을 알고 싶었다.

문이 활짝 열리고 콘스턴스가 내 앞에 서 있었다. 그녀의 얼굴과 몸이 그 집 입구에 자리 잡고 있었다. 콘스턴스는 나를 보더니 우뚝 섰다. 눈길이 미미하지만 조금 길게 내게 머물렀다.

지금이야. 지금! 모든 것이 제자리를 찾아갈 거야!

"무슨 일이죠?" 콘스턴스가 말했다.

살짝 마녀할멈 같은 사람을 기대했음을 인정한다. 은둔 상태로 지내는 소설가는 위생 관념 없는 옛날이야기에 등장하는 운명의 여신 같은 노파일 것이라고, 시리얼 상자를 온통 쌓아놓고, 머리는 산발을 하고 에스트로겐이 부족한 할멈 같은 모습이지만 머릿속은 천재일 것이라고 상상했다. 콘스턴스는 그렇지 않았다.

굳이 설명하자면 콘스턴스는 단단해 보였다. 야무진 몸이었다. 그녀의 몸은 모범적이었다. 딱 붙는 스웨터를 깔끔하게 입고 꼭 맞지만 발목으로 가면서 헐렁해지는 검은 바지를 입은 그녀에게 군살이라고는 없었다. 손목에는 금색 팔찌를 하나 끼고 있었다. 흰머리는 뒤로 모아 틀어 올렸고, 독서용 뿔테 안경이 목에 걸려 있었다. 눈은 밝고 광대뼈가 컸다. 80년대에 찍은 증명사진이 그녀 속에서 마트료시카 인형처럼 솟아나 휙휙 지나갔다.

실제로 본 콘스턴스는 더 꼿꼿했다. 그녀가 정말 내 어머니와 사귀고, 키스하고, 안고, 상처를 주었을까? 엘리스가 낳은 아이가 어떻게 되었는지 생각해본 적이 있었을까? 숨이 턱 막혔다. 말이 나오지 않았다. 나는 타일 위에서 꼼지락거리며 그녀의 팔을 붙잡고 '저예요, 로즈. 제가 어른이 됐어요'라고 말하지 않으려 안간힘을 썼다. 아버지가 한 말을 기억했다. 조심해야 한다는 말을.

"괜찮아요?" 콘스턴스가 이렇게 말해 내 생각을 방해했다.

"아…… 네. 죄송합니다. 콘스턴스 홀든 씨세요?" 긴장된 내 목소리가 들렸다. '오지 말았어야 해. 오지 않는 편이 나았어.'

콘스턴스의 영민한 눈이 내 얼굴을 보았다. "면접 보러 왔군요."

"네."

"들어와요." 콘스턴스는 웃지도, 악수를 청하지도 않았다. 그저 한쪽으로 비켜서기만 했다.

나는 속이 메슥거리는 기분을 느끼며 복도로 들어갔다. 돌아보니 그녀가 어색한 손놀림으로 문을 잠그고 있었다. 그 손이 눈에 들어왔다. 손등은 부어 있고 엄지는 손 옆으로 어색하게 뻗어 있었으며, 다른 손가락도 바른 방향으로 가지런히 펼쳐지지 않았다. 잔인한 실험을 하느라 남의 것을 떼어다 붙여 제멋대로 움직이는 것 같았다.

콘스턴스는 내가 손을 빤히 보는 것을 알아차렸고, 나는 황급히 벽으로 시선을 돌렸다. 실내에는 오래된 녹색 가구와 탁한 분홍색 가구를 배치해놓았고, 벽 한쪽 야트막하고 긴 선반에는 못난 항아리가 적어도 스무 개는 진열되어 있었다. "참 예쁘네요." 나는 지나치게 밝은 목소리로 손짓하며 말했다.

"유카탄 반도에서 온 거예요." 그녀가 말했다. 강하고 끈기 있는 음성이었다. 존재감이 느껴졌다.

"여기 오래 사셨어요?" 내가 물었다.

"이 집을 가진 지는 사십 년 가까이 됐죠. 하지만 계속 여기 산 건 아니에요." 콘스턴스는 눈을 가늘게 떴다. "이름이 뭐라고 했죠?"

"로라 브라운입니다." 내 이름인 양 입에서 쉽게 흘러나왔다.

저 항아리의 먼지는 누가 치울까 궁금했다. 코트 자락에 항아리 하나가 떨어지면 어떻게 되려나? 아마 사형일 것이다. 이리저리 눈을 돌리며 보이는 것마다 넋을 놓고 구경하기 시작했다. 이 여자를 추적하는 느낌이었다. 하지만 워낙 서툴러서 그녀는 나를 피하려면 어떻게 해야 할지 정확히 알 것이다.

화장실을 써도 되는지 묻자 콘스턴스는 제멋대로인 손가락으로 계단 옆의 문을 가리켰다.

바다 장식 따위는 전혀 하지 않은, 고상하고 작은 화장실이었다. 나는 문을 잠근 뒤 변기에 앉아 머리를 감싸 쥐었다. 어두운 조명에 금색과 벨벳으로 장식한, 높다란 벽 안의 작은 공간이었다. 나는 고급스러운 작은 공간에 앉아 소리 없이 오줌을 누려고 애썼다. 이 집에 들어오려 미친 짓을 저질렀다. 하지만 그곳이 무서웠다. 얼굴에 물을 뿌리고 정신 똑바로 차리라고 스스로에게 말했다.

"응접실에서 할까요?" 내가 나가니 콘스턴스가 말했다. 그녀는 자기 집 앞에서 보초라도 서듯이 복도에 여전히 서 있었다.

"감사합니다."

"내가 뭘 원하는지 알고 있어요?" 콘스턴스는 응접실로 앞장서서 걸어가면서 어깨 너머로 말했다. 10월 오후의 햇빛이 커다란 창문을 통해 들어왔다. 발밑에는 터키산 러그가 깔렸고 사방의 유난히 높다란 벽에는 청회색 칠이 되어 있었다. 그림들이 상당히 뒤죽박죽 걸려 있었다. 전부 살펴보고 싶지만 그럴 수 없었다. 장미 문양 벨벳이 덮인 안락의자와 소파는 오래되었지만 편안해 보였다.

"많은 이야기를 듣지는 못했어요." 내가 말했다. 콘스턴스는 어이없다는 표정을 지었다. "하지만 《초록 토끼》는 읽었어요." 그녀가 발걸음을 멈췄다. "그건……."

"박사과정 학생은 아니죠?"

"아니에요."

"다행이네."

콘스턴스는 다시 나를 보았다. 얼굴에서 살갗 한 겹이 떨어져 나가는 느낌이었다. 그러더니 그녀는 안락의자로 가서 앉았다. 의자는 그녀를 일부분 집어삼켰다. "앉아요, 브라운 씨."
"로라라고 불러주세요."
"몇 살이죠, 로라?" 콘스턴스가 물었다.
"내년 7월에 서른다섯이에요."
"게자리?"
나는 놀란 표정으로 그녀를 보았다. 별자리에 관심 있는 사람일 줄 몰랐다. "네."
"숨기 좋아하나요?"
"그런 건 아니면 좋겠네요." 내가 대답했다.
나는 그녀를 이해할 수 없었다. 콘스턴스는 나를 먼저 간파했는데 나는 어떤 규칙에 따라 행동해야 하는지 알 수 없었다. 가진 무기도 없고, 똑똑하지도 예리하지도 않으며, 콘스턴스가 원하는 게 무엇이든 내겐 없었다. 콘스턴스는 너무나 강하고 너무나 무례했으며 세상을 제 뜻대로 주무르는 데 너무나 익숙했다. 누가 내게 이런 식으로 말을 거는 것은 처음이었다. 정상적인 예의범절에 신경 쓰지 않는 사람이 틀림없었다.
콘스턴스는 두 손을 들었다. "이거예요. 중증 골관절염. 그 사람들이 이 문제를 계속 애매하게 말해서, 아가씨들이 찾아와도, 항상 아가씨들이거든요. 내게 정말로 얼마나 많은 도움이 필요한지 모르는 상태더군요."
"그럼 얼마나 많은 도움이 필요하신가요?" 내가 말했다.
콘스턴스는 놀란 표정으로 나를 보았다. "난 혼자 살아요. 반려자나 동거인도 없어요. 옷은 혼자 입을 수 있어요. 지금까지는. 지퍼로 여미는 옷이고 작은 단추가 많지 않으면요. 주전자를 켤 수는 있어요. 찻잔에 물을 따를 수도 있고. 책을 펼치고 읽을 수도 있어요. 하지만 정교한 조작은 어려워요. 요즘은 발을 넣기만 하면 되는 로퍼를 신어요. 스파게티 볼로네즈를 먹으면 재난이 일어나고. 다시는 사람들 앞에서 새우를 까거나 수프를 먹지 못할 거예요."

"유감이에요."

"고맙군요."

"글은 쓰실 수 있어요?"

콘스턴스는 나를 잡아먹을 듯이 보았다. 그리고 표정 어딘가에서 체념하는 기미가 떠올랐다.

"차 한 잔 끓여드릴까요?" 내가 말했다.

*

콘스턴스가 주방이 어딘지 알려주었다. 그쪽으로 가니 아름답게 디자인 된 중간 크기 주방이 있었다. 안으로 들어서자 작은 마당이 내다보였다. 작은 과일나무와 민트가 가득 자라는 큰 화분이 줄지어 서 있었다. 콘스턴스의 머그잔이 나올 때까지 찬장을 하나하나 열었다. 모아놓은 머그에는 집의 다른 공간에서 느껴지는 우아하고 강한 느낌이 전혀 없었다. 낡은 벨벳 안락의자와 같은 부류인 캐드버리 초콜릿 사의 빛바랜 머그들은 아마 오래전 안에 이스터 달걀 초콜릿이 들어 있었으리라. '아동 구호 연맹, 고래를 구합시다'라고 적힌 것과 '♥ 버드월드'라는 글자 옆에 낡은 에뮤•가 그려진 머그도 있었다.

"찻잎을 따서 만드는 건가요?" 콘스턴스가 말했다.

• 에뮤과에 속하는 날지 못하는 새. 타조에 이어 새 중에서 두 번째로 크다

"지금 가요." 나는 에뮤가 그려진 잔을 들며 말했다.

차를 들고 응접실로 돌아갔다. "식도록 옆에 둘게요."

콘스턴스는 미심쩍은 표정으로 머그잔을 보았다. 그녀의 손은 무릎 위에 있었다. 남들 앞에서 뭘 먹거나 마시는 일이 자주 없는 것 같았다. "소설을 마무리 짓고 있어요. 아마 마지막 책이 될 거예요." 나는 갈빗대에 검은 비둘기가 닿는 것처럼, 몸속에서 불안이 밀고 나오는 것을 느꼈다. "타자는 칠 수 있지만 아주 느려요." 그녀가 계속 말했다. "컴퓨터가 싫어요. 손으로 쓰는 편이 더 좋아요. 하지만 글씨체는 형편없어요. 그러니 좀 어려운 상황이죠."

"그렇군요."

"난 일찍 일어나지 않아요. 그러니 10시 이전에 출근할 필요는 없을 거예요. 커피를 마시고, 오후 1시까지 글을 쓴 뒤 점심을 먹어요." 그녀는 한숨을 쉬었다. "이게 잘 될지 모르겠군요."

"소설은 무슨 내용인가요?" 나는 이렇게 말하고 곧바로 후회했다. 그녀의 얼굴은 감정을 숨기지 않았다. 불쾌감과 체념이 말하고 싶은, 아니 적어도 말해보고 싶은 욕망과 싸우는 것이 여실히 드러났다.

"나를 도와줄 생각이 있어요?" 그녀가 말했다.

"네, 그리고 앞으로는 이런 질문을 하지 않을게요."

콘스턴스는 양손을 들어 보이며 미소를 지었다. "이 모든 지루한 일들 이외에 일지도 써줄 수 있어요?"

"네."

"이따금 저녁에도 일해줄 수 있어요? 식사 준비는? 요리할 줄 알아요?"

"네, 할 줄 알아요."

"그럼 이 일자리에서 정말 찾으려는 건 뭐죠?"

나는 대답할 말이 없었다.

"알겠어요." 콘스턴스는 미덥지 않은 표정으로 말했다. "솔직하게 말할게요, 로라. 구인 회사와 레베카가 보내준 지원자 중 당신이 나이가 제일 많아요. 물론 나는 전혀 당신이 나이 많다고는 생각하지 않아요. 그저 다른 사람이 전부 이십대 초반인 거죠. 그들은 어딘가로 올라서고 싶어 하는 것 같았어요. 그거 알아요? 임시로 이 일을 하려는 거죠. 다음으로 넘어가기 전에 하는 일. 그리고 솔직히 말하면 거의 다 겁을 먹은 것 같았어요. 여기 왜 왔는지 말해줄 수 있겠어요?"

"제 이력서 읽어보셨어요?" 내가 말했다.

콘스턴스는 손을 내저었다. "훑어보긴 했어요. 솔직히 전부 다 똑같아 보여요. 어쨌거나 다들 절반은 지어내는 거 아닌가요. 나는 직접 이야기하는 편이 좋아요. 사람 보는 눈이 있거든요."

"그러시군요."

"이 자리를 왜 원하는 거죠? 당분간 할 일을 찾는 것뿐인가요?"

"아뇨. 구체적인 일을 찾고 있어요."

"음? 어떤 일요?"

"전…… 쓸모 있는 사람이 되고 싶어요."

콘스턴스가 웃었다. "굉장히 쓸모 있는 일을 하게 될 거예요." 그러고는 안락의자에 등을 기대고 나를 살폈다. "하지만 나도 당신에게 쓸모 있을까요?"

"네?"

"여기서 일하는 게 봉사의 즐거움만 제공할 거라고 생각해요?"

"음…… 아뇨. 그러니까, 제겐 일이 필요해요. 그건 기정사실이죠. 그리고 이 일은 재미있을 것 같아요. 그리고 변화도 필요해요." 이렇게 덧붙였다. 마침내 약간의 진실을 털어놓았다고 느끼자 낯이 뜨거워졌다.

콘스턴스도 간파한 모양이었다. "변화? 지금 자리에 만족하지 않아요?"

"지금은 커피숍에서 교대 근무를 하고 있어요. 그건 별로…… 재미가 없어요."

"하지만 여기서 일하면 나 말고는 이야기할 상대도 없을 텐데. 그리고 차를 끓이는 일도 커피를 뽑는 것보다 재미있을 것 같지 않군요."

"이 일을 하지 말라고 설득하시는 것 같네요." 내가 말했다.

"이해하고 싶어서 그래요. 난 당신을 즐겁게 하거나 이야기를 해주지 않아요. 내겐, 한마디로 말하면 타자를 칠 수 있는 가정부가 필요하거든요."

퉁명스러운 태도와 가혹한 말투를 보니 왜 콘스턴스를 불쾌하다고 여기고, 그녀의 시선을 받고 겁먹은 사람이 많았는지 알 수 있었다. "아무것도 기대하지 않아요." 나는 이렇게 말하면서 거짓말에 얼굴이 뜨거워져 고개를 돌려야 했다. 다시 그녀를 보니, 그녀는 내가 계속해서 말하기를 기다리고 있었다. "홀든 씨……."

"코니라고 불러요."

"코니. 전 이 일을 좋아하게 될 거예요. 그게 사실이에요. 원하시는 일을 할게요. 혼자 있고 싶으실 때는 방해하지 않을게요. 식사 준비를 하고 타자도 칠게요. 코니의 손은 코니의 손이에요. 앞으로도 그렇겠죠. 하지만 원하시면 제 손을 쓰세요."

콘스턴스는 깜짝 놀란 표정을 지었다. 오랫동안 아무도, 어떤 형태나 모습으로든, 그녀에게 도움을 주겠다고 하지 않은 모양이다. 콘스턴스는 잠시 눈가가 촉촉해졌지만 눈을 깜빡였다. 나는 체면을 지켜주기 위해 시선을 돌렸다. 내 앞에서 운다는 건 생각도 못 할 일이리라. 사실 나도 그런 말을 불쑥 해버릴 줄은 몰랐는데 아마 무의식적으로 이 순간을 놓칠 수 없다고 생각한 모양이다. 구인 회사 문제를 어떻게 해결할지는 알 수 없었지만, 오늘 여기에서 놓치면 다시는 볼 수 없는 무언가에 매달린 느낌이었다. 이미 너무 깊이 들어와버렸다. 콘스턴스가 다른 사람보다 나를 원하게 만들어야 했다. 그녀가 이 기회를 잡고 싶게 만들어야 했다.

콘스턴스는 미스터리를 풀거나 혼란스러운 예술 작품을 보는 눈초리로 내 얼굴을 살폈다. "또 한 가지 있어요." 그녀가 말했다.

"네?"

"레베카가 사용한 구인 회사 말이에요."

배 속에 메스꺼움이 자리 잡았다. "네?"

"당신이 버는 데서 몇 퍼센트를 떼어가죠?"

"음, 20퍼센트요?"

"흠. 정확히 뭘 해줬다고? 보내주는 사람 두 명에 한 명은 분위기 파악도 못 하던데. 내 시간을 얼마나 허비했는지 몰라요."

"하지만 사람 찾는 과정이 다 그런 것 같아요. 짝짓기 과정이란 게." 나는 농담처럼 이렇게 덧붙이고는 곧바로 후회했다.

"이렇게 할 생각이에요. 구인 회사에 전화를 걸어서 사람을 그만 찾으라고 하겠어요."

"네?" 심장이 더 빠르게 뛰었다. 코니가 구인 회사에 내 이름을 말하면 속임수가 탄로 날 것이다. 로라 브라운의 기록은 없을 것이다. 내 이름을 아는 사람은 레베카뿐이다.

코니는 내가 머뭇거리는 것을 오해하고 한쪽 눈썹을 치켜올렸다. "원칙적인 사람이라 동의할 수 없는 건가요?"

머릿속이 복잡했다. "제가 회사에 전화할게요. 이제 일자리에 관심이 없어졌다고, 제 이름을 삭제해달라고 할게요. 다른 일을 찾았다고 해도 되겠죠?"

코니는 고개를 끄덕였다. 나에 대해 그녀가 품고 있던 의심이 사실임을 확인한 것은 아닌지, 피해망상에 가까운 생각이 들었다. 하지만 그렇다면 나를 고용하려 드는 이유가 무엇일까?

"그럼 그렇게 해요. 하지만 나도 이제 사람을 찾지 않는다고 말하겠어요."

"네." 내가 말했다. 끝까지 잘될 것 같지 않았다.

"그리고 개인으로 내게 와요. 직접 현금으로 급료를 줄게요. 그리고 레베카에겐 구인 회사에서 사람을 구해줬으니 나머지는 내가 알아서 한다고 말할게요."

살짝 어지러웠다. "하지만…… 레베카가 직접 처리해드리길 원하지 않을까요?"

코니는 어깨를 으쓱였다. "그럴 리가. 이건 그 사람 소관도 아니고, 애초에 이 일을 처리해야 하는 데 조금 짜증을 냈어요. 내 성미가 고약하다고 생각하고 날 무서워하는 게 틀림없어요."

전화 속 레베카가 어쩔 줄 몰라 하며 가능한 한 신속히 이 일을 처리하려 했던 것이 떠올랐다. **당장 사람이 필요해요.** 이 두 가지 사실이 내게 유리하게 작용할 것 같았다.

코니는 미소를 지었다. "좋아요. 됐어요. 돈을 조금 아끼게 되어서 다행이죠, 그렇지 않아요?"

"네." 몸속 아드레날린 수치가 떨어지는 것을 느끼며 내가 말했다. "그러네요."

염려는 되었지만, 지나치게 깊이 생각하지 말고 운이 어디까지 가는지 지켜보기로 했다. 2층의 방들, 편지와 일기로(사진까지) 가득한 장롱과 서랍장을 떠올렸다. 어머니, 나아가 내 사진도 들어 있을지 모른다고 상상했다. 그걸 찾기 위해 볼로네즈를 몇 번 요리해야 한다면 그 정도 위험은 감수할 생각이었다.

"잘됐네요, 로라. 느낌이 좋아요. 언제 시작할 수 있죠?"

*

이 주 뒤 월요일 오전 10시에 만나기로 약속하고 헤어졌다. 나는 비범한 사람이 된 기분으로 역을 향해 걸어갔다. 코니가 자기 세상으로 불러주자, 그녀가 비뚤어진 손가락으로 실을 자아내는 누에고치가 된 것처럼, 내 주위를 반짝이는 실이 에워싸고 있는 느낌이 들었다. 삼십사 년 동안 나는 세상에 한 가지 모습만 보여주었다. 코니와 단 몇 분 함께 있고 나니 그것을 벗어던질 수 있게 되었다.

15

일자리에 대한 조의 반응은 확실히 실망스러웠다. "좋은 생각이 아닌 것 같아."

"왜?" 내가 쏘아붙였다. "커피숍에는 발전의 여지가 없다면서."

"로즈. 이유를 알잖아. 이상한 짓이야. 그 사람한테 아버지께 들은 이야기를 할 생각이야?"

"아직은 아냐."

조는 고개를 뒤로 젖히고 눈을 감았다. "그 사람 집에 가서, 거짓말을 할 거라고."

"아니. 그 이야기는 안 할 거야."

"당신 성을 보고 캐묻지 않을까?"

"실명을 안 쓰고 있어." 내가 말했다.

조는 얼굴을 감싸 쥐었다. "아, 이런. 로지, 제발 그러지 마. 위험하다고."

"괜찮아. 나 자신을 보호해야 했으니까."

"괜찮지 않아, 전혀 괜찮지 않다고. 무슨 짓을 하는 거야?"

"몰라!" 내가 고함쳤다. "그냥…… 그냥 하고 싶었어, 알겠어? 뭔가 해야 했다고. 바꾸기 위해서."

그는 놀란 표정으로 나를 보았다. "바꿔?"

눈물이 흐르는 것이 느껴졌다. "응." 내가 가진 의심을 그가 말하는 것만은 결코 원하지 않았다. 내가 믿는 사람이 좋은 생각이 아니라고, 미친 짓이라고 생각하기를 원치 않았다. "그냥 보고 싶었던 것뿐이야. 당신은 모를 거야."

"이러다가 체포될 수도 있어."

"체포되지 않을 거야."

조는 한숨을 쉬었다. "음, 당신이 실망하는 걸 원하지 않아."

"날 믿어, 조. 엄마에 대해서라면 지금보다 더 실망할 수는 없을 거야."

조는 내 어깨에 손을 얹었다. 납덩이 같아서 떨쳐버리고 싶었지만 그러면 다음 단계의 말다툼이 시작될 텐데 감당할 수 없었다. "당신이 다칠지도 몰라." 그가 말했다.

"그 사람은 나이가 많아, 조. 나한테 무슨 짓을 할 수 있겠어? 지팡이로 날 때려죽이기라도 하겠어?"

"로지, 그런 말 아닌 거 알잖아. 어머니가 떠났다는 게 어떤 건지, 해답을 구할 수 없다는 게 어떤 건지 나는 절대 이해 못 하겠지. 하지만 이건 정말 좋은 생각이 아닌 것 같아."

"뭐, 어차피 시작했는걸. 그리고 당신은 좋은 생각이니 아니니 말할 수 없어."

"그게 무슨 뜻이야?"

"조, 난 당신의 부리토와 당신의 밴, 그 온갖 걸 이렇게 오랫동안 지지해줬잖아."

"로즈, 그건 아주 다른 문제……."

"그리고 나는 지금 지지해달라고 부탁하고 있어. 딱 이거 하나만. 아무 질문도 하지 말고. 그냥 지지해달라고."

"좋아." 조는 그렇게 말했지만 그저 상황을 모면하고, 오싹할 정도로 '새된' 소리가 된 내 음성을 도로 낮추려는 것뿐이라는 느낌이 들었다.

"당신 아버지는 아셔?"

"아니. 아빠한테는 말씀드리지 않을 거야. 너무 복잡하니까. 이건 내 문제야."

"알았어." 조는 비참한 표정을 지으며 말했다. "알았다고."

*

그날 밤 켈에게 메시지를 보냈다. **저녁 같이 먹을 수 있을까? 할 이야기가 있어.**

켈이 답했다. **??? 토요일 밤 어때?**

정말로 만날 수 있는지는 기다려봐야 했다. 켈과 댄이 아이를 번갈아 돌보다 보니 마지막 순간에 취소되는 경우가 많았기 때문이다. 우리가 제일 좋아하는 곳, 소호의 작은 골목길에 있는 라멘 식당에서 만나기로 했다. 창문에는 항상 김이 서려 있고 만두는 항상 최상의 맛이었다.

"그래서?" 켈은 바 스툴에 미끄러지듯이 올라앉더니 아직 주문도 안 했는데 나무젓가락을 쪼개면서 물었다.

"새 일자리를 얻었어." 내가 말했다.

그 순간 너무나 짧지만 켈리의 눈에 또렷이 떠오른 실망의 빛을 보았다. 심장이 찌릿거리자 내가 켈리에게 얼마나 큰 희망을 걸고 있었는지 깨달았다. 그러나 켈리는 내가 임신했다고 말하기를 기대하고 있었다. 켈리가 내게 건 희망은 그것이었다. 그 순간 알 수 있었다. 켈리는 출산 문제에 대해 내가 가진 이런저런 감정을 알고, 그 문제가 완전히 해결되기를 원했다. 취업보다 임신 소식을 더 반겼을 것이다. 내 가장 친한 친구, 자기 일을 그렇게 사랑하고, 내가 내 길을 찾기 위해 얼마나 고군분투하는지 아는 친구가.

"세상에! 잘됐다. 무슨 일인데?"

"내가 말한 소설가의 어시스턴트로 일하게 됐어."

"소설가?" 속으로 한숨이 나왔다. 자주 있는 일이었다. 요즘 켈리는 아주 집중하고 열정적으로 솔직하게 이야기했지만, 옛날처럼 우리가 나누는 모든 정보를 기억하지는 못했다. 예전에 우리는 서로의 존재에 관해, 한 장도 남김없이 메모와 주석을 달아놓은 백과사전이 되어주었다. 하지만 몰이 태어난 이후 켈리의 관심에 구멍이 생기더니 점점 커졌다. 보통은 신경 쓰지 않았다. 그 또한 우리 변화의 일부라 여겼고, 몰을 진심으로 사랑했다. 우리가 영영 열네 살에 머물러 있을 수 없다는 걸 알았고, 내 인생의 온갖 잡동사니가 무조건 기억할 만하다고 생각하지도 않았다. 하지만 켈리의 이런 무관심은 거슬렸다. 이 일은 정말 중요했다. 내게 뭔가 새로운 시작을 의미했다. '새로운 나'라고 할까.

"그 소설가 말이야, 콘스턴스 홀든." 내가 말했다. 켈리는 여전히 멍한 표정이었다. "아빠가 엄마를 안다고 한 사람. 엄마 애인."

켈리도 기억을 해냈다. "어머! 진심이야?"

나는 고개를 끄덕였다.

"젠장, 대사건이네."

"그래?"

켈리는 한쪽 눈썹을 치켜올리고는 나를 보았다. "그럼, 당연하지. 그 사람은 네가 누군지 알아?"

"아니. 가명을 썼어."

켈리는 나를 빤히 보기만 했다. "뭐라고?"

"들었잖아. 다른 이름을 썼다고."

켈리가 나의 대담함에, 과거와 잠재적 미래를 남의 손에 버려두지 않으려는 의지에 웃어주기를 바랐다. 나는 운명과 맞부딪히고 있었고, 그건 켈리가 인스타그램 팔로워에게 늘 당부하는 일이었다. 하지만 켈리는 아무 말도 하지 않았다. 그저 나를 빤히 보기만 했다. 웨이터가 다가왔고 우리는 둘 다 돈코쓰 라멘을 시켰다.

"뭐라고 하려는 건데?" 내가 말했다.

"뭐라고 해야 할지 모르겠다. 조는 뭐래?"

"별로 반기지 않았어. 맥주 마셔야겠다. 너도 마실래?" 내가 묻자 켈리는 배를 두드렸다. "참, 미안. 그렇지."

"조는 아마 걱정돼서 그럴 거야." 켈리가 말했다.

"아무도 이 일을 지지해주지 않는 모양이라 좀 실망스러운걸."

"그냥 좀…… 좀 특이한 상황이니까 그러지, 로즈. 무슨 이름을 쓰는데?"

"로라 브라운."

켈리는 잠자코 생각했다. "로즈, 이거 좀…… 판타지 아니니?"

나는 쏘아붙이고 싶은 충동을 꾹 눌렀다. "바로 그래서 이러는 거야. 모든 게 너무나 판타지였으니까. 진실에 닿으려는 거야."

"하지만 진실에 닿으려는 거라면 왜 네가 누군지 말하지 않아? 평생 이걸 기다려왔는데."

"바로 그거야. 거기 쑥 들어가서 말할 수가 없어. 아빠는 그 사람

성격이 상당히 강하다고 하셨고, 내가 본 바로도 아빠 말이 옳아. 그 사람과 엄마 사이에 무슨 일이 있었는지는 나도 모르고 아빠도 모르시는 것 같아. 내가 누군지 말한다면 코니는 날 내쫓아버릴 거야. 옛일을 부인할 수도 있어. 그러면 엄마를 찾을 단 하나의 연결 고리를 영영 잃어버리게 될 거야."

"그 여자가 정말로 연결 고리라면 말이지." 켈리가 부드럽게 말했다.

"두 사람은 분명 서로 알았어. 아빠가 그 점은 확고했거든. 그리고 만약 그 사람이 살아있는 유일한 고리라면, 그 사람과 친해져야 해. 가까워져야 해. 날 믿게 만들어야 해."

"네가 가명을 쓰는 걸 안다면 널 어떻게 믿겠어?"

"그건 알아내지 못할 거니까." 내가 말했다.

"알았어, 알았으니까 그 집에 가면 메시지나 꼭 보내, 알았지? 그 여자가 독살하거나 그럴지도 모르잖아."

"왜 그런 짓을 하겠어?"

"몰라! 너도 그 사람을 모르잖아!"

"정말 이상한 말이다." 내가 말했다.

우리는 어색한 침묵 속에 앉아 있었고 다행히 음식이 나왔다.

"댄은 어때?" 국물을 한 숟가락 뜨며 내가 물었다. "아, 이거 너무 맛있어."

"늘 일하지. 조는?"

"그 반대지."

이 대답에 웃음이 나올 수도 있었다. 우리의 어색함을 풀 기회가 될 수도 있었다. 하지만 켈리는 그 기회를 잡지 않았다. "그 사람이랑 헤어져도 되는 거, 알지?" 나는 젓가락을 든 채 켈리를 보았다.

켈리는 내가 이십오 년 가까이 보아온, 위험할 정도로 단호한 표정으로 입을 꾹 다물고 있었다. "헤어져도 그 사람이 죽진 않을 거야, 로즈."

"나도 알아, 켈. 안 죽는다는 거."

"아니, 모르는 것 같아. 정말 모르는 것 같다고. 네 마음 깊은 곳 어딘가에 어떤 믿음이 있어. 이게 인연이다, 둘이 함께인 편이 낫다는 믿음이. 비록 네가 행복하지 않다 하더라도 말이야."

"켈리." 점점 화가 났다.

"그 사람에겐 직업도 없잖아." 켈리가 말했다.

"조에겐 부리……."

켈리는 악령을 물리치듯 젓가락을 흔들었다. "세상에. 나한테 다시는 그 말 하지 마."

"알았어."

"섹스는 어떠니?" 켈리가 물었다.

"섹스가 뭐?"

"음, 네가 최근에 한 말을 들어보면 그것도 좋진 않았지. 나도 지금은 섹스를 하지도 않으니까 이런 말을 할 자격은 없지만 말이야. 우린 너무 지쳐서." 켈리는 한숨을 쉬었다. "미안해. 난 잘 모르겠다, 로지. 그냥…… 구 년이나 함께 지냈는데 내 아이의 아빠가 되어줬으면 하는 생각이 안 든다고?"

나는 켈리를 빤히 보았다. "와." 목소리는 거칠고 얼굴은 뜨거웠다. 켈리가 하는 말에 일리가 있다는 건 알지만 포기할 생각은 없었다. "아이는 또 이 문제랑 무슨 상관인데?"

"그냥…… 누군가 너한테 이 이야기를 해야 할 것 같아. 도와주려는 거야. 정말이야. 미안해. 그런데 문제는 넌 항상 다른 사람은 다 너보다 좋은 배를 타고 있다고 생각하는 것 같아. 터무니없는 생각이야."

"난……."

"난 **기진맥진** 상태야. 평생 이렇게 피곤했던 적이 없어. 그리고 가끔은 내가 우리 **모두**를 떠밀고 가는 것 같아." 켈리의 음성이 갈라지기 시작했다. "그런데 댄은 그 대가를 그냥 받고 있어. 그 사람은 매일 출근하고 내가 얼마나 많은 일을 하는지 사분의 일도 보지 않아. 나는 생각이 너무 많아서 잠도 잘 못 자. 아이 생각을 하면 너무 고민스러워. 준비가 안 됐어." 켈리는 말을 멈추고 한숨을 쉬었다. 놀랍게도 울고 있었다. 켈리는 운 적이 없는데.

나는 켈리에게 손을 뻗었다. "켈. 네 말이 맞아. 아, 이런. 너무 미안해."

켈리는 내 손을 꼭 잡았다. "괜찮아. 알겠어, 괜찮아."

1982

16

바바라는 코니와 엘리스의 방갈로에 규칙적으로 전화를 거는 습관이 생겼다. 졸업식 무도회 밤 데이트 상대가 벨을 눌렀을 때 여자아이처럼 코니가 발딱 일어나는 모습에 엘리스는 짜증이 났다. 코니는 전화기를 가지고 침실로 들어갔다. 암묵적으로 엘리스는 따라 들어갈 수 없었다. 그건 일이었고, 중요했다. 엘리스는 죽은 뱀처럼 복도에 구불구불 늘어진 전화선이 싫었다. 달리 방법이 없다는 사실이 더욱 짜증스러웠다. 물론 자기 공책을 집어 들고 끼적일 수는 있지만 그것 말고는 아무것도 할 수 없는 느낌에 압도되는 것 같았다. 만나는 사람들의 활발함과 부산함, 빠른 말투에 엘리스는 팔다리가 진흙이 된 느낌이었다.

엘리스와 코니가 수영장 가장자리 일광욕 의자에 꼼짝 않고 나란히 누워 있을 때, 전화가 또 울렸다. 코니가 벌떡 일어났다.

"바바라의 성이 로든이 아닌 거 알아요?" 엘리스가 코니의 등에 대고 물었다. "본명은 베티 샤인코비츠래요."

"누가 그래?" 코니는 되물을 뿐 대답을 듣기 위해 걸음을 멈추지 않았다.

그 이야기를 엘리스에게 해준 사람은 맷이었다. 그런 이름을 가지고, 바바라가 남부에서 달아나고 싶어 한 것도 놀라운 일은 아니라고 말해준 맷. '여기서 실명을 쓰는 사람도 있나요?'라고 엘리스가 묻자 맷은 웃었다.

*

십오 분쯤 뒤 코니가 돌아왔다. "바브는 이 영화로 오스카를 받고 싶대." 코니가 씩 웃으며 말했다.

엘리스는 인상을 찌푸렸다. "그래서 전화한 거래요?"

"응." 코니는 변명하듯 대답했다. 그러고는 일광욕 의자에 척 누웠다.

"그럴까요?"

"나는 모르지, 자기야. 하지만 바브는 그걸 원한대. 돈이 흥행 기록은 잘 만들어낼 테니 표는 확실히 팔릴 거래." 돈 걸릭은 바버라의 상대역인 프레더릭에 캐스팅된 배우였다. 바버라에겐 안된 일이지만 섬세한 햄릿보다는 얼간이 쪽이었다. 에릭은 바버라에게 동의한다고 주장했는데 알고 보니 입에 발린 말에 불과했다.

"바브는 루시와 합쳐도 돈만큼 개런티를 받을 수가 없대. 그게 말이 돼?"

바브, 바브, 바브. 그렇게 짜증이 나지 않았다면 엘리스는 바브라는 애칭이 가시를 의미한다는 아이러니에 웃음이 나왔을 것이다. "뭐, **바브만의** 영화는 아니니까요." 엘리스가 말했다. "일인 여성 영화는 아니잖아요."

"어찌 보면 일인 여성 영화가 맞지. 난 바브와 공감해. 돈이 정말 연기를 할 줄이나 아는지 모르겠어."

코니는 영화를 소중히 여겼다. 그건 이해할 수 있었다. 그 속에서 코니는 살아있었다. 거기에 자신을 투자할 만큼 중요한 존재였다. 하지만 엘리스는 제자리가 아닌 것 같았다. 그곳에 무관한 사람처럼 느끼지 않으려 부단히 애를 썼지만 어쩔 수 없었다.

"우리가 사귀는 사이인 걸 모두 알아요?" 엘리스가 코니에게 물었다. "그러니까 샤라와 맷은 알지만…… 바버라도 알아요? 나머지 사람들도? 그 사람들이…… 이해해요?"

"물론 알지."

"그럼 뭐라고 생각해요?"

"아무 관심도 없겠지. 대체 그건 왜 물어?"

"그냥…… 모르겠어요. 날 연인이라고 소개한 적이 없으니까."

"그럴 필요가 없다고 생각했어. 당신이 누군지는 너무나 명확하니까."

"내가 누구죠?" 엘리스가 일어나 앉으며 물었다.

"응?"

"내가 누구냐고요."

코니는 선글라스를 들고 눈을 가늘게 떴다가 재빨리 도로 썼다. "괜찮은 거야?" 코니가 말했다.

엘리스는 울고 싶지 않았다. 그 무엇도, 누구도 필요로 하고 싶지 않았다. 하지만 너무 늦어버렸다. 엘리스는 코니를 원했다. 코니의 힘, 코니의 사랑과 그 사람의 애정이 향하는 중심이라는 어지러운 쾌감을 원했다. 엘리스는 양 손바닥으로 일광욕 의자를 두드렸다. "난 여기 왜 온 거죠?"

코니는 놀라 일어나 앉더니 다리를 움직여 엘리스를 마주 보았다. 그녀는 재빨리 엘리스의 옆에 앉아 포옹했다. "내가 사랑해서 여기 온 거지. 내가 당신을 필요로 하니까. 당신은 특별하니까. 여태까지 만난 사람 중에 이런 생각을 하게 만든 사람은 없었어."

"그럼 난 당신을 위해 여기 온 거군요."

코니는 잠시 생각해보았다. "음, 그렇지. 그렇다고 생각해. 하지만 이 경험을 원하는 대로 활용하면 좋겠어. 내가 당신을 여기로 끌고 온 건 아니잖아, 엘. 당신이 즐겼으면 해."

"하지만 이젠 그런 말을 안 하잖아요." 엘리스가 코니의 팔뚝에 대고 웅얼거렸다. "처음에는 했던 말을."

"무슨 말?"

"내가 필요하다는 말. 내가 특별하다는 말."

"미안해." 코니는 엘리스를 꽉 끌어안고 정수리에 입을 맞추며 말했다. "당신이 정말 필요해. 당신은 특별해."

*

두 사람 사이의 태풍은 머리 위에서 몰아치지 않고 정원을 지나쳐 갔다. 엘리스는 두 사람 모두 잘못은 없으며 무엇이 문제인지 깨달았다고 느꼈다. 코니가 가끔 무심한 건 사실이었고 엘리스는 샤라처럼 동정받고 싶지 않았다. 그럼에도 불구하고 엘리스는 자율성이나 자신감, 요구를 조금이라도 표현하면 자기 입지가 위태로워질 거라고 느꼈다. 원하는 것(코니의 관심, 실은 코니의 존중과 애정)을 표현하면 유치한 소리 같았고 응석을 부리는 느낌이었다. 엘리스는 물을 바라보았다. 이젠 인어가 되고 싶지 않았다. 육지의 존재가 되고 싶었다.

*

코니가 촬영장에 엘리스를 데려갔다. 격납고 안으로 들어가니 바바라가 풍성하게 나부끼는 기모노 가운을 걸치고, 머리에는 면직 보닛을 꼭 묶고서 그들을 향해 왔다. 몇 주 전만 해도 바바라를 만나는 것에 그렇게 들떴는데, 이제 엘리스는 그 여자가 다가오면 생각도 할 수 없고 숨도 쉴 수 없을 것 같았다. 너무 부담스러웠다. 바바라는 메이크업을 하지 않았지만 피부가 완벽해서 삶은 달걀처럼 반짝였다. 가슴은 코르셋으로 보란 듯이 끌어 올렸다. "알아요." 바바라는 가슴을 가리키며 말했다. "이 옷을 매일 입어야 해요. 하지만 좀 더 올렸다간 포크를 입에 넣기도 어려울걸요."

엘리스는 열린 문을 통해 둔해 보이는 엑스트라들이 안내를 받아 걸어가는 모습을 보았다. 전부 할리우드 농부 복장이었다. 회갈색, 약간의 자주색, 지저분한 미색 색조들. "저 사람들은 누구예요?" 엘리스가 물었다.

"건국의 아버지들에 관한 영화를 찍는대요." 바바라가 코웃음을 섞어 말했고 코니는 목을 길게 뽑고 그들이 가는 모습을 보았다. "신세계에 오신 것을 환영해요. 내 분장실에서 기다려요, 숙녀분들. 내 출연 신을 찍을 때까지 시간이 많으니까."

7월의 햇볕으로 나가자, 바바라는 기다리고 있던 골프 카트에 올라탔고 엘리스와 코니도 양옆에 앉았다. 바바라의 기모노가 어찌나 큰지 코니와 엘리스의 무릎을 덮고 카트 양쪽까지 펼쳐졌다. 가운 자락이 거대한 쥐가오리 지느러미처럼 햇빛에 은은히 빛났다. 바바라는 가슴골로 손을 넣다가 엘리스의 옆구리를 쿡 찌르고는 담배 한 대와 라이터를 꺼냈다. 그러고는 청교도 여인 같은 모자와 어울리지 않게도, 카우보이처럼 담배를 물었다.

"비상 담배죠." 바버라가 말했다. "그거 느껴져요, 엘리스?"

"뭐가요?"

바버라는 담배를 빨더니 회색 연기를 뿜었다. "시작요. 난 시작이 좋아요."

"나도 좋아요." 코니가 말했다.

바버라가 코니의 팔을 쿡 찔렀다. "괴로운 건 중간이랑 끝이죠."

코니는 웃으면서 눈을 가늘게 뜨고 새파란 하늘을 올려다보았다. "어쩌면 중간만 그럴지도."

천천히 달리는 동안 바버라는 눈을 가렸다. "피곤해요."

"혼자 준비하고 싶지 않으세요?" 엘리스가 물었다.

바버라가 코웃음을 쳤다. "아뇨, 아니에요." 그리고 잠시 말을 멈췄다. "전남편이 아주 개자식처럼 굴고 있어요." 바버라가 불쑥 말했다. 쉰 목소리였고 무릎에 올려둔 손이 떨리다가 멈추었다. 바버라는 코니를 보았다. "새벽 1시에 찾아왔어요, 콘."

"오, 저런. 유감이군요." 코니가 말했다.

콘. 콘과 바브. 바버라는 코니에게 너무나 편하게 속내를 흘렸다. 아니, 어쩌면 바버라는 자신에 대한 기사를 읽는 일에, 가깝고 친밀한 삶의 테두리 바깥에서 (사실, 자기 자신의 바깥에서) 자신을 보는 데 너무 익숙해서 이런 식으로 터놓고 말하면 해로울 수도 있다는 생각을 못 하는 것 같았다. 엘리스는 대중에게 노출된 채 살아온 바버라가 지금쯤이면 입을 다물 때가 되었다고 생각했지만 다른 방식으로 사는 법을 잊어버린 모양이었다.

"그 사람은 돈을 원해요. 내가 이 영화를 하는 걸 알고 돈 냄새를 맡은 거죠."

"돈을 주신 적 있어요?" 엘리스가 대화의 흐름에 끼려고 말했다.

바바라는 엘리스를 홱 돌아보았다. "절대 결혼하지 말아요, 엘리스. 내가 줄 수 있는 조언이 하나 있다면, 그거예요."

"제가 왜 결혼을 하겠어요?" 엘리스가 말했다. 엘리스는 전남편이 넷이나 되는 바바라 역시 그 귀중한 교훈에 귀 기울이지 않은 모양이라고 생각했다. 바바라와 코니는 계속 이야기했고 엘리스는 햇빛에 눈을 감고서 말소리를 차단했다.

엘리스는 내심 결혼이라는 개념에 (상대와 하나, 하나의 **새로운** 사람이 되는) 거부할 수 없는 매력이 있다고 여겼다. 생각해보라. 그런 식으로 자신을 소멸시키고 모두의 인정을 받을 수 있다니! 계속해서 한 사람으로 살기는 너무 힘겨웠다. 사려 깊고 상냥한, 더 나은 사람을 발견하고, 내 마음이 그날 밤 상대의 곁에 누워 있기만 하면 변화한다고 상상해보라! 두 사람이 어깨를 맞대고 나란히 걸어가는 **느낌이면서도** 상대의 인도를 받는 것을 상상해보라! 그렇게 쉬운 일이 있다니!

요즘 코니와의 생활은 그렇게 쉽지 않았다.

카트가 흔들리며 나아가는 동안 엘리스는 뉴욕행 비행기 표를 얻을 수 있을 거라 생각했다. 가본 적은 없지만, 코니에게 로스앤젤레스에 대해서 물었을 때 뉴욕에 대해서는 물어볼 필요가 없었다. 뉴욕이 어떤지는 모두 알고 있었다. 노란 택시, 그리니치빌리지, 베이글과 티파니. 호크니의 새파란 수영장이 센트럴파크의 붉은 나뭇잎 모습으로 변했다. 엘리스는《위대한 개츠비》와 "록펠러처럼 부자가 되겠어!"라는 노래, 빌 가차라의 아버지처럼 나폴리에서 이민 온 사람들이 굽는 피자를 떠올렸다. 엘리스는 도로시처럼 그곳에 내려앉았지만, 다시 눈을 떠보니 셋은 아직도 골프 카트를 타고 촬영장을 지나가고 있었다.

*

바버라의 분장실은 놀라울 정도로 비어 있었다. 벽에 붙은 긴 선반 하나와 그 주위에 작은 전구가 여럿 줄지어 붙은 커다란 거울, 축 처진 붉은색 벨벳 소파, 전혀 어울리지 않는 농장용 나무의자, 비어트리스 존스가 입을 복장이 걸린 이동식 옷걸이 하나가 전부였다. 엘리스는 선반에서 메이크업 브러시, 화장품 용기, 여기저기 접고 글을 적어놓은 대본, 물 한 병, 보드카와 사용한 잔 세 개, 행운을 비는 카드 몇 개를 보았다. 그 옆에는 커다란 백합 꽃다발, 과일 바구니, 꽃술가 흘러넘치는 재떨이가 있었다. 구석에서 작은 냉장고가 윙윙거렸다.

바버라는 검지와 엄지로 과일 바구니 셀로판지를 살짝 구겼다. "사과 먹을래요?"

둘 다 사양했다.

"늘 과일을 보내주는데, 산酸은 아주 지랄 맞거든. 그럼 맥주? 일단 앉아요."

코니와 엘리스는 소파에 앉았다. 엄청나게 불편했다. 모든 것이 낯설었다. 바버라 같은 스타가 자신의 내밀한 성소로 초대하다니, 엘리스는 다시 한번 정상이 아니라고 생각했다. 그런 사람들은 보초를 세우고 남들을 밀어내야 하지 않을까? 왜 이런 일이 벌어질까? 바버라는 냉장고로 가서 맥주 두 병을 꺼냈다. 뚜껑을 세게 따더니 엘리스에게 건넸다. 엘리스는 어리둥절한 기분으로 맥주를 받아 한 모금 마셨다. "고마워요." 그녀가 말했다. 코니는 이미 자기 것을 마시고 있었다.

바바라가 나무의자에 털썩 앉았다. "그럼 두 사람은 우리랑 같이 캣스킬로 갈지 결정했나요?"

둘 다 아무 말도 하지 않았고, 바바라는 웃었다. "오, 그런 건가요?" 엘리스는 바바라를 한 대 치고 싶었다. "루시 말이 맞았네."

"루시 크렌쇼요?" 코니가 말했다. "그 사람이랑 무슨 상관이죠?"

"궁금해하던 참이거든." 바바라가 엘리스를 보며 말했다. "두 사람은 이제 여기가 지겨워졌을지 모른다고 생각했어요."

코니는 맥주를 또 한 모금 마셨다. "왜 그렇게 생각하죠? 우린 있을 거예요."

"좋아요. 맥주는 어때요?"

"차갑네요." 엘리스가 말했다.

바바라는 코르셋 옆구리를 툭툭 쳤다. "나도 마시고 싶어 죽겠네. 그래도 안 마실래요. 이걸 입고 배 속에 가스가 찬다고 생각해봐요. 가슴이 더 부풀어서 조명 있는 데까지 떠오를 거야."

엘리스는 살짝 멍한 느낌이 들었다. 바바라가 드러내는 성격도 압도적이긴 했지만, 엘리스를 휘청거리게 한 것은 미국에 머물 거라는 갑작스러운 소식이었다. 엘리스는 맥주병을 꽉 쥐었다. 코니는 정확히 언제 이 이야기를 할 계획이었을까? 바바라가 도발하자 바로 지금 마음을 정했나? 엘리스는 화가 나기 시작했다. 코니의 나이 어린 파트너로서, 특출한 재능이 없는 사람으로서, 엘리스는 언제나 배려하고 정신을 똑바로 차리고 미소 지어야 한다고 느꼈다. 그리고 그것이 굉장히 어렵다는 것을 깨닫던 참이었다. 엘리스는 코니가 바바라를 바라볼 때와 똑같이 존중해주고, 빌이나 맷과 이야기할 때와 똑같이 자신 있게 대해주기를 바랄 뿐이었다.

엘리스는 서핑하러 오라던 맷의 제안을 거절한 일이 문득 아쉬워졌다. 지금 바다에 있다면, 해변을 따라 걷기라도 한다면 원하지 않는 과일 바구니와 강렬한 전등 불빛이 있는 답답한 방에 갇혀 있는 것보다는 나을 것 같았다. 엘리스는 지쳐서 소파에 등을 기대고 맥주병을 꽉 쥐었다.

"괜찮아요, 엘리스?" 바버라가 하얀 면 보닛의 매듭을 풀어 헤어롤 감은 머리를 드러내며 말했다. 좀 더 인간적으로 보였지만, 그 얼굴은 여전히 뭔가 초자연적인 존재처럼 시선을 앗아갔다.

"조금 어지러운데, 괜찮아요. 감사합니다."

"바람 좀 쐬겠어요?" 바버라가 말했다.

"집에 갈래?" 코니가 물었다.

*

바버라는 프로덕션 매니저에게 엘리스를 방갈로까지 데려다줄 차를 불러달라고 했다. 엘리스는 필요 없다고, 괜찮다고 반대했다. 코니는 엘리스 얼굴빛이 창백하다면서 오후에는 수영장에서 일광욕을 하는 편이 낫겠다고 했다. 엘리스는 저항을 포기하고, 코니와 바버라를 분장실에 둔 채 나갔다.

"정말 괜찮을까요?" 엘리스는 문틈으로 바버라가 코니에게 하는 말을 들었다. "정말 혼자 있고 싶었을까요?"

"괜찮을 거예요."

"콘, 함께 가도록 해요. 아직 어린애잖아요."

"내가 애처럼 대하면 더 싫어할 거예요, 바브."

엘리스는 정말 아무렇지도 않았지만 바버라와 떨어지고 싶었고 코니가 함께 가주기를 바랐다. 코니와 단둘이 있고 싶었다. 직사각형으로 햇빛이 비추는 복도 끝을 향해 걸어가던 엘리스는 리놀륨 바닥에 천천히 발을 디뎠다. 바라는 거라곤 떠나는 것, 런던으로 돌아가 코니와 단둘이서 지내는 것뿐이었다. 자신이 붙잡은 새 삶이 손가락 사이로 빠져나간다는 사실을 자각하자 고통과 후련함이 뒤섞여 느껴졌다. 엘리스는 바깥 햇볕 속에 서서 차가 오기를 기다리며 또 다른 격납고에서 흘러나오는 엑스트라 무리를 보았다. 로마 지휘관들이 햇볕에 투구를 반짝이며 걸어 나오고 있었다.

*

엘리스는 코니를 통제할 수 없음을 알고 있었다. 그녀에 대해 모든 것을 알 수는 없었고, 그건 이전에도 마찬가지였다. 코니가 자신에게 한 말이 예전에 다른 사람에게도 한 말인지 혹은 앞으로 다시 누군가에게 할 말인지 알지 못했다. 엘리스에게 확신을 주는 것이 없었다.

엘리스는 집에 돌아온 뒤 곧바로 말리부의 맷과 샤라 집으로 전화했다. 맷이 전화를 받았다.

"저예요." 엘리스가 말했다.

"엘리스." 맷이 대답했다. "어떻게 지내요?"

"잘 있어요. 혹시…… 샤라 거기 있어요?"

"샤라요?"

"네."

"잠깐만요."

잠시 소리가 끊어지더니 발소리가 들렸다. 엘리스는 기다렸다.

한참 뒤 샤라가 수화기를 들었다. "안녕하세요, 엘리스. 무슨 일이에요?"

"제가 모델이 되어드릴까요?" 엘리스가 말했다.

"네?"

"그림에요. 모델 필요하세요?"

잠시 침묵이 흘렀다. "아…… 저기, 그러니까, 내가 하는 일은 추상화에 가까워요, 엘리스. 정말 미안하지만 지금은 모델을 쓰지 않아요."

엘리스는 마음속에서 이해할 수 없는 분노가 치밀어 올랐다. "그러시군요. 죄송해요. 어리석은 생각이었어요."

"아뇨……. 제안은 고마워요. 그저 지금 내가 하는 작업과 맞지 않아서 미안……."

"설명하실 거 없어요. 여쭤봐서 정말 죄송해요, 샤라. 그러지 말아야 했는데. 곧 만나겠죠."

"저기……."

엘리스는 샤라의 말을 듣지 않고 수화기를 내려놓았다.

2017

17

코니의 집으로 처음 일하러 간 10월 중순의 월요일, 나는 오전 10시 직후에 도착했다. 코니는 날마다 현관문을 열어주러 아래층까지 걸어 내려올 수 없으므로 곧바로 열쇠를 주었다. 코니는 아침을 먹지 않는 것 같았다. 커피를 끓이러 부엌으로 곧바로 들어갔더니 깔끔하게 치워져 있었다.

"이 스토브용 주전자로 끓이는 걸 좋아해요. 가열판에 끓어 넘치지 않도록 아주 주의해서 봐야 해요."

"알겠습니다."

"그리고 로라, 우편물 봉투를 열어줘요."

"그래도 괜찮으세요?"

코니는 무슨 소리냐는 듯 눈을 깜빡였다. "별로 흥미로운 건 받아본 적이 없어요. 그리고 다른 사람과 함께하면 더 속도 빠른 인터넷을 쓸 수 있다는 내용을 보려고 봉투 뜯는 데 삼십 분씩 쓰는 건 사양하고 싶어요."

그것은 코니가 두 번째로 고민 없이 내어준 사생활 요소였다. 내가 자기 집에 들어가 편지를 열어봐도 상관없는 이유는 진짜 사생활은 내가 절대 닿을 수 없는 머릿속에만 존재하기 때문이 아닐까 싶었다. "그리고, 로라." 그는 내 생각을 읽은 듯이 덧붙였다. "우편물을 받는 일은 거의 없어요."

*

1시에 코니는 내가 준비한 점심을 먹으러 내려왔다. 그녀는 유아용 식사를 좋아하는 것 같았다. 햄 샌드위치, 길게 자른 당근, 감자칩 한 봉 등 쥐기 쉬운 것들이었다. 비스킷 깡통을 들여다보고 적어도 한 가지 비밀은 알 수 있었다. 콘스턴스는 초콜릿을 좋아했다.

"회사에 다른 일자리를 찾았다고 했어요." 내가 말했다.

"아."

"레베카에게 사람을 구했다고 하셨어요?"

"그래요." 코니가 집중해서 샌드위치를 마저 먹으며 말했다. 나는 그녀가 식사를 멈추고 빵 조각을 접시에 내려놓은 뒤, 나에게 무슨 사기를 칠 생각인지 묻고 집에서 영영 쫓아내기를 기다렸다. 도끼가 내려오길 기다리는 느낌이었다.

"다른 건 물어보지 않던가요?" 용기를 내어 물었다.

코니는 작게 신음 소리를 냈다. "내가 전화를 안 받은 지 삼 주가 지나 층계 밑에서 죽은 채로 발견되기 전까지는 최소한의 관심밖에 없을 거예요. 말이 나왔으니 말인데 주말에 피오나 윌킨스가 죽은 거 봤어요?" 코니는 라이언 초콜릿 바 포장을 찢으며 물었다.

"아뇨." 나는 오븐에 굽던 당근 머핀 트레이를 꺼내며 대답했다. "참 안됐네요."

"삼십 년 가까이 곧 죽는다고 하더니. 벌써 죽은 줄 알았는데."

피오나 윌킨스는 코니만큼 훌륭하진 않지만, 16세기 로마에서 교황과 그가 거느리는 암사자들과 싸우는 지오바나라는 수녀 탐정이 등장하는 소설 시리즈 덕분에 굉장히 유명해지고 돈도 많이 번 소설가였다. 텔레비전 시리즈로도 오랫동안 방영되었다. 나는 텔레비전 시리즈는 보지 못했지만 책은 모두 굉장히 좋아했다. 가까운 곳에 살던 피오나 윌킨스는 코니와 친구가 되려 했지만 비참하게 실패했을지도 모른다.

"나도 수녀 탐정 이야기를 썼으면 좋을 텐데. 그래 봐야 저작권료를 천국에 가져갈 수도 없잖아요. 아니, 가져갈 수 있나? 가련한 피오나 윌킨스. 우린 모두 죽을 거예요."

"선생님은 그렇지 않아요."

"그래요. 뭐, 최소한 피오나보다는 젊죠. 차 좀 끓여줄래요? 깡통에서 초콜릿 바 꺼내 먹었어요?"

"아뇨."

"그러지 말아요, 로라."

"초콜릿을 좋아하지 않아요."

"초콜릿을 좋아하지 않는 사람이 어디 있어요? 나한테 그 이야기를 했어요?"

"인터뷰 때 묻지 않으셨어요." 내가 말하자 코니가 웃었다.

나는 주전자를 올렸다. "피오나에게 아이가 여섯인 거 알아요?" 코니가 말했다. 라이언 초콜릿 바를 다 먹고 바운티 초콜릿 바를 먹기 시작했다. 나는 잠시 당뇨병이 걱정되었다. "애가 무려 여섯이라니. 걔들은 지금 어디 있죠?"

"아마 그분 병상 곁에 있지 않을까요?"

"남편도 쓸모라곤 없었어요. 소설이 죄 똑같은 것도 당연하지."

"전 좋아했어요."

"뭐라고요?"

"아주 재미있게 읽힌다고 생각했어요! 리서치도 잘하고. 그리고 사실 그분 책에는 남다른 점이 있었어요."

"항상 끝에 가서 수녀가 모든 걸 해결하는데?"

"네."

"그리고 위험에 처하지만 늘 성공하는데?"

"물론이죠."

코니가 코를 훌쩍였다. "반복에도 재능이 필요하긴 하지. 꽃이라도 보내야겠군요."

"그건 제가 할게요."

"좋아요. 그렇게 해요."

코니가 한숨을 쉬었다. 그녀는 지치면 거의 노파처럼 보이기도 했다. 눈에서는 빛이 사라지고 신랄한 위트도 잠잠해졌다. 문득 내가 그녀를 찾아낸 까닭에, 내가 그녀에게서 뽑아내려는 대답에 죄책감이 느껴졌다. 그리고 궁금했다. 저 머릿속에 몇 권의 책이 남아 있을까? 코니가 쓴 수녀 탐정 지오바나의 이야기를 읽고 싶어졌다. 엄청난 작품이 될 것이다. 하지만 아마 너무 늦었을 것이다.

"피오나는 끔찍한 회고록을 썼어요. 뭐더라? '내 죄를 쓰다'인가 뭔가. 회고록을 어떻게 생각해요?" 코니가 물었다. "좋아해요?"

"누구 회고록이냐에 따라 다르죠." 내가 차를 담은 머그를 식탁으로 가져오며 말했다. "'인생 만세'류는 좋아하지 않아요." 나는 김이 모락거리는 코니의 잔을 앞에 놓았다.

"아, 코스터를 쓰도록 해요. 물 자국을 싫어하거든."

"그래야죠." 나는 서둘러 코르크 코스터를 놓았다. 물 자국은 싫어하면서 머그가 다 무척 지저분하다고 생각했다.

"다들 끔찍하게 고백적이지 않아요?" 코니가 말했다. "자신에게만 몰두하고?"

"자신에게 몰두하는 건 회고록의 요건이잖아요. 나쁜 거라곤 생각하지 않아요. 독자에게 이야기를 해주기만 한다면요."

"내가 나눌 이야기를 사람들이 동일시할 것 같지 않아요." 코니가 말했다.

나는 머그를 꽉 쥐었다. "왜요?"

"음. 실은 그 말이 아닌 것 같군요. 내가 하려는 말은 나누고 싶지 않다는 거예요."

"많은 일을 겪으셨겠죠. 많은 사람을 만나고."

코니가 눈을 가늘게 떴다. "그런 이야기는 절대 쓰지 않을 거예요. 그래서 소설을 쓰는 거지."

나는 망설였지만 말하기로 했다. "실제 인물로 글을 쓰면 고소를 당하실 수도 있다는 문제가 있죠. 난데없이 별일이 다 벌어질 수 있으니까요."

"아, 내겐 그런 일은 없을 거예요. 내가 글로 쓰고 싶은 사람들은 아마 다 죽었을 테니까."

배 속이 떨렸다. "선생님이 마지막 남은 분인가요?"

코니가 나를 보았다. "그런 셈이죠."

*

코니는 응접실로 가서 청구서를 확인해보자고 했다. 놀랍게도 인터넷뱅킹을 쓰지 않고 여전히 수표를 보내고 있었다. 나는 난로에 불을 붙였고 (아, 이 년 만에 처음이군요!) 정말이지 찰스 디킨스 소설 속에 들어간 느낌이었다. 코니의 구매 목록과 영국 국민으로서 지불하는 청구서들(전화세, 수도세, 도시세, 가스 요금 등)을 들여다보니 재미있었다. 그녀가 노숙자 자선 모금과 문맹 프로그램, 맹도견 훈련에 후하게 기부하고 있다니 흥미로웠다. 이런 사실에서 어머니에 대한 몇 가지 실마리를 찾아보려고 했다. 어머니에게 집이 없었을까? 코니는 길에서 발견해 글을 가르쳤을까? 그러다 어머니가 시력을 잃게 되어 그 변화를 견디지 못했을까? **그만.** 스스로에게 말했다. **참을성을 가져. 현실로 돌아와. 성급하게 굴지 말고.**

코니는 좋은 와인과 편안하고 튼튼한 구두를 좋아하지만 그 외에는 돈을 별로 쓰지 않는 듯했다. 수표책에 서명을 괜찮게 해보려 집중하는 코니를 보면서 이 상황이 대체 어떻게 흘러갈까 생각해보았다. 나는 정말로 1940년대 서기처럼 자리에 앉아 코니가 부르는 대로 타자를 치게 될까? 커피숍 일을 그만둔다고 했을 때 조이가 보이던 실망한 표정이 떠올랐다. 새 직장에 대해 설명했을 때 조와 켈리가 지었던 불편한 표정도. **어머니를 알던 여자라고? 그게 좋은 생각이라고 확신해?**

물론 좋은 생각이라는 확신은 없었다. 하지만 속임수를 써서 위험하긴 해도 커피숍 근무 석 달보다 코니의 집에서 보내는 하루가 더 신나고 가능성으로 가득하다는 건 알 수 있었다. 코니의 집에 발을 디디는 순간 나는 로라 브라운이라는 여자가 되었다. 오래전 코스타리카에서 일했고 언젠가는 거기로 돌아갈 꿈을 꾸는 사람. 로라는 재규어를 보았고, 나무늘보 보호구역에도 들어가보았다. 로라는 활기차고, 자신만만하며, 당근 머핀을 아주 잘 굽는 사람이었다. 조가 반대하는 이유는 오로지 이번에는 정신 나간 아이디어를 낸 사람이 나라서, 정상적인 행동 범주에서 과감히 벗어난 사람이 나이기 때문이었다.

*

첫 주 동안 나는 닦고 털고 쓸고 돌아다니면서 보통 때라면 가지 않을 집 안 곳곳에 들어가보았다. 응접실에서 본 액자 속 사진은 다른 시대를 들여다보는 낡은 흑백 창문 같았다. 1940년대 재킷을 입은 어머니가 가슴에 꽃가지를 꽂고 있었다. 군복을 입은 아버지처럼 보이는 사람도 있었다. 어린 코니가 다른 소년과 나란히 있었다. 눈이 흐릿해서 마음은 읽을 수 없었다. 코니의 욕실에서는 그녀가 사용하는 마스크, 여러 가지 크림과 에센스에 눈길이 갔다. 혼자 벌이는 전쟁의 탄약처럼 보이는 값비싼 마스카라와 립스틱 케이스. 어느 날 아침, 나는 입술에 '복숭아의 꿈'과 '매춘부의 진홍'을 살짝 발랐다. 그러고는 화장지 한 조각으로 증거를 닦아냈다.

코니의 목욕 가운을 쓰다듬어보았다. 실크지만 여기저기 닳아 있는데 그것이 매혹을 더해주었다. 그리고 똬리 튼 뱀으로 가장자리를 장식한 커다란 도자기 접시에 아무렇게나 쌓아놓은 보석들. 산호 구슬, 멕시코 은, 에드워드 시대의 루비가 박힌 금붙이, 월계수 모양의 은 귀걸이가 있었다. 나는 눈이 먼 것 같은 (아니면 최소한 어떤 감각을 상실한 것 같은) 기분이었고, 벽에 기대서서 내 어머니의 과거를 다시 보고 냄새 맡고 쓰다듬어보았다. 성인이 된 코니나 다른 여자의 사진은 보이지 않았고, 편지나 서류도 찾을 수 없었다. 하지만 결국 엘리스에게 연결되는 무언가를 이 집에서 발견하게 되리라는 희망 혹은 믿음을 꼭 붙잡았다.

내가 들어갈 수 없는 곳은 코니가 자는 꼭대기 층 침실과 서재뿐이었다. 뭘 훔칠까 봐 그렇게 정한 것 같지는 않다. 코니가 심리적으로 남을 들일 수 없는 곳인 것 같아서 존중하는 모습을 보여야 했다. 설령 내가 도둑이더라도 여기서 훔칠 게 뭐가 있을까? 과거에는 내 것이기도 했지만 결국에는 훔쳐 갈 수 없는 것이리라.

첫 주 오전에 커피를 마시고 있는데 코니가 코스타리카에 대해 물었다. "왜 그곳에 끌렸죠?" 코니가 물었다.

온몸이 싸늘해지고 속이 메슥거렸다. 그러다 기억해냈다. 나는 로즈가 아니라 로라라는 걸. 로라는 당황하는 성격이 아니었다. 로라는 모험을 겪었고, 솜씨 좋게 그 이야기를 전했다. "정글요. 재규어를 찾고 싶었어요."

놀랍게도 코니의 눈이 반짝였다. 좋은 느낌이 들었다. "찾았어요?" 코니가 물었다.

"아뇨. 재규어는 아주 잘 숨어요. 나무늘보는 많이 봤어요."

코니가 웃었다. "그럼 아이들은 어땠죠?"

"아, 아이들은 사랑스러웠어요. 보고 싶네요."

"영어 배우기를 좋아하던가요?"

"좋아했어요. 여행을 많이 다니셨어요?" 내가 물었다.

코니는 뭐라고 대답할지 생각하는 듯했다. "그랬죠."

"다른 곳에 사신 적 있어요?" 내가 계속해서 물었다. "그러니까, 외국에서요?"

"있죠." 코니는 다시 말했지만, 그렇다는 답임에도 불구하고 그 이상의 대꾸는 반기지 않는 어조였다. 어쩌면 로라 브라운이 너무 대담했던 모양이다.

*

집에 돌아오니 조가 어땠는지 물었다. "그게…… 클린 빈과는 많이 달라." 내가 말했다.

"당신 어머니 이야기가 있었어?"

"아직은 없었어."

"그 얘길 안 꺼냈어?"

"안 했어!"

"알고 싶어 하는 줄 알았는데?"

"알고 싶어, 조."

"그럼……"

"다그치지 마."

"그럼 지금 뭘 하는 건데?"

나는 코니가 준 봉투를 식탁 위에 올려두었다. "현금. 500파운드."

"와." 조가 이맛살을 찌푸렸다. "그 사람이 은행에 가서 인출해 온 거야?"

"코니는 은둔자가 아니야, 조. 외출도 해."

"백 살쯤 된 줄 알았는데?"

그날 밤, 침대에서 조는 돌아누워 나와 마주하더니 팔을 쓰다듬기 시작했다. "뭐 들어?" 그가 물었다.

나는 이어폰 한쪽을 뺐다. "오디오북."

"맘에 들어?"

"응."

그는 내 목덜미에 코를 댔고 무슨 책이냐고 묻지는 않았다. 나는

《초록 토끼》를 듣고 있었다. 화자의 음성이 이렇게 말하고 있었다.

> 만나기도 전에 그녀를 사랑했다. 나는 그녀를 개념으로써 사랑했고, 그녀는 내 삶에 들어오더니 나를 더 나 자신으로 만들었다.

조는 계속해서 내게 얼굴을 파묻고 있었고, 나는 그러라고 두었다. 내가 식어버린 열정을 일깨우자고 한 말을 생각하고 있었을 것이다. 그가 내 쇄골에 입을 대더니 가슴골 쪽으로 내려왔다. 나는 눈을 감고 이어폰을 모두 빼고는 그토록 여러 차례 했던 일을 위해 소설 듣기를 멈췄다. 그가 내게 들어올 때, 나는 다른 몸으로 이루어진 나를 상상했다. 잡지에서 숱하게 보았던 다리. 조는 조가 아니라 내 머릿속 깊숙한 곳의 그림자라고 상상했다. 이곳은 사우스런던이 아니라 바깥이 온통 습한 열대 나라의 시원한 방이라고 상상했다. 커튼이 물결치는 침대 위, 내 삶은 모든 과거와 현재와 아직 빛조차 없는 미래에서 벗어났다. 모든 것이 멈춰 있고, 생기 있지만 전혀 현실 같지 않았다.

나는 로즈였지만 나는 로라였다. 어떤 사람이 되고 싶은지 알 수 없었다.

18

코니의 집에서 얼마나 잘 지낼 수 있을지 알 수 없었다. 코니가 내 삶에 대해 더 털어놓으라고 강요할 수도 있었다. 나 역시 마찬가지일 테니, 공유하려 한 것보다 더 많이 알아낼 기회를 노릴 것 같았다. 코니는 코스타리카에 대해 무심코 물었지만 우리가 승자가 한 명뿐인 게임을 하는 게 아닌가 싶었다. 아버지가 코니에 대해 완전히 착각하는 게 아닐까 하는 두려움도 있었다. 코니는 어머니가 어떻게 되었는지 전혀 모를 수 있었다. 어머니는 아버지에게 그랬듯이 코니와도 완전히 관계를 끊어버렸을 수 있었다. 어쩌면 코니 또한 아버지처럼 아무것도 모를 수 있었다. 곁에 머물면서 일이 어떻게 돌아가는지 지켜볼 수밖에 없었다.

켈리는 항상 나 자신을 믿어야 한다고 말했다. 나도 노력했지만 로즈 시먼스를 더 믿어야 할지 로라 브라운을 더 믿어야 할지 알 수 없었다. 로라가 되는 것이 좋았다. 로라는 로즈보다 대담하고 능률적이며 재미있는 사람이었다. 로즈는 사실 굉장히 다른 존재였다. 자신감은 적고 두려움은 많았다. 멀리 여행한 적도 없으며 집에 있고 싶어 했다. 자기 삶이 어떻게 되어야 하는지 몰랐다.

속임수를 어디까지 밀고 나가야 하는지 결정할 수 없었다. 내가 원한다면, 완전히 새로운 이력을 지어낼 수도 있을까? 조는 삭제할 수 있고, 늘 함께 지내며 사랑해준 어머니도 지어낼 수 있었다. 새 주소, 새 삶을 공상하다가 대안이 순식간에 떠올라 놀랐다. 나는 현재 싱글이지만 가벼운 마음으로 만나는 사람은 있다. 뉴욕 출신 박물관 큐레이터이며 이름은 리오다. 어느 날 밤에 바에서 만난 카렌차라는 여자 변호사도 만나는데, 그녀는 암벽 등반을 좋아해서 휴가 때 절벽을 오르는 끔찍한 활동을 하러 가자며 성가시게 군다. 오, 카렌차! 나는 호텔 수영장에서 앉아 있고 싶은데. 나는 집에 있기 좋아하고 카렌차는 모험가지만 우리는 어쩐지 잘 맞는다. 내 부모님은 바스와 글래스고에서 살았고 도킹 근처에서도 살았다. 그들은 행복했고, 이혼했으며, 어머니 샐리는 스페인 부동산 업자와 사랑에 빠져 마드리드에 산다. 그를 헤랄도라고 부르자. 나는 종종 거기서 주말을 보내고 샐리와 헤랄도는 최고의 하몽을 챙겨준다.

내 정체성의 실을 풀어 새로 짜내는 과정이 자연스럽게 일어났다. 나 자신을 버리고 커다란 구멍에 단어와 판타지를 쏟아붓는 일이 어떻게 이토록 쉬울까?

내게 그런 재주가 있다면 써야 한다. 아무도 모를 테니 아무도 상처받지 않으리라. 코니는 로라의 삶에 대해 물을 터이고, 우리가 시간을 함께 보낼수록 입을 다물고 있기는 점점 더 어려워질 것이다. 그리고 이야기를 지어낸다 해도 내가 코니의 집에 있는 데 영향을 주지 않을 것이다. 기껏해야 좀 더 흥미진진한 자아가 만들어낸 언어의 무장 뒤에 진짜 자아를 숨기기 위한 일종의 보호막으로 기능할 뿐이리라. 나는 어머니 이야기를 듣고 나면 내 허구의 자취와 함께 떠날 것이고, 코니는 자신의 이야기와 함께 남을 것이다.

*

우리가 다시 사적인 대화를 나누었을 때 코니도 나에 대해 생각한 모양이었다. 내가 누구이며, 어디서 왔고, 누굴 사랑하고, 무엇을 원하는지. 피오나 윌킨스의 죽음으로 인해 좀 더 속마음을 터놓고 싶어지고 깊이 생각하게 되어 주위의 가장 가까운 사람에게 손을 뻗는 것인지도 몰랐다. 아니면 그저 내게 따뜻하게 대해주는 것일 수도 있었다. 하지만 나는 진짜이든 상상이든 내 삶에 대해 이야기하기를 여전히 거부하고 있었다. 그녀의 이야기만을 원했다.

코니가 함께 히스에 산책을 가자고 해서, 코니의 목도리와 모자와 두꺼운 누빔 재킷을 찾았다. 코니의 손가락이 털모자 가장자리를 아이처럼 서툴게 잡아서, 그녀가 지닌 우아함과 불안하게 비틀거리는 손이 대조적이라 다시 한번 놀랐다.

해가 나지 않은 흐린 날이지만 적어도 비는 오지 않았다.

"로라 브라운." 언덕을 오르는데 코니가 내 이름을 장난치듯 불렀다. "결혼했어요, 로라 브라운?"

나는 웃었다. "결혼했냐고요? 아뇨."

"연인은 있어요?"

"네." 나는 이렇게 대답하고 조, 리오, 카렌차를 생각했다. 내 입에서 어느 이름이 나올까 궁금했는데, 코니가 다른 이야기로 넘어가서 다행스러웠다.

"아이는요?"

"없어요."

"갖고 싶어요?"

나는 아무 말이 없자, 코니는 "알겠군요" 하고 말했다.

"뭘 아세요?" 내가 말했다.

코니는 아무 말도 하지 않았다.

우리는 계속 걸었다. 얻어맞고 쿡쿡 찔리는 기분이 들어 집으로 돌아가고 싶었다. 집에 있으면 코니와 밖에 나와 있을 때보다 안전한 느낌이었다. 밖에서는 내 터무니없는 행동이, 내 거짓말이, 내가 이제 코니에게 일종의 동반자라는 사실이 더 심각하게 느껴졌다. 언제라도 체포당할 것 같았다. "내가 스무 살 때는." 코니가 생각을 방해하며 말했다. "여자친구 생일에 연작시를 써서 선물했어요.

"마음 따뜻하셨네요."

코니는 코웃음을 쳤다. "빈털터리라 그런 거죠. 제대로 된 선물을 살 수 없으니까. 내가 시인이라고 생각했기 때문이 아니에요." 코니는 벤치 옆에 서더니 앉았다. "하지만 시인이었을까요? 결국 쓰긴 했으니까요. 주면서 부끄러웠던 기억은 나지 않아요."

"무슨 내용이었어요?"

"기억이 안 나요. 사랑에 관한 시였겠죠. 내가 사랑이라고 생각한 것. 그녀에 대한, 나에 대한 시. '스물한 살 생일을 위한 21편의 시' 같은 건 아니었어요. 하지만 노력해서 쓴 건 기억나요."

"발표는 안 하셨어요?"

"그럴 리가요. 그러고는 헤어졌어요. 처음도 아니었죠. 그 사람은 차 트렁크에 시를 두고 갔어요. 고물차라 처분할 필요 없이 누가 훔쳐 가길 바란 거였죠. 차는 누가 훔쳐 갔고, 시는 계속 트렁크에 들어 있다가 함께 사라졌어요."

"쓰레기 같은 짓이네요."

코니는 어깨를 으쓱였다. "그 사람한테 준 거니까요. 하고 싶은 대로 할 수 있죠. 나에 대한 추억을 간직하기 싫어서 내 시도 훔쳐 가게 둔 거였어요. 하지만 나중에 그 결정을 후회했어요. 이야기를 하고 지내는 사이로 돌아가니 시를 다시 써줄 수 있냐고 묻더군요. 트렁크에 일부러 버려두었지만 다시 갖고 싶다고."

"다시 써주셨어요?"

"그럴 리가요."

"잘하셨어요."

"그 사람 차는 별자리 시리우스의 이름을 따서 이름 붙였어요." 코니는 목도리에 턱을 묻으며 말했다. "이런 일이 있은 지 몇 년 뒤 거기 대해 또 시를 한 편 썼어요. '시리우스' 알죠? 별자리 이름, 운명이라는 생각." 코니는 눈을 굴렸다. "참 절묘했지. 처음 쓴 시를 도둑맞은 일에 관한 시였어요. 그걸 다시 써달라는 그 여자의 솔직히 교만한 요청에 대해서도."

"새 시를 어떻게 하셨어요?" 내가 물었다.

"아무것도 안 했어요. 별로 좋은 시는 아니었어요. 하지만 문제는 이거예요. 새 여자친구가 그걸 알게 됐고 내가 예전 연인에 대해 시를 써서 속상해했거든요."

아버지의 말이 생각났다. **한동안 그들은 뗄 수 없는 사이였다.** "그분은 질투가 많은 타입이었나요? 새로 사귄 분은요?" 조금 더 세게 두근거리는 가슴을 안고 내가 물었다.

코니는 시선을 돌렸다. **이름을 말해요.** 나는 생각했다. **이름을 말해줘요.** "맞아요." 코니가 말했다. "불꽃같은 사람이었어요. 난 그 시를 쓰레기통에 버렸어요. 좀 더 주의해야 했죠."

"선생님은 시를 쓰실 자격이 있어요."

코니는 멍하니 지나가는 사람들을 관찰하며 말을 이었다. "나는 새 사람에게 같은 실수를 반복했어요. 당신은 절대 그러지 말아요,

로라. 겪어본 사람으로서 말하는 거예요."

"네." 나는 불편한 마음으로 대답했다.

"하지만 우리 모두 그러죠." 코니가 계속했다. "처음 한 번만 상심해요. 하지만 깨닫지 못했더라도 이후의 만남에서 항상 아픔을 자각하게 돼요. 상심해본 적 있어요?"

내가 생각이 길어지자 코니가 몸을 돌려 나를 마주 보았다. "네." 나는 결국 대답했지만 연인 사이를 떠올리며 한 말은 아니었다.

어쩌면 내 목소리에 진실한 구석이, 적어도 마음으로 느껴지는 구석이 있던 모양이다. "참 쓰라리죠, 그렇죠?" 코니가 부드럽게 말했다.

"네."

"새 소설은 책임에 관한 거예요." 코니가 문득 이렇게 말했다. 마치 내게 선물을 주는 것 같았다. "제목은 '변심'이에요."

"'변심'요?"

"아까 말한 여자친구에게 설명하고 싶었던 걸……."

"불꽃같던 분요?"

코니가 미소 지었다. "그래요. 불꽃같던 친구에게, 아니면 나 자신에게 설명하고 싶었어요. 사라지지 않는 상처를 쓰다듬고 있었다고요. 새로 돋은 살갗 밑에 있는 예전 상처죠. 하지만 그걸 **쓰고** 있으니 현재가 새로워지더군요. 난 그걸 우리가 경험하는 예술이라고 하겠어요. 이상적인 미래를 상상하는 데도 도움을 주죠."

"현명한 일이라고 확신하세요?"

코니는 웃었다. "아뇨. 모든 걸 비틀고 있지만, 그게 내 일이에요. 그리고 예술 문화, 가령 소설 이외에는 아무것도 믿지 않는다고 해서 책을 읽지 않는 사람보다 우월한 건 아니에요. 어떻게 보면 무서운 사람이 되긴 하죠. 아니면 겁에 질린 사람이거나. 그날그날 달라져요. 그런 게 현실 거부 아닐까요? 깊은 슬픔을 이해하기 위해 악어의 눈물을 흘리는 배우를 봐야 하는 사람, 애정이라는 감정에 다가가기 위해 연애시를 읽어야 하는 사람……. 그녀는 현실 세계에 살기 힘들다고 생각할 수 있어요. 결함이라고 볼 수도 있죠."

코니가 나를 놀라게 했다. 점점 감정적으로 나오고 있었다. "우리 모두 조금은 그렇지 않나요?" 내가 말했다. "현실 세계는…… 감당하기 어려울 수 있어요."

코니는 집게발 같은 손을 허공에 내저었다. "비난하는 건 아니에요. 내가 다수에 속한다고 확신해요. 난 그런 배우들이 필요해요. 그런 연애시도 필요하고. 나는 현실 세계가 힘들어서 이야기가 필요했어요. 그건 너무나 명백하다고 생각해요."

"하지만 오랫동안 글을 쓰지 않으셨잖아요."

코니는 그 말이 탐탁지 않았으리라. 코를 훌쩍이며 고개를 돌렸다. "처음 내 집에 왔을 때 《초록 토끼》를 읽었다고 했죠?"

"네."

"그럼 내가 래빗이라고 생각했어요?"

"아뇨. 허구의 인물이라고 생각했어요."

엄밀히 말해 사실은 아니었다.

코니는 미소를 지었다. "좋아요. 그게 핵심이니까. 절대 현실이 아니에요. 그게 목표죠. 하지만 문제는 사실 현실이 무엇인지 아무도 말할 수 없다는 거예요. 너무나 믿을 수 없으니까."

"알아요."

코니가 벤치에서 일어났다. "준비됐어요. 돌아가죠. 차를 한잔 마셔야겠어요."

19

이 대화를 나눈 지 며칠 후, 식탁에서 피자를 만드는데 코니가 문 앞에 나타났다. "로라. 늦게까지 있어줄 수 있어요? 손님을 초대했는데 요리를 해줄 수 있을까 싶어서."

"손님요?"

내 목소리에서 긴장감이 묻어났다. **상상해봐.** 나는 생각했다. **엘리스가 저 현관문으로 걸어 들어오는 걸.**

"그래도 되죠?" 코니가 한쪽 눈썹을 치켜올리며 말했다.

"죄송해요. 물론이죠."

"내 에이전트 데버라예요."

"에이전트요." 이렇게 되풀이하는 동안 속에서 무언가가 쪼그라드는 느낌이었다. 나는 주방 카운터로 몸을 돌렸다. 미칠 것 같았다. 어째서 어머니가 저녁을 먹으러 올 거라고 생각했을까?

"로라, 무슨 일 있어요?"

"아뇨." 나는 내내 주무르던 피자 반죽을 가리켰다. "피자를 구워두고 갈 생각이었거든요."

"피자 좋네요, 고마워요. 그리고 당신 애인도 초대할래요?" 코니가 말했다.
"네?"
"당신 **애인** 말이에요. 세상에, 대체 왜 그래요?"
"아뇨. 정말이에요, 괜찮아요."
"애인 이름도 모르고 있었네." 코니가 말했다.
"조예요." 나는 너무 당황해서 거짓말할 생각도 못 하고 대답했다. 코니의 호기심 앞에서 리오와 카렌차는 사라지고 말았다. "그 사람은 오늘 밤에 일해요." 내가 말했다.
"무슨 일을 하죠?"
"조는…… 골동품 딜러예요."
"멋지네요." 코니는 정말 기쁘다는 말투로 말했다. 나는 얼굴이 빨개져서 계속 돌아선 채 있었다. 심호흡을 하고 로라라면 뭐라고 말할지 생각했다. "어떤 시기 전문인가요?" 코니가 물었다.
"20세기 초를 주로 다뤄요." 내가 대답했다.
코니는 만족한 소리를 냈다. "그런데 오늘 밤에 왜 일하죠?"
"요크셔에 출장 갔어요. 내일 큰 경매가 있어서 먼저 선점하고 싶대요."
"음, 그럼 다음에 오라고 해요."
"고마워요, 코니. 그러면 좋겠어요."
"피자를 조금 멋지게 만들어줄 수 있을까요? 페퍼로니만 얹지 말고?"
"물론이죠. 사실 이탈리아 요리 수업도 들었어요. 그러니까…… 파도바에 갔을 때요. 데버라에게 식사 알레르기는 없나요?"
"파도바? 대단하군요. 데버라는 안초비를 싫어해요. 다른 건 다 괜찮아요."

*

코니가 돌아갔고 위층 서재 문이 닫히는 소리가 들렸다. 나는 식탁에 앉아 손에 힘을 주면 눌러지는 말랑한 피자 반죽이 있다는 데 감사했다. 파도바의 낭만적인 다락방에 사는 로라를 상상했다. 토르텔리니, 제대로 된 리코타와 피자를 아주 소박하게 이탈리아식으로 만드는 법을 배우는 모습을 그려보았다. 그 여자가 되어, 훌쩍 떠나 그런 일을 하고 싶은 마음이 간절했다. 손을 떼어내자 반죽은 하얀 내장 기관처럼 부풀어 오르며 팽팽해지더니 내 손가락이 남긴 흔적을 지워버렸다. 골동품 딜러 조. 그가 완벽한 아르데코 테이블을 찾아 골동품 시장 골목을 끝없이 누비는 모습을 상상했다. 왜 좀 더 쉬운 것, 변호사나 회계사라고 말할 수 없었을까. 그런 사람에 대해서는 아무도 더 묻고 싶어 하지 않는데.

그저 조가 재미있는 사람이기를 바랐다. 나 자신에게도 마찬가지였을 것이다.

그가 골동품을 뒤지든 부리토를 만들든 여기 데려올 수는 없는 노릇이지만, 그보다 더 나쁜 건 데버라였다. 나는 재빨리 시나리오를 검토했다. 코니가 구인 회사에서 날 보냈다고 하는데 데버라가 내 이야기를 들은 적 없다고 한다면? 그들은 해명을 원할 것이다. 경찰에 신고할지도 모른다. 체포될지 모른다는 조의 경고가 현실이 된다면? 이 집에서 아주 작은 발판을 얻었는데(어머니가 전보다 몇 밀리미터 정도 가까워졌는데) 이 기회를 놓칠 수는 없었다. 데버라가 오면 나는 여기 있을 수 없다. 외부인과 마주하지 않고 빠져나가야 했다.

나는 반죽을 볼에 넣고 랩으로 덮은 뒤 코니에게 이야기하러 위층으로 올라갔다. 놀랍게도 서재 문이 열려 있었다. 코니는 정원과 다른 집 뒤쪽이 내려다보이는 창가의 작은 책상 앞에 앉아 있었다. 내가 다가가는 소리를 듣지 못했다. 노란 공책 위로 몸을 숙인 채 집중하는 옆모습이 보였지만 무엇보다 눈에 띈 것은 서양인이 처음 젓가락을 잡은 듯이 펜을 쥔 모습이었다. 손이 서투르고 엉성했다. 아무 의미도 없는 이런저런 행동과 전후 사정에서 벗어나지 못하고 있었다.

나는 문 몇 발자국 앞에서 얼어붙었다. 이 광경을 목격해서는 안 된다는 사실을 알았다.

"젠장, 젠장, **젠장**." 코니는 펜을 던지고 나직이 내뱉더니 머리를 손으로 감쌌다.

동정심이 밀려들었다. 내가 요리를 하고 서류를 정리하고 차를 끓이고 초콜릿 바를 꺼내주는 동안, 코니는 위에서 경이로운 언어를 줄줄이 적어낸 것이 아니라 펜을 쥐려 씨름하고 있었다.

나는 물러났다. "로라." 코니가 말했다.

나는 부끄러움을 느끼며 돌아섰고, 눈이 마주치자 코니도 부끄러운 듯했다. 하지만 재빨리 감정을 감추고 꼿꼿이 앉아 책상 가장자리에 한쪽 팔꿈치를 우아하게 얹었다.

"거기 얼마나 서 있었죠?" 코니가 차가운 목소리로 물었다. "엿보는 버릇이 있어요?"

"정말 죄송해요." 내가 말했다. 당신이 얼마나 용감하게 느껴지는지 모르겠다고 말하고 싶지만 싫어할 것 같았다. 물론 손이 좋지 않다고 내게 (여러 차례) 말했지만, 코니에게 글쓰기가 얼마나 힘든 일인지 직접 보고 나니 샴페인 병을 서툴게 쥐는 것을 볼 때와는 전혀 느낌이 달랐다.

나는 아무 일도 없던 척했다. 로라 브라운은 이런 일에 자연스럽게 대처하리라. 요령 있게, 힘들이지 않고. "몸이 별로 안 좋다는 말씀을 드리러 왔어요." 내가 말했다. "피자를 구워두고 퇴근해도 될까요?"

"몸이 안 좋아요? 아까 집중을 못 하는 것 같더라니. 괜찮은 거예요?"

"생리통 때문에요." 다른 구실은 생각나지 않았다.

코니의 얼굴이 부드러워졌다. "빌어먹을 것. 물론이죠, 로라. 음식은 걱정하지 말아요. 집에 가서 쉬어요. 데버라에게 전화해서 M&S에서 뭘 좀 사 오라고 할게요. 진통제 필요해요? 욕실 캐비닛에 있어요."

몸속에서 뭔가 풀어지는 것을 느꼈다. 의식하지도 못한 채 긴장하고 있던, 보이지 않는 근육이. 코니가 포옹할 상대라고는 생각하지 않지만 달려가 끌어안고 싶었다. 클린 빈의 매니저인 자일스라는 남자가 생각났다. 나나 조이가 생리를 할 때 배를 부여잡든 직원 화장실에서 구토를 하든 그는 거들떠보지도 않았다. **남자에게 생리가 있다면 일 년에 생리 휴가가 십이 주쯤 있고 탐폰은 무료일 거예요.** 조이가 이를 앙물고 말했다.

숨어 있는 겁쟁이 주제에 코니의 관심을 즐기려니 죄책감이 느껴졌다. "피자는 만들게요. 에이전트분께 슈퍼마켓 식사를 대접할 순 없죠."

"전에도 그렇게 했는데 아무도 안 죽었어요." 코니가 말했다.

"하지만 그래서 제가 왔잖아요. 계속 좋은 걸 즐기실 수 있게."

코니는 감동한 듯했다. 다시 공책으로 시선을 돌려 펜을 쥐려는데 창백한 뺨이 붉어지는 모습이 보였다. 그리고 그 질문이 다시 떠올랐다. 코니가 이렇게 자신을 생각해주고 염려해주는 사람을 마지막으로 곁에 둔 게 언제였을까? 나를 곧바로 염려해주는 태도는 놀라웠고, 인간적이며 당연한 일이긴 하지만 코니에게 그런 충동이 얼마나 오래 내재되어 있었는지 궁금했다.

"그렇죠." 코니가 말했다. "그건 맞아요. 하지만 빈방에 가서 좀 누워요. 진통제를 먹고 한숨 잤는데도 낫지 않으면, 나 때문에 늦게까지 있진 말아요."

*

진통제는 먹기로 했다. 로라는 자기가 생리중이라고 말했으면 약을 먹었을 테니까. 사실 두통이 약간 있기도 했다. 나는 민트색 줄무늬 벽지와 싱글 침대가 있는 2층의 작은 침실로 갔다. 멀리 1975년까지 거슬러 올라가는 극장 포스터가 사방에 붙어 있었다. 여러 언어로 번역된 코니의 소설이 가득한 책장도 하나 있지만, 아무것도 모른 채 후하게 대해주는 코니를 이용해서는 안 될 것 같아 책을 꺼내지는 않았다. 코니에 대한 염려와 어머니에 대해 더 알고 싶은 욕구가 싸우고 있었다.

시트 밑으로 들어가면 안 될 듯해서 침대 위에 누웠다. 엘리스가 이 집에 들어온 적이 있는지, 이 침대에 누운 적이 있는지 궁금했다. 그런 적이 있다면 어쩌다 그렇게 되었고, 언제 어떻게 그 모든 일이 벌어졌을까. 하지만 머리가 베개에 닿자마자 잠이 들고 말았다. 긴 자동차 여행이나 부모 품에서 아기들이 그러듯이, 곧바로 깊이 잠들었다.

깨어나 보니 코니가 곁에 서 있었다. 바깥에는 해가 져 어스름이 내려 있었다. 코니의 조심스럽고 염려스러운 표정이 놀라웠다. "아, 깼군요." 코니가 말했다. "데버라가 왔어요."

"네?"

"세 시간 동안 잤어요."

나는 벌떡 일어나 앉았다. "**세 시간**요?"

"마법에 걸린 것 같군요. 아니면 생리 때문이겠죠. 난 이제 그렇게 푹 자지 못해요. 젊은 사람들이 부럽네요."

"아, 이런." 내가 말했다. "정말 죄송해요."

"바보 같은 소리 하지 말아요. 피자 만드는 데 오래 걸리지도 않으니. 나와서 데버라와 인사해요."

*

나는 코니를 따라 응접실로 갔다. 데버라는 맨틀피스 옆에 서 있었다. 육십대 정도 된 키가 작은 사람이었고 반짝이는 조그만 눈에서는 별로 읽히는 게 없었다. 커다란 회색 숄을 둘렀고 커다란 초록색 테 안경을 썼다. 머리는 덥수룩하게 커트하고 염색을 했으며 목과 손가락에는 값비싸 보이는 추상적인 형태의 퍼스펙스• 장신구를 하고 있었다. 얼굴도 부엉이 같았고 몸매도 그렇게 동그랬다.

"뎁, 로라예요. 내겐 천사 같은 존재지." 코니가 말했다.

"안녕하세요, 데버라." 나는 그녀에게 다가가며 말했다. 아직 잠에 취한 상태지만 재빨리 머리를 굴려야 한다는 것을 깨달았다. "로라라고 합니다." 나는 데버라와 악수했다.

• 유리 대신 사용하는 아크릴수지

"새로 온 어시스턴트로군요." 데버라는 그다지 다정하지 않은 미소를 지으며 나를 올려다보았다. "천사인가요, 악마인가요?"

"무시해요, 로라." 코니가 말했다.

데버라는 손을 잡고 흔들며 내 얼굴을 꼼꼼히 살폈다. "두 분 샴페인 한잔하시겠어요?" 내가 물었다.

"네, 부탁해요." 코니가 말했다.

"콘이 로라를 왜 좋아하는지 알겠군요. 좋아요." 데버라가 말했다. "안 마실 이유도 없죠."

나는 그들을 두고 주방으로 가서 샴페인을 따랐다. 주방 카운터에 기대 심호흡을 몇 번 했다. 다시 나가보니 데버라는 아직 맨틀피스 옆에 서서 숄을 벗고 있었다. "참 크기도 하지!" 데버라가 숄을 흔들며 말했다. "망할 피크닉 매트 같죠. 데이비가 생일 선물로 사준 거예요. 개털이 잔뜩 묻겠죠." 데버라는 숄을 반듯하게 네모로 접어 소파 가장자리에 올려두었다. 코니는 실례한다며 자리를 떴고 아래층 화장실 문이 달칵 닫혔다.

"그래서, 좀 어때요?" 데버라가 내게 말했다. "콘이 아직 겁을 주지 않던가요?"

나는 웃으며 대답했다. "전혀요. 코니를 위해 일하는 게 좋아요. 전 굉장히 운이 좋아요."

"코니는 자기가 운이 좋다던데." 데버라는 샴페인 잔을 들고 앉으면서 말했다. "지난번 사람은 일주일밖에 못 버텼으니 당신에게 분명 재주가 있는 거예요."

"지난번 사람요?" 내가 물었다.

데버라는 건조한 미소를 지어 보였다. 순진하게도 이런 일을 하는 첫 번째 사람이라고 생각하다니 부끄러웠다. 내가 코니의 집 문

턱을 넘는 순간 로라의 삶이 시작됐다고 해서 코니도 그렇다고 여긴 것이다. 코니의 삶은 나에 비해 몇 배는 길었다. 데버라의 말에 마음이 불안해졌다. 끝없이 줄지어 선 어시스턴트들이 유인당해 들어와서 뭔가 알 수 없는, 불가능한 과제를 해내지 못하는 모습이 떠올랐다.

"아, 참." 데버라가 손을 내저으며 말했다. "로라는 여기 왔고, 콘은 로라를 좋아해요. 그게 중요한 거죠. 이 자리는 어떻게 알게 됐어요?"

가슴이 두근거리기 시작했다. "구직 회사에서 보내서 왔어요." 내가 말했다.

"아, 그렇죠. 내 어시스턴트, 레베카가 맡은 일이죠."

"코니의 집안일과 작업을 도와줄 사람이 필요하다고 했어요." 가짜 이메일 계정만 밝혀지면 곧장 경찰서행임을 알기에, 회사 이름을 묻지 않기 바라는 마음에서 재빨리 말했다. 거짓말을 해명해야 할 뿐만 아니라 이 사람들 앞에 어머니의 유령까지 내밀어야 한다고 생각하니 견디기 어려웠다.

"코니가 새 소설을 쓰고 계셔서 정말 신나요." 나는 필사적으로 대화 노선을 바꾸려 했다. "오랜 공백 후에 말이에요."

"알아요." 데버라는 이맛살을 찌푸리며 말했다. "하지만 손 상태가 좋지 않죠."

"그래서 제가 여기 왔죠." 데버라가 날카로운 눈초리로 나를 보았다. "책임에 관한 책이라고 하셨어요."

코니가 다시 문 앞에 나타났다. "책임은 왜요?"

"《변심》의 주제라네요." 데버라가 말했다. "당신 천사의 말로는."

"아, 맞아요." 코니는 삼십 년의 침묵을 깨고 소설 발표를 앞둔 사람답지 않은 모습으로, 낡은 안락의자에 다시 앉으면서 말했다. "로라에게 책임에 관한 책이라고 했어요. 하지만 그게 전부는 아니에요. 플롯을 이야기하고 싶어요, 뎁. 괜찮죠?"

"좋죠." 데버라가 말했다.

"어떤 여자가 있어요. 늘 여자가 있죠." 코니가 묘한 표정으로 데버라를 보며 말했다. "이름은 마거릿 길레스피에요."

"좋은 이름이네." 데버라는 신중한 표정으로 샴페인을 한 모금 마시며 말했다.

"1626년, 런던이 배경이에요. 남편이 신실한 칼뱅주의자 청교도라서, 마거릿은 남편을 따라 딸 크리스티나를 데리고 배를 타고 매사추세츠로 가요. 거기서 피바디라는 식민지에 들어가요. 실제로 존재하는 곳이에요. 하지만 남편이 병에 걸려 죽고, 그 병이 식민지 전체에 퍼져서 인구가 절반 가까이 죽어요. 마거릿과 크리스티나는 살아요. 살기가 힘들죠. 나는…… 흙투성이 이야기를 쓰고 싶었어요." 코니는 마음속 세상으로 나아가면서도 팔짱을 껴 손을 숨기고 말했다. "물론 그들은 애초에 거기 가지 말았어야 해요. 하지만 거기로 데려간 남자는 죽었고 돌아갈 방도가 없어요. 자신을 희생하며 누군가를 사랑하는 게 무슨 의미인지에 대해 쓰고 싶어요. 그 사랑이 좋은 것인지. 과연 모든 것의 핵심인지. 난 그게 이따금 마거릿을 제대로 살지 못하게 했다고 생각해요. 곤경으로서의 사랑. 자, 나는 빤한 작가가 되고 싶지 않은데 사람들은 이걸 보고 빤하다고 하겠죠. 하지만 불쾌한 존재가 하나 있어요."

"불쾌한 존재요?" 내가 되물었다.

"장애물요." 코니가 말했다. 눈이 빛났다. "종교적 신념으로 가장한, 짐승 같은 놈이죠. 데이비 로퍼, 크리스티나의 남편이에요."

"데이비?" 데버라가 말했다. "내 아들 이름이잖아요, 콘."

"알아요." 코니가 차분히 말했다. "이름이 마음에 들었어요. 신경 쓰여요?"

"아뇨, 괜찮아요." 데버라는 이런 일에 상당히 익숙하다는 듯 건조한 목소리로 대답했다.

"데이비는 마거릿과 크리스티나에게 폭탄 같은 존재예요." 코니가 계속 말했다. "식민지 장로회에서 말단이지만 위로 올라가고 있어요. 집 안에서는 크리스티나를 때리고 강간해요. 마거릿이 자기 딸과 결혼한 걸 좋아하지 않으니 마거릿도 구타해서 통제하려 해요. 마거릿은 보호자 없는 과부로 고립되는 것에 화를 내고, 데이비와 자주 다퉈요. 딸과는 데이비를 놓고 늘 말다툼을 해요. 딸이 남편과 헤어지기 바라지만, 크리스티나는 그럴 생각이 없어요. 데이비는 지위를 지켜주는 존재니까요. 그러다가 데이비가 마거릿에 관한 소문을 퍼뜨리기 시작하고 사람들이 의심하게 돼요."

"왜 그 사람 말을 믿죠?" 내가 물었다.

코니는 나를 보았다. "왜 안 믿겠어요? 그 사람은 권위자인데. 남자잖아요. 마거릿은 아웃사이더이고. 그리고 그녀는 요리를 잘해요." 코니가 말을 이었다. "즉 허브를 잘 안다는 뜻이죠. 그래서 데이비는 이야기를 꾸며내기 시작해요. 마거릿의 남편이 사실 어떻게 죽었나? 마거릿의 오두막에 걸려 있는 말린 나무껍질과 버섯은 무엇인가? 그녀는 마녀 짓을 하나?" 코니는 잠시 멈추고 숨을 쉬었다. "크리스티나가 임신을 하자 마거릿은 데이비 밑에서 살고 싶지 않다면 아이를 없애줄 수 있다고 해요. 크리스티나는 아이를 원하지 않는다고 하죠. 마거릿은 딸을 도우려고 해요. 그러다 일이 틀어지고 말아요."

모두 아무 말이 없었다. "무슨 뜻인가요?" 데버라가 결국 물었다.

"그러니까, 모두 항상 마거릿 길레스피를 버린다는 거예요. 그건 마거릿의 기쁨이자 고통이에요."

"마거릿은 어떻게 하나요, 코니?" 데버라가 물었다.

"크리스티나에게 낙태약을 만들어줘요." 코니가 말했다.

데버라는 남은 샴페인을 마셨다. "그렇군요."

"크리스티나는 그걸 먹고는, 죽어요." 코니가 말했다. 데버라는 천천히 커피 테이블 위에 샴페인 잔을 천천히 내려놓았다. "그럼 마거릿은 새 출발을 해야 하는군요."

햄프스테드의 우아한 거실에 앉아 나는 에너지가 끓어오르는 것을 느꼈다. 모든 것이 유쾌하던 곳에서 낯설고 싸늘하고 익숙하지 못한 느낌이 들었다. 팔등에 소름이 오소소 끼쳤다. 마치 거실 구석에서 마거릿 길레스피와 딸이 거의 알아차릴 수 없는 그림자로 등장하더니 또렷한 형체로 변해가기라도 한다는 것처럼.

"마거릿이…… 감당할 수 있나요?" 내가 물었다.

"뭘 감당해요?" 코니가 물었다.

"새 출발요."

코니는 미소를 지었다. "그건 기다려봐야 할 거예요."

"《변심》이 까다로운 가족 관계를 들여다보는 작품이라고 해도 될까요?" 데버라가 말했다. "관심 있는 출판사들에 소설의 주제를 그렇게 전해도 되겠어요?"

코니는 콧잔등을 찌푸렸다. "그건 좀 단순화하는 것 같아요, 뎁. 남자가 가족에 대해 글을 쓰면 어떤가요? 사람들은 그가 실은 **가족**에 대해 쓰는 게 아니라고 생각하죠. 남자가 카펫 터는 장면을 쓰면 사람들은 영혼을 정화하는 장면이라고 생각해요. 하지만 같은 장면을 여자가 쓰면 집안일에 대해 이야기한다고 하죠. 이 소설은 영혼을 주제로 한 것일 수도 있어요."

"알았어요." 뎁이 말했다. "하지만……."

"그들은 우리가 뭔가 만들어낼 줄 모른다고 생각하죠. 큰 그림을 봐야죠. 사실 우린 최고의 거짓말쟁이, 최고의 흉내쟁이들이 되어야 했으니까."

나는 샴페인에 사레가 들었고 코니가 나를 보았다. "괜찮아요?" 코니가 말했다.

"괜찮아요." 코니를 마주 볼 수가 없었다.

"좋아요." 데버라가 살짝 짜증을 내며 말했다. "가족의 본질을 들여다보는 작품이라고 말하지 않을게요. 가족을 주제로 글을 쓰는 게 잘못이라곤 생각하지 않지만요."

"물론 잘못이 아니죠." 코니가 말했다. "받아들이는 방식이 문제이지."

데버라가 테이블에서 빈 잔을 들었다. 우리는 잔을 부딪히며 코니의 소설에 건배했다. "피자를 확인해야겠어요." 내가 말했다.

"고마워요." 코니가 말했다. "진짜 홈메이드 피자예요, 뎁. 있잖아요, 로라가 반죽부터 만들었어요." 내가 원자를 쪼개기라도 했다는 듯 코니는 눈을 커다랗게 떴다.

데버라는 무표정한 얼굴로 내 쪽을 향해 잔을 들며 말했다. "축하해요."

*

내가 없는 사이 무슨 말을 하는지 엿듣고 싶어 안달이 났다. 하지만 꾹 참고 피자에 토핑을 얹고 샐러드를 만들고 식탁을 차렸다. 모두 마친 뒤 조용히 복도를 걸어가 문 앞에서 기다렸다. 두 사람은 낮은 목소리로 이야기하고 있었다.

"그걸 정말 다시 끄집어내고 싶어요?" 데버라가 말했다.

입이 딱 벌어졌다. 눈을 감고 마룻바닥이 삐걱거리는 소리를 내지 않도록 힘을 주었다.

"이건 소설일 뿐이에요, 뎁. 내 일은 현실과 현실의 재연을 잇는 거예요. 그 다리가 어떤 모습인지, 발에 닿는 느낌이 어떤지, 다리를 지나 어디로 가는지가 중요해요. 내가 굳이 그 다리를 지은 까닭이 아니라."

"콘. 난 바보가 아니에요."

"몰라서 그러는 거예요, 뎁." 코니는 망설이는 것 같았다. "당신은 이해하지 못한 거예요."

침묵이 흘렀다. "이게 어디서 나온 이야기인지 내가 모른다고 생각해요?" 데버라가 말했다.

"이건 소설이에요." 코니의 목소리에 날이 서 있었다. "다들 샬럿 브론테가 아홉 살 때 붉은 방에 갇힌 적 있다고 생각하나요? 그녀가 다락에 첫 부인을 가둔 소시오패스랑 내심 결혼하고 싶어 했다고?"

둘 사이에 침묵이 흘렀다. 벽난로에서 불꽃이 타닥거리는 소리가 들렸다. "나쁜 의도를 가진 게 아니었잖아요, 콘." 데버라가 한참 뒤에 이렇게 말했다.

코니는 여전히 말이 없었고 데버라는 못마땅한 소리를 냈다. "당신은 그 일에 대해 다 알지 못해요." 코니가 말했다.

"나도 거기 있었어요. 절반은 당신 **머릿속**에서 상상한 거라고요,

콘. 시기가 나빴다는 건 알지만, 그 남자는 당신을 탓하지 않았어요. 아무도 탓하지 않았어요. 그런데 왜 당신은 자책하죠?"

가슴이 쿵쾅거리기 시작했다. 데버라가 내 아버지 이야기를 하는 것일까? 코니가 새 소설에 어머니를 넣었을지 모른다고, 내가 타이핑하게 될지 모른다고 생각하니 견딜 수도 없고 거부할 수도 없었다. 나는 손이 떨리지 않도록 주먹을 꽉 쥐었다.

"그 남자는 절반도 몰라요, 뎁. 알았다면 날 비난했겠죠."

"모두에게 제 역할이 있었죠. 그 남자를 포함해서요. 당신은 자신에게 너무 가혹해요. 아주 오랫동안 글을 쓰지 않았잖아요. 정말 아까운 일이에요. 뭐가 변한 거죠?"

코니는 한숨을 쉬었다. "일이 년이 지나면 내가 내 이름조차 쓸 수 없을지 모른다는 사실? 소설은 아무것도 바로잡지 못하지만 적어도 그러려고 시도는 하죠."

"그래서 이제 새로 여자를 집에 들이고 일을 시키고……."

"로라는 훌륭해요." 코니가 말했다. 그 말에 심한 죄책감을 느꼈다. 나는 훌륭하지 않았다. 어머니를 찾아 코니의 집에 침입했다. 나는 코니가 아니라 엘리스를 위해 여기 왔다. 하지만 코니의 말을 들으니 애정이 솟구치지 않을 수 없었다. 코니는 내게서, 아니 적어도 나의 한 가지 형태에서 가치를 보았다. 울고 싶었다.

"로라는 어떤 자격을 가졌죠?" 데버라가 물었다.

"학위가 있어요. 여행도 했고, 가르치기도 했고. 코스타리카에도 가봤대요."

"그럼 여기서 뭘 얻는 거죠?" 데버라는 끈덕지게 물었다.

"세상에, 뎁. 모두 다 동기를 감추고 있진 않아요. 로라는 **일자리**가 필요해요. 변화를 원한대요. 힘든 시기를 보낸 모양이에요. 로라처럼 똑똑한 사람이 커피숍에서 일하다니."

"아, 그놈의 힘든 시기를 보내는 여자들. 그들은 당신 발치에 엎드려 당신이 어디로 끌려가는지 보는 거예요. 미안해요. 그저…… 당신이 걱정되어서 그래요, 콘. 당신이 잘 지내길 바라요."

"시간이 부족해요, 뎁. 소설 한 편만 더 쓰겠어요."

데버라는 한숨을 쉬었다. 평생 특이하고 고집 센 사람을 다루어 온 사람 특유의 긴 한숨이었다. 나는 혼란스럽기도 하고 기쁘기도 한 마음을 안은 채 발뒤꿈치를 들고 복도를 조용히 걸어갔다. 그러고는 그들이 쉽게 들을 수 있도록 온 길을 다시 소리내어 걸었다. 안으로 들어가 십 분 후 피자가 완성될 거라고 전했다.

*

내가 방 안에 있으니 두 사람은 더는 흥미로운 이야기를 하지 않았다. 데버라는 잡담을 했고 코니는 단음절로 대답할 뿐이었다. 저녁 시간은 망한 것 같았다.

"《변심》은 완성된 건가요?" 데버라가 말했다.

"아직은 아니에요." 코니가 말했다.

"그걸 전부 누가 타이핑할 건가요? 손으로 쓴 원고일 텐데."

"그래서 제가 여기서 일하는 거랍니다." 나는 코니를 보았다. "제가 할게요."

"내 글씨는 끔찍해요." 코니가 말했다.

"전 끈기 있는 성격이에요."

코니는 미소 지었다. "인내심 많은 타이피스트라고 부르죠."

"좋아요." 데버라가 말했다. "로라가 원고 타이핑을 마치면 시작하죠. 아르테미스 출판사에서 당신 책을 작업한 사람들은 전부 오래전에 떠났어요, 코니. 그러니 어디든 갈 수 있다는 뜻이죠. 계약도 없어요. 완전히 새로 시작할 수 있을 거예요. 당신에게 유리하게 작용하는 요소가 많아요. 사람들은 당신을 하나의 아이콘으로 생각해요. 당신은 아이콘이죠. 이건 은둔하던 문학 천재가 내놓은, 그토록 기다리던 세 번째 작품이에요."

"아, **제발**." 코니가 말했다.

"하지만 우리가 시작하던 때와는 시장이 아주 달라졌어요, 콘. 출판사도 달라졌죠. 그 점은 마음의 준비를 해야 해요. 나도 할 테니." 데버라는 안경을 머리 위로 올렸다. "이 일로 우리가 통화한 뒤에, 극소수 사람에게 당신이 소설을 쓰고 있다고 언질을 줬어요. 기대하라고요. 늘 그렇듯이 소문이 퍼졌고, 영화사 두어 곳에서도 원고를 보여달라는 요청을 받았어요. 하나는 파라마운트, 하나는 실버크레스트."

"실버크레스트." 코니가 말했다. "**실버크레스트**에 갔어요?"

"**가지는** 않았어요, 콘. 말만 했어요. 그쪽에서 전화가 왔기에."

하지만 코니는 분개한 표정이었다. 세상에서 가장 유명한 영화사에서 관심을 갖는다는데 왜 화를 내는지 알 수 없었다.

"어서 원고를 타이핑하고 완성해서 뭐라고 하는지 봐요, 네?" 데버라가 달래듯이 말했다.

"실버크레스트는 안 돼요."

"좋아요." 데버라는 입술을 깨물었다. "조지나 하이엇이 이 책에 관심을 가질지도 몰라요."

"조지나 하이엇이 대체 누구죠?" 코니가 물었다.

"그리핀북스의 편집자예요. 로라보다 조금 나이가 많을 텐데 이 책을 좋아할 거예요. 당신의 엄청난 팬이거든요, 콘."
"좋은 건지 나쁜 건지 모르겠군요." 코니가 말했다.
"왜죠?"
"음, 이 책은 다르니까요." 코니는 말을 잠시 멈췄다. "사람들이 이 책에 정말로 관심을 가질 것 같아요? 정말로 이걸 **원할까요**?"
"물론이죠, 콘. 그럴 거라고 확신해요."
"'잊어버린 걸작'으로 뽑혀 부활하는 불쌍한 여성 작가 따위가 되고 싶진 않아요. 아주 끔찍한, 올바르고 정중한 척하는 짓거리니까요. 책의 질은 '잊어버린'이란 말로 높아지지 않아요. 애초부터 시대에 뒤떨어진 책이었다는 듯이 내 탓으로 보이게 만들 뿐이죠."
"그 얘긴 잊어버린 여자들에게 해요." 데버라가 말했다.

*

데버라는 디저트를 먹지 않고 돌아갔다. 집에 가서 개를 산책시켜야 한다고 했다. 내가 배웅하러 나섰다. 코니가 주방에서 식기세척기를 조심스레 채우며 정리하고 있을 때 데버라와 나는 현관에 서 있었다. 둘 다 접시 깨지는 소리를 기다리는 것 같았다.
"손 상태가 정말 좋지 않군요." 데버라가 중얼거렸다.
"저도 알아요."
데버라는 현관문을 당겨서 거의 닫았다. "그동안 나이를 막론하고 많은 여자가 코니에게 끌렸죠." 데버라가 말했다. "플라스• 같은 거죠."

• 미국의 시인이자 작가, 실비아 플라스. 서른 살에 자살로 생을 마감함

"네?"

"코니는 물론 살아남았지만요. 무덤에 가는 대신 그 여자들은 코니의 삶 속에 들어오고 싶어 했어요. 당신도 그런 사람인가요?"

데버라의 솔직함에 놀라면서도 그중에 엘리스 모소라는 여자가 있었는지 묻고 싶은 마음이 간절했다. 어머니도 코니에게 끌려 궤도에 들어왔나? 아니면 그 반대인가? 누가 먼저 반했나? 그리고 나도 그런 여자인가? 여기 연애를 하러 오진 않았지만, 여전히 코니 삶의 겹겹을 벗기고 그 밑에서 어머니를 찾고 싶었으니까.

"전 아니에요." 내가 말했다. "재미있는 일을 원한 것뿐이에요."

데버라가 한숨을 쉬었다. "좋아요. 코니가 마지막으로 글을 썼을 땐 늘 상대하기 어려운 사람이었어요. 기자와 이야기하기 싫어했고, 지금도 달라질 이유가 없을 거예요."

"왜 싫어하셨나요?" 나는 기회를 잡기 위해 염려하는 척 물었다. "복귀하면 기자들이 반가워하지 않을까요?"

데버라는 불편한 표정을 지었다. "기자는 자기가 지어낸 이야기로 여백을 채우길 좋아하죠. 코니는 은둔자가 아니에요. 그저 사생활을 지키며 살고 싶어 할 뿐. 하지만 코니가 숨어서 지낼수록 기자들은 더 열심히 찾아내려고 해요."

"그런데 코니는 왜 숨고 싶어 할까요? 정말 인기 있는 분인데."

데버라는 미소를 지었다. "뭐, 그게 바로 대답이죠. 저주이지만 게임이기도 해요. 조금만 곁을 내주면 사람들은 다 떠나요. 콘에게 그걸 깨닫게 하는 건 결국 나도 포기했어요. 콘은 당신을 좋아해요. 나한테는 보여요. 심지어 당신을 신뢰할지도 몰라요. 그러니 이 책이 잘되면 일자리를 따놓은 셈이죠. 난 이 책이 잘되길 **바라요**. 오해는 하지 말아요. 하지만 쉽지 않을 거예요, 우리 둘 다에게."

"알려주셔서 고마워요."

"당신도 알고 있어야 할 것 같았어요. 만나서 반가웠어요, 로라."

"저도……."

말을 맺기 전에 데버라는 짧은 정원 길을 걸어가기 시작했고 돌아보지 않았다. 금세 울타리를 지나 사라졌고 나는 혼란과 추위를 느끼며 문턱에 서 있었다. 곧 만나게 될 사람들, 마거릿 길레스피, 크리스티나, 데이비 로퍼를 생각하며 진정해보려 했다. 그들은 어머니만큼, 혹은 이 낯선 중간 세계에서는 나 자신만큼 현실처럼 느껴졌다. 《초록 토끼》와 《밀랍 심장》, 〈메뚜기 재앙〉을 떠올렸다. 그 책을 쓴 사람들은 달아나길 원했지만 내 머릿속에서 떠나지 않았음을 기억했다. **그놈의 힘든 시기를 보내는 여자들. 그들은 당신 발치에 엎드려 당신이 어디로 끌려가는지 보는 거예요.** 데버라가 그렇게 말했다. 아버지가 한 말도 생각해보았다. **네 엄마는 쉽게 이끌리는 사람이었다.** 나는 코니와 데버라가 어머니 이야기를 하고 있었다고 확신했다. 어머니 때문에 내가 누구보다 먼저 읽게 될 소설이 나올지도 모른다고 생각하니 견디기 힘든 감정에 휩싸였다.

1982

20

코니는 샤라와 맷의 바닷가 집에 엘리스를 내려주었다. "네 시간 뒤에 데리러 올게, 괜찮지?"

"뭐 할 거예요?" 엘리스는 손을 들어 햇빛을 가리면서 물었다. 선글라스를 잊고 왔다. 코니는 선글라스를 쓰고 있어서 엘리스는 그녀의 표정을 보지 못했다.

"일할 거야." 코니가 말했다.

"어디서요?"

"어디서? 그건 왜 묻지?"

"그냥 궁금했어요."

"집에 있을 거야, 엘." 코니는 미소를 지었다. "내가 필요하면 거기로 전화해."

"콘……?"

하지만 코니는 차를 몰고 가버렸다. 엘리스는 이글거리는 태양 속으로 사라지는 그녀를 보았다. 이렇게 말하고 싶었다. **콘, 오늘은 내 생일이에요. 스물세 살이 됐어요.**

*

샤라는 엘리스를 데리고 곧장 스튜디오로 갔다. 엘리스는 선드레스 밑으로 반쪽짜리 첼로처럼 드러난 샤라의 널찍한 등을 따라 걸었다. 샤라의 몸은 엘리스와 정반대였다. 풍만한 가슴, 넓은 골반, 긴 금발과 가무잡잡한 피부. 엘리스는 샤라를 보면 물에서 건져낸 것, 바다사자가 떠올랐다. 아름다운 바다사자가 지느러미에 종을 단 채 절반쯤 여자로 변하는 모습이.

"뭐가 우습죠?" 샤라는 붓을 정리하다가 미소 지으며 말했다.

"아무것도 아니에요." 엘리스가 말했다.

"거기 앉아도 괜찮겠어요?" 샤라가 하단부에 술이 달린, 낡은 암녹색 긴 의자를 가리키며 말했다.

"물론이죠."

*

엘리스에게 모델이 필요하냐고 물은 지 일주일쯤 지나 전화가 왔다. 샤라가 마음을 바꾼 모양이었다. 모델이 필요하다면서, 엘리스가 아직 응해줄지 물었다. 엘리스는 전부 조금 수상쩍게 느껴졌다. 자기 몰래 이야기가 오간 것이 아닐까 싶었다. 샤라가 코니에게 전화해 엘리스가 모델을 해주겠노라 제안했다고 알리지 않았을까. 코니가 '샤, 그 애를 좀 받아줘. 소일거리가 필요하거든' 하고 말하지 않았을까.

가능성은 있었다. 엘리스는 코니가 자신을 치워두고 싶어 할 수도 있다는 사실에 남몰래 억울함을 느꼈다. 그림을 그려달라고 청한 일도 부끄러웠다. 아주 가련한 방식으로 자신을 드러낸 것 같았다. 누군가에게 관찰되고, 새로운 모습을 취하고, 특별해지고 싶어하는 욕망을 느러낸 셈이었다. 하지만 코니가 샤라의 요청을 전하자 엘리스는 곧바로 그러겠다고 했다.

엘리스는 열린 큰 창을 통해 바다를 내다보았다. 캘리포니아의 황홀한 하루였다. 하늘은 거의 감청색으로 빛났고, 거머리말이 시야 아래쪽을 녹색과 금색으로 수놓았다. 저 멀리 파도 소리가 들려오지만 보이지는 않았다. 엘리스는 그 장면이 비현실적으로 느껴졌다. 실제로 다가갈 수 없는 무언가를 바라보는 것 같았다.

눈을 감자 시야가 주황색으로 변하고 눈꺼풀 안쪽에서 먼지들이 떠다녔다. 코니가 생일을 기억하지 못했다는 사실이 다시 타올랐다. 아무 말도 하지 않고, 카드도 만들지 않고, 멋진 곳에 점심을 먹으러 가자고 하지 않다니 (**기억**하지도 않다니) 어마어마한 충격이었다.

"응해줘서 정말 기뻐요." 샤라의 말에 엘리스는 생각을 멈췄다.

엘리스는 눈을 뜨고 샤라를 보았다. 제안에 응해준 것은 엘리스가 아니라 샤라였다. 애초에 엘리스가 한 생각이었다. "초상화를 자주 그리세요?" 엘리스가 물었다.

"예전에 자화상은 그렸지만 그만뒀어요." 샤라는 공허한 미소를 지었다.

"왜 그만두셨어요?" 엘리스가 물었다.

"가끔 내 눈은 그릴 수도 있을 거예요."

"눈만요?"

샤라는 물감과 캔버스와 붓을 사용하느라 바빴다.

*

엘리스는 반바지, 티셔츠, 속옷을 벗었다. 분노가 내달리는 것이 느껴졌다. 그녀는 샤라가 자신을 보길 원했다. "오늘은 내 생일이에요." 엘리스가 말했다. "그래서 태어난 날 모습 그대로 왔어요."

샤라는 돌아서서 엘리스의 동그란 어깨, 검은 치모, 작은 가슴, 납작한 배와 가녀린 골반을 훑어보았다. "생일 축하해요." 샤라가 말했다. "긴 의자에 앉아줄래요?"

"긴 의자에 앉길 바라세요?" 엘리스가 말했다.

"옷 벗는 것이 좋아요?" 샤라가 말했다.

"옷을 입길 바라세요?"

샤라의 얼굴에 짜증이 얼핏 스쳐 지나갔다. "누드가 더 좋으면 상관없어요." 샤라가 말했다.

"좋아요."

"비스듬히, 바닥에 골반을 대고 날 바라보며 누워줄래요?"

엘리스는 긴 의자에, 그리고 자기 자신에 자리를 잡았다. 움직이지 말라는 것 이외에는 아무런 요구도 없는, 익숙한 상황이 되자 마음이 진정되었다. 존재하지만 존재하지 않는 상태로, 진정한 자아가 캔버스로 사라진다. 엘리스는 샤라가 팔을 매끄럽게 (캔버스 위로 올렸다가 내리고, 다시 올렸다가 내리는) 움직이는 것이, 붓이 자신은 볼 수 없는 자국을 만드는 것이 좋았다. 샤라의 집중, 존중하는 태도가 좋았다.

스튜디오 문이 열리더니 맷이 불쑥 들어왔다. "그걸 어디 뒀……." 맷은 말을 멈췄다. 휘둥그레진 눈으로 엘리스의 쭉 뻗은 몸을 빤히 보다가 벽 쪽으로 돌아섰다. "젠장. 이런 줄 모르고……."

"노크하라고 부탁했잖아." 샤라가 말했다.

맷은 아내를 보았고, 부부는 엘리스가 거기 없다는 듯 서로 마주 보았다. 엘리스가 소파 위에서 하얗게 빛을 내며 벌거벗고 누워 있지 않다는 듯이. 샤라가 정원에서 따왔지만 어떻게 준비해야 하는지, 어떻게 껍질을 벗겨 먹어야 하는지 모르는 과일이라도 되는 듯이. 샤라는 맷과 엘리스 사이에 서서 엘리스를 가려주었다. 아니, 맷을 막은 걸까? 엘리스는 알 수 없었다.

"뭘 찾아?" 샤라가 물었다.

"주택 보험 갱신하라며 그래서 하는 중인데." 맷이 말했다.

"응."

"서류를 못 찾겠어."

"항상 두는 자리에 있잖아, 맷." 샤라는 한숨을 쉬었다. "서재, 서류 캐비닛 세 번째 서랍에." 샤라의 어깨가 굳어졌다. 실내의 평화로운 분위기가 문을 통해 빠져나갔다.

"알았어." 맷은 밖으로 걸어 나간 뒤 문을 닫았다.

샤라는 읽을 수 없는 표정으로 엘리스를 보았다. "커피 좀 끓일게요."

"계속 안 하세요?"

"커피가 필요해요."

엘리스가 커다란 비치 타월을 몸에 감는 사이 샤라는 인스턴트 커피 두 잔을 준비했다. 커피가 완성되자 두 사람은 스튜디오 뒷문을 열고 나가 모래언덕으로 내려가는 계단이 딸린, 건물을 빙 두르는 데크에 앉았다.

"생일 계획이 있어요?" 샤라가 말했다.

"사실 축하하는 마음이 들지 않아요."

"알았으면 선물을 샀을 텐데. 정말 여기 와 있어도 괜찮아요?"

"그럼요."

"고향 부모님과는 통화했어요?"

"난…… 아빠는……. 아뇨. 엄마는 돌아가셨어요."

"오, 저런. 미안해요. 주책없는 소릴 했네."

"괜찮아요."

샤라는 커피를 마셨다. 얼굴 주위에서 황금빛 머리카락이 바람에 날렸다. "어머니는 언제 떠나셨어요?" 샤라가 물었다.

엘리스는 이 표현을 비웃었다. 정신 나간, 뉴에이지 같은 표현이었다. 하지만 사실 샤라의 친절과 존중은 거의 견딜 수 없었다. 엘리스는 이런저런 일에 대한 자신의 반응이 경직되어 있고, 부자연스러우며, 충분히 성숙하지 않음을 깨닫게 되었다. 그 순간 진정한 아픔을 느꼈다. 샤라가 어머니의 죽음을 조심스레, 중요한 일로 취급하고 있었으니까.

"내가 아홉 살 때 돌아가셨어요."

"오, 저런. **아홉 살** 때라니. 정말 유감이에요." 샤라는 엘리스의 손을 꼭 잡았다.

"괜찮아요." 엘리스가 말했다. 엘리스는 타월을 몸에 더 단단히 감았다. "엄마 이름은 퍼트리샤예요." 엘리스가 말했다.

"예쁜 이름이군요."

"구식이죠." 엘리스가 말했다.

그들은 잠시 아무 말도 하지 않았다. 샤라가 모래언덕을 건너다보았다. "코니와 사이는요?" 샤라가 말했다. "잘되고 있어요?"

어찌나 사적인 질문을 끈질기게 하는지! 엘리스는 어지러웠다. 자신이 이런 질문을 할 수 있다고 해서 엘리스도 대답할 수 있다고 느낄 샤라를 감당하기 힘들었다. "좋아요, 감사합니다." 엘리스가 말했다. "맷과는 어떠세요?"

샤라는 한숨을 쉬었다. "우린 어려운 상태예요. 콘이 아마 이야기했을 거예요. 맷을 좋아한 적이 없거든요. 콘이 내가 유산한 이야기를 했나요?"

"아뇨." 엘리스는 거짓말을 했다. 코니가 신중하다는 환상을 유지하기 위해서가 아니었다. 배신감을 주지 않으면서도 샤라에 대해 더 많은 걸 알고 싶어서였다. "정말 유감이에요. 정말 끔찍한 일일 거예요."

샤라는 한참 아무 말도 하지 않았다. 엘리스는 데크 아래로 다리를 내리고 목재의 미세하게 쪼개진 부분이 허벅지를 누르는 것을 느꼈다. 멀리 펠리컨 떼가 물고기를 찾아 날고 있었다.

"내게 일어난 일 중 가장 힘든 일이었어요." 샤라가 말했다. "모든 것이 잘 되고 있었는데, 그러다 아니게 되었죠."

엘리스는 뭐라고 해야 할지 알 수 없었다. 샤라가 그걸 감지했다는 듯이 엘리스를 보았다. "정말 끔찍해요. 아주 적당한 말이에요. 그 전에는 임신한 적이 없었어요. 그러다 아기를 가졌죠. 정말 오래 기다렸어요. 정말 기뻤고요. 그리고 몇 주가 지났어요. 내 말은, 걱정이 되잖아요, 다들 걱정하는 것들 말예요. 심장은 뛰는지, 잘 자라는지, 건강한지. 물론 무사할 확률이 보통 더 높다는 걸 알죠. 그런데…… 어느 날, 그저 평범한 어느 날, 최악의 염려가 모두 현실이 됐어요. 아마 이해하지 못할 거예요. 이해하려면 시간이 필요하고, 그 순간을 살아내는 건 쉽지 않거든요. 아이를 유산한 뒤 몇 주, 몇 달은 잘 기억나지도 않아요. 그저 매일 아침저녁, 괜찮을지 엉망이 될지 지켜볼 뿐이었어요. 이 아픔이 영원히 계속될지 말이에요." 샤라는 흐느끼듯 숨을 들이쉬었다. "바로 그거예요. 빌어먹을 공포."

엘리스는 이 이야기를 들었다는 책임감에 압도되었다. "정말 유감이에요. 정말이에요."

"그냥 내가 부탁하지 않아도 맷이 주택 보험을 갱신할 생각을 했으면 싶을 뿐이에요." 샤라가 불쑥 말했다. "하지만 서핑하러 나갔을 거예요." 샤라는 한숨을 쉬었다. "젠장. 엘리스가 이런 이야기를 들을 필요는 없는데."

"아뇨, 괜찮아요. 도와드릴 일이 있으면 좋겠어요."

"이렇게 말을 꺼낸 걸로 충분해요. 기분이……." 샤라는 말을 멈췄다. "그 일, 유산이…… 서로에게 우리 정체를 드러낸 것 같아요. 우리는 힘들 때 상대가 어떤 사람인지 몰랐어요. 내가 그렇게 감정적으로나 지적으로 부족한 사람이 될 줄 몰랐어요. 그러니까, 세상에서 가장 희귀한 일은 아니잖아요. 게다가 그이도 다 엉망으로 만들었어요. 내 기분을 나아지게 해주길 바랐는데, 그는 내게 뭐라고 말해야 할지 어떻게 도와야 할지도 모르는 것 같아요. 우리 결혼 전체가…… 게임이 돼버린 것 같아요. 미래를 말로만 생각하던 때는 모든 게 좋았어요. 하지만 미래가 문 앞에 나타나자 우리는 산산조각이 나버렸죠."

엘리스는 얼굴이 화끈거렸다. 샤라의 솔직한 감정 표현은 너무나 영국적이지 않았고, 코니와 나눌 어떤 대화와도 달랐다. 엘리스는 마음속에서 꺼내어줄 모성에 대한 생각이 있을 만큼 오래 살지도, 깊이 살지도 못했다.

"그런 일이 일어나다니, 정말 끔찍해요, 샤라." 엘리스가 말했다. "하지만…… 지금 느끼시는 게 영원하지 않을지도 모르잖아요?"

"알아요. 하지만 이미 **벌어진** 일이에요, 엘리스. 그리고 우리 사이에서 사라지지 않았고. 난 임신 육 개월이었어요. 육 개월요. 그이는 이해하지 못해요. 아이가 또 생길 거라고만 생각하죠."

"그럴 수도 있죠."

"하지만 난 그 애를 원했어요. 그 애를 원했다고요." 샤라의 목소리가 갈라졌다. 말이 그냥 튀어나올 뿐 호흡과 입 모양이 따라가지 못했다. "그리고 우린 섹스도 안 해요. **그게** 문제죠." 샤라는 이렇게 덧붙였다. 샤라의 음성에서 비꼬는 기색이 느껴지자 엘리스는 마음이 놓였다. "그리고 난 남편과 섹스하고 싶지 않아요. 아무도 내 몸 가까이 오지 않으면 좋겠어요."

"그건 이해할 수 있겠네요." 엘리스가 말했다. 추워서 안으로 들어가고 싶었지만 샤라가 정하기 전까지는 움직일 수 없었다.

샤라가 물었다. "엘리스도 가끔 그런 느낌이 들어요? 내 몸은 내 것, 나를 위한 것이라는 사실을 알기만 해도 참 순수하고 기분 좋다는 거요? 내가 내 안에 있는 것처럼?"

엘리스는 곰곰이 생각해보았다. "아뇨. 전 그렇게 느껴본 적은 없어요."

샤라는 믿을 수 없다는 표정을 지었다. "정말요?"

"네." 엘리스가 대답했다.

샤라는 고개를 끄덕였다. "젊어서 그래요." 샤라가 망설이더니 말했다. "자신을…… 이용하도록 만들 필요가 없죠, 엘리스. 원하지 않는다면 말이에요."

엘리스는 주제넘고 잘난 척하는 말이라고 생각했다. 코니가 하는 말 같았다. 엘리스가 나타나기 전, 이 여자들은 무슨 일을 겪은 걸까. 이십대와 삼십대 사이 십 년 동안 여자에게 무슨 일이 생기는 걸까. 그런 일은 여자에게 모두 일어나는 걸까.

"그럴 것 같네요." 엘리스가 말했다.

샤라가 머뭇거리더니 말했다. "콘이랑은 진지한 사이인 거죠?"

"네."

"그런 것 같아요. 캘리포니아에 와서 행복한가요?"

엘리스는 어깨를 으쓱였다. "그런 것 같아요."

"코니가 여기 머물고 싶어 할 것 같아요?"

"당신은요?"

샤라는 잠시 생각하더니 말했다. "솔직히 모르겠어요. 이렇게 오래 런던을 떠나 있다니 코니답지 않아요."

"맞아요."

"엘리스?"

"네?"

"임신한 걸 알게 되면 아이를 꼭 낳아요."

"네?"

"알아요, 알아." 샤라가 말했다. "하지만 그렇다 해도 낳아요. 사람들이 뭐라고 하든, 그 어떤 것도 비교가 안 되니까요."

샤라는 목소리가 갈라졌다. 그러고는 일어나서 데크에서 내려가 모래언덕으로 걸어갔다. 엘리스는 샤라가 허리까지 자란 풀을 가로지르며 걸어가는 모습을 보았다. 그림은 잊어버린 모양이었다. 엘리스는 외치고 싶었다. '하지만 아기는 여기 없잖아요, 아기는 태어나지 못했는데…… 그걸 어떻게 알죠?' 그런 말을 할 수는 없었다. 슬픔이 사람을 독단적으로 만들 수 있음을 이해했다. 어떻게 보면 샤라가 강해지라고, 자신을 지키라고, 말 잘 듣는 강아지처럼 코니를 따라다니지 말라고 경고하려는 것이라고 생각했다.

샤라의 마음속에서, 잃어버린 아이는 진짜 사람이었다. 그녀의 것이었다. 샤라는 잃어버린 생명을 키웠다. 단순한 개념이 아니었다. 엘리스에게 주관적이고 터무니없는 주문을 했지만 그 속에는 이제껏 들어본 적 없는 인간 본연의 확신이 있었다. 샤라를 돕고 싶었다. 긍정적으로 대답하고 싶었다. 엘리스는 일어나서 풀밭을 향해 외쳤다.

"혹시 임신하게 되면 그럴게요. 약속해요."

샤라가 돌아서서 엘리스를 보았다. 두 사람은 웃었다.

21

엘리스는 서핑을 가르쳐주겠다는 맷의 제안을 받아들이기로 결심했다.

"그래도 괜찮을까요?" 엘리스가 샤라에게 말했다. "우선 그림 모델을 하고, 바다에 나가서 수업을 받을게요. 여기서 한동안 지낼 거라면 바다에 적응하는 편이 좋을 것 같아서요."

"물론이죠." 샤라가 말했다. "좋은 생각이에요."

샤라가 코니에게 서핑 수업에 대해 이야기했고 코니는 기뻐했다. 바다가 있는데 정복해보지 않는다면 아깝다고 했다.

"**정복**하려는 게 아니에요, 콘." 엘리스가 말했다. "바다를 정복할 순 없다고요."

"그렇지. 하지만 시도는 해볼 수 있잖아."

샤라는 십대를 벗어난 직후에 입던 잠수복을 찾아냈다. 처음 그걸 본 엘리스는 몸이 떨렸다. 뼈와 머리를 제거한 죽은 사람처럼 생겼다고 생각했다. 하지만 일단 입고 나니 미끄러운 고무로 전신이 덮여서 수영장에서 노는 아이가 아니라 물개처럼 강하고 바다에 어울리는 존재가 된 것 같았다.

엘리스는 이틀에 한 번 샤라와 맷의 집에 갔다. 스튜디오 뒷문을 통해 모래언덕으로 달려가서 맷이 모래에 보드를 세우고 기다리는 바닷가로 향했다.

엘리스는 바다에 지우는 효과가 있음을 알게 되었다. 파도를 놓치면 파도가 상체에 부딪혔다. 그러면 물속에 잠기거나 바닥까지 처박히지만 개의치 않았다. 속에서 뭔가를 쳐서 내보내고 싶었다. 바다가 무엇을 줄 수 있는지 확인하고 싶었다. 엘리스는 소질이 있어서 빠르게 배웠다. 무게중심이 낮아 보드 위에서 균형을 잘 잡기 때문일지도 몰랐다. 바람을 느끼고, 몸을 비틀고, 돌고, 바람을 가볍게 타면서 크기가 너무 작아 장맛비가 무관한 벌레처럼 파도의 터널을 통과할 수 있었다. 엘리스는 거침없었다. 그래서 엘리스보다 맷이 더 자주 큰 파도에 빠졌다.

*

샤라는 바닷가로 내려오지 않았다. 그녀는 아무도 뭐라 불러야 할지, 어떻게 달래야 할지 모르는 슬픔을 안고 있었다. 그녀가 슬퍼하는 대상은 그녀에게만 존재를 드러냈기 때문이다.

맷은 샤라가 서핑을 즐긴 적이 없다는 말뿐, 샤라에 대해서 아무 말도 하지 않았다. 정작 물속에 들어가는 것을 좋아하는 사람은 그였다. 맷은 아웃사이더로 전향한 전형적인 사례로, 영국의 갈색이나 회색인 강가와 바닷가에서 자라 사파이어빛 바다에 뛰어든 사람이었다. 맷과 엘리스는 해안가에서 노를 저어 벗어나 바닷물이 어디로든 데려가기를 기다리곤 했다. 바다가 해변의 집에서 풀지 못한 의문들에서 벗어나게 해준다는 듯이. 처음에 둘은 보드에서 떨어지지 않는 법, 안전하게 떨어지는 법, 파도가 다가올 때 측정하는 법 이외에는 아무 말도 하지 않았다.

수업이 끝나면 샤라가 엘리스를 차에 태워 웨스트 할리우드의 집, 코니에게 데려다주었다. 엘리스는 녹초가 되었지만, 여전히 딱히 설명할 수 없는 불만을 느끼며 방갈로로 들어갔다. 그러고는 침대에 누워 세상의 모든 해변과 거기 펼쳐진 바다를 생각했다. 거대하고 무한한 대양과 바다, 강, 웅덩이와 석호, 실재하는 공포와 상상 속 공포, 표면의 아름다움과 그 아래 생명체의 신비를.

*

방갈로 수영장 가장자리에 앉아 엘리스는 바다에서 멍이 든 자국들을 눌러보곤 했다. 자기 몸 이외에는 아무것도 이해할 수 없는 현실에서 자각을 일깨우는 단추였다. 코니가 멍 자국을 보았다.
"그게 뭐야? 뭐 하고 있어?" 코니가 말했다.

"서핑하느라." 엘리스가 말했다.

*

생일이 지난 지 한 달 뒤인 8월, 엘리스는 자신이 스물세 살이 되는 날을 코니가 잊었다고 말하기로 결심했다. 그녀는 코니가 집필실로 바꾸어놓은 빈방 문가에 섰다. 런던에서와 마찬가지로, 침범할 수도 없고 침범해서도 안 되는 보이지 않는 선이 문턱에 그어져 있는 것 같았다.

당황한 코니는 거의 고통스러워 보였다. "세상에. 당신 생일. 오,

엘리스. 정말 미안해."

"괜찮아요. 바쁘니까."

"그건 핑계가 아니지. 아, 너무한데. 어떻게 이런 일이 있지?"

엘리스는 마음속에서 익숙한, 방치된 느낌을 받았다. 버림받은 기분인 동시에 자신이 떠나고 싶은 느낌이었다. 멋대로 구는 것을 정당화할 수 있는, 유혹적인 느낌. 엘리스는 무시하려고 했다. "그렇게 된걸요." 엘리스가 말했다. "생일은 또 와요."

"뭘 해주면 좋을까? 알겠다. 파티를 하자."

"파티는 필요 없어요."

침대 옆 테이블 위에서 전화가 울렸다. 두 사람은 서로 바라보았다. 말할 필요도 없었다. "전남편이 어제 손찌검을 했대." 전화가 계속 울리는 사이 코니가 말했다. "눈에 멍이 들었어. 이도 빠지고. 뇌진탕에 걸렸을지도 모른대."

"**젠장.**"

"촬영을 중단해야 하는데 지금 거의 스케줄 막바지거든."

"세상에, 코니. 전화받아요."

"오고 싶어 했는데 막을 수 있어."

"아뇨, 괜찮아요. 당연하죠."

코니는 전화로 달려갔다. "여보세요? 안녕하세요, 바브." 그녀는 수화기를 손으로 가렸다. "당신 생일엔 뭐라도 할 거야." 코니가 조그만 목소리로 말했다. "약속해."

*

한 시간 뒤, 방갈로 앞에 차 한 대가 섰다. 엘리스는 거실 커튼 뒤에서 살짝 내다보았다. 뒷자리에서 바버라가 조심스레 내렸다. 커다란 선글라스를 쓰고, 팔에는 핸드백을 걸고는 허리를 숙이고 있었다. 낯선 광경이었다. 연분홍색 바지 정장을 입은 바버라가 살금살금 둥지로 돌아가는 무릎이 약한 열대지방 새처럼 여위고 말라 보이다니.

코니는 벌써 현관에 가 있었다. "오, 바브." 코니의 말소리가 엘리스에게 들렸다. "어서 와요."

세 사람은 차분하고 시원한 거실에 앉아 있었다. 바버라는 아무렇지도 않은 척 선글라스를 벗었다. 엘리스는 빤히 보며 침을 꿀꺽 삼켰다. "안녕, 여러분." 바버라가 말했다. 오른쪽 눈이 부어서 거의 감긴 상태였고, 눈꺼풀 사이에 눈물이 고여 빛나고 있었다. 피부는 자주색과 파란색 색조이다가 멍 가장자리는 적갈색으로 옅어졌다. 턱 아래쪽도 약간 부어 있었다.

엘리스로서는 놀랍게도, 바버라는 선글라스를 내려놓고 얼굴을 감싸 쥐더니 깊이 흐느끼며 울었다. 어깨가 떨렸다. 엘리스는 안락의자에서 꼼짝도 못한 채 (자신들의 서열이 어떻게 되든) 자신의 입지에서는 다가가서 여신을 쓰다듬고 예전 영광을 되찾도록 일으켜 세울 수 없다고 생각했다.

코니가 곧바로 일어나더니 바버라를 끌어안았다. 바버라는 그녀의 품에 몸을 내맡겼다. "코니." 바버라의 음성이 작게 들렸다.

"괜찮아요, 바브."

"당신에게 올 수밖에 없었어." 바버라가 살짝 몸을 빼며 말했다. "미안해요. 그저…… 그 집에 혼자 있을 수가 없어서……."

"바브, 언제나 환영이에요." 코니가 말했다.

"그 사람은 내 몸 어디에든 그 짓을 했을 거예요. 늘 그랬으니까.

하지만 얼굴을 때리다니." 갑자기 바버라는 코니에게서 몸을 빼더니 상체를 꼿꼿이 세웠다. "젠장, **날 좀 봐요**. 대체 이딴 꼴로 어떻게 일을 하죠?"

"빌과 에릭이 방법을 찾을 거예요."

"신경도 쓰지 않아요." 바버라가 신음 소리를 냈다. "열쇠 바꾸란 소리나 하죠!"

"바브, 우리가 방법을 찾을게요. 약속해요."

"지체된 시간 때문에 제작에 수천 달러가 더 들 거예요. 게다가 바버라 로든이 남자에게 맞고 다니는 여자라는 걸 모두 알게 되겠죠. 이렇게 소문이 빠른 동네에서, 벌써 다들 알고 있지 않다면 말이에요."

"그렇지 않아요. 당신 잘못이 아닌걸요. 그리고 사람들이 뭐라고 생각하는지는 중요하지 않아요. 당신은 바버라 로든이잖아요."

"그럼 대체 그게 누군데요?" 바버라가 외쳤다. "한잔해야겠어요, 콘. 진정제가 필요해요."

그녀는 백을 뒤지기 시작했다. "그 **개새끼**!" 바버라가 이렇게 외치자 나머지 두 명은 놀라서 펄쩍 뛰었다. 바버라는 성배를 방금 발견한 탐험가처럼, 작은 약병을 높이 쳐들었다. 상황이 기묘하고 참담했지만 엘리스는 바버라의 목소리에 예전의 기운이 돌아와 반가웠다.

*

삼십 분쯤 지난 뒤 바버라는 진정했고, 세 사람은 수영장 주위에 모여 앉았다.

"멍든 데는 아르니카가 좋아요." 엘리스가 말했다. 엘리스는 상의를 걷고 한 바퀴 돌아 갈비뼈와 등을 보여준 다음 반바지를 들어 허벅지 양쪽을 드러냈다. "보이세요? 전 항상 아르니카를 써요. 갖다 드릴게요."

바버라가 말을 꺼내기도 전에 엘리스는 방에 가서 크림을 가져왔다. 수영장에 돌아오니 두 사람의 대화가 뚝 끊어졌다. "여기요." 엘리스는 아르니카 크림을 바버라에게 건넸다.

"고마워요, 엘리스." 바버라는 크림을 진토닉 옆에 놓으면서 말했다. "지금은 상처를 건드릴 생각도 못하겠어요."

"한 이틀 지나야죠." 엘리스가 말했다.

"그래요. 엘리스도…… 음, 멍이 잘 들어요?"

"서핑 때문에요. 바다랑 맞붙고 있어요. 계속 지지만."

"뭐, 알 수 없는 일이죠." 바버라의 말이 무슨 뜻인지 엘리스는 확신하지 못했다. 바버라가 자기 눈을 가리키며 계속 말했다. "현실적으로 봤을 때 이게 없어지려면 한 달은 걸릴 거예요. 하지만 이 주 정도 지나면 메이크업 담당이 가려줄 수 있겠죠."

"그 사이에 루시와 돈의 장면을 촬영할 방법이 없나요?" 엘리스가 말했다. "스케줄을 바꿔서?"

바버라는 진토닉을 들더니 한 모금 마셨다. "솔직히, 좋은 생각이네요. 두 사람이 없으면 난 어쩌죠?"

"잘했어, 엘." 코니가 말했다.

엘리스는 자랑스럽지 않았다. 자신과 상관없는 드라마에 끌려들어가는 것이 싫었다. 문제가 해결되고 나면 바버라는 계속해서 자신을 무시하리라고 생각했다.

"엘이 사라의 초상화 모델을 하고 있어요." 코니가 말했다.

"어머, 대단하네, 엘리스. 전에도 해본 적 있어요?"

엘리스는 고개도 돌리지 않는 코니를 흘낏 보았다. 엘리스가 RCA에서 모델을 한 일은 바버라와 이전에 여러 번 이야기했다. "네, 있어요." 엘리스가 말했다.

"완성된 그림을 꼭 보고 싶네요." 바버라가 말했다.

"샤라는 작업 속도가 느려요." 코니가 말했다.

"파티를 열 생각이에요." 엘리스가 말했다. "제 생일을 축하하려고요."

"오! 생일이 언제죠?"

"지난달이었어요. 코니가 잊어버려서 지금 할 거예요."

바버라는 뭐라고 말해야 할지 모르는 것이 분명한 표정으로 두 사람을 번갈아 보았다. 코니는 어색한 미소를 지으며 엘리스를 빤히 보았다. "미안하다고 했잖아, 엘리스."

"그랬죠. 용서도 했고."

"나도 와도 되나요?" 바버라가 물었다.

"물론이죠. 그래서 말한 거예요. 귀빈으로 모셔야죠."

"날 위해서 가장 파티로 해줄래요? 이집트 미라로 꾸미고 와야겠어요."

"기다릴 수 있어요. 어차피 생일은 벌써 지났는데 한 달 더 미루면 어때요?"

*

그날 밤 바버라는 자고 갔다. 바버라에게 엘리스의 여분 가운을 입히고 남는 침대에 눕힌 뒤 수면제를 주었다. 바버라는 꽤 빠르게 잠들었다. 밤이 되고 매미가 울기 시작하자 코니는 위스키를 조금 담은 잔을 들고 별빛 아래 수영장 옆에 앉았다. 엘리스가 그 옆으로 가서 앉았다.

"괜찮아?" 코니가 말했다. "바버라한테 생일에 대해 하고 싶은 말을 하던데."

"화가 났어요." 엘리스가 말했다. 그녀는 코니 옆에 앉아 어깨에 머리를 기댔다.

"알아, 그럴 만도 하지. 나는 망신을 당해도 싸."

"바버라는 내일 아침에 일어나서도 당신이 최고라고 생각할 거예요."

코니는 한숨을 쉬었다. "엘, 바브는 갈피를 잡지 못하고 있잖아. 도와주는 거야."

"알아요."

"끔찍한 일이야. 돈도 많고 그런 지위도 가졌는데 여전히 취약하다니. 이런 상황이 바뀌기나 할까?"

"글쎄요." 엘리스는 코니의 손에서 잔을 빼앗아 한 모금 마셨다. "바버라가 이런 상태인 걸 보기 힘들죠?"

"물론 힘들지."

"그러니까, 바버라는 다시는 우리에게 영화 스타로 보이지 않겠죠. 예전 같은 신비로움은 갖지 못할 거예요. 얻어맞은 여자일 뿐."

"엘, 바브는 '영화 스타'가 아냐. '얻어맞은 여자'도 아니고." 코니가 날카롭게 말했다.

"둘 다죠."

"일부러 깎아내리고 있잖아. 그러면 안 되는 걸 알면서."

"바버라가 여길 찾아오는 게 이상하다고 생각하지 않아요? 다른 친구는 없나? 믿을 수 있는 사람은요? 우리는 잘 알지도 못하는 사이잖아요."

코니는 어깨를 으쓱였다. "바브는 아무도 믿지 않는 것 같지만 그 점을 탓하지는 않아. 우리에겐 연결점이 있으니까. 처음부터 그랬지."

"그저 당신이 외부 사람이니까 여기 사람들처럼 말썽이 되지 않기 때문이라는 생각은 안 들어요?"

"믿고 지지해줘서 고맙군."

"그런 게 아니라……."

"바브가 날 '외부 사람'으로 여긴다고 생각하진 않아." 코니가 말했다.

엘리스가 망설였다. "당신…… 그 사람에게 끌려요, 콘?"

"바브에게 끌리냐고?"

"음, 방금 연결점이 있다고 했잖아요."

"바브는 아름다운 여자이고, 아니라고 하면 눈 먼 사람이겠지. 하지만 아니야. 아니, 아니야. 그런 식으로 생각하지 않아."

"알았어요."

"그중에서 당신이 가장 아름다워. 이리 와." 코니가 말했다.

엘리스가 가까이 다가가자 코니가 섬세한 손길로 옆얼굴을 쓰다듬었다. 배 속에서 사타구니로 간질거림이 타고 내렸다. 코니는 엘리스의 입술을 자기 쪽으로 들어 올려 천천히 키스했다. 둘은 아주 오래 입술을 대고 있다가 떨어졌다. 그러고는 한동안 아무 말 없이 나란히 앉아 네온 빛으로 빛나는 물을 바라보았다.

2017

22

날마다 코니의 식탁에 앉아 내 노트북으로 소설을 타이핑했다. 소설의 결말은 알지 못했다. 코니가 소설을 단계별로, 한 번에 노란 직사각형 종이로 대여섯 페이지씩 넘겨주었기 때문이다. 한 문장이 두 줄을 차지할 만큼 큼직하게 휘갈긴 글씨이지만 읽어낼 수는 있었다. 나는 부지런히 작업했고 가끔 경이감을 느꼈다. 그녀의 문장은 삼십 년 전과 다름없이 훌륭했다. 이전 소설 두 편에서 나타난 것과 유사한 흐름, 반복되는 심상, 혼자가 되어 상실을 감당하며 자유를 배운다는 주제가 담겨 있었다.

타이핑하면서 코니가 마거릿 길레스피 역으로 자신을 캐스팅했다는 확신이 들었다. 마거릿 길레스피가 자율성을 가진 여성이기 때문이다. 그녀는 다른 여성에게 이런저런 일을 했는데, 특히 겨우 성인이 되어 주어진 상황에서 벗어나지 못하는 딸이 주 상대였다. 마거릿이 딸을 다치게 하고 싶은 건지 무슨 일로 벌주고 싶은 건지에 대해 (적어도 아직은) 분명하지 않아서 이중적 의미를 지닌 소설이기도 했다.

아버지 말에 따르면 그녀는 1980년대에 미국에 살았지만, 소설의 배경은 그때가 아닌 필그림 파더스• 시대였다. 코니가 배경을 미국 동해안으로 정했다는 점에 호기심이 일었다. 딴 세상 같은 느낌, 바다와 숲이라는 요소, 혹독한 삶의 조건이 코니에게 어필한 듯했다. 소설 속 식민지 사람들은 이곳이 야생의 땅이며 수천 년 동안 자연과 조화를 이루며 살아온 원주민이 있다는 사실에 개의치 않는 것 같았다. 마거릿이 거기서 느끼는 불편함, 데이비 로퍼와 그 일당, 그리고 지배의 환상을 유지하기 위해 권력을 쥐려 분열하는 주위 여자들. 그들은 자연 정의를 제거하려는 가부장제의 존재를 상징했는데, 내게는 코니가 어떤 형태로든 식민주의를 비판하려 한다는 증거로 다가왔다. 마거릿은 아웃사이더이면서 진보적인 사람이며 시대착오적인 존재일 가능성이 있었다. 그녀는 코니가 만든 이 사회에 맞지 않았다. 내 생각에 크리스티나는 잘 맞았기 때문에 마거릿이 그렇게 필사적인 것 같았다.

크리스티나는 수수께끼였다. 그녀는 어찌 보면 실용주의적이었고 어찌 보면 기개가 없었다. 그녀는 편안한 삶을 원했고, 이런저런 우여곡절과 희망에 굴복했다. 하지만 마거릿이 그렇게 두지 않았다. **우린 너무 멀리 와버렸다.** 마거릿이 딸에게 말했다. **네가 다시 조그맣게 줄어들어버리기엔 말이야.**

나는 정신 나간 몽상가가 아니다. 내가 꿈을 꾼다면 기묘하고 따분한 것들이 돌이킬 수 없이 뒤섞인 이상한 심포니일 터이고, 아침이면 사라져 망각될 것이다. 하지만 밤이면 마거릿 길레스피가 나를 이끌었기에 그녀의 비뚤어진 능력이 내 것이 될 수 있을 듯했다. 나는 코니의 상상 속에서 마거릿이 서 있던 해변, 하얀 칼날처

• 1620년 메이플라워호를 타고 미국으로 건너간 영국 청교도단

럼 구부러진 모양에, 줄지어 선 전나무 뒤에서 사냥개 짖는 소리가 들려오는 그곳에 서 있고는 했다. 마거릿이 숲에서 구한 재료로 만든 요리가 얼마나 향긋하고 맛있는지 알았다. 코니가 건넨 원고만 보고는 누구인지 알 수 없지만, 어느 인물이 흘린 피에 분홍색으로 변한 물속 피라미들도 보았다. 데이비의 카리스마, 그의 주먹과 여성 혐오, 불안이 나의 밤 시간에 찾아오곤 했다. 크리스티나의 배가 불러왔지만 그 희망의 상징 속에는 죽음이 도사려서 나는 깜짝 놀라 잠에서 깨어나곤 했다.

피자를 굽던 밤에 코니와 데버라의 대화를 훔쳐 들은 이후, 나는 어머니에 대한 실마리가 더욱 간절해진 동시에 무엇을 알게 될지 더 두려워졌다. 코니는 살아온 삶에 대해 물으면 발끈했고, 자신이 내놓는 정보를 통제할 수 있는 경우에만 이야기했다. 하지만 그녀는 가장 내밀한 생각과 일들을 건네주고 있었다. 나는 이 원고가 코니가 사실 누구인지 알려주고, 그를 통해 내 어머니가 어떤 사람이었는지도 알 수 있기를 바랄 수밖에 없었다. 작가는 소설에 자신을 써넣으니 원래의 생각이 아무리 바뀌어 새 형태를 띤다 해도, 여전히 그 속에 어느 정도의 진실은 있을 거라고 믿었다. 아버지 말대로 코니가 어머니와 가까운 사이였다면, 이 글 어딘가에 어머니가 있지 않을까. 타이핑하고, 읽고 또 읽으면서 나는 크리스티나를 어머니로 보았다. 마거릿의 지배하에 움츠린 채 원치 않지만 적어도 어느 정도 독립성을 줄 것 같은 결혼에 갇힌 여자. 하지만 내가 어떻게 그렇다고 규정할 수 있을까. 어머니에게 코니의 소설 속 역할을 부여한다면 아버지에게도 주어야 했다. 그런데 데이비 로퍼에게서는 아버지가 보이지 않았다. 아버지는 괴물이 아니라 다정한 사람이었다. 내가 코니의 글 상자를 뒤져 원하는 대로 단어를 고른다고 생각하지는 않았지만, 어쩌면 그러고 있는지도 몰랐다.

아버지가 메시지를 보냈다. **잘 지내니? 우린 잘 있다.** 성인이 된 딸, 바람에 몸을 내맡긴 딸과 멀어진 채 해변에 서 있는 중년 후반의 부부, 아버지와 클레어 말고도 프랑스에 사람들이 여럿 모여 있다는 듯한 말투였다.

'엄마에게 무슨 일이 있었는지 알지도 모르는 여자와 일하려고 신분을 숨기고 있어요. 실마리를 찾기 위해 그녀의 마음속 깊은 곳을 헤매고 있어요. 제일 친한 친구는 둘째를 가졌는데, 그 친구를 아주 사랑하지만 내 삶은 그 친구와 너무 어울리지 않아요. 내 의도가 아무리 좋아도, 그 친구가 전혀 내색하지 않아도, 우리가 이제 전혀 다르다는, 사회가 정한 이분법을 자꾸 믿게 돼서 짜증 나요. 남자친구와는 가끔 섹스를 하는 동거인처럼 살아요. 그게 정상인지 모르겠어요. 십 년 후는 고사하고 가까운 장래에도 내가 어떻게 될지 모르겠어요. 사다리를 올라 구름 속으로 들어가다가 가로대에서 발이 미끄러져서 거꾸로 매달려 있어요. 인생이란 이런 건데 학교에서 가르쳐주지 않았을까요? 계속 거꾸로 매달려 대롱거리고 있어야 하나요?'

잘 있어요! ☺ 나는 이렇게 썼다.

내가 준 책 읽었니?

망설였다. 읽었다고 하면 대답하기 어려운 질문이 이어질 것이다. 그 책을 어떻게 생각하는지, 코니를 찾아보았는지 물으리라.

아직요. 아버지에게 거짓말을 했다. 거짓말이 늘고 있었다.

꼭 읽을 필요는 없다.

알아요. 하지만 책을 주신 건 고마워요.

네게 아주 부당한 짓이었어. 아버지가 적었다.

눈시울이 뜨끈해졌다. 아버지의 관심과 동정, 서툰 표현과 그 마음을 표현하려 하는 문자 메시지가 너무 많은 페이소스를 담고 있었다.

전 괜찮아요, 아빠.

그래. 하지만 필요하면 전화해라, 알았지? 클레어한테 해도 돼. 우리가 여기 있단다.

고마워요.

*

10월 말이 11월이 되고, 바깥 기온이 꾸준히 떨어지고, 슈퍼마켓 선반에서 초콜릿 유령과 커다란 호박이 사라지고 때 이른 크리스마스 케이크와 민스파이가 채워지는 사 주 동안 나는 계속해서 코니의 식탁에서 소설을 타이핑했다. 이처럼 전통적으로 여성의 몫이던 가사에 지적 활동이 합쳐지니 즐겁기도 하고 힘을 얻은 것 같기도 했다.

코니의 집에서 육 주 동안 일했지만 더 긴 기간으로 느껴졌다. 몇 년째 일한 것처럼, 전에도 그녀를 알던 것처럼, 우리 둘 다 만날 적시를 기다렸고, 이 일이 일어나기에 인생이 정해준 시간을 믿었던 것처럼. 모두 내가 꾸며낸 일이니 말도 안 되는 생각이었다. 이 일자리를 얻은 것이 피할 수 없는 일, 모종의 운명이라고 생각하면 좋지만 상황을 조작했음을 부인할 수는 없었다. 하지만 우리는 정말로 잘 지냈다. 나는 코니의 일과에 쉽게 적응했다. 소설을 내게 내놓은 것은 우리 사이의 경계를 지우는 각별한 일이었다. 12월 1일에 나는 초콜릿이 든 재림절 달력을 샀고, 기뻐하는 코니의 모습에 참 행복했다.

*

그 전까지는 코니 같은 사람을 본 적이 없었다. 겨우 두 달 만에 코니의 단순 명쾌함, 사실은 이기심이 아닌 흥미로운 이기심을 경험했다. 이기심보다는 **자아성**에 가까웠다. 마치 고양이처럼, 그녀는 내가 곁에 있게 해주었다. 그 결과 계속 옆에 있고 싶은 마음이 들게 되었다.

하지만 나는 딜레마에 빠졌다. 입을 다물고 있을수록, 이 성소에서 오래 지낼수록 내가 진짜 누구인지 무시한 채 지내게 되었다.

"전에도 이런 식으로 작품을 남에게 보여준 적 있으세요?" 어느 날 오후, 그날 타이핑할 분량을 마친 뒤 코니에게 물었다.

"아뇨." 코니는 내 앞의 의자에 앉아 혈액순환을 시키듯 천천히 주먹을 쥐었다 펴며 한숨을 쉬었다. "보통은 철저히 비밀로 하죠."

나는 노트북을 덮었다. "이번에는 뭐가 달라졌나요?"

코니는 인상을 썼다. "달라졌다? 음, 이 책은 꼭 발표하고 싶어요. 지난번에는 계약이 있었죠. 그게 다른 것 같군요."

"가끔은 비밀이 필요한 것 같아요. 보호막으로요."

"맞아요."

"그럼, 제가 이렇게 읽어도 정말 괜찮으세요? 이 비밀을 저랑 공유하는 일요."

코니는 무슨 말이냐는 표정으로 나를 보았다. "이 책을 마치고 싶어요, 로라. 손가락이 아파 죽을 것 같은데 당신이 그 일을 절반은 해주고 있어요. 타협이라면 출판 준비를 하기 전에 당신이 책을 보게 되는 거예요. 우린 모두 타협을 해야 하죠."

"이 책을 사람들이 어떻게 생각할지…… 두려우세요?"

코니는 시무룩한 표정을 짓고는 우리 사이에 놓인 오래된 오크 식탁의 자국과 무늬를 들여다보았다. "출판이란 그런 거죠." 코니가 말했다.

나는 침을 삼키고 노트북 가장자리를 쥐었다. "아무튼 전 훌륭한 책이라고 생각해요. 크리스티나 캐릭터가 매혹적이에요."

코니가 고개를 들었다. "정말요? 크리스티나요? 그럴듯한가요?"

"아주, 아주 그럴듯해요." 심장이 빠르게 쿵쾅거리기 시작했다. "사실, 좀 이상해요. 꼭 전에 만난 사람 같거든요."

코니는 나를 빤히 보았다. "다행이네요. 제일 쓰기 어려운 인물이었는데."

왜냐고 물으려는데, 코니가 갑자기 의자를 뒤로 밀고 일어나더니 울퉁불퉁한 손으로 식탁 가장자리를 꽉 쥐고 균형을 잡았다. 나는 그녀를 붙잡으려는 마음에 당황했지만, 그러려면 필요 이상 속내를 드러내게 되리라는 것을 알고 있었다. "마거릿과 크리스티나의 관계는 건전하지 못하지만 이상하게 다정해요." 내가 말했다. 코니는 나를 노려보았고 나는 속사포처럼 말했다. "그러니까…… 죄송해요. 비평을 하려는 건 아니었어요."

코니는 나를 내려다보았다. "다행이군요. 그랬다간 당신을 내보냈을 테니까."

어안이 벙벙했다. 농담인지 알 수가 없었다. 코니가 주방에서 나갔다. 나는 위층으로 올라가는 부드러운 발소리를 들으며 노트북을 바라보았다.

23

소호에서 어색하게 라멘을 먹은 이후 켈리를 만나지 못했다. 서로 감정이 나빠진 적은 없었고 켈리도 나만큼 그 일로 속상했음을 알기에, 만나자는 문자 메시지를 보자 반가웠다. 우리는 스피털필즈의 카페에서 만나기로 했고 켈리는 몰을 데려오겠다고 했다. 나는 김 서린 창문과 문이 여닫힐 때마다 들어오는 찬바람을 피해, 안쪽 폭신한 의자가 딸린 가장 좋은 테이블을 차지했다. 스피커에서 고전적인 크리스마스 캐럴이 흘러나왔다. 빙 크로스비의 〈크리스마스처럼 보이기 시작하네요〉와 함께 두 사람이 들어올 때, 나는 켈리가 겨울 추위에 옷을 많이 껴입었는데도 배가 나와 보인다고 생각했다. 멋들어진 미니 니트를 입은 몰의 모습에 마음이 밝아졌다. 몰도 나를 보더니 얼굴이 환해졌다. "로지!" 몰이 의자와 테이블 사이로 달려왔다.

"안녕, 몰칙스. 케이크 사놨어." 나는 몰을 끌어안으며 말했다. 작은 어깨가 앙상하고 연약하게 느껴졌다. "초콜릿으로."

몰은 기뻐서 환하게 웃었다. 벨벳 안락의자가 몰에 비해 너무 커서 아이가 줄어든 것처럼 보였다. "얼굴이 어는 것 같아." 켈리는 몰의 목도리를 풀고 손뜨개로 짠 티코지• 같은 모자를 벗기면서 말했다. 몰의 머리가 엉클어진 왕관 같았다. 켈리는 딸을 보았다. "내 코 아직 붙어 있니?" 켈리가 물었다.

몰은 신 나서 다리를 흔들었다. "당연하죠 엄마. 나는요?" 몰은 케이크를 먹으려고 고무줄 들어간 장갑을 벗었다.

"괜찮아?" 켈리가 테이블 옆에 선 채로 내게 물었다.

"응, 넌?"

"이리 와." 나는 시키는 대로 했고 우리는 포옹했다. 울음이 터질 것 같았다. 울며 마음을 풀고 싶기도 했지만, 몰이 있고 보는 사람이 있어서 그럴 수 없었다. 그저 가장 친한 친구를 한 번 더 꽉 안았다.

우리는 자리에 앉았다. 켈리는 50마일을 걸어와서 마침내 다리를 쉬게 된 사람처럼 크게 한숨을 쉬었다. "네 건 디카페인 커피, 몰은 사과주스를 시켰어." 내가 말했다.

켈리는 씩 웃었다. "고마워. 크리스마스 준비는 다 된 거니?"

"아니. 내가 크리스마스를 얼마나 좋아하는지 알잖아."

"우린 내일 댄의 부모님 댁에 가. 준비를 철저히 해야 돼. 거기 전화 안 되는 거 알지? 가면 죽은 거나 마찬가지라니까."

"넌 늘 준비를 철저히 하잖아. 그리고 인터넷을 좀 안 하는 것도 좋을 거야."

"맞아. 그래도 내가 망자의 땅에서 돌아오면 누군지 잘 기억해줄 거지?"

"기억할게."

• 찻주전자 보온용 덮개

"조의 부모님 댁에 갈 거야?"

"응." 내가 말했다.

"도로시는 여전하겠지."

"아, 그러지 마. 게다가 데이지까지, 아이고."

켈리가 웃었다. "가지 마. 빈민 행세하는 부자들은 건너뛰어. 아버지를 뵈러 가."

"비행기나 배 티켓 사기엔 너무 늦었어."

켈리는 한숨을 쉬었다. "아냐, 그렇지 않아. 로즈버드, 그냥 원하는 대로 하지 그래? 할 수 있다는 거 알잖아."

"하지만 내가 뭘 원하는데?" 내가 말했다.

"음, 그게 모두가 말하는 문제이지." 켈리가 말했다.

"너는 잘됐어. 댄의 부모님은 상냥하시잖아. 문제없지."

켈리는 딸 손에서 포크를 집어 들더니 미친 독재자가 지도를 나누듯이 초콜릿 케이크 한 조각을 한입 크기로 갈랐다. 포크가 접시 위에서 요란한 소리를 냈다. 몰은 엄마가 흥분했음을 알고 약간 겁이 난 표정을 지었다. "거기 가면 폐소공포증이 생길 거 같아." 켈리는 몰에게 포크를 건네면서 조금 자제하는 목소리로 말했다. "결국 내가 그분들 화덕에 쓸 장작을 패겠다고 나서. 빌어먹을, 기온이 영하인데. 해마다 그러고 있어. 숨이라도 **쉬려고**. 그리고 사흘째가 되면 정신이 나가버려서, 외부와 연락이 될까 하고 언덕 위에 올라가 휴대전화를 높이 들어 올려본다니까."

나는 웃지 않으려 애썼다. "장작을 팬다고?"

"나 장작 더럽게 잘 패. 어떻게 그걸 몰라? 난 나무꾼이야. 그래야 한다면 온종일 팰 거야."

켈리도 웃기 시작했다. 우리 우정에 염려할 일은 없다고 느끼자 마음이 놓였다. "오, **이런.**" 켈리가 고개를 저으며 꿋꿋이 기운을 차리려 애썼다. "아직도 할 일이 많거든? 가기 싫은데 댄 부모님이 몰을 너무 보고 싶어 하셔. 몇 달이나 공들인, 아주 멋진 브랜드랑 하는 대형 프로젝트가 있는데 말이야." 내가 들어본 적 없음을 서로 알기에, 켈리는 실제 브랜드 이름은 말하지 않았다. "댄이 급하게 결재해야 하는 일이 있대서 몰을 내가 데리고 있는 거야. 내 스케줄은 자기 것만큼 중요하지 않다는 태도지. 하지만 너랑 커피 마시자고 약속한 지 며칠이나 됐잖아. 혼자 와서 만나고, 가서 일을 좀 더 하려고 했는데, **안 돼.**"

켈리는 미소를 지우고 화가 나서 빨개진 얼굴로 기대앉았다.

"미안해." 내가 말했다. "내 일에만 정신이 팔려서. 항상 이러지. 프로젝트에 대해선 알지도 못했어."

"내가 말을 안 했을걸. 요즘은 거의 내 이름도 기억 못 하고 살거든." 켈리가 한쪽 눈썹을 치켜올리며 말했다. "너랑 좀 비슷하지, **로라.**"

나는 무시했다. "그 일은 어떻게 돼가?" 켈리가 밀어붙였다.

"실은 코니가 정말 좋아졌어."

"어어. 매일 뭘 하는데?"

"음, 지금은 원고를 타이핑해. 코니가 새 소설을 썼거든."

"좋아?"

"진짜 **굉장해.** 1620년대 매사추세츠가 배경이야. 여자 주인공이 있는데, 그 여자에게는 딸이 있어. 그런데 사람들이 그 여자가 마녀라고 해. 그리고 딸이 임신을 하는데 일이 틀어지기 시작해."

"왜 1620년대 미국이야?"

웨이트리스가 커피와 주스를 가져왔다. 이번에는 내가 켈리를 향해 눈썹을 치켜올렸다. "그런 질문은 하는 게 아냐. 코니가 주는 걸 잠자코 읽고, 나중에 점들을 이어서 이해하는 거지."

"그럼 너는 그러고 있어? 점을 잇는 거야?"

나는 한숨을 쉬었다. "아마도."

"그게 무슨 뜻이야?"

데버라와 코니 사이의 대화를 엿들은 이야기를 했다. 켈리는 이맛살을 찡그렸다. "하지만 엘리스라는 이름은 말하지 않았고?" 켈리가 물었다.

"음, 안 했어. 하지만 어떤 남자 이야기는 했고, 그 사람이 예전 일로 코니를 탓하지 않는다는 말은 했어."

켈리는 의심쩍은 표정을 지었다. "로지, 그건 다른 사람일 수도 있잖아. 그냥 그 일을 물어보지 그래?"

나는 커피를 한 모금 마셨다. "이상해, 켈. 거기 있으면 그냥 기분이…… **편안**해. 코니와 함께 있는 게 좋아." 켈리가 황당하다는 표정을 짓기에 나는 말을 이었다. "내가 쓸모 있는 사람이 된 것 같아. 그리고 코니는 정말 재미있는 사람이야."

"네가 누군지 조금이라도 아는 것 같아?"

나는 커피를 내려놓고 몰의 접시에서 초콜릿 케이크 부스러기를 주웠다. "음. 가끔, 묘한 표정으로 날 보는 것 같아. 빤히 보거든."

"널 **알아보는** 것 같다고?" 켈리의 눈이 휘둥그레졌다.

"그런 느낌? 아님 내가 누군지 알면서 장난을 치는 거랄까?"

"어머. 그건 **이상**하다."

"그렇지만 그건 내 바람일 뿐이라고 생각해."

"그래도 그 여자가 아직 널 독살하려 들진 않았지?"

"여기 와 있잖아."

"그렇지. 가끔 넌 정말 괴짜 같아, 로즈. 하지만 네가 행복하다니 기쁘다. 조심해. 노파들이란 위험하거든."

"고마워, 켈." 나는 다시 생각해본 뒤 남자친구가 골동품 딜러라고 했다는 이야기는 안 하기로 결정했다. "일 분담 문제 같은 게 어떻게 느껴지는지 댄에게 이야기하니?"

켈리는 한숨을 쉬었다. "질 싸움은 해봤자라는 걸 배웠지. 몰이 잠들면 나중에 일할 거야."

"나는 방금 싸움을 시작한 것 같아."

"좀 싸워도 괜찮아. 훌륭한 갑옷이 생겼잖아. 넌 로라 브라운이라고." 켈리는 웃더니 안락의자 등받이에 기댔다. "아니, 진심이야. 나랑 너 사이에 진짜 다른 점은, 나는 모든 싸움을 이기지 못하는 걸 알고 미칠 것 같은데, 넌 어떤 싸움도 이길 거라 생각하지 않는다는 거야, 로지. 그래서 네가 미워. 너 자신을 믿어야 해. 내가 화를 내는 건 널 사랑하고 네가 잘되길 바라기 때문인 거 알지?"

"알아, 미안해."

잠시 어색한 기운이 감돌았다. "미안하다고 하지 마. 난 널 항상 사랑할 거야." 켈리가 말했다.

"나도 널 항상 사랑할 거야." 나도 대답했다.

어사 킷이 부르는 〈산타 베이비〉가 흘러나오는 동안 우리는 굳건한 우정을 느끼며 그렇게 앉아 있었다. 몰은 초콜릿 케이크 접시를 비웠다. 켈리는 딸의 작은 뒤통수에 손을 얹고 한숨을 쉬었다.

"그럼 크리스마스에는 뭘 할래? 선택의 여지가 있다면 말이야." 내가 물었다.

켈리는 눈을 감았다. "로지 로즈, 천 년 동안 잠을 자겠어."

24

할아버지 할머니가 돌아가신 뒤로, 아버지와 나는 크리스마스를 축하하고 1월까지 먹어야 하는 크고 퍽퍽한 칠면조를 굽는 일이, 심지어 트리를 세우는 일이 터무니없게 느껴졌다. 크리스마스 휴가가 끝나고 생활이 정상으로 복귀할 때면 늘 기뻤다. 지난 오 년 동안은 크리스마스를 조의 부모님 댁에서 보냈고 전혀 즐겁지 않았다. 아버지도 몇 번 초대했지만 늘 거절하고 대신 내게 프랑스로 오라고 했다. 나는 한 번도 가지 않았다.

크리스마스가 다가오지만 우리 아파트에는 아무런 증거가 없었다. 조는 자주 밖에 나가 학창 시절 친구들과 만났고 나는 주로 코니의 집에서 지내다가 밤 10시에나 나올 때가 많았다. 나는 크리스마스를 지워버리고 있었기에, 12월 중순 어느 날 아침 코니의 집에 들어서는데 장식 없는 진녹색 크리스마스트리가 응접실 창가에서 기다리는 광경에 깜짝 놀랐다.

"방금 배달 왔어요." 코니가 말했다. "장식 좀 해주겠어요?"

나는 7피트쯤 되는 제법 웅장한 가문비나무 앞에 섰다. 안락의자에 커다란 상자가 놓여 있었다. "트리 장식이에요. 줄 때문에 짜증이 났어요. 떼어낼 수가 없어서. 당신이 해줘야겠어요."

나는 트리를 살펴보며 수액 냄새를 맡았다. "그럼요."

"고마워요. 오늘은 일하지 말아요. 이걸 해요."

"하지만 결말까지 거의 다 왔잖아요."

"바로 그거예요. 급할 것 없어요."

소설 내용을 내게 보여주어야 한다는 점에 대해 어색한 대화를 나눈 뒤, 나는 아무것도 묻지 않았다. 그날 코니가 대놓고 경고를 한 건 아니지만 질책당한 느낌은 있었다. **당신이 할 일은 타자를 치되 묻지 않는 거예요.** 어머니와 코니의 관계에 대해 해답을 얻고 싶은 욕망은 강했지만, 그러다가 코니를 (그리고 엘리스의 유령을) 더 멀리 밀어낼 수도 있었다. 그럼 다 놓치고 말 것이다. 게다가 그것만이 아니었다. 코니가 좋았다. 어쨌든 코니를 위한 일이니, 크리스마스트리 장식이 아무렇지도 않다는 사실이 좋았다.

*

나는 난롯불을 피웠고 코니는 차갑게 식힌 샴페인을 한 병 꺼냈다. "지금 오전 10시예요." 내가 말했다.

"그래서요? 열어줄래요? 이런, 내 손가락 때문에."

나는 샴페인을 두 잔 따랐다. 오전 10시에 샴페인을 아무렇지도 않게, 필요한 것처럼 만드는 여자는 **아무도** 만나보지 못했다. 장식 상자를 열었다. 코니는 만반의 준비를 다했다. 하얀 요정 등, 반짝이 조각, 오래되어 약해 보이는 선홍색과 터키석색 양철 공, 붉은색과 주황색의 우체통이 들어 있었다. 색채가 놀라웠다. 코니가 그렇게 빛나는 것을 좋아할지 몰랐다. 이번에도 마음속에서 그녀에 대한 판단을 재조정해야 했다. 그녀는 파악했다고 생각하는 순간 새로운 면모를 드러냈다.

"크리스마스에 손님이 오시나요?" 나는 안락의자 위에서 균형을 유지한 채 신선한 진녹색 가지 속으로 손을 집어넣으면서 물었다. "그래서 이렇게 큰 트리를 사신 거예요?"

"아뇨." 코니가 무슨 말이냐는 표정으로 말했다. "당신은요?"

나는 웃었다. "우리 아파트에요?"

"그럼 어딜 가죠?"

"조의 부모님 댁에요." 내가 말했다.

"심술궂은 노인 집에 가는 것처럼 말하네요."

"심술궂은 노인이 더 나을 거예요."

"하지만 그 사람에게서 멋진 선물을 받겠죠."

"가끔은요."

"그 사람이 선물한 것 중에서 최고는 뭐였어요?" 코니가 눈을 빛내며 물었다.

나는 우리가 보낸 여러 번의 크리스마스를 떠올려보았다. 조는 내가 꼭 좋아할 선물을 골라서 사준 적이 없었다. 고급 액자, 캐시미어 숄, 양초, 책. 모두 좋은 물건이지만 골동품 딜러 애인에게 기대할 정도로 사려 깊은 선물은 아니었다. "너무 많아서요. 하나를 고르지 못하겠네요."

"그렇군요. 그럼 요리는 누가 하죠?"

"그 사람 어머니가요."

"물론 그렇겠죠."

"별로 편안한 경험으로 만들어주진 않아요."

코니는 잔을 내려놓더니 기다란 금빛 장식을 쓰다듬기 시작했다. 불빛에 반짝이는 거대한 애벌레 같았다. "그럼 왜 가는 거죠?" 코니가 물었다.
"친한 친구도 그렇게 말했어요."
"응?"
"그 사람을 사랑하니까 가요."
코니는 장식에 집중하며 떨리는 손가락으로 계속 쓰다듬었다. 나는 다음에 매달 장식을 찾으려 상자 속을 뒤지면서 얼굴이 달아오르는 것을 느꼈다. 허리를 숙여 코니의 시선을 피할 수 있다는 사실에 감사했다. "크리스마스에서 제일 좋은 건 전등 장식이에요." 코니가 말했다.
"네?"
"반짝이는 거. 그걸 보면 평화로워져요."
나는 눈을 감았고, 문득 어머니가 마음속에서 사라지는 것이 느껴졌다. 나서지도 말을 걸지도 않은 채. "혼자 지내실 수 있다니 부러워요." 나는 말했다. "전 아마 루시아 옆에 앉게 될 거예요."
"루시아?"
나는 장식 공을 쥔 채 고개를 들었다. 코니는 뭔가 기다리듯 허리를 꼿꼿이 세우고 가만히 앉아 있었다. "조의 조카예요. 여섯 살짜리." 또 실명을 말해버렸다. 내가 꾸며낸 자아에서 껍질을 하나씩 벗기는 느낌이었다.
"아이들을 좋아하지 않아요?" 코니가 말했다.
"루시아는 좋아하지 않아요."
코니는 소리 내어 웃으면서 장식을 들고 다가와 서툰 손놀림으로 트리 깊숙이 밀어 넣으려고 했다. "제가 할게요." 내가 말했다.
코니는 한숨을 쉬고 장식을 건네더니 안락의자로 돌아가 천천히, 하지만 단호히 샴페인을 한 모금 더 마셨다. 잔이 흔들리는 것을 보고 시선을 돌렸다. "왜 안 좋아하죠?" 코니가 말했다.

"조숙한 아이라서요."

"그냥 자신감이 있는 아이인데, 당신이 그걸 안 좋아하는지도 모르죠."

과격한 생각이라 마음에 들지 않았다. 하지만 사실이라면? 어쩌면 정말로 루시아에게서 자신감을, 나는 느껴본 적 없는 그 행복을 보았을지도 모른다. 여섯 살 아이를 질투한 걸까? 구제 불능처럼 느껴졌다. "정말 짜증나는 아이예요." 내가 변명하듯 말했다. "여섯 살 아이가 귀엽지 않을 수 있어요, 코니."

"아, 물론이죠."

"아이를 몇 명이나 아세요?" 내가 말했다.

"별로 많지는 않아요. 내가 알던 아이는 모두 어른이 됐어요."

"선물도 사주세요?"

"아뇨. 조카에겐 돈을 보내요. 피비하고 잭이에요." 코니는 얼굴을 문질렀다. "걔들이 십대일 때 마지막으로 봤군요. 이제 삼십대일 거예요."

"간격이 꽤 크네요."

"그렇죠!" 코니는 단호하면서도 밝은 목소리로 말했다. 나는 그 밑에 감추어진 감정을 알 수 없었다. 하지만 샴페인 때문에 대담해졌고, 그녀가 계속 말하기를 바랐다.

"런던에서 자라셨어요?" 내가 물었다.

"여기저기 돌아다녔어요. 아버지가 육군 장교였어요. 제대하고 에식스에 자리를 잡았죠. 서퍽과 접한 곳에."

"거길 좋아하셨어요?"

코니는 무겁게 한숨을 내쉬었다. “**좋아했다**고는 말하지 않겠어요. 아버지는 집에 잘 안 계셨어요. 특히 내가 어릴 때는. 45년 베르겐 벨젠 수용소에 처음 도착했던 분이죠.”

“어머나.”

“그래요. 아버지는 평생토록 라디오나 텔레비전에서 홀로코스트와 관련된 이야기가 나오면 꺼버리셨어요. 어머니는 냉담한 분이었고. 모성이 덜 발달된 분이었죠. 자, 장식 공 하나 더 줄까요? 이거 아름답네요.”

나는 코니가 상자에서 집어 올린 짙은 자주색 공을 받았다. “사람의 모성이 **발달**하나요?” 내가 물었다.

“물론이죠.” 내가 아주 멍청한 소리를 했다는 듯이 코니가 말했다. “그래야 해요. 내가 잘 알진 못하지만, 좀 충격적이긴 하죠.” 코니는 말을 멈췄다. “물론 시대도 그랬어요. 어머니는 아이들을 유모에게 맡겼어요. 목욕이 끝나면 한 시간 동안 어머니를 만났죠. 동화책을 읽어주지도 않았어요. 나를 거실에 앉혀 놓았죠. 세상에, 얼마나 추웠는지. 그러고는 하루를 어떻게 보냈는지 물었어요. 어떻게 보냈느냐니! 여섯 살이었는데요!”

루시아가 떠올랐다. “아, 여섯 살짜리도 할 말이 있겠죠. 적어도 선생님 어머니는 질문은 하셨네요.”

“뭐라고 대답했는지 기억은 안 나요. 난 질문을 좋아하지 않아요.” 코니가 말했다.

다시 비난당한 느낌이 들어 대꾸하지 않았다. 코니는 한숨을 쉬더니 안락의자에 등을 기댔다. “남이 손으로 하는 작업을 보고 있으면 생각에 잠기게 돼요.” 코니는 양손을 들어 살펴보았다. “요즘에는 아쉬움도 끼어들지만.”

"지금은 좀 어떠세요?"

"괜찮아요. 추울 때 밖에 있으면 정말 아프기 시작해서 그건 싫어요. 가끔은 손가락을 잘라버리면 좋겠다는 생각이 들 정도죠. 별 쓸모도 없어요. 하지만 지금처럼 따뜻하면 불만이 덜해져요."

"정말 큰 트리를 사셨네요." 내가 말했다.

코니가 웃었다. 내가 장식 공을 골라 계속 트리를 꾸미고, 코니는 나를 지켜보는 사이 우리 사이에는 편안한 침묵이 내려앉았다. 밖에서 간간이 자동차 지나가는 소리, 현관문 닫히는 소리, 아이들과 씨름하며 장 본 것을 옮기는 사람들의 당황한 목소리가 들려왔다. 하늘은 희고 황량했다. 집에서 나가지 말아야 하는 우중충한 날이었다. 나는 트리가 참 고마웠다.

"난 아버지에게 애착이 강했어요." 코니가 불쑥 말했다. "아버지가 멀리서 돌아오면 차가 집 앞에 서는 소리에 흥분했죠. 늘 풀 먹인 군복에서 담배 냄새가 났어요. 군인은 애정 표현을 할 줄 모른다고들 하는데 사실이 아니에요. 아버지는 내게 존재감이 강했어요. 당신 세대가 쓰는 말이죠? **존재감**이라는 말?"

"그런 것 같아요."

"하지만 나중에 생각해보다가 아버지가 나를 남자아이 취급하셨다는 걸 깨달았어요. 아들로요. 동등한 상대로 이야기하시고, 자기 총을 잡아보게 하셨죠. 짧은 머리에 마른 몸이니 사춘기 전에는 남자아이처럼 보였을 것 같아요. 하지만 오래가진 않았어요. 남동생 마이클이 그 자리를 대신하기 시작했고 나는 여자가 됐어요. 평범하게 좋은 남자를 만나 결혼하지 않는 여자. 그러지 않으면 아버지가 이해할 수도 있었겠지만, 나는 그런 여자가 될 생각이 없었어요. 아버지를 실망시켰죠."

"그럴 리가요." 나는 난롯가로 가서 불 위에 장작을 하나 더 넣고 가운데서 뿜어져 나오는 열기를 즐겼다.

코니는 미소를 지었다. "당연히 실망시켰죠. 에식스 끄트머리에 플라워 파워•는 없었어요. 60년대 초였죠. 남성 동성 관계는 여전히 불법이고, 여자는 그런 관계를 갖는다고 생각도 하지 않은 시절이에요. 보통의 영국인에겐 개념조차 없었어요."

코니는 안락의자 쪽으로 허리를 숙이고 장식 공을 하나 더 꺼냈다. 가짜 눈을 살짝 풀로 붙인 투명 유리공이었다. "솔직히 아버지는 레즈비언이 뭔지도 몰랐을 거라고 생각해요. 고전을 공부하셨으니 동성 로맨스에 약간은 공감했으리라 기대할 수 있지만, 그런 존중의 대상은 호메로스뿐이었죠. 결국 아버지께 결혼하지 않을 거라고 하니 외계인 보듯이 보셨어요. 나는 굳이 자세히 설명하지 않았죠."

"힘드셨을 거예요." 내가 말했다.

"어이없는 일이었겠죠. 지금 생각하면 그래요. 당시에 나는 순진해서 놀랐지만."

"아버지의 사랑이 무조건적이라고 생각하셨군요."

코니는 콧잔등을 찡그렸다. "아버지가 독일에서 본 것 때문에 변했을지도 모른다고 생각해서 더 그랬어요. 어떤 사랑이든 귀한 것이라는 생각이랄까. 그래서 아버지께 실망했어요. 아버지는 날 **사랑**했어요. 그건 알고 있었죠." 코니는 트리 속을 응시했다. "나도 아버지를 사랑했고요, 그게 괴로운 일이었죠. 너무나 사랑했어요. 하지만 아버지가 구제 불능이라고 생각하기 시작했고, 그렇게 되

• 1960년대에 반전, 평화, 자유를 주장하던 청년 운동의 구호

면 부모와의 관계는 가망이 없어져요. 패배감이 스며들죠."

"집을 나오셨어요?"

"아뇨. 하지만 나오고 싶었어요. 맨체스터에서 살다가 런던으로 왔어요. 이런저런 친구에게 신세를 지며 소파에서 소파로 옮겨 다녔죠." 코니는 한숨을 쉬었다. "300가지 일을 했는데, 하나같이 저마다의 방식으로 끔찍했어요. 쉬는 시간이 생길 때마다 글을 썼어요. 팔 년 가까이 그렇게 지냈죠. 세상에, 이제 너무 오래전 일이 되었군요."

"집에 돌아가신 적이 있어요?"

"가끔. 아버지가 내 존재를 감당할 수 없으리라는 사실을 깨닫고는 집에 가는 횟수가 줄었어요. 물론 그때쯤엔 아버지도 짐작했죠. 하지만 절대 인정하진 않았어요." 코니는 말을 멈췄다. "나는…… 보이지 않는 존재 같았어요."

그때 나는 맞은편 안락의자에 앉아 있었다. 코니가 이런 식으로 털어놓는 모습을 보고 말을 듣는 것이 엄청난 특권처럼 느껴졌다. 희귀한 일 같았다. 어머니를 캐내는 일은 잊어버렸다. 그저 코니의 이야기를 듣고, 더 가까워지고, 코니가 실은 어떤 사람인지 이해하고 싶었다. "어머니는요?"

"아, 어머니는 상황에 순응했죠." 코니는 난롯불을 바라보며 말했다. "나랑 터놓고 이야기한 적이 없어요. 부모님은 뭐라고 말로 표현할 수 없고, 어쩌면 이해할 수도 없는 방식으로 내게…… 관심을 잃은 것 같았어요. 상처가 되는 말을 한 적은 없지만 소외감이 느껴졌어요. 물론 항상 그렇지 않았다는 건 알아요. 애정 있는 경우가 많았겠죠. 용인해주고. 하지만 그때는 시대가 달랐어요. 그들과 가까이 있는 걸 견딜 수 없었어요."

"유감이에요."

"아, 뭐."

"그럼…… 항상 여자만 사귀셨어요, 코니?" 내가 말했다.

코니는 나를 올려다보았다. "그럴 거예요. 하지만 십대 때는 댄스파티에 갔어요. 잘난 체하는 남자애들이 멋 부린 여자애들이랑 댄스 플로어에서 짝을 짓고…… 그런 거요. 나도 춤췄어요. 아주 이성애자처럼. 하지만 여자애들을 보는 편이 더 좋았어요. 목 뒷덜미, 손 모양, 미소에 눈길이 갔죠. 우리 모두 호르몬이 뒤죽박죽이었겠죠. 그것에 대해서는 교육을 받지도, 그것을 가리키는 말을 배우지도 못했어요. 하지만 그때도 알고 있었던 것 같아요. 처음은 열다섯 살 때. 버지니아라는 여자애였죠." 코니는 미소 지으며 난롯불을 다시 보았다. "첫 경험에 어울리는 이름이죠. 버지니아 로렌슨은 나보다 세 살 많았고 매닝트리 유스 클럽 뒤 하수구 옆에서 내게 키스했어요. 아직도 기억나요. 한 달 뒤에 우린 버지니아의 방에서 만났죠. 그리고 또 한 달 뒤에 그 사람은 결혼했어요."

"가엾은 버지니아." 내가 말했다.

"음, 모르죠. 세상의 버지니아 로렌슨들은 여러모로 더 쉬운 삶을 선택한걸요. 그 사람 남편은 점잖은 사람이었어요."

"정말 안됐어요." 내가 다시 말했다. "만약…… 힘드셨다면요."

코니는 불편한 표정을 지었다. "유감스러워할 필요는 없어요, 로라." 코니는 샴페인을 한 모금 더 천천히 마시면서 말했다. "감당하는 법이죠. 친구도 사귀고. 보호막도 만들고. 내가 레즈비언이라고 생각한 사람은 얼마 없었어요. 이성애자로 보인 모양이죠."

"그럼…… 일부러 그러신 건가요?"

코니는 숨을 깊이 들이쉬었다. "그 문제는 별로 생각하고 싶지 않았어요. 시위에 나가고, 머리를 밀고, 모든 남자를 증오할 필요를 느끼지 못했죠. 하지만 묻어두었을 뿐인지도 모르죠. 난 늘 원하는 걸 내 힘으로 얻는 데 더 관심이 많았던 것 같아요. 정치적인 것보다는 개인적인 것이 먼저."

"두 가지가 같아야 하는 것 아닌가요?" 내가 말했다.

코니는 웃었다. "물론이죠. 그러면 나는 이기적인 나르시시스트가 되겠군요." 코니가 시선을 돌렸다. "급진적인 행동 그 자체가 나라고 생각하고 싶었어요. 게으른 걸지도 모르겠군요. 정말로 숨은 걸지도 모르고. 글쎄요. 확실한 게 있다면, 나보다는 항상 내가 사랑한 여자들이 더 안됐다고 느꼈다는 거죠."

마음이 이상해졌다. "왜 그렇게 느끼셨어요?"

코니는 한숨을 쉬었다. "그 사람들을 쉽게 사랑할 수 없었어요. 사랑한다는 걸 **알긴** 하는데 잘 드러내질 못했죠. 그들은 유령을 사랑한다고 느꼈을 거예요."

뭐라고 대꾸해야 할지 알 수 없었다. 충분히 캐물은 데다, 코니가 내게 반감을 느끼고 입을 다물어버리는 건 원하지 않았다. 코니의 눈가가 촉촉해졌고, 울퉁불퉁한 손가락은 왕좌에 앉은 듯 의자 양 팔걸이를 잡고 있었다. 너무 많은 이야기를 하고 속내를 털어놓아 지친 표정이었다. 나는 그 얼굴에 서서히 슬픔이 드리우는 모습을 보았다. 다가가서 위로해주고 싶었다. 내 어머니가 이 방에 있었다고, 옛사랑, 보이지 않는 실이 그녀가 남기고 떠난 이들을 하나로 묶어준다고 말하고 싶었다. 하지만 나는 크리스마스트리 옆에서 움직이지 않았다.

25

자신이 유령이라던 코니의 말이 자꾸 떠올랐다. 지금껏 나는 이 집에 유령이 있다면 엘리스 모소뿐일 거라고 생각했다. 코니는 자신만이 아는 이유로, 내게 어린 시절 이야기를 들려주었다. 코니가 우러러보던 장교 출신 아버지는 요즘이라면 외상 후 스트레스 장애 진단을 받았을 것이다. 어머니는 무심한 사람이었고, 동생 마이클과 그의 아이들은 부재했다. 그리고 무엇보다 자신의 성정체성과 자아가 가까운 사람들에게 소극적으로 부정당했으리라. 자기 이야기를 털어놓는 행동, 그게 우정처럼 느껴졌던 것 같다. 신뢰를 통해 건넨 감정이랄까. 나는 영광스러워 얼굴이 빨개졌고, 자기 자신으로 살 수 없다고 여기던 젊은 시절의 코니 때문에 마음이 아팠다. 소외감과 거리 두기의 필요성이 어른이 된 뒤에도 지속되었을까 궁금했다. 아마 그랬을 것이다.

뚜렷한 의도를 가지고 코니의 집에 왔지만 앞길이 뒤죽박죽 알 수 없어진 기분이었다. 코니가 내게 속마음을 털어놓기를 바랐고, 의도적이든 우연이든 어머니에 대해 조금이라도 더 알려주기를 간절히 바랐다. 하지만 세련되고 지적이며 강인한 모습 밑에서 드러낸 연약함 때문에 죄책감과 보호 욕구를 느꼈다. 어쩌면 그저 여기서 코니를 보호해주어야겠다고 생각했다. 머릿속을 떠다니는 사람이 아니라 여기 존재하는 사람에게 집중해야 하는 것이 아닐까?

*

크리스마스이브 아침, 켈리는 영국 시골로 가서 장작을 패고 있었다. 배 나온 켈리가 도끼로 죽은 나무를 쪼개는 모습이 마음에 들었다. 나는 우리 아파트 거실에서 가족 선물을 모두 포장하면서 리본을 멋지게 묶으려 애쓰고 있었다. 바디로션, 와인, 클렌징 수건(마법 같은 각질 제거 기능이 있다는데 데이지는 아마도 모욕으로 받아들일 것이다) 등등 좋은 선물을 사려고 최선을 다했지만 전부 그다지 특별하진 않았다. 도로시에게 막판에 서둘러 준비했다는 사실을 간파당하지 않기 위해, 선물 포장지를 깔끔하게 접으려 카펫 위로 허리를 숙인 채 애쓰다 보니 어깨가 아팠다. 나는 코니의 집에 가서 선물(상당한 시간을 들여 정했고, 만족스러웠다)을 주고 샴페인을 마신 뒤 나올 계획이었다. 코니는 그러길 원한다고 내비쳤다. 그러고는 조와 윔블던으로 가서 그의 가족과 함께 크리스마스를 보낼 예정이었다.

조는 내가 만난 적 없는 새 친구와 이른 크리스마스 맥주를 한잔하러 나갔다. 이름은 찰스인데, 런던 요리업계 소셜 미디어에서 영향력이 굉장히 큰 사람이었다.

한 잔으로 끝나지 않는 모양이었다. 마침내 현관문이 열리더니 조가 거실로 들어왔다. "안녕." 그는 선물, 포장지, 테이프에 둘러싸인 채 앉아 있는 나를 내려다보았다. "당신이 다 했네."

나는 그를 쳐다볼 수 없었다. "내가 다 했어. 어젯밤에 셀프리지스 백화점에 다녀왔어."

"정말 고마워. 사람 많았어?"

"굉장히."

"같이 갔어야 하는데."

나는 깔끔하게 쌓아놓은 선물 더미를 계속 내려다보았다. "펍은 어땠어?"

조가 소파에 앉더니 휴대전화를 꺼냈다. "좋았어. 찰스는 괜찮던데. 우리가 새해에 팝업을 할 기회가 있을지 모른댔어. 바보 같은 디톡스 유행이 지나가면. 2월에 런던 브리지에서 열리는 새 푸드 페스티벌에 나를 추천해줄 거래. 거기 홍보를 다 맡고 있다고."

"잘됐네." 내가 말했다. "있잖아, 당신은 내가 선물 준비하는 걸 도와줬어야 해. 당신 가족 선물이잖아."

조가 나를 보았다. "응. 정말 미안해. 하지만 찰스는 오늘만 만날 수 있어서……."

"그럼 어젯밤에 내가 백화점에 갔을 때는?"

"당신이 가는 줄 몰랐어. 오늘 아침에 살 계획이었거든. 내가 그렇게 하는 거 알잖아." 그는 다시 휴대전화를 들여다보았다.

"그래, 그래서 작년엔 당황하는 바람에 사람들이 원하지도 않는 물건을 사느라 돈을 너무 많이 쓰고 말았지."

나는 멈췄다. 내 목소리가 들렸다. 내가 순수하고 정당한 불쾌감을 표출하면, 조는 너무나 간단히 징징거린다고 비난했다. 내 분노를 그런 식으로 쉽게 모면한다는 것, 그의 교묘한 변명에 내 분노가 본래 향하던 방향에서 그렇게 쉽게 일탈된다는 것이 화가 났다.

"하지만 그런 건 당신이 너무 잘하잖아, 로지." 조가 말했다.

"아니. 나도 당신이나 마찬가지야. 하지만 선물도 없이 그분들 댁에 갈 순 없고……."

"난 뭘 사야 할지 몰라." 조가 말했다.

"왜 가족에게 물어보지도 않아?"

그는 마침내 휴대전화를 내려놓았다. "그러면 크리스마스 선물을 보고 깜짝 놀랄 수 없잖아." 그 말에 나는 비명이 튀어나올 것 같았다.

"그럼 삼십 초라도 생각 좀 해보지 그래?" 내가 말했다.

"선물 값은 줄게." 그가 이렇게 대답하고는 다시 휴대전화를 들었다.

바로 그것이었다. 너무나 무성의하고 책임감이라고는 없는 반응. 그동안 조를 대신해 그의 가족에게 사다 바친 선물이 전부 떠올랐다. 배 속에서 뜨거운 분노가 치밀고 울화에 사지가 떨렸다. 나는 눈을 감은 채 멈추려고, 꾹 참으려고 했다. 그러나 참고 싶지 않음을 깨달았다. 켈리가 생각났다. 코니가 생각났다. 코니의 어머니가, 내 어머니가 생각났다. 도로시도. 문득 내가 돈을 얼마나 싫어하는지 생각났다. 켈리가 고함을 치고 나서 얼마나 속이 시원해 보였는지 생각났다. 헤어질 때 우리가 얼마나 꼭 끌어안았는지. 울타리가 에워싼 시골집에서 켈리가 도끼를 들고 걸어 나가는 모습이 떠올랐다.

"코니가 이번 크리스마스에 함께 있어달래." 내가 말했다.

조가 다시 휴대전화를 내려놓았다. "뭐?"

"그래서 그렇게 할 거야."

"그러면 안 돼."

"아니, 돼."

"안 돼. 엄마는 당신도 오는 줄 알아. 음식을 준비할 거야. 자리도 준비하고." 그의 얼굴에 당혹감이 떠올랐다.

"그 자리는 치우시면 되겠지. 본드로 붙인 게 아니라면."

"농담하지 마. 크리스마스잖아."

상관없어 상관없어 상관없어 상관없어 상관없어. 이 말이 증권거래소 스크린처럼 머릿속에서 줄지어 지나갔다.

"엄마를 그렇게 우습게 만들어야겠어?" 조가 갑자기 말했다.

"뭐? 난 그런 적 없어."

"로즈, 그저 이번만이라도 당신이 우리 편인 걸 알면 정말 좋겠어. 알지?"

"무슨 소리야? 난 당신 편이야, 조."

"그 늙은이한테 보이는 열의를 당신과 나, 우리 사이에 보여주면 좋겠다는 생각이 들어서 그래."

"닥쳐." 내가 말했다.

조는 충격받은 표정이었다. 나는 선물 쪽을 향해 팔을 흔들었다. "이름표까지 붙였어." 나는 계속했다. "전부 다. 가방에 넣기만 하면 돼."

"말도 안 돼. 당신 지금 화가 나서 그래. 진정하면 다 괜찮아질 거야."

"아니, 조. 당신은 몰라. 도저히 몰라."

그가 숨을 들이쉬었다. "그거 알아? 당신 말이 맞아. 솔직히 난 모르겠어. 당신에게 대체 무슨 일이 일어났는지 모르겠다고."

"뭐?" 내가 말했다.

"그 일을 맡은 후로 말이지."

"내 일을 탓하지 마, 조. 그러지 마." 내가 말했다.

"하지만 다 망가졌어. 당신이 변하고 있잖아."

"아, 말도 안 되는 소리 그만해." 내가 말했다.

"우리 사이가 너무 엉망이라……."

"내가 장담하는데 그 일을 하기 전에도 엉망이었어." 나는 일어나서 조 앞에 섰다.

"로즈, 도대체 어떻게 된 거야?" 조가 재미있다는 표정을 지으며 말해서 머리끝까지 화가 났다. 조는 이성적인 척, 최선을 다해 설명하며 내 수준에 맞춰주는 척, 자신이 성격이 좋아 나를 내버려두는 척하길 즐겼다.

"어떻게 된 거냐니, 무슨 소리야?" 내가 말했다.

"당신 변했어. 그래서 무서워. 당신이 무섭다고."

"내가 무서워?"

조는 소파에 기대며 동정하는 눈빛으로 나를 살폈다. "당신이 이럴 때면 감당을 못 하겠어." 그가 말했다.

"철 좀 들어. 빌어먹을, 제발 철 좀 들라고." 내가 말했다. 걸어가서 벽을 걷어차고 싶었지만 참았다.

조의 눈이 휘둥그레졌다. "이렇게 히스테리를 부리면 대화를 할 수 없어."

"히스테리를 부리는 게 아냐. 화가 난 거지. 그리고 난 화를 낼 권리가 있어."

"제발 목소리 좀 낮춰. 옆집 애가 깨겠어."

"좋아. 바라는 바야." 내가 쉿소리로 말했다. 아파트 한쪽에서 옥상 층을 짓는 공사를 하느라 우리는 반년쯤 잠을 못 잤고, 반대쪽에는 밤낮 울어대는 아기가 있었다. 조를 향해 너무 심한 분노가 느껴졌다. 애들이란 애들이 죄다 깨어나 몇 시간쯤 부모들을, 그리고 조를 괴롭혔으면 했다. 그리고 소시지 같은 다리로 거리에서 행진하며 작은 주먹으로 플래카드를 흔들고, 이 아파트로 들어와서 조를 에워싸고 '이번 생엔 뭘 하는 건가요, 아저씨?'라고 외치기를 바랐다.

"당신이랑 있다 보면 어린애한테 이야기하는 것 같아." 그는 목소리도 높이지 않고 말했다. 이성적인 척하고 있다는 걸 알기에 주먹으로 치고 싶었다. "제발…… 피곤하게 굴지 마, 로즈."

"**나**더러 피곤하게 굴지 말라는 거야?"

"응. 당신은 존나 피곤해." 조가 말했다. "우리 모두 그렇게 생각한다고."

어처구니가 없었다. "그거 알아, 조? 크리스마스 따위 집어치워."

"방금 뭐라고 했어?" 조가 말했다.

"크리스마스고 나발이고 집어치우라고. 빌어먹을 윔블던에 너 혼자 가서 너희 **빌어먹을** 가족이랑 지내." 내가 선물을 걷어차자 상자가 사방으로 흩어졌다.

조는 혐오감, 그리고 그쯤 되자 음침한 만족감이 뒤섞인 표정으로 날 보았다. "이럴 줄 알았어. 넌 미친 사이코야."

*

조는 다시 나갔다. 어디로 가는지는 알 수도 없고 관심도 없었다. 나는 취한 기분으로, 낯설지만 확실한 느낌으로, 더플백에 짐을 쌌다.

코니 선물만 챙겨들고 문을 잠갔다. 현관에서 눈을 문지르고는 깊이, 속이 후련하도록 심호흡을 두 번 한 뒤 밖으로 나갔다.

우선 세인즈버리 슈퍼마켓에서 커다란 햄을 샀다. 코니가 먹을 것에 대해 고상한 취향이 없는 점도 좋았다. 코니에겐 세인즈버리나 포트넘이나 별다를 바 없었다. 코니는 크리스마스 점심으로 만들어서 파는 칠면조 샌드위치를 먹었을 것이다. 나는 치즈와 야채, 구울 닭 한 마리, 와인, 초콜릿 디저트, 더블 크림을 담았다. 모든 것이 내가 마음속으로 느끼는 강렬하고 엄청난 자아, 조와 함께 그 일을 하지 않고 이 일을 하고 있다는 데서 느끼는 어지러움과 자유를 반영하는 선택이었다.

하지만 노스 런던으로 가고 있자니 조금씩 의심이 들었다. 코니가 날 집에 들일까? 받아주고, 지내라고 해줄까? 아니면 내가 지나치게 선을 넘는 걸까? 모험을 해보기로 결심했다. 따듯한 난롯불과 좋은 음식…… 코니는 세이렌의 노랫소리 같았다. 그 크리스마스 트리마저 보고 싶은 지경이었다.

나는 그냥 들어가지 않고 초인종을 눌렀다. 장바구니 여러 개와 더플백을 들고 선 날 보더니 코니는 눈썹을 치켜올렸다.

"근사한 저녁을 먹을 수 있을 것 같아서 왔어요." 내가 말했다. "제가 요리할게요."

"조의 부모님 댁에 가기로 하지 않았어요?" 코니가 눈을 가늘게 떴다. "동정심에서 온 건 아니죠? 나한테 밥 크래칫•처럼 굴고 있는 건 아닌가요?"

"아니에요, 코니."

"음." 코니는 이렇게 말했지만 돌아서서 집으로 들어갔다. 따라오라는 신호였다.

• 찰스 디킨즈의 〈크리스마스 캐럴〉에 나오는 등장인물

*

"수프와 빵을 먹으려던 참이었어요." 코니가 주방에서 말했다.

"아! 음, 그렇겠죠. 하지만……."

"하지만 근사한 저녁도 좋겠죠."

나는 장바구니를 뒤지기 시작했다. 코니가 날 보고 있을 것이다. "괜찮은 거예요?" 코니가 말했다.

"물론이죠."

"좋아요. 그런 게 아니라면 내키지가 않아서. 그러니까, 당신 때문에요."

"너무 방해를 했나요? 뭐 한 잔 마시고 돌아가도 괜찮은데……."

"아니, 아니에요." 코니는 장바구니를 들여다보며 말했다. "냉장고에서 한 병 꺼내요. 혹시 초콜릿도 샀나요?"

"금화 초콜릿을 한 봉지 사 왔어요." 내가 이렇게 말하자 코니는 웃었다. 나는 냉장고로 가서 시원한 샴페인을 한 병 찾았다.

"그럼 따봐요." 코니가 말했다.

나는 시키는 대로 두 잔을 따랐다. "건배." 내가 말했다.

"건배." 코니도 대답했다. "해피 크리스마스, 로라."

"해피 크리스마스, 코니." 나도 대답하고는 마법의 약이라도 된다는 듯이 샴페인을 마셨다.

*

닭을 굽고 다른 것들을 준비하는 사이 코니는 일하러 위층으로 올라갔다. 음식이 준비되자 우리는 식탁에 마주 보고 앉았다. "당신 요리는 정말 대단해요." 코니가 기쁜 한숨을 쉬며 말했다.

"고마워요."

"재능을 여기서 낭비하고 있는 거죠."

나는 아무 말도 하지 않았다. "로라." 코니는 손을 뻗어 내 손을 잡으면서 말했다. 따뜻하고 믿음직한 손길에 몸에서 긴장이 빠져나갔다.

"네?"

"크리스마스에 여기서 지내주면 좋겠어요." 코니는 손을 떼지 않은 채 내 눈을 보았다. "저 방은 당신 거예요. 얼마든지 있어요."

*

코니는 2층 빈방에 잠자리를 마련해주려 했지만 손이 말을 듣지 않아서 침대 정리는 내가 마쳤다. 꼭 닫힌 커튼, 세탁한 이불 커버, 머리맡 탁자 위에 놓인 작은 스탠드의 흐릿한 노란 불빛이 떠오르게 하는 어린 시절, 그 옆에는 코니가 침실 문 앞에서 멋쩍게 들고 있던 호랑가시나무 화병. 나는 감동했다. 조와 함께 가지 않고 여기 온 까닭을 묻지 않아서 더욱 그랬다. 코니는 캐묻지도, 눈치를 살피지도 않았다. 하지만 나는 코니가 생각하는 사람이 아니라는 사실에 몹시 죄책감이 들었다.

코니의 빈방에서 보내는 크리스마스 밤. 시간이 정지한 것 같았다. 코니는 아주 늦게까지 깨어 있었고 나는 코니의 아주 조용한 발걸음이 계단을 내려가 침실로 향하는 소리를 들었다. 결국 나는 잠이 들었다. 어머니와 함께 바닷가에 간 꿈을 꾸었다. 아버지가 어머니를 불러낸 브르타뉴의 바닷가가 아니라 코니의 새 책에 나오는 해안 같았다. 어머니의 뒤를 따라 여기저기 돌아다니는 내게 매사추세츠의 모래는 진짜처럼 느껴졌다. 우리 둘 다 무언가 찾고 있었지만 어머니는 나를 돌아보지 않았다. 나는 어머니 얼굴을 볼 수 없었다. 내가 무언가를 잘못했다. 나는 진실하지 않았고, 어머니는 나를 돌아보지 않았다.

26

이튿날 아침, 한순간 여기가 어딘가 싶었다. 침대는 더블에서 싱글로 줄어 있었고 방 구조도 낯설었으며 희미한 아침 햇빛이 너무나 달랐다. 사방이 고요했다. 몸을 뒤척이자 어제가 떠올랐다. 아파트에서 말다툼, 바닥에 흩어진 선물들, 샴페인과 닭고기 요리. 코니의 집. 빈방. 호랑가시나무 화병. 크리스마스.

오늘 내게는 크리스마스 선물이 없을 것이다. 흥분해서 얼굴이 달아오른 루시아와 윌프도 없고, 코르크스크루를 찾아 어슬렁거리는 벤도, 도티나 데이지도 (세상에, 둘의 이름을 나란히 붙여 보니 너무 우스꽝스러웠다) 없을 것이며, 무엇보다 조가 옆에 없을 것이다. 제일 먼저 안도감이 느껴졌고 이내 당혹감과 두려움이 뒤를 이어 덮쳐왔다. 울음이 터질 순간을 조용히 기다려봤지만 눈물은 나지 않았다.

탁자 위에 놓아둔 휴대전화를 확인했다. 아버지가 문자 메시지를 보냈다. **우리 예쁜 로즈, 크리스마스 즐겁게 보내렴. 너희 모두 사랑한다. 사랑하는 아빠와 클레어.**

해피 크리스마스, 아빠! 두 분 다 멋진 하루 보내세요. XXX• 나도 답장을 보냈다.

휴대전화를 내려놓고 호랑가시나무의 가시에 검지 끝을 살짝 댔다. 조에게서는 아무 말이 없었다. 가족에게 뭐라고 했는지 궁금했다. 내가 브르타뉴에 갔다고 했겠지. 그게 가장 안전한 거짓말이다. 도로시라고 해도 크리스마스에 나를 혼자 두지는 않을 것이다.

놀랍게도 아버지는 곧바로 답장을 보냈다. **선물은 마음에 드니?**

아버지의 선물을 아파트에 두고 왔음을 깨달았다. 코니에게 줄 선물만 가져왔을 뿐이었다. 나는 이따금 청소하며 집 안을 둘러보다가 코니가 담배도 피우지 않으면서 열심히 모아둔 재떨이를 보았다. 중고품 가게에서 크리스마스 선물로 알맞을, 아르데코 문양의 아름다운 재떨이를 발견했다. 진짜 골동품 딜러처럼 진짜 제대로 된 가게에서 파는 물건 같았다.

아직 안 열어봤어요! 나는 문자 메시지를 보냈다.

☹ 조한테 좋은 선물 받았니?

아직 아무것도 열어보지 않았어요. 아침 먹는 중이에요.

클레어가 너 잘 있냐는데?

잘 있어요. 두 분은 좋은 시간 보내고 계세요?

그래. 알았다, 딸. 잠깐 통화 좀 할까?

*

코니가 창가 의자에 수건 두 장을 놓아두었다. 나는 청바지와 블

• 입맞춤을 뜻하는 영어권 문자 표현

라우스를 입은 다음, 작은 수건을 들고 금색과 검은색으로 꾸며진 욕실로 가서 세수를 하고 이를 닦았다. 마치고 나오니 코니가 침실 문 앞에서 기다리고 있었다. "일어난 소리가 들렸어요. 해피 크리스마스." 코니는 평소처럼 검은색 옷을 입었고 피곤해 보였다.

"해피 크리스마스!" 내가 말했다.

"보통 크리스마스에는 뭘 하죠?" 코니가 물었다.

"선생님이 하시는 일은 뭐든지 할게요."

"사실 난 아무것도 안 해요." 코니는 긴장한 표정을 지었다.

"음, 그럼 아무 규칙도 없네요." 내가 대답했다.

"저 햄 삶을 수 있어요?" 코니가 말했다.

"삶을게요."

"차 한잔할래요?" 코니가 물었다.

"그건 제가 할 일이죠. 정말……."

"크리스마스잖아요. 규칙은 없어요." 코니가 이렇게 말하더니 계단참을 따라 힘차게 걸어갔다. 침실 안에서 내 휴대전화가 울리기 시작했다. 코니가 돌아보고는 말했다. "조가 전화한 걸까요?"

"아마 아버지일 거예요."

"그럼 받는 게 낫겠네요."

나는 안으로 들어가서 전화를 받았다. "아빠, 안녕하셨어요."

"안녕, 우리 딸. 해피 크리스마스."

아버지 음성을 듣자 곧바로 마음이 무거워져 침대 가장자리에 털썩 앉았다. 반가웠지만 그 소리가 지금 이 집에 와 있는 사람과 다른, 어린 시절의 나를 끌어냈다. 눈물이 고이고 온몸이 뜨끈해졌다. 바닷가에서 대화를 나누다가 아버지가 콘스턴스 홀든이라는 존재를 내 삶에 데려다놓은 이후 처음으로 음성을 듣는 것이었다.

"듣고 있니?" 아버지가 말했다.

"네."

"아무 일 없니?"

나는 매트리스 위에서 뒤로 물러나 벽에 등을 기댔다. "잘 있어요. 제가 크리스마스에 좀 별로인 거 아시잖아요."

아버지는 잠시 아무 말이 없었다. "너한테 한 이야기를 생각해봤다. 네 엄마 이야기 말이다."

나는 눈을 감았다. "네?"

"그렇게…… 그렇게 네게 그 문제를 떠맡기지 말아야 했는데."

나는 다시 눈을 뜨고 방 안을 둘러보았다. 코니의 극장 포스터, 초록색 줄무늬 벽지, 책이 가득한 책장. 아래층 주방 카운터에서 코니가 홍차 머그잔을 달그락거리는 소리가 들렸다. 아버지에게 내가 지금 어디 있는지 사실대로 말하는 상상을 해보았다. 그럼 어떻게 될까? 아버지가 내 말을 믿지 않을 수도 있다.

"아주 오래전 일이다." 내가 아무 말이 없자 아버지가 자신 없는 목소리로 말을 이었다.

"알아요. 괜찮아요, 아빠. 그렇게 말씀해주셔서 고마워요."

"올해는 너희가 여기 왔으면 좋았을 텐데."

"네." 나는 몸을 앞으로 숙여 엄지와 검지로 단단하게 구부러진 호랑가시나무 잎을 문질렀다. 참 튼튼했다. "그럴 걸 그랬나 봐요."

"클레어가 새해에 너와 조를 만나러 가자는데, 그럼 좋겠니?"

나는 아버지의 질문에 감추어진 진심을 가늠해보았다. 내키지 않는 걸까? 사실은 내가 그럴 필요 없다고 말하기를 기대하는 걸까? 만약 아버지가 방문을 제안하고 그 가능성에 기쁨을 표하는 거라면 달랐으리라. 하지만 클레어의 생각이었다. 나는 상상해보왔다. 아버지와 클레어가 페리를 타고 포츠머스에 내려 조의 아파트에 갔더니 내가 없는 상황. 실은 내가 일도 버리고 조도 버리고, 하필 콘스턴스 홀든 집에서 일한다는 사실을 깨닫는 상황을.

"정말 괜찮아요." 내가 밝게 말했다. "1월은 너무 추워요. 그러실 필요 없어요. 전 잘 있으니까."

"좀 더 의논해보자. 네가 좋다면 언제라도 좋아." 아버지는 다시 머뭇거렸다. "혹시…… 내가 해줄 일은 없니?"

"네."

"그래. 음, 나중에 문자 메시지 보내마. 하지만 즐겁게 보내렴, 알았지? 뭐 한잔 마시고. 도로시가 네게 맛있는 걸 만들어주면 좋겠구나."

"햄을 삶고 있어요." 내가 말했다.

아버지가 웃었다. "물론 그러겠지." 잠시 침묵이 흘렀다. "사랑한다." 아버지가 말했다.

"저도 사랑해요." 내가 말했다.

전화를 끊었고, 나는 잠시 쓰라림을 느끼며 앉아 있었다. 잠시 후 코니가 차를 마시러 오라고 불렀다.

*

그날 오전에 나는 햄을 삶고 파슬리 소스를 만들면서 감자, 당근, 파스닙, 방울양배추를 구웠다. 코니는 이른 아침 만난 이후로 취해서 식탁에 앉아 있었다. "하루 쉴래요." 코니가 말했다. "아주 행복한 크리스마스네!"

코니는 분명히 크리스마스 장식과 함께 샀을 상자에서 폭죽을 꺼내주었다. 우리는 폭죽 두 개를 당기고, 그 안에 들어 있던 재미없는 농담을 읽었다. 나는 병따개가 달린 열쇠고리, 코니는 미니 퍼즐을 얻었는데, 코니는 열어보지도 않고 곧바로 한쪽으로 치워버렸다. 우리는 머리에 종이 왕관을 썼다. 코니는 자주색, 나는 초록색 왕관을 쓰고 하루 동안 여왕과 공주가 되었다. 코니에게 선물을 주었더니 끈을 풀고 테이프를 떼느라 끙끙대며 부끄러워했다. 손 뻗어 도와주고 싶었지만 그러면 싫어할 것 같았다. 마침내 티슈페이퍼를 벗기고 안에 든 재떨이를 본 코니가 기뻐했다. 즐거워하면서 재떨이를 만져보는 광경에, 나는 얼마만인지 모를 행복을 느꼈다. "정말 완벽하군요!" 코니가 진심으로 놀란 표정을 지으며 나를 보았다.

"마음에 드세요?"

코니는 재떨이를 살며시 내려놓았다. "옥인가요? 옥 같은데요. 20년대 물건인가요?"

"그럴지도 모르겠어요." 내가 말했다.

"세상에. 정말…… **사려 깊은** 선물이에요!"

이번에도, 누군가 코니에게 사려 깊은 행동을 한 지 오래된 것 같다는 인상을 받았다. 코니는 자기가 얼마나 고마워하는지도 모르는 것 같았다. "조가 도와줬어요?" 코니가 말했다.

"조?"

"음, 골동품일 테니까요."

"아…… 네. 조금 도와줬어요."

"고맙다고 전해줘요."

"그럴게요."

코니는 사라지더니 잠시 후 돌아와 수줍게 작은 가방을 내밀었다. “해피 크리스마스.” 코니가 말했다.

“코니, 이러실 필요…….”

“주고 싶었어요.” 코니가 말했다.

가방 안에 상자가 들어 있었다. 상자 안에는 알파벳 ‘L’ 모양 펜던트를 매단 금 목걸이가 있었다. “빅토리아 시대 물건이에요. 마음에 들어요?”

정말 마음에 들었다. 아름답고 섬세한 목걸이인데, 손에 쥐고 있으니 슬퍼졌다. 그것은 내 거짓말을 상기시키는 물리적인 증거였다. 한편으로는 너무나 목에 걸고 싶으면서도 다른 한편으로는 코니 앞에 무릎 꿇고 본명을 말한 뒤 이런 선물을 받을 자격이 없다고 설명하고 싶었다.

“왜 그래요?” 코니가 염려스러운 표정으로 물었다. “마음에 안 들어요?”

“아, 아뇨. 아니에요. 정말 마음에 들어요, 코니. 아름다워요. 하지만 이러시지 않아도 돼요.”

“걸어볼래요?”

목걸이에 마법이 걸려 있어서 살갗에 닿자마자 거짓말쟁이를 불태워버릴 거라고, 나는 기대 반 희망 반의 심경으로 그 말에 따랐다. 하지만 아무 일도 없었다. L 모양 펜던트는 쇄골 사이 오목한 부분에 꼭 맞았다. 내 것처럼 느껴졌다.

“최고예요.” 코니가 말했다. “그럴 줄 알았어.”

“고맙습니다.”

“아뇨. **내가** 고맙죠, 로라.” 코니는 살짝 부끄러운 표정을 지었다. “당신을 찾아내서 정말 기뻐요.”

코니가 창피한 듯 걸어갔다. 나는 복잡한 감정과 싸우며 스토브로 가서 파슬리 소스를 저었다. L자를 목에 걸고 종이 왕관을 쓴 채 코니의 따뜻한 주방에 있으니 평화로운 순간이 내 것처럼 느껴졌다. 이 안에서는 안전하지만 바깥세상은 춥고 짜임새 없었다. 사실대로 실토한 뒤 이 목걸이를 돌려주면 쫓겨날 가능성이 있었다. 그건 도저히 견딜 수 없었다.

"나와 함께 있는 걸 조도 아나요?" 코니가 물었다.

"아뇨."

"걱정하지 않을까요?"

"아마 안 할 거예요." 나는 계속 소스를 저었다. "제가 냉정하대요." 내가 불쑥 말했다. "코니, 제가 냉정한 것 같으세요?"

"아뇨. 그렇지 않아요." 코니가 말했다.

흐느낌이 차오르기에 꾹 눌렀다. 코니의 친절함을 바라면서도 정작 친절하게 대해주면 받을 자격이 없다는 기분이었다. "가끔 냉정한 것 같아요." 나는 나무스푼을 든 채 코니를 향해 몸을 돌렸다. "제가 할 수 있는 일들요." 내가 하는 소리에 놀라 입을 다물었다.

코니는 이맛살을 찌푸렸다. "할 수 있는 일들이라뇨?"

파슬리 소스 한 방울이 바닥에 떨어졌다. 말을 할 수가 없었다.

"자신에게 너무 가혹하게 굴지 말아요, 로라. 그리고 소스를 흘리고 있어요."

"코니." 나는 목멘 소리로 말하면서 스푼을 냄비에 넣었다. "크리스마스에 안 좋은 감정을 일으킬 생각은 없어요. 정말이에요."

코니는 구부러진 손으로 내 걱정을 떨쳐내며 말했다. "그렇지 않아요. 좀 걱정이 돼서 그래요. 최근에 안색이 창백해서요."

"제가요?"

"조랑 멀어지고 있는 것 같은데요?"

"이렇게 될 줄은 몰랐어요." 내가 불쑥 말했다.

"내 집에 온 거 말이에요?"

"제 인생요. 전 곧 서른다섯 살이거든요." 이름 모를 슬픔이 목구멍에 차오르는 것 같았다. "전…… 무슨 일을 해야 할지 알게 될 줄 알았어요."

"무슨 일을 해야 할지 아는 데는 참 오래 걸려요, 로라. 삼십오 년보다 더 오래."

이제는 눈물이 흘렀다. "그 사람을 사랑하는 것 같지 않아요." 나는 슬픔에 목메어 말했다. "코니. 어떻게 해야 할지 모르겠어요."

흐느낌이 시작됐다. 나는 스토브 옆에 서 있었다. 코니가 다가오더니 조심스럽지만 따뜻하게 끌어안았다. 나는 고개를 숙여 그녀의 어깨에 기대고 눈물이 흐르도록 두었다.

*

십오 분 정도 지난 뒤 우리는 응접실에 앉았다. 나는 트럭에 치인 기분이었지만, 한바탕 울고 나니 말 꺼내기가 더 나았다. 소리 내어 말하기 두렵던 문장을. "전에는 없던 일이에요." 내가 말했다.

"뭐가요?" 코니가 부드럽게 말했다.

나는 속이 텅 비어 하늘로 날아오를 것 같은 가벼운 기분으로 카펫만 내려다보았다. "다들 날 계속 좋아했으면 하는데 사람들이 날 좋아하지 않게 된 경험은 전에도 있었어요. 지독한 일이죠. 미칠 것 같았어요. 하지만 이런 적은 없었어요. 누군가에게 품고 있던 사랑이…… 내게서 **빠져나가는** 느낌. 서서히 물이 빠지면서 마르는데 그게 옳은지 그른지 원하는지 원치 않는지 모르는 것 같은 느낌. 이제 안 되겠다고 계약을 파기하고 싶은 건지 아닌지, 아무것도 느껴지지 않아요. 제가 누군지 모르겠어요. 아무것도 상관하지 않아요. 다만…….” 나는 말을 멈췄다.

“다만 뭔가요?” 코니가 물었다.

“다만 여기 있고 싶어요.” 내가 말했다.

코니는 생각에 잠긴 표정이었다. “사실은 여러 가지를 느낀 모양이군요. 하지만 그걸 믿지 않는 거죠. 어쩌면 이제 정말 당신을 믿어야 하는 시점에 온 것 같아요. 로라, 당신은 느끼지 못한 게 아니에요. 새로운 감정이라 느끼기가 두려운 거죠. 이 세상에 자신을 믿는 것 이외에 대안은 없다는 거, 알고 있죠.”

나는 침을 삼켰다. “그럴 수 있을지 모르겠어요.”

“들어가본 적은 없지만 존재할 거라고 추측하던 방에 발을 들이는 거라고 생각해요. 열쇠만 있으면 들어가기는 쉬워요. 하지만 그 방이라는 현실, 새로운 규모, 새로운 가구, 조명 위치…… 그건 당신 상상과는 다를 거예요. 하지만 다른 문은 닫혔으니 그 방이 당신이 있어야 할 곳이죠.”

“전…… 제가 **작게** 느껴져요.” 내가 말했다.

“당신은 작지 않아요. 그 반대죠. 하지만 사랑을 받아들이는 데 치러야 할 값이 있듯이 벗어나는 데도 치러야 할 값이 있죠.”

그녀의 음성에서 느껴지는 무언가에 고개를 들었다. “선생님 경험으론 그 값이 무엇인가요?”

코니는 한숨을 쉬면서 골똘히 생각했다. “어떤 방식으로든, 순수할 권리를 포기해야죠. 사랑하던 사람을 떠날 때 진정한 자신에게 더 가까이 다가가는 거예요.”

27

크리스마스에서 1월 1일까지 나는 코니에게 꼭 붙어서 지냈다. 조에게는 전화하지 않았고 켈리는 아직 황무지의 시댁에 있었다. 나는 코니의 집에서 자면서 코니가 사준 목걸이를 벗지 않고 걸고 있었다. 조는 12월 27일에서야 문자 메시지를 보냈다. 분명 아파트에 돌아와 내가 떠난 것을 본 다음이었으리라.

어디 있어? 그가 이렇게 적었다.

당신도 해피 크리스마스. 코니 집에 있어.

여전히 어머니를 찾고 있어? 아직도 못 찾았고?

나는 답장하지 않았다.

12월 31일에 그는 다시 메시지를 보내 마지막 메시지에 대해 사과했다. 자기 말투가 부당했으며 미안하다고 했다. 그는 내가 잘 있기를 바라고, 곧 이야기를 할 수 있으면 좋겠다고 했다. **12월 31일에는 뭘 할 계획이야?** 그가 물었다. **코니 집에 있을 거야.** 내가 대답했다. 이번에는 내가 답신을 받지 못했다. 나는 여전히 어머니를 찾고 있지만 수색은 거의 태업중이었다. 코니에게 요리를 해주느라 대부분의 시간을 보냈다. 파도바에서 요리 수업을 받았다는 말을 들은 이후로 코니는 이탈리아 요리를 더 많이 요청했고, 나는 날마다 휴대전화로 '최고의 가정식 파스타 만들기' 따위의 글을 검색했다. 코니와 나는 히스로 천천히 걸어갔다가 돌아와서 크럼피트 케이크에 홍차를 마셨고, 내가 만든 당근 머핀은 겨우 잠시 인기를 끌었다. 그리고 그러는 사이사이에 타자를 쳤다. 어머니에 대해 생각은 했지만 어릴 때처럼 점점 더 추상적인 의미에서 생각하게 되었다. 꿈의 여인(아무에게도 발견되기 원하지 않은 여인) 혹은 내가 실은 두려워서 찾아내지 못하는 사람이랄까? 처음 코니의 집에 들어섰을 때, 정말로 모습을 드러내고 모든 것이 해결될 것 같았던 그때, 어머니는 더 뚜렷하게 느껴졌다. **소설은 아무것도 바로잡아 주지 못해요.** 코니가 데버라에게 말했다. **하지만 적어도 시도는 하죠.** 그러나 《변심》의 타이핑이 끝나가면서 나는 처음보다 어머니에 대해 더 알 수 없어진 것 같았다.

코니가 1월 1일까지 책은 마무리될 거라고 밝혔고, 그러면 내가 데버라에게 이메일로 보낼 예정이었다.

로라 브라운으로 지낼수록 로즈 시먼스와 그녀의 염려에서 더 멀어졌다. 이 집에서 로라 브라운으로 지내면 안전했다. 나는 신뢰받았고, 필요한 존재가 되었다. 나는 코니의 염려를 내 것처럼 대했다. 코니의 삶과 책의 운명은 내가 코니를 만나기 전에 일어난 어떤 일보다 더 생생하고 흥미진진했다. 나는 코니의 걱정을 공유했다. 그 책을 원하는 출판사가 없으면 어쩌나, 아무도 그 책을 사지 않으면 어쩌나, 코니가 애초에 망각되어 마땅한 과거의 유물이라고 간주되면 어쩌나. 내 운명 또한 새로 나온 이 연약한 책과 결부되어 있다고 느꼈기에, 코니를 응원하고 진퇴양난에 처한 코니의 입장에 나를 끼워 넣었다. 한 페이지를 타이핑할 때마다 마거릿 길레스피뿐만 아니라 로라 브라운의 세상으로 더욱 깊이 빠져들었다. 언어의 숲에서 길을 잃은 사람, 코니가 글을 끝맺는 순간 각성하기를 기다리는 로라 브라운의 세상으로.

*

코니는 자기 내면의 리듬을 이미 잘 아는 진정한 예술가이거나, 만사 자기 뜻대로 하는 데 병적으로 집착하는 사람이었다. 어쩌면 둘 다였던 것 같다. 그녀 예언대로, 1월 1일에 나는 주방에 혼자 앉아 소설의 마지막 문장을 타이핑하고 있었으니까.

[그들은 그녀가 지난 십 년 동안 헤엄을 쳤다는 것도 몰랐고, 그녀가 할 수 있는 일의 절반도 알지 못했다. 그들은 그녀가 하늘을 날고, 염소나 토끼, 치명적인 아름다움을 가진 여인으로 변신할 수 있다고 생각했다. 하지만 그녀의 진짜 팔과 진짜 다리, 폐와 무료함에 대해서는 별로 생각하지 않았다. 그들은 옷 무더기를 보고 그녀가 각다귀로 변했다고 생각했다.

그 대신 그녀는 물고기로 변할 생각이었다. 마거릿은 부츠를 벗고 차가운 물속에 서서 하얗게 질리고 왜곡되어 굵어진 발가락을 보고 있었다. 치마와 앞치마, 웃옷의 얼룩진 소매…… 벗어 던지기 시작하자 옷가지가 바닷물에 펼쳐졌다. 햇빛이 비추는 날이지만 살갗에 닭살이 돋았다.

태양이 없었다면, 우린 엉뚱한 방향으로 헤엄쳐 가서 세상 끝에서 떨어졌을 거예요! 크리스티나가 이렇게 말한 적이 있었다.

하지만 마거릿은 자신이 어디로 가는지 알고 있었다. 그 안에서 숨을 쉴 수만 있다면, 세상은 계속된다는 것을 그녀는 알고 있었다. 그리고 그다음은, 그녀의 관심사가 아니었다.

허리, 갈비뼈, 가슴이 차례로 물밑에 잠겼다. 이제 동쪽을 향해, 몸을 물속에 담근 채 피부에 느껴지는 차가움에 숨을 헐떡이며, 마거릿은 발로 물을 찼다. 헤엄치기 시작했다.]

나는 잠시 그대로 앉아 있었다. 바깥 정원에 해가 비추고, 화분에서 화분으로 뛰어다니는 수컷 블랙버드 한 마리가 보였다. 벌거벗은 땅을 배경으로 하는 노란 부리가 사프란 빛깔로 보였다. 눈을 감고 방금 전까지 빠져들어 있던 이야기를 생각했다. 크리스티나는 죽었다. 그녀가 어머니 품에서 죽은 장면은 오싹했다. 피라미들과 섞여 분홍색으로 보인 것은 데이비의 피가 아니라 크리스티나의 피였다. 그 후에 마거릿은 죽고 싶었을까? 코니는 그렇지 않다고 했다. 마거릿은 울부짖으며 가슴을 쳤는가? 아니다. 그녀는 목숨을 끊을 생각이 없었지만 삶이 이제 정말로 위태로워졌다. 그녀는 달아나야 한다는 것을 알 만큼 평정한 상태였다. 코니는 그 인물에게 두 번째 기회를 부여했다. 마거릿 길레스피는 탈출했다.

나는 노트북을 닫았다. 코니의 소설은 내게 확실한 해답을 주지 않았다. 그렇다면 내겐 남은 선택은 무엇이었을까? 대담해질 수도 있었다. 코니에게 내가 누군지 말해버릴 수도 있었다. 코니는 나를 좋아했고, 나를 찾아내서 기쁘다고 했으니까. 게다가 나는 로라이기도 하고 로즈이기도 한 거 아니었을까? 그들의 특성이 내 안에 바싹 붙어 살아있는 게 아닐까?

"코니." 계단참에서 부르자 잠시 후 코니의 서재 문이 열리는 소리가 들렸다. "끝났어요." 내가 말했다. "다 했어요."

"오!" 코니가 외쳤다. 코니가 계단을 내려오다가 발을 헛디디지 않도록 나는 복도에서 경계하며 서 있었다. "그래서요?" 코니가 내게 달려오며 말했다. "어떤가요?"

"마녀가 달아나네요." 내가 말했다.

"마녀는 성공하죠." 코니는 환희에 차 미소를 지으며 대답했다. "우리가 **해냈어요**! 이제 끝났어!"

우리는 주방으로 들어갔고 나는 다시 노트북 앞에 앉았다. "축하드려요, 콘. 기분이 어떠세요?"

"피곤해요. 안심도 되고. 결말이 어때요?"

솔직히 나는 마거릿의 죄책감이나 책임감에 대해 좀 더 명쾌한 결론을 기대했다. 그녀가 실제로 딸을 처리하기로 **의도**한 것인지 조금은 명확하기를 바랐다. 그 부분이 책의 정점이 될 거라고 생각했다. 그 대신 한 여자는 죽고 다른 여자는 여전히 달아나고 있었다. 코니의 책은 대답보다 질문을 더 많이 남겼다.

나는 아무 말도 하지 않았고, 코니의 불안을 감지했다. "적어도 물에 빠져 죽는 것과는 다르잖아요." 코니가 말했다. "나는 예술에서 여자들이 물에 빠져 죽는 게 지겨워요."

나는 여전히 아무 말도 하지 않았다. "마음에 들지 않는군요." 코니가 말했다.

"마음에 들어요." 내가 말했다. "물론 마음에 들죠. 하지만 코니, 마거릿은 유죄인가요 아닌가요?"

코니는 무슨 말인지 모르겠다는 표정을 지었다. "무슨 유죄라는 거죠?" 코니가 물었다.

나는 답답함을 감추려고 했다. "크리스티나가 죽었잖아요. 마거릿이 의도한 건가요?"

코니는 이맛살을 찌푸렸다. “내가 마거릿의 의도를 충분히 분명하게 드러내지 않았나요?”

“제가 바보 같아서 그런가 봐요, 콘.”

“아뇨, 그렇지 않아요. 당신이 어떻게 생각하는지 궁금해요.”

나는 용기를 얻어 밀어붙였다. “그냥 제 생각인데…… 책임감에 관한 책이라는 점에 비추어…….”

“아.” 코니는 눈을 크게 뜨고 말끝을 길게 늘였다. “일종의 정의가 있으리라 생각했군요. 결말 부분에 배상 같은 거요.”

“전 그저…… 마거릿의 의도를 이해하게 되리라고 생각했어요. 가령 가책이 조금이라도 있었는지라든가.” 내가 말했다.

“허.”

“사람들이…… 알고 싶어 할 거예요.”

“음.” 코니가 무뚝뚝하게 말했다. “그건 스스로 생각해야 할 거예요. 이 작품은 사람들이 어떻게 무심코 상대를 해치게 되는지 보여주는 거예요. 떠먹여주진 않겠어요. 머리를 내려치지도 않을 거고. 그러면 의미를 망치고 말 거예요.” 코니는 생각에 잠긴 표정을 지었다. “하지만 마거릿의 고통을 조금 더 확실히 보여줄 필요는 있겠네요. 약간 이상한 행동 같은 걸 보인다거나. 마거릿이 그걸 자각하는 건 원하지 않아요. 남을 다치게 하고 있으니까.”

나는 눈물이 나려는 걸 꾹 참았다. “그럼 마거릿이 딸을 사랑한 건가요?” 내가 말했다.

“그렇죠.” 코니는 믿을 수 없다는 표정으로 나를 보며 말했다. “물론이에요.”

“딸을 죽이려는 의도였나요?”

“아뇨. 하지만 그건 당신과 나만의 비밀이에요.” 코니는 잠시 말을 멈췄다. "미안해요, 로라. 그렇게 강하게 반응할 줄 몰랐어요."

"너무 강하게 집중하다 보면 그렇게 되나 봐요."

"그렇군요. 그래주다니 기쁘군요."

"마거릿은…… 바다에서 죽나요? 그러니까, 대서양이잖아요." 내가 말했다.

"음, 물에 들어가지 않으면 사람들이 개를 풀 거예요. 로라, 마거릿에겐 다른 방법이 없었어요. 하지만 염려 말아요. 바다에서 죽지 않을 테니." 코니는 내 어깨를 잡아주었다. 손의 뼈와 근육이 느껴졌다. "마거릿 길레스피는 절대 죽지 않아요."

"왜요?"

"내가 그걸 쓰지 않았으니까. 그래서죠." 나는 어깨를 흔들어 코니의 손을 쳐냈다. 그녀의 뜻을 가장 거스른 행동이었으리라. 반항하는 십대 같기도 하고 금기를 어긴 것 같기도 했다. 코니는 충격받은 표정을 지었다. "대체 왜 그래요? 소설일 뿐인데."

"그렇지 **않아요**." 내가 말했다. "그렇지 않다는 걸 알아요."

"대체 무슨 소리죠?"

"선생님의 인생이잖아요."

코니는 눈을 가늘게 떴다. "아뇨, 내 인생이 아니에요, 로라. 내 작품이지."

"하지만 선생님에게서 나왔잖아요. 크리스티나는 누구죠? 마거릿은요?"

코니가 깜짝 놀란 표정을 지었다. "크리스티나는 크리스티나예요. 마거릿은 마거릿이고. **당신**은 그들이 누구라고 생각해요?"

"아시는 사람들이잖아요."

코니의 표정이 굳었다. "말하자면, 그래요. 내 상상력이 꾸며낸 존재들이니."

"꾸며낸 존재일 뿐인가요?"

"왜 이런 소릴 하는 거죠?"

"전 그저…… 혼란스러워요, 코니."

"그런 것 같군요. 뭐가 혼란스럽나요?" 코니가 말했다.

나는 정확한 말을 찾아보려 했다. "아무것도 아니에요." 결국, 비참하게, 바보가 된 기분으로 이렇게 말했다.

"로라." 코니가 좀 더 부드럽게 말했다. "컴퓨터를 멈춰봐요."

그 말을 듣고 몸을 돌려 그녀를 정면으로 마주 보았다. 코니는 염려스러운 얼굴로 나를 내려다보았다. "우리 일이 끝나서 화가 났나요? 내게 당신이 필요하지 않을 거라고 생각해요?"

"아뇨." 이렇게 말했지만, 동시에 코니 곁에 있지 못하고 코니가 나를 원하지 않는다고 생각하면 엄청난 충격에 빠질 것임을 깨달았다. "코니." 나는 사정하듯 그녀를 올려다보며 말했다. "삼십 년 동안 아무것도 쓰지 않으셨죠. 왜 지금 이 책을 쓰고 싶으셨어요?"

코니가 나를 한참 바라보았다. 입가가 살짝 떨리는 걸 보니 짜증을 느끼며 더는 질문을 받고 싶지 않은 것이리라. "내 안에 있는 것이었으니까요, 로라. 그리고 나와야 했으니까." 코니는 손을 들어 내 말을 막았다. "자, 이제 그만 그걸 데버라에게 보내줄래요?"

*

훈계받고 답답한 마음으로, 나는 모퉁이 카페(여긴 결국 햄프스테드니까 싸구려 식당보다는 찻집에 가까운 곳)로 갔다. 와이파이를 사용해 로라 브라운용으로 만들어낸 또 다른 계정으로 데버라에게 원고를 보내기 위해서였다. 데버라에게 연휴 끝나고 출근하면 메일 수신함에서 원고를 확인하라고 메시지도 보냈다.

데버라는 곧바로 답장을 보냈다. **고마워요. 새해를 이렇게 시작하다니 훌륭하군요! 정말 믿어지지 않아요. 지금 살짝 봤는데 아주 깔끔하군요. 신나네요!**

나는 깔끔하다는 말에 관심이 갔다. 깔끔하다니, 코니가 몇 주 전에 뭔가 지저분하고 뒤죽박죽인, 과거의 헝클어진 실뭉치를 풀어 현재로 다시 짠 내용이라고 위협하기라도 한 것처럼 말이다. 이 작품에는 매끈하고 권위적인 힘이 있었고, 인물들은 죄책감과 신비감을 발산했다. 데버라도 그걸 알게 될 것이다.

누구라도 내 정체를 알게 된다면 불리하게 이용될 수 있는 말을 글로 남길까 봐 답신을 보내지 않았다. 데버라가 원고를 받았으니 됐다. 카페에서 돌아오니 코니는 코트를 입고 긴 목도리를 두른 채 복도에 서 있었다. "히스에 가려고요." 코니가 말했다.

"전 한숨 잘게요. 너무 피곤해요."

코니는 복도에서 걸음을 멈췄다. "자주 피곤하군요, 로라. 식사는 제대로 하는 건가요?" 그렇게 말하고는 밖으로 나갔다.

나는 기운이 다 빠졌지만 코니의 에너지에 살짝 힘을 얻어 응접실로 갔다. 코니가 기념비적인 재기 이후 에이전트의 의견을 기대하면서, 활기와 흥분을 가득 느끼며 공유지를 걸어가는 모습을 그려보았다. 하지만 내가 할 일은 나 자신에게 좀 더 관심을 갖는 것이었다. 코니가 아니다. 심지어 보이지 않는 어머니도 아니다. 마거릿 길레스피나 그녀의 딸 크리스티나도 아니다. 바로 내게, 말이다.

1982

28

로스앤젤레스에서 지내는 몇 달 동안 알게 된 사람은 전부 엘리스의 늦은 생일 파티에 왔다. 코니가 고용한 웨이터들이 카나페 쟁반을 들고 여기저기 오갔다. 유난히 키 크고 아름다운 젊은 남녀들이라 모델 같았는데 접객에는 건성이었다. 인생을 바꾸어줄 마법의 전화가 에이전트에게서 걸려오는 날일지 모르니 어서 작은 집으로 돌아갈 생각뿐인 것 같았다. 그들이 파티오•를 오가며 나르는 카나페는 아보카도 조각, 훈제 연어 돌돌 만 것, 아무도 먹고 싶어하지 않는 캘리포니아의 야채로 속을 채운 동그란 페이스트리 등 섬세하고 다채로웠다. 테킬라와 보드카, 와인과 맥주, 무알콜 음료도 있었다. 코니가 정원 쪽을 향해 배치한 거실 스피커에서는 록시 뮤직, 스윗, 스트랭글러스, 클래시의 음악이 흘러나왔다.

〈하트랜즈〉의 주연과 제작진, 맷과 샤라, 친구의 친구들이 모였고, 코니의 에이전트 데버라도 진척 상황을 보러 (하지만 엘리스가 추측하기에는 그저 휴가를 원해서) 날아왔다. 엘리스는 데버라에

• 집 뒤편에 꾸며진 테라스

대해 듣기만 했지 만나본 적이 없어서 호기심이 생겼다. 데버라가 자신을 뚫어지게 보는 눈빛으로 판단하건대 궁금하긴 피차 마찬가지인 모양이었다. 대부분 외모로는 웨이터와 경쟁할 수준이 아니지만 잘 차려입었다. 어깨가 강조된 스타일, 새 깃털로 장식한 귀고리, 로마 시대 훈장 크기의 반지. 자홍색과 터키석 색깔이 그날의 유행인 것 같았다. 코니는 황갈색 바지 정장을 입고 있었다. 엘리스는 바지 정장은커녕 코니가 황갈색 옷을 입은 모습조차 본 적이 없는데 여기 와서는 그랬다.

"데버라, 여긴 엘리스. 엘, 데버라야." 코니가 말했다. "내 삶을 운영하는 사람이지."

"삶을 운영해주고 싶은데 그러라고 두지 않는군요." 데버라가 손을 내밀어 엘리스와 악수하면서 말했다. "생일 축하해요, 엘리스. 이제야 만났군요. 이야기는 많이 들었어요."

"저도요."

"엘리스는 샤라의 초상화 모델이 되어주고 있어요." 코니가 말했다. "샤라 기억하죠, 내 대학동창?"

데버라는 잘 모르겠다는 표정을 지었다. "대단한 작품이 될 거예요." 코니가 계속해서 말했다.

"사람이 많이 왔군요." 데버라가 말했다.

"주로 코니 손님이에요." 엘리스가 말했다. "전부 저보다 코니가 더 잘 아는 사람들이죠."

사실이었다. 엘리스가 겨우 한 사람에게 안녕이라고 말을 붙일 때, 코니는 다섯 명에게 인사하며 손을 흔들었다. 엘리스는 분노와 패배감이 뒤섞였다. 코니의 의도는 좋았다. 그렇지 않은가? 엘리스가 좋아할 만한 사람에게 계속 그녀를 소개하려고 노력했다. 하지만 엘리스는 그저 벗어나고 싶었다.

코니가 엘리스의 팔을 잡고 부드럽게 말했다. "긴장 풀어. 사람들은 당신을 좋아해. 재미있을 거야."

엘리스는 코니가 다른 사람 앞에서 이런 식으로 말하지 않았으면 했다. 엘리스에게는 다른 사람 수준의 섬세한 감정이 없다고, 아이를 가르치듯 말해도 된다고 생각하는 것 같았다.

데버라는 두 사람을 지켜보고 있었다. 8월 더위에 머리카락이 부스스해지고 관자놀이에 땀방울이 흘러도, 그녀는 자연스럽게 권위 있는 태도를 유지하고 있었다. 엘리스는 늘 데버라가 코니보다 나이가 많을 거라 추측했지만 그렇지 않았다. 더 젊고, 키도 작고, 통통하고, 어두운 피부를 가진 사람이었다. 그녀는 안경을 쓰고 끊임없이 여기저기 눈길을 돌렸다. 비상구 위치와 모인 사람들 가운데 가장 쓸모 있는 자가 누구인지 가늠하는 것처럼, 주위를 불안하게 살피는 버릇이었다. "여기 와 있으니 좋아요, 엘리스?" 데버라가 물었다. "추천할 만한가요?"

"정확히 뭘 찾으시는데요?" 엘리스가 물었다.

데버라는 불안한 표정을 지었다. "아무것도 찾진 않아요."

"그럼 괜찮으실 거예요. 여긴 가짜 말곤 아무것도 없거든요."

데버라는 코니에게 놀란 표정을 감추지 않았지만, 코니는 웃기만 했다. "무시해요, 뎁. 당신이 가짜를 두려워하지 않는 걸 아니까. 그걸 두려워하면서 살 여유가 없잖아요."

"사실 엘리스 말에 일리가 있어요, 콘. 여기선 자신을 잃을 수 있어요. 많은 사람이 그랬죠. 여기 와서 당신이 아직 제정신인지 확인해야 할 것 같았어요."

"난 그러지 않을 거예요, 뎁." 코니가 말했다. "당신도 알잖아요."

갈색 곱슬머리에 그레고리 펙을 닮은 웨이터가 훈제 연어 카나페를 가지고 다가오자 데버라는 깜짝 놀랐다.

"드시겠습니까?" 그가 말했다.

"내 건가요?" 데버라는 키득거리며 대답했다. 엘리스는 어이없다는 표정을 감추기 힘들었다.

"원하신다면요. 쟁반째로 가지셔도 됩니다."

데버라는 암갈색으로 변했다. "하나만 줘요." 데버라가 겨우 이렇게 말하자 웨이터는 미소를 지으며 사라졌다.

"**아무튼**," 코니가 말했다. "모두 마무리 중이에요. 촬영은 동부로 이동해요. 개척자와 반대로 움직이는 중이죠."

"내 예상보다 여기 훨씬 오래 머물렀어요." 데버라는 그 웨이터를 찾을 수 있는지 어깨 너머를 살피며 말했다. "이유는 알겠지만, **돌아올** 거죠, 그렇죠?"

코니는 아무말도 하지 않았다. "콘?" 엘리스가 말했다. "지금 하신 얘기 들었어요? 돌아가는 거죠?"

"들었어." 코니가 말했다.

"여긴 모두 너무 긍정적이군요. 무슨 전염병 같아요." 데버라가 말했다.

"당신이 원한다면 사람들은 로스앤젤레스에서도 똑같이 무례하게 굴 거예요. 경우에 따라서는 더 무례하게 굴 수도 있죠." 코니가 말했다.

셋은 웃었다. 엘리스는 새로운 눈으로 이곳을 보니 흥미롭다고 생각했다. **내가 여기 익숙해진 걸까?** 엘리스는 생각했다. **나는 태평양에서 서핑을 해. '좋은 하루 보내세요'라고 인사도 하고.** 하지만 그것만으로 충분하지 않다는 걸 엘리스도 알았다.

"어머나, 저 사람 **돈 걸릭**인가요?" 데버라가 바비큐 옆에 선 남자를 가리키며 말했다. "콘, 소개 좀 해주세요. 로버트에게 말하지만 말아요."

"같이 가요." 코니가 데버라의 팔짱을 끼면서 말했다. "돈은 테디 베어 같은 남자예요."

둘은 엘리스를 수영장 옆에 두고 갔다. 엘리스는 몇 명이 모였다가 흩어지는 모습을 지켜보았다. 거기 끼고 싶진 않지만 누군가 자신을 보고 구해주러 오기를 바랐다.

*

이맘때 로스앤젤레스 더위는 견디기 어렵지만 그들은 땅이 조금 식기를 바라며 오후 6시에 파티를 시작했다. 엘리스는 더는 혼자서 있을 수 없어서 수영장 주위에 자라는 선인장 경계로 걸어가 뒤꿈치 한쪽을 흙에 대고 아직 남은 온기를 느꼈다. 발을 헛디뎌 크고 가시 많은 다육식물 속으로 쓰러지면 어떻게 될까 생각해보았다. 자신이 거기 영영 꽂혀 있는 모습을 상상했다. 코니는 이니셜 달린 금 목걸이를 선물로 사주었다. "사과의 선물인가요?" 엘리스가 반짝이는 E자를 손가락 사이에 끼워 들고 말했다. 코니의 얼굴에 짜증이 스치는 걸 보고 기분이 좋아졌다.

"생일 선물이야. 미안하다고 말했잖아. 로스 펠리스의 오래된 가게에서 찾았어."

"정말 예쁘네요."

"마음에 든다니 기뻐, 엘리스. 일이 너무 정신없었어. 당신도 알지. 내 삶이, 우리 삶이…… 내가 오랫동안 이 일을 원했다는 거 당신도 알잖아. 너무 정신없이 돌아가는 바람에 그만."

"그런데 당신이 원한 건 뭐죠, 콘? 수영장 딸린 방갈로에 사는 거요?"

"아니. 인정받는 거."

"영국에서 인정받았잖아요."

코니는 그 말을 무시했다. "좋은 작업을 하는 것. 재미있는 사람들과."

좋은 작업, 재미있는 사람들과. 엘리스는 이렇게 되뇌면서 코니의 집중하지 않는 태도와 변명조의 말투를 상기했다. 〈하트랜즈〉는 실제로 굉장한 출연진과 제작진을 갖추었다. 부인할 수 없는 사실이었다.

엘리스는 울적해지고 싶지 않았지만 그런 기분을 떨칠 수 없었다. 선인장 옆에 선 채, 빛나는 황갈색 바지 정장 차림의 신호등 같은 코니가 이리저리 오가는 모습에서 눈을 떼지 않았다. 대체 저 옷을 어디서 **산** 걸까? 그녀는 붉은 머리의 반란이었고, 8월 말에 걸어 다니는 가을 풍경 같았다. 엘리스는 검은색 옷을 선택했다.

"안녕하세요." 누군가 이렇게 말했다. 맷이 경계선 끄트머리에서 있었다. "페요테• 좀 구하려고요?"

"나쁜 생각은 아니네요. 오늘 밤엔 제 머릿속에서 벗어나고 싶거든요."

맷이 염려스러운 표정을 지었다. "무슨 일 있어요?"

"아무것도 아니에요. 그저…… 이 파티요." 엘리스는 가녀린 팔을 들어 방갈로의 문을 가리켰다. "저 사람들 다 누구죠?"

• 선인장에서 채취한 마약을 가리킴

"코니 때문이군요, 그렇죠?"

"여기서 제가 뭘 하는 건지 모르겠어요. 여기 온 사람 중 절반은 알지도 못하는데."

"뭐, 난 여기 왜 왔는지 알아요. 생일 축하해요."

"몇 주나 지났어요, 맷. 당신도 알잖아요."

맷이 손을 내밀었다. 엘리스는 그 손을 잡고 흙 위를 사뿐사뿐 걸었다. 엘리스는 한순간 손을 놓고 싶지 않은 기분임을 느꼈다. 맷은 손이 끊기라도 한다는 듯이 놓아버렸다.

"샤라는 어디 있어요?" 엘리스가 물었다.

"안에요."

"샤라는 괜찮은가요?"

"솔직한 답을 원해요?"

"물론이죠."

"샤라도 여기를 좋아하지 않아요. 집에 가고 싶어 해요."

"음, 그럼. 같이 가셔야죠." 엘리스가 말했다.

"하지만 그게 문제예요. 혼자 있고 싶대요."

"유감이네요. 상황이 좋지 않다는 건 저도 알아요."

"신경 쓰지 마세요. 원래 그런걸요. 알잖아요. 좋은 때는 샤라가 당신을 그릴 때뿐이에요. 자기가 좋아하는 일을 하고, 내가 곁에 없으니까." 맷은 머리카락을 쓸어 넘겼다. "이런 말을 하면 안 되는데. 왜 하고 있는지 모르겠군요."

엘리스는 이유를 알 것 같지만 아무 말도 하지 않았다. 스튜디오에서 모델을 할 때, 샤라는 결혼에 대해서는 별로 이야기하지 않았다. 하지만 놀랍게도 유산한 아이에 대해서는 이야기했다. 아기가 뚫고 들어갈 수도 없고 그럴 생각도 없는 수증기 방울 속에서 꽃에 둘러싸여 있다는 듯, 샤라는 가끔씩 그 일을 넌지시 언급하곤 했다. 딸 이름을 다이너라고 짓고 싶었는데 맷에게는 말하지 않았다고도 했다. 모델이 되어준 뒤, 엘리스는 서핑 보드를 들고 맷과 바다로 갔다. 그리고 물속으로 들어가면서 잃어버린 아기 다이너를 생각했다.

"우린 이 일을 너무 다르게 겪고 있어요." 샤라가 말했다. 부드러운 붓질에 물감이 흘러 스튜디오 바닥에 떨어졌다. "그 사람은 내가 일부러 과거에 머물러 있다고, 옛일은 잊고 앞으로 나아갈 마음이 없다고 생각해요."

"앞으로 나아갈 마음이 있으세요?" 엘리스가 물었다.

"그러고 싶어요. 하지만 준비가 안 됐어요. 난 그저 여기에, 손에 붓을 든 채 있고 싶어요. 그 사람과 함께하는 몇십 년이 보이지 않아요." 샤라가 문득 말했다. "하지만 그렇다고 그 세월이 없다는 뜻은 아니죠."

"샤라가 무슨 말을 하던가요?" 맷이 말했다. 방갈로에서 흘러나오는 음악 소리가 갑자기 높아졌다.

"소프트 셀." 엘리스가 말했다.

"네? 아, 음악이군요. 음, 무슨 말을 했나요?" 맷이 물었다.

"아뇨. 그냥 작업만 해요."

맷은 한숨을 쉬었다. "가야겠어요. 샤라를 집에 데려가야죠."

"네." 엘리스는 방갈로로 살그머니 들어가 침대에 눕는 일이 가능할지 생각해보면서 걷기 시작했다.

"내일 서핑하러 올래요?" 맷이 말했다.

엘리스가 돌아보았다. "내일은 샤라와 작업이 없는데요."

"알아요."

두 사람은 서로 바라보았다. "물이 필요할 거예요. 지금 계획대로 내일 숙취를 겪는다면 말이에요. 12시에 올게요."

맷이 돌아서서 뒷문을 통과해 파티오 쪽으로 걸어갔다. **참 침착하게 그런 소릴 하시네. 코니가 들었다면 가만있지 않았을 테지만.** 엘리스는 생각했다. 이게 뭘까. 불행한 결혼 생활을 하는 유부남의 심심풀이 장난질일까 아니면 엘리스 자신의 욕망이 투사된 것일까? 그는 물론 잘생겼다(그리고 젊었다. 영국식으로 대강 보자면 말이다). 하지만 샤라가 그림에 대해, 코니가 글에 대해 갖는 것과 같은, 삶에 대한 에너지나 욕심은 없었다. 뭔가 목적 없이 떠다니는 느낌이 있어서 많은 여자가 매력 없다고 여길 것 같았다.

하지만 엘리스는 자신에게서도 그런 점을 보았다. 바람 부는 대로 떠다니는 능력을. 엘리스는 맷과 동질감을 느꼈고 그도 같은 감정일 거라고 생각했다. 그와 함께 바다에 나갈 때마다 엘리스는 놀라울 만큼 자유로웠다. 그가 곁에 있으면 자신이 느끼는 혼란과 불안이 괜찮다고 느껴졌다. 맷은 정상이고 인정 있는 사람이니까. 바다에 있을 때면 맷은 엘리스에게 아무 일도 벌어지지 않도록 늘 옆에 붙어서 눈을 떼지 않았다. 하지만 그도 엘리스만큼이나 방황하고 있었다. 그것만큼은 의심의 여지가 없었다.

*

갑자기 파티오 문 앞에서 웅성거리는 소리가 들렸다. 바버라가 도착했다. 엘리스에게 혐오감을 불러일으키는 진홍색 커다란 꽃다발을 들고 있었다. 하지만 엘리스는 여전히 바버라의 존재감에, 바버라 로든이 스물세 살 생일 파티에 화려한 꽃다발을 가져왔다는 사실 자체에 감탄했다.

스타 배우는 누군가를 찾는 표정으로 사람들을 뚫고 걸어왔다. 엘리스를 보더니 놀랍게도 종종걸음으로 다가왔고, 적어도 일곱 명이 시선을 끌어보려 다가오는 걸 무시했다. 바버라는 엘리스에게 다가와 포옹했다. 일랑일랑 향수 냄새가 물씬 풍겼다. 오늘 밤 그녀에겐 벽이 없었다. "왜 선인장 옆에 숨어 있어요?" 바버라가 큰 소리로 말했다. "생일 축하해요. 나이가 들면 더 좋아진답니다." 바버라는 다시 엘리스를 안았고, 헤어스프레이가 한 입 가득 들어왔다. "내 눈 어때요?" 바버라가 꽃다발 뒤에서 속삭였다. 둘은 여전히 거대한 꽃 장식 뒤에 숨은 채 조금 떨어져 서로 자세히 살펴보았다. 바버라의 머리는 아주 거대했다. 파란 색조의 바지 정장을 입고, 그 위에 크고 각진 어깨 패드를 넣은 또 다른 파란 색조의 재킷을 걸치고, 가운데 장식이 사자 모양인 금 목걸이를 하고 있었다.

"멀쩡해요, 바브." 엘리스가 속삭였다. "거의 보이지도 않아요. 그리고 은은한 아이섀도가 멋있어요."

"고마워요." 바버라가 속삭였다. "당신은 천사예요. 우리한테 날개만 보여주면 돼요."

*

밤이 깊어갔다. 모두 엘리스를 끌어안고, 뺨에 키스하고, 팔이나 손을 잡았다. 손이 닿을 때마다, 토닥일 때마다 즐겁게 살라는 충고를 들었다. 젊어서 좋겠다는 말을 들을 때마다 엘리스는 점점 더 외로워졌다. 코니는 키위와 자주색 꽃잎으로 장식한 케이크를 주문했다. 파티 손님들이 생일 축하 노래를 불렀고, 엘리스는 나이프를 높이 들었다. 케이크를 바닥까지 자르는 순간 바버라가 비밀 소원을 빌라고 했다. 엘리스는 코니가 집에 가기를 바랐다. 케이크는 괴상한 모양이지만 맛은 좋았다.

"직접 만들었어요?" 엘리스가 코니에게 물었다.

"그럴 리가. 바버라가 유명한 제빵사 이름을 알려줬어."

돈 걸릭이 떠난 뒤 데버라는 호텔로 돌아가기로 했다. "시차 때문에요." 현관문 앞에 서 있을 때 데버라가 엘리스에게 말했다. 코니는 또 사라지고 없었다.

"와주셔서 감사합니다." 엘리스가 말했다.

"정말 즐거웠어요." 데버라가 말했다. 그리고 복도를 통과해 파티오 쪽을 가리켰다. "정신 나간 계획이에요."

"그러게요." 엘리스가 말했다.

"콘은 어디 있죠? 간다고 말해야 하는데."

"모르겠어요. 코니가…… 무슨 말을 하던가요? 영국으로 돌아가는 것에 대해서?"

데버라가 살짝 휘청거렸다. "정말 콘을 좋아하는군요, 그렇죠?"

"그러지 않으면 왜 여기 왔겠어요?" 엘리스는 목소리에 날이 선 것을 후회하며 말했다.

"그런 의도는 아니었어요." 데버라가 잠시 말을 멈췄다가 말을 이었다. "코니를 안 지 오래되었어요."

"무슨 뜻이죠?"

"코니는…… 언제나 원하는 대로 할 거예요."

"무슨 말씀이에요?" 엘리스가 말했다.

데버라는 향긋한 밤공기를 들이마셨다. "당신을 위해 말하는 거예요. 언제나 집필이 우선할 거예요. 코니 본인이 항상 우선일 거예요. 그녀가 바로 글쓰기니까. 그리고 코니가 당신을 여기 데려온 것도 알고 두 사람이 함께 사는 것도 알지만, 전에도 이런 모습을 아주 여러 번 본 사람 말을 들어요. 자기 걸 챙기도록 해요, 알았죠? 당신은 젊어요. 잊지 말아요."

"전 젊지 않아요." 엘리스가 말했다.

"**스물세 살**이잖아요."

"세상에, 당신도 이러시기예요?"

데버라는 항복이라는 듯 양손을 들었다. "열네 살짜리처럼 아무것도 모르는 철부지란 말이 아니에요. 하지만 코니가 이러는 건 아주 오랜만이에요. 《밀랍 심장》이 나온 후 처음이죠."

"무슨 말씀을 하시는 건가요?" 엘리스가 말했다.

"코니는 취했어요. 하늘에 둥둥 떠 있죠. 글을 쓰고 있어요. 나는 사람 취급도 안 하죠. 모르겠어요? 당신에게도 그러고 있잖아요."

"오늘 밤에 술을 얼마나 마셨죠, 데버라?"

"아." 데버라가 말했다. "그럼 내가 무슨 말을 하는지 아는군요."

"보세요, 나도 알아요. 코니 같은 사람과 지내는 게 어떤지." 엘리스가 말했다. 데버라가 믿을 수 없다는 표정으로 웃었다. "나도 눈을 **뜨고** 있어요, 데버라."

"오, 엘리스." 데버라는 돌아서서 구불거리는 정원 길을 걸어갔다. "아직 다 뜬 게 아니죠."

*

잔소리꾼 같으니. 엘리스는 이렇게 생각하며 현관문을 쾅 닫았다. 파티로 돌아가서 전에 없던 집중력을 발휘하며 술을 마시기 시작했다. 맷 앞에서 창피한 짓을 하지 않았나 싶지만 잘 기억도 나지 않았다. 그날 밤 기억이 이미 드문드문 사라졌다. 누군가 코니 카메라로 단체 사진을 찍었고 모두 수영장 옆에 모였다. 엘리스는 몇몇 사람이 잠시 허리 숙여 코카인을 흡입하는 것을 보았고, 전자음악과 도나 서머의 에로틱한 디스코 곡에 맞추어 혼자 춤을 추었다. 노래 속 흐느적거리는 음성이 어두운 하늘 속으로 흘러갔다.

한참 뒤 코니가 나타났다. "어디 있었어요?" 엘리스가 혀 꼬부라진 소리로 말했다.

"사람들을 맞이했지. 저런, 잔뜩 **취했군**."

어찌나 못마땅한 표정으로 보는지 엘리스는 울음이 터질 것 같았다. "나도 눈 뜨고 있다고!" 엘리스가 말했다.

"뭐라고? 엉망이 됐네. 그만 가서 자."

"좀 옮겨줘요. 못 걷겠어요."

"진심이야? 사람들이 다 보는데?"

"엿이나 먹으라지." 엘리스가 말했다.

"좋아." 코니는 엘리스의 겨드랑이를 잡고 침실로 부축했다.

*

코니는 엘리스를 침대에 눕힌 뒤 검은 드레스를 벗기고는 제작진이 장난삼아 사준 '로스앤젤레스를 사랑해!'라고 적힌 커다란 티셔츠를 머리부터 씌워 입혔다.

"이건 농담인데 사실이 됐네." 엘리스가 자기 가슴을 쿡 찌르며 말했다.

"뭐?" 코니가 날카롭게 말했다.

"**당신**이 여기가 뇌를 파먹을 거라고 했잖아요. 기억 안 나요?"

"내 친구가 한 말이야. 그리고 아직까진 파먹히지 않았고."

"여기 있고 싶지 않아요." 엘리스가 혀 꼬부라진 소리로 말했다. 정원을 향해 손을 흔들었다. "식물한테 죄다 등뼈가 있어서 꼿꼿하게 서 있어."

"이러지 마, 엘."

"나한테는 등뼈가 없어." 엘리스는 코니의 어깨에 머리를 파묻으면서 말했다. "나한테는 등뼈가 없다고."

코니는 엘리스를 안고 등을 문질렀다. "등뼈가 만져져. 그렇지?"

안아주니 기분이 너무 좋았다.

"난 여기가 정말 좋아." 코니가 말했다. "거짓말하지 않을게. 당신은 나만큼 좋아하지 않는 걸 알아."

"물론 그러시겠죠, 물론 그러실 거예요." 엘리스는 코니의 바지 정장의 팽팽한 옷감에 대고 입을 벌려 침을 묻히면서 말했다. "오늘은 내 **생일**이었어요. 나의 날이란 말이에요."

"알아. 하지만 이제 자도록 해. 이야기는 아침에 하자."

"집어치우시죠." 엘리스가 말했다.

"엘리스, 누워. 만취 상태야. 어서 자. 좀 있다 와서 확인할게."

"애 취급하지 말아요!"

"그만해, 그렇게 해주면 좋아하잖아." 코니는 이렇게 말하고 침실 문을 닫았다.

*

엘리스의 분노가 슬픔과 취기와의 싸움에서 졌다. 그녀는 무의

식으로 빠져 들어갔다.

두 시간쯤 뒤 구역질이 나서 잠에서 깼다. 음악은 멈췄다. 방갈로는 고요했고 바깥은 완전히 캄캄했다. 창문 커튼이 열린 채였다. 수영장만 네온 블루 빛으로 밝혀져 있었다. 엘리스는 앞이 제대로 보이지 않았고 속이 몹시 메슥거렸다. **언젠가는 정말 세련된 생일 파티를 할 거야.** 엘리스는 비틀비틀 욕실로 가면서 생각했다. **가장 세련된 건 파티를 아예 안 하는 거야.**

키위와 테킬라와 꽃잎 조각이 변기로 쏟아졌다. 엘리스는 자신에게서 썩는 냄새가 나는 것 같았지만 몸에서 독소가 빠져나가 조금 나아졌다. 검은 구멍이 보일까 봐 두려워서 거울은 볼 수가 없었다. 침대로 돌아가 보니 자기뿐임을 알게 되었다. 코니 자리가 싸늘했다.

"콘?" 엘리스가 겨우 목소리를 냈다. 허리를 세우고 앉아서 다시 창문으로 수영장을 내다보았다. 살그머니 다가가서 보니 선인장으로 이루어진 벽 뒤쪽, 바버라가 일광욕 의자에 앉아 있는 모습이 새파란 물을 배경으로 윤곽만 보였다. 엘리스는 최대한 천천히, 소리 없이 창문을 열었다. 실내보다 밖이 더 시원했고 신선한 공기가 반가웠다. 콘은 물에 들어가 있었다. 몸은 완전히 잠겼고 얼굴 옆에 머리카락이 젖어 붙어 있었다. **정장을 입고 물에 들어갔나?**

콘은 소리 없이 물에 누워 둥둥 떠다니면서 별을 바라보았다.

"그래서 내가 애를 안 낳는 거예요." 바버라가 말하고 있었다.

"그녀는 독재자예요." 코니가 말했다.

"그건 좋은 거예요, 싫어지기 전까지는. 하지만 그 애를 여기 데려온 건 당신이란 걸 잊지 말아요."

"그녀에게 선택권이 있었어요."

“허.”

“그래요, **알았어요**. 여기 데려오지 말았어야 해요. 그녀를 돌보면서 할 일을 할 수가 없어요. 그녀에게 공정치 못해요. 내게도 마찬가지고.”

“사람들은 대부분 여기 올 기회가 생기면 놓치지 않을걸요.” 바버라가 말했다.

코니는 수영장 가장자리를 잡더니 물 밖으로 나왔다. 그림자 속에 서 있지만, 완전히 나체이고 새하얀 피부에서 물을 뚝뚝 떨어지는 모습이 보였다. 수면에서 반사되는 파란 빛에 몸의 윤곽선이 그대로 드러났다.

바버라가 손을 내밀어 코니의 배를 쓰다듬었다. 손끝이 내려가 치모에 닿았다. 코니는 고개를 뒤로 젖혔다. “아, 이런.” 코니가 말했다.

“쉬잇.” 바버라가 손을 빼며 말했다.

엘리스는 근육 하나 움직일 수 없었다. 목격하는 장면을 이해해보려 했지만 불가능했다. 눈을 깜빡여 초점을 다시 맞추었다. 두 여자는 거리를 두고 서 있었다. “그 애는 모르죠?” 바버라가 코니에게 타월을 건네며 말했다.

“네.” 코니가 그 타월을 몸에 감고 바버라 옆자리에 앉았다. “내가 당신에게 집적거리는 줄 알죠. 그것뿐이에요.”

“모두 다 내게 그러는걸.”

“음, 그렇죠.”

“내게 제대로 말을 걸 줄 아는 사람은 아무도 없어요.” 바버라가 말했다.

코니는 매끄럽고 편안한 동작으로 바버라의 머리에 손을 댔다.

"난 알아요. 하지만 당신은 나 말고 다른 사람에겐 겁을 줘서 꼼짝 못 하게 하죠."

바버라는 코니를 보았고, 엘리스는 코끝이 거의 닿을 듯한 둘의 옆모습을 보았다.

"그 애는 착해요, 코니. 정말, 정말 착한 아이예요. 지금은 **방황**하고 있고 우울해하지만 나도 그게 어떤 느낌인지 알아요." 바버라가 머리를 감싸 쥐었다. "**젠장**. 기분이 더럽군요. 한 번뿐이어야 했다고 말했는데."

"내가 말할게요."

"모르겠어요, 콘. 이건 잘 모르겠어요. 그 애는…… 여려서."

"**그건** 잘 모르겠네요." 코니가 강조하며 말했다. "그녀도 자기 자리를 찾아서……."

바버라가 가방을 뒤지더니 담배에 불을 붙여 깊이 빨아들였다. 엘리스는 하늘로 올라가 퍼지며 사라지는 연기를 보았다. "당신은 자신을 알아요." 바버라가 말했다. "나도 나를 알고. 하지만 엘리스는 자기 이름도 제대로 몰라요. 당신이 뭐라고 해야 해요. 엘리스가 당신 주위에 영영 매달려 있게 둘 순 없어요."

"이 일을 묻어두길 원하는 줄 알았는데요." 코니가 날카롭게 말했다.

"내 입장에서는 그래요. 내가 개입할 필요도 없죠. 하지만 당신 입장에선, 당신이 말해야 해요. 뭔가 잘못된 것 같아요. 우리가 그 애를 속이는 기분이에요."

"속이는 게 맞죠. 그래서 그렇게 기분이 좋지 않은 거예요." 코니는 한숨을 쉬고는 일광욕 의자에 누웠다. "하지만 말하는 게 정말 최선일까요? 촬영은 끝날 거예요. 언젠가 우리는 런던으로 돌아갈 테고 당신은 이 일이 있었던 것도 잊겠죠. 내가 미친 사람처럼 굴고 있다는 걸 알아요. 하지만 이 일을 모르면 다칠 리 없어요. 난 그녀가 다치지 않길 바라요."

"그 애를 사랑해요?" 바바라가 물었다.

"네. 담배 한 대 줄래요?"

"여기요." 바바라가 피우던 담배를 건넸고 코니는 그것을 다급하게 빨았다. "그 애를 원해요, 콘?"

"무슨 말이죠?"

"무슨 말인지 알잖아요." 바바라가 말했다.

"어째야 할지 모르겠어요!"

"그 애를 **원하는** 거예요, 코니?"

코니는 한숨을 쉬며 담뱃불을 껐다. "아뇨. 원하지 않아요."

엘리스는 손으로 입을 막았고, 바바라는 한숨을 쉬었다. 백만 년은 된 것 같은 한숨 소리였다. 바바라는 여신처럼 허리를 꼿꼿이 세우고 다시 수영장을 바라보았다. 코니는 바바라 쪽으로 몸을 기울여 어깨에 키스했다. 바바라는 고개를 돌렸고, 둘의 입술이 만났다. 엘리스가 꼼짝 못 하고 있을 때, 두 사람은 서로 팔을 감고 일광욕 의자에 누웠다. 수영장 불빛을 배경으로 둘의 검은 팔다리가 움직였다.

돌아서서 침대에 기어 들어가던 엘리스는 침실 커튼을 열어둔 것이 참 코니다운 행동이라고 생각했다.

29

이튿날 아침 깨어나 보니 코니가 커튼을 닫아두었다. 가느다란 빛 한 줄기가 벽에 비추고 있었다. 엘리스는 꼼짝할 수 없어 그곳만 바라보았다. 심장이 마구 두근거렸다. 구역질이 치밀어 올라 숨을 몰아쉬었다. 눈이 돌덩이 같아서 다시 눈을 감고 모로 누워 매트리스를 파고들었다. 주문에 걸렸기 때문에 침대에서 일어날 수 없었다. 전날 저녁이 기억나지 않았다. 그러다가 불현듯 기억이 뜨겁게 몰아치며 돌아왔다.

엘리스는 눈을 뜨고 커튼을 보았다. 저 뒤에 아직도 수영장이 있을까? 어쩌면 두 여자가 욕정에 들떠 그 물을 다 마셔버렸을지도 모른다. **그들이 남긴 구멍에 뛰어들 수 있을지도 몰라.** 엘리스는 생각했다. **바닥 콘크리트에 머리를 부딪히면 복수가 될 텐데.**

머릿속이 마구 날뛰기 시작했다. 토해야 하는데 여전히 움직일 수 없었다. 담즙이 올라왔고, 머리는 쿵쿵거리며 아프기 시작했다. 머릿속에서 날아다니던 반딧불은 총알로 바뀌어 터져서 뇌가 사라진 자리에 피만 가득 남았다. 여기서 죽을 것인가? 정말 그럴 수 있을 것 같았다. 엘리스는 밭은 숨을 몰아쉬며 얼굴을 찡그렸다. 이

빌린 집의 어둡침침한 빛 속에서 두꺼비처럼 쓰러져 죽어가고 있었다. 일어나 앉으려 했지만 얼굴의 통증이 두개골 전체로 퍼졌다. 비명을 지르며 다시 드러누웠다.

다리를 꼼지락거렸다. 마비되지는 않았다. 그래야 한다면, 여기서 달아나 비행기를 타고 집으로 갈 수 있었다. 집으로……. 어디로 갈까? 뼈가 흐물거리는 것 같았고 그 느낌이 살갗까지 퍼졌다. 달아날 곳이 없는 것은 상관없었다. 엘리스는 쇄골을 쓰다듬었다. 코니가 준 목걸이가 아직 있었다. 뜯어버리고 싶지만 그럴 기운이 없었다. 이십삼 년을 살면서 이렇게 지독한 기분은 처음이었다.

"잘 잤어?" 나지막한 목소리가 말했다. "기분은 좀 어때?"

엘리스는 아주 천천히 고개를 돌렸다. 코니가 옷을 다 입고 문틀에 기대서 있었다. "마셔, 레이디 라자러스•." 코니는 발포 아스피린을 녹인 물 한 잔을 들고 엘리스에게 다가왔다. "백 년 동안 잘 줄 알았네. 지금 2시가 다 됐어."

"네?"

엘리스가 움직이지 않자 코니는 침대 옆 테이블에 잔을 두었다. "파티는 즐거웠어?" 코니가 침대 가장자리에 살짝 앉으면서 다정하게 물었다.

"당신이 알려주세요." 엘리스가 말했다.

"기억 안 나?"

엘리스는 눈을 감았다. "죽고 싶어요. 죽여줘요."

"죽이지 않을 거야. 더 자."

"항상 나보고 자라고 하죠." 엘리스는 베개에 대고 웅얼거렸다.

• 실비아 플라스의 시에 등장하는, 십 년에 한 번씩 죽었다가 되살아나는 인물

30

맷은 평소처럼 모래사장에 보드를 세워두고 바닷가에 서 있었다. 잠수복 상체 부분은 허리에 늘어뜨리고, 조난당해 구조를 기다리는 사람처럼 허리에 손을 얹은 채 바다를 바라보았다.

엘리스는 잠시 머뭇거렸다. 샤라가 등 뒤의 저택에 있었다. 어쩌면 이쪽을 지켜보고 있을지도 몰랐다.

"맷." 엘리스가 불렀다.

그가 돌아보았다. "지난주에 데리러 갔었어요." 맷이 말했다. "코니가 아직 잔다고 하더군요."

"그랬어요. 너무 취해서요."

"그럼 약속을 아무에게도 말 안 한 거예요?"

"네. 온종일 누워 있었어요. 데리러 오게 해서 미안해요."

"사과할 것 없어요." 맷이 바다를 바라보았다. "오늘 날씨가 참 아름답죠."

엘리스는 태평양을 바라보았다. 해가 높이 떠 있었다. 아름다운 9월 오후였다. "샤라가 그림을 완성했어요. 이제 끝났어요." 엘리스가 말했다.

"마음에 들어요?" 맷이 물었다.

"샤라에게 반했어요. 저를 그렇게 그린 그림은 처음 봤어요." 사실이었다. RCA 드로잉 수업에서 그렇게 많은 시간을 보냈는데, 엘리스는 이제야 남에게 제대로 보인 느낌이었다.

"샤라에겐 그런 재능이 있어요. 그 그림을 준다던가요?"

"주겠다고 했는데 사양했어요."

맷이 휘파람을 불었다. "우아, 왜요?"

엘리스는 그를 올려다보았다. "이미 제게 너무 많은 것을 줬으니까요."

"그 사람이 뭘 줬는데요?"

"그리고 샤라에게서 다른 것을 가져갈 생각이라 그림까지 받을 순 없어요."

"무슨 말이죠?"

바람이 짧은 머리를 흐트러뜨리자 엘리스는 머리를 귀 뒤로 넘기려 했다. 그들 뒤로 펠리컨이 크게 무리를 지어 해수면 가까이 날아갔다. 새 무리를 아무리 여러 번 보아도 엘리스는 여전히 몸이 떨렸다. 어딘가 선사시대 존재 같았다. "자동차 열쇠 갖고 있어요?" 엘리스가 말했다.

"아뇨."

"음, 가서 가져와요. 드라이브 가요."

*

둘은 뚜렷한 목적지 없이 태평양 연안을 따라 달렸다. 여전히 잠수복을 입은 채로 대화도 별로 하지 않았다. 모텔 간판에 가까워지자 엘리스는 차를 세워달라고 했다. 지금쯤이면 엘리스가 무엇을 원하고, 어떤 일이 일어날지 맷도 확실히 알 거라 생각했다. 맷이 왜 이걸 원하는지 묻지 않았기 때문에 그저 기회가 와서 잡으려는 걸까 엘리스는 염려스러웠다. 맷이 도덕적으로 망설이는지, 아니면 어떤 종류든 신조가 있는지, 가령 이름을 다이너로 지을 줄도 모르던 아기 때문에 아내가 슬퍼하는 데 양심의 가책이 있는지 엘리스는 알 수 없었다.

그럼 내 양심은 어디 있지? 엘리스가 자문했다. 수영장 바닥에 보물처럼 파묻힌 것. 머리 위를 환하게 비추는 햇볕이 우스웠다. 하지만 이날 엘리스가 살아있다고 느끼려면 그 햇볕도 필요했다. 자신이 원하던 모든 것이 퇴색되었는데 엘리스는 여전히 여기서 빛을 발하며 있었다. 엘리스의 팔은 갈색이고 그 위의 털은 금빛이었다. 맷에 대해 내린 이 결정은 엘리스가 통제할 수 있었다. 엘리스는 그가 자신을 원한다고 확신했다. 이번만큼은 누군가가 자신을 원해주길 바라며 싸우지 않아도 되니 좋았다. 엘리스는 그게 어떤 느낌인지 잊고 있었다. 앞으로 겪을 문제에 대해서는 생각하지 않으려 했다.

*

맷은 흥미롭다는 표정을 유지한 채 방값을 지불했다. 그는 아무렇지도 않은 척 팔짱을 꼈지만, 그래서 방어적으로 보일 뿐이었다.

엘리스가 방문을 연 다음 직원처럼 옆으로 비켜섰다. 맷이 안으로 들어가자 엘리스는 문을 닫아 햇볕을 막았다. 얇은 커튼 사이로 들어오는 빛에 방이 연분홍색으로 변해서 조개껍질 안에 서 있는 것 같았다. "우리 이러면 안 돼요." 맷이 말했다.

엘리스는 침대 가장자리에 앉았다. "왜요?"

"정직하지 못한 짓이니까요."

"정직하게 행동할 거예요. 지금은 우리 둘만 생각해요. 맷, 이리 와요."

엘리스는 침대 머리맡으로 옮겨 갔다. 그는 침대 끝에 서서 엘리스를 보고 있었다. "나도 진심으로 원해요." 그가 말했다.

"알아요."

"생각도 해봤어요." 맷이 말했다.

엘리스는 샤라의 네오프린 잠수복을 입은 채로 다리를 살짝 벌렸다. "무슨 생각을 했는지 말해봐요."

"당신 피부를 만지면 어떤 느낌일지."

"부드러워요. 와서 확인해봐요." 엘리스는 엎드렸다. "지퍼 내려줘요."

맷이 매트리스로 올라와 무릎을 꿇고 엘리스의 잠수복 지퍼를 엉덩이 위까지 내렸다. 엘리스는 등 가운데 닿는 그의 따뜻한 손바닥을 느꼈고 곧바로 긴장이 풀렸다. "스튜디오에 있을 때 당신이 벗은 거 봤어요." 그가 말했다.

엘리스는 바로 앉아 잠수복 소매를 벗기 시작했다. 그러고는 다시 누웠다. "나도 알아요."

맷은 엘리스의 쇄골에 입을 대고 키스했다. 목걸이의 흠집투성이 금장식에도, 가슴 위에도 입을 맞췄다. 처음에는 부드럽게, 그러다가 점점 더 다급하게. 그는 엘리스의 다리에서 잠수복을 벗겼고 엘리스는 그의 잠수복을 벗겼다. 둘은 다시 침대로 쓰러졌다. 엘리스는 긴장이 풀리는 것을 느꼈다. 그의 손과 입이 엘리스를 육체에서 벗어나 시간조차 존재하지 않을 듯한 곳에서 쾌락 속에 떠다니게 만들었다.

"내게 들어와요." 엘리스는 완전히 준비가 되었는지 확신이 없었음에도 이렇게 말했다. 그는 부드럽게 들어왔지만 여전히 충격이었고, 너무 깊이 들어와 엘리스는 날카롭게 숨을 들이쉬었다. "아, **젠장**." 맷이 말했다. "엘리스, 난 항상 당신 생각을 해요." 그가 엘리스에게 키스했고 엘리스도 다시, 그리고 다시, 또다시 키스했다. "이렇게 될 줄 몰랐어요." 맷이 중얼거렸다.

"저도요." 엘리스가 말했다. 하지만 눈을 감고 자신을 놓아버리는 순간, 엘리스는 자신이 거짓말을 하고 있음을 알았다.

2018

31

코니의 원고에, 삶에 공통점과 차이점이 있는 두 여자로 기묘한 줄타기를 하듯이 사는 것에, 어머니에 대한 의문과 세상에서 어떤 사람이 되고 싶은가라는 문제에 몰두하다가, 내 신체적인 자아에 주목했더니 놀랄 일이 기다리고 있었다.

1월 6일, 공현대축일•, 코니가 히스를 돌아다니는 사이 아래층 화장실에서 테스트기 위에 오줌을 누다가 내 몸을 다시 발견했다. 그저 늦는다 싶기만 했다. 메스꺼움이나 별다른 차이도 느끼지 못하고 있었다. 피곤하기는 했지만 2017년 연말에 피곤함을 느끼지 않은 사람이 있을까?

나는 검은색과 금색으로 장식한 코니의 화장실 변기에 앉아 막대 위에 소변을 보고는 분홍색으로 변하는 것을 보았다. 창에 두 개의 줄이 나타났어도 결과를 믿지 않았다.

조를 떠올렸다. 내 아버지를 떠올렸다. 켈리와 인스타 엄마들이 모인 그녀의 온라인 커뮤니티를 떠올렸다. 그들에게 말하는 장면

• 기독교에서 동방박사들이 아기 예수를 만나러 베들레헴을 찾은 것을 기념하는 날

을 상상했다. 엘리스를 떠올렸다. 심지어 크리스티나가 어머니 품에 안겨 죽는 것까지 떠올렸다. 크리스티나와 마거릿은 소설 속 인물이지만 만질 수 없는 내 어머니만큼이나 정수를 꿰뚫었다. 코니를 떠올렸다.

이 모든 사람을 다 떠올렸지만, 나 자신에 대해서는 무엇을 떠올려야 할지 알 수 없었다.

주방으로 가서 차를 한 잔 마셨고, 삼십 분 뒤에 다시 화장실로 가서 두 번째 테스트를 했다. 두 번째로 확인되자 내가 어떤 상황에 처했는지 조금은 이해할 수밖에 없었다.

내가 생물체라는 느낌이 들었다. 내 몸이 테스트를 통과한 듯한 느낌. 내 난소, 자궁, 혈액이 알아서 상황을 처리했다. **이제 우리의 때가 왔다!** 그렇게 말하고 있었다. 내 상상력은 서둘러 뒤를 따를 수밖에 없었다.

*

테스트기를 가방에 감추고 넋이 나간 채 응접실로 걸어가서 코니의 소파에 앉았다. 많은 친구들이 '오, 임신을 하려던 건 아니었어!'라고 말했지만 그렇다고 피임을 하지도 않았다고 인정했다. 어찌 되나 두고 보겠다고 했다. 정확히 뭘 두고 본다는 말일까? 몸이 제 기능을 하는지? 자신들이 정말 부모가 되고 싶은지? 우리가 말하는 건 라이프 스타일이 아니라 생명의 문제였다. 하지만 나는 이제야 그들이 왜 그렇게 말했는지 깨달았다. 원하지 않을지도 모르는 것을 원하는 역설을 실현한 것이다. 누구도 부모가 되는 테스트를 해보고 아이를 가진 다음 합리적으로 되돌려 보낼 수는 없다.

누구도 자신이 뭘 하는지도 몰랐다고 고백하고 싶지 않았던 것이다. 나는 좀 더 많은 사람이 고백하기를 바랐다.

나 역시 내 몸을 테스트하고 싶었을까? 그저 '두고 보려'고? 비논리적이지만 어느 정도 일리가 있었다.

석 달 동안은 임신을 무효로 할 기회가 있었다. 내 몸속에 있는 것을 실제 존재하는 사람으로 여기지 않는 편이 더 건강했다. 그리고 더 쉬웠다. 이 시점에서 생각하는 사람은 나 자신뿐이었다.

*

코니는 아직 외출중이라 코니의 전화기로 병원에 전화를 걸어 그날 마지막 진료 예약을 했다(진정한 크리스마스의 기적이었다). 나는 나갔다 오겠다고 쪽지를 남기고, 배 속에서 전구에 불이 들어온 것 같은 느낌으로 역까지 걸어갔다. 사람들도 내게서 퍼져 나오는 이 불빛을 볼 수 있을까? 그런 것 같지 않았다. 나는 다른 사람과 마찬가지로 눈에 띄지 않는 존재였다.

진료실에서 의사에게 임신한 것 같다고 했다. "생리를 한 번 건너뛰었어요. 임신 테스트를 두 번 했는데 양성으로 나왔어요. 하지만 확인해주셨으면 좋겠어요."

의사는 내 말을 듣고 고개를 끄덕였다. 스스로 한 검사에 의존하기 싫은 마음을 이해하는 것 같았다. 짧게 자른 갈색 머리에 얼굴이 상냥해 보이는 나이 많은 여자였다. 도로시가 생각났다.

결과를 기다리는 동안 벽에 붙은 소화기 도해 속 내장의 아름답고 정교한 모습을 보며 앉아 있었다. 의사들이 왜 이 그림을 붙여놓는지, 가령 폐나 심장이나 자궁을 붙여놓지 않는 이유는 무엇인지 궁금했다. 나는 소화기의 여러 가지 색상과 곡선을 훑어보았다. 잘못되어 우리에게 복수하기 전까지는 알지도, 보지도 못할 신기한 것들을.

의사는 내 시선을 보고 미소 지었다. "몸에서 가장 특별한 부분이죠. 물어본다면 그렇게 대답하겠어요. 묻진 않았지만요."

"왜 그런가요?"

"체계와 기관의 조합이 무척 정교하거든요. 최근에, 연구자들이 신체의 세로토닌 중 95퍼센트가 장에 있다고 믿는다는 논문을 읽었어요."

"우아."

"우리는 감정을 모두 뇌와 심장으로 끌어 올리지만, 16세기 이후 의사들은 정말로 감정 억제를 행사하는 기관은 장이라고 생각해왔어요."

"저는 좀 지나치게 억제한 것 같아요." 내가 말했다.

"우리 모두 이따금 그러죠."

"그래서요!" 내가 말했다.

"네, 테스트 말이죠. 그래요, 로즈. 맞아요. 임신이에요."

나는 무슨 탄원이라도 하듯이 무릎에 위를 향해 올려놓은 손바닥을 보았다. 공식적으로 확인되었다. 나는 임신했다. 임신부였다. 나는 혼자가 아니었다. 내 마음속 한구석에 유령 같은 한 사람이 나타났다.

우리는 조용히 앉아 있었다.

"임신일 수 있다고 알린 사람이 있나요?" 의사가 물었다.

"아뇨."

"믿을 만한 사람들에게 소식을 알리면 도움이 될 거예요, 로즈."

나는 가장 깊은 비밀을 그녀에게 털어놓는 느낌이라 망설였다.
"어, 어떻게 해야 할지 잘 모르겠어요." 내가 말했다.

"그래요? 음, 우선 처음 할 일은 엽산을 먹는 것이고……."

"아뇨, 그러니까……" 나는 말해야 한다는 것은 알지만 더는 말할 수 없어서 입을 다물었다. 무언가 죄를 드러내는 것 같았고 그래서 나 자신이 싫었다. "제가…… 할 수 있을지 모르겠어요."

"그렇군요." 의사가 잠시 말을 멈췄다. "괜찮아요."

나는 눈을 감은 채 그 말을 곱씹으며 안도감 비슷한 것을 느꼈다. 그 문장을 말하는 것만으로도 박혀 있던 가시를 빼낸 기분이었다. 하지만 의사가 정말로 내가 하는 말이 괜찮다고 여기는지 궁금했다. 법에 따라야 하기 때문에 이런 말을 했을지도 모른다. 그녀도 여자이기에 하나의 몸 안에서 엄청나게 많은 일이 벌어진다는 우울함과 부당함을 알겠지만, 그에 대해 냉혹한 선택(흑백의, 가부의 이분법적 선택)만 할 수 있을 뿐이리라.

의사의 모호한 반응에, 나는 뭔가 확실하다고 주장하기 위해 왔음을 깨달았다. 계속 눈을 감은 채 그것을 기다리는데, 의사가 내 팔을 부드럽게 건드리더니 〈다음엔 무슨 일이 일어날까요?〉라는 소책자를 건넸다. 아주 짧은 두려움의 순간, 복음주의 낙태 반대 팸플릿인가 싶었는데 아니었다. 그저 내가 신체적으로나 심리적으로 겪게 될 온갖 일을 사진으로 정리한 책자였다. 그리고 뒷면에는 내 **선택지**가 있었다.

"임신 증세가 있었나요? 메스껍다거나 피곤하다거나." 의사가 물었다.

"조금 피곤했지만 사실은 몰랐어요. 일이 많아서요." 한심할 정도로 변명조였다.

“그렇군요.” 의사가 말했다.

“애 아빠는 모르고 있어요. 그에게 말하지 않을지도 몰라요.” 의사에게 이런 말까지 할 필요가 없다는 것을 알지만 누군가에게는 말해야 했다.

“그래요.” 의사가 말했다. “지금은 함께가 아닌가요?”

“모르겠어요.” 한층 한심함을 느끼며 대답했다. 구 년의 연애를 하룻밤 만남처럼 말하고 있었다.

“그렇군요.”

“사는 게 그런 거겠죠!” 나는 이렇게 말하고 웃었다.

의사는 컴퓨터 모니터로 눈길을 돌렸다. “오늘 결정할 필요는 없어요. 괜찮을 거예요.”

“감사합니다.”

“그 팸플릿을 읽어보세요. 결정을 내리려 할 때 의논할 수 있는 기관의 전화번호가 뒷면에 있어요.”

“네.”

의사는 미소를 지었다. “염려 말아요, 로즈. 당분간은 그게 전부예요. 엽산을 드세요. 그리고 다른 길을 선택하기로 했을 때도 오세요.”

“네, 감사합니다.” 나는 자리에서 일어섰다. 팸플릿을 어찌나 세게 쥐었는지 구겨버릴 뻔했다. “해피 뉴 이어.”

“그래요.” 의사가 대답했다. “해피 뉴 이어.”

나는 거리로 나왔다. 몹시 추웠고, 날이 어두워지고 있었다. 걸었다. 임신한 느낌은 들지 않았다. 외로웠다.

32

일주일 뒤 조와 만났다. 그는 우리가 만나기로 한 카페 (중심지에 있고 중립적인, 옥스퍼드 스트리트 근처) 문으로 들어왔고, 나는 '전에 알던 남자가 왔네'라고 생각했다.

조는 턱수염을 기르고 있었다. 방치인지 의도인지 궁금했다. 잘 어울렸다. "안녕." 내가 말했다. "해피 뉴 이어." 내 몸속에 무엇이 있다는 생각이 온몸을 파고드는 느낌이었다. 나는 생각을 떨쳐내고 미소를 지었다. "여기서 만나줘서 고마워." 내가 말했다. 우리는 키스 없이 포옹했다.

조는 긴장한 표정으로, 눈을 내리깔고 있었다. "어떻게 지내?" 그가 내 맞은편 의자에 앉으면서 물었다.

"잘 있어. 고마워. 크리스마스가 다 지나가서 기쁘네. 당신은?"

"나도. 참, 당신은 엄마랑 데이지가 진짜 싸우는 모습을 놓쳤어. 봤으면 좋아했을 텐데."

나는 웃었다. "무슨 일이었는데?"

"이유도 잘 모르겠어. 데이지가 무슨 일로 화가 났어."

"데이지와 라덱은 잘 있어?"

조가 불편한 표정을 지었다. "두 사람 사이 알잖아. 나아지겠지."
"응."
그의 눈길이 내 목선으로 향했다. 나는 코니가 크리스마스 선물로 준 목걸이를 빼지 않았음을 깨닫고 불편해졌다. "그건 뭐야?" 그가 말했다. "L이 무슨 뜻이야?"
나는 얼굴을 붉히며 그것을 꼭 쥐었다. "아무것도 아니야."
"아무것도 아니라고?"
"그냥 농담이야."
"누가, 준 거야?"
"응. 켈리가."
조는 알 수 없다는 표정을 지었다. "로지, 당신은 아파트를 나갔어. 사라졌다고."
"사실 먼저 나간 건 당신이야."
"나는 돌아왔잖아."
"난 지금 여기 있잖아, 조." 나는 목걸이를 스웨터 속으로 넣으면서 말했다. 본능적으로 사과하고 싶었지만 미안하다는 말은 꿀꺽 삼켰다.
"걱정했어." 조가 말했다.
"내 걱정은 안 해도 돼." 나는 자기 운명을 점치는 집시처럼 신중하게 말했다.
"좋아." 조가 말했다. 그는 목청을 가다듬었다. "미안해, 로지. 진심이 아니었어. 내가 한 말."
"무슨 말?"
그는 나를 노려보았다. "당신에 대해서."
"내가 피곤하게 군다는 말? 내가 사이코라는 말?"

조는 입을 꽉 다물었다. "응."

"연말이 되면 모두 다 조금은 사이코가 되는 것 같아. 하지만 고마워."

조는 머뭇거렸다. "그래도 당신은 변했어."

나는 가볍게 숨을 들이쉬었다. "내가 어떻게 변했어?"

"당신은…… 더 집중하고 있어. 더 단단해졌어."

"단단해져? 내 느낌은 그 반대야, 조이. 난 부드러워졌어. 이런저런 것들을 받아들이고 있어. 아마 난생처음일걸."

조가 염려스럽다는 표정을 지었다. "뭘 받아들이는데?"

"어쩌면 우리 둘 다 변했나 봐." 내가 대답을 피하면서 말했다. 조가 변한 것이 엄밀히 사실인지는 알 수 없었다. 사실 지난 몇 년 동안 그는 별로 변하지 않았다고 생각하지만 그건 내가 그를 바라보는 균형감을 다 잃었기 때문이다. 그렇지만 이 순간, 조가 새로운 사람을 만난다면 그 변화가 드러날 거라고 확신했다. 나와 함께 있으면 조는 변할 수 없었다.

"선물은 마음에 드신대?" 내가 물었다.

"응. 선물 사줘서 고마워. 내가 해야 하는 일인데."

나는 좀 더 자세한 대답을 기다렸지만 아무 말도 없었다. "그럼 아파트에 돌아온 거야?" 내가 물었다.

"응." 조는 잠시 기다렸다가 말했다. "그리고…… 당신은 돌아올 거야?"

"그럴 것 같지 않아." 내가 부드럽게 말했다.

"그래. 하지만 그 사람이랑 같이 사는 건 아니지?"

"조이, 내가 돌아가지 않는 게 최선이라는 거 알잖아."

조는 한참동안 아무 말도 하지 않았다. 아무도 주문을 받으러 오지 않았지만, 우리 둘 다 테이블에서 일어날 수 없었다. "어떻게 할 생각이야?" 그가 결국 이렇게 물었다.

"우리가 서로 놓아줘야 할 것 같아." 내가 말했다.

조는 나를 빤히 보았다. 무슨 말을 하고 싶은 표정이었지만 마음을 바꾼 모양이었다.

"당신을 정말 사랑해, 조이. 그리고 우린 계속 함께할 수도 있어. 앞으로 십 년, 이십 년 같이 붙어 있을 수도 있어. 당신은 쉰네 살이 될 거야. 쉰네 살인데 아직 나와 함께 살아. 그게 정말 원하는 거야?"

내가 왜 그렇게 나 자신을 낮추는지, 조의 끈덕진 책임 의식과 맞바꾸기 위해 나를 꼴찌상으로 건네는 것인지 알 수 없었다. 그러나 그에게 상황을 깨닫게 해야 할 것 같았다.

"누구에게나 기복은 있어." 그가 말했다. "엄마와 아빠도……. 세상에, 가끔은 정말 끝난 줄 알았어. 하지만 아니었어. 끝나지 않을 거야. 엄마는 그런 일을 겪는 게 정상이래."

조는 도로시와 이야기를 한 것이다. 이번만큼은 어머니와 의미 있는 대화를 나누었을지 모른다는 사실에 감명받았다. 도로시가 좋아했으리라. 최소한 내게는 쓸모 있었다. 그리고 나는 도로시가 우리 둘이 헤어질까 불안해했다는 데 놀랐다.

"하지만 원하지 않으면 우린 그러지 않아도 돼." 내가 말했다. "정말 그러고 싶어? 지난 이 년 동안 좋았던 때가 얼마나 돼? 나빴던 때는?"

조는 나를 다시 보았다. "당신과 모르는 사이가 되고 싶지 않아." 그가 말했다.

"그런 일은 없을 거야. 항상 서로 알고 지낼 거야. 하지만 서로 놓아줄 수 있어."

"언제부터 이렇게 느끼기 시작했어?" 그가 물었다.

나는 구 년 전 파티에서 만난, 아이디어와 농담거리가 무궁무진하고 담배를 피우던 스물다섯 살 남자를 그려보았다. 그를 보고 나는 나에게 이렇게 말했다. **우린 커플이 될 수 있겠어.** 그와 함께라면 이런저런 일을 할 수 있을 것 같았다. 그의 따뜻한 손, 사려 깊은 성격을 생각했다. 그의 호기심, 그리고 결국에는 피시식 사라져 버린 그의 인내심. 우리는 많은 일들을 겪으면서 서로를 보았다.

조에게 대답해야 한다는 것을 알았다. 우리 사랑이 변한 것을 내가 언제 깨달았을까? 크리스마스에 그의 어머니 핸드크림을 포장하면서? 테스트기에 소변을 누면서 내 인생이 가야 할 길을 보았을 때? 그런 일들이 있기 전, 코니의 집에 처음으로 들어갔을 때? 아버지와 해변에 나갔을 때? 아니면 연인들이 모든 것이 변치 않으리라 생각할 만큼 어리석을 때 자주 그러듯이, 이미 오래전에 씨앗을 뿌렸을까?

내 사랑이 언제 빠져나가기 시작했는지 정확히는 알아차리지 못했다. 아니, 사실이 아니다. 진부하다고 느낀 때가 몇 번 있었다. 패배감과 애정 어린 절망을 감지했다. 그런 일이 있을 때마다 나는 그 자각을 방치했다.

"코니의 첫 소설에 이런 내용이 있어." 내가 말했다. "아니, 잠깐만. 조이, 들어봐. 그런 표정 짓지 말고. 코니는 당신, 당신의 파트너, 그리고 관계 자체가 있다고 해. 사랑 말이야. 자신을 돌보듯이 사랑도 돌봐야 해. 사랑이 혼자서 유지되며 자라기를 바랄 순 없어. 우린 사랑을 돌보지 않았어, 조. 그리고 우리 중 누구도 그러길 원하지 않았고. 그리고 가끔 그런 사실을 아무도 설명하려 들지 않는 것 같아."

"사랑은 화분에 심은 식물이 아니야, 로즈."

"살아있는 생물이야." 내가 말했다.

조가 나를 보며 말했다. "울지 마. 나도 울게 될 거야."

"우리 울어도 될 것 같아." 내가 말했다.

그래서 우리는 울었다. 소리 없는 눈물, 아직 내 안에 있던 비밀, 흠뻑 젖은 1월의 어느 날. 슬픔의 시작. 작은 이별.

*

살갗, 손, 발이 찌릿했다. 승리한 느낌은 아니었다. 하지만 흥미롭게도 조금 더 자유로워진 기분이었다. 나는 늘 기다리며 원하는 것이 자연스러운 존재였다. 원하는 것을 실현하는 배짱 대신, 무언가를 갈망하기만 했다. 그런 상태로 얼마나 더 버틸지 알 수 없었다. 나는 햄프스테드 히스 역에 내려서 코니의 집으로 갔다.

집에 들어간 무렵에는 충분히 마음이 진정되었다. 코니는 샴페인 한 병을 따고 잔 두 개를 가져다 놓고는 가장 좋아하는 응접실 안락의자에 앉아 있었다. 낯익은 광경이지만, 코니가 나를 향해 환히 웃고 있었다. 나는 축하 분위기에 당황하고 말했다. 다른 집에 들어선 느낌이었다.

"저 왔어요, 콘." 내가 말했다.

"이제 왔군요! 좋은 소식이 있어요!" 코니가 말했다.

"뭔데요?" 잠시, 터무니없게도 코니가 내 몸에서 무슨 일이 일어나는지 알아차린 줄 알았다.

"데버라가 전화했어요. 그 사람이 이야기한 출판사 여자 알죠?"

"편집자요?"
"네. 그리핀 출판사의 조지나요. 데버라는 여러 출판사에 접근하는 대신 한 곳만 목표로 삼기로 했어요. 그리고 **효과**가 있었어요, 로라. 《변심》을 보냈는데 마음에 든대요. 계약을 제안할 거래요."
"오, 코니!"
코니가 자리에서 일어났다. 나는 어안이 벙벙해져 가만히 서 있었고, 코니가 내게 팔을 감고 짧게 포옹했다. 코니의 눈은 반짝였고 사십 년쯤 젊어 보였다. "그쪽에서 '매사추세츠 해안의 청교도적 긴장감이 마거릿의 무질서와 마녀성에 완벽한 균형을 맞춰준다'라고 했대요."
"정말로 '마녀성'이라고 말했대요?"
"뎁이 그랬어요. 조지나라는 사람의 말이 마음에 들어요. 한잔할래요?"
"전 괜찮아요."
코니가 놀란 표정을 지었다. "정말요? 하지만 우리가 원하던 일이 이루어진 거 아닌가요?"
우리. 그 대명사가 빛을 발했다. "물론이죠. 기뻐요. 정말 잘됐어요. 하지만 술 마시기엔 너무 이른 시각이에요." 내가 말했다.
"지금 오후 4시이고 어두워졌다고요." 코니가 대답했다. "1**월**이잖아요. 난 **책**을 팔게 됐어요."
"알아요. 그리고 대단해요. 하지만 사양할게요. 죄송해요, 콘. 그저…… 좀 피곤해서요."
"피곤하다고요? 난 일흔셋이에요."
"죄송해요."
"걱정 말아요." 코니는 이렇게 말했지만 실망한 기색이 역력했다. "나 혼자 다 마시고도 남으니까."

나는 소파에 털썩 앉았다. "《변심》은 성공할 거예요."

"음, 그건 잘 모르겠지만." 콘이 말했다. "내 글에 아직도 관심을 갖는 사람이 있고, 그 사람이 내 딸뻘일 만큼 젊다는 사실. 그게 어떤 느낌인지 말도 못하겠어요, 로라. 너무 기뻐요. 이런 기분이 될지 몰랐어요. 무관심할 줄 알았는데요. 그렇지 않다니 끔찍하죠? **기뻐요**. 정말로."

나는 웃었다. 이렇게 활달한 코니를 본 적이 없었다. "그리고 당신에게 고마운 것이 너무 많아요." 코니가 말했다.

"아뇨, 그렇지 않아요. 선생님이 쓰셨어요."

"하지만 당신 덕분에 굉장히 편했어요. 타이핑 작업, 맛있는 음식. 당신이 **여기 있어준** 것. 당신은 진짜 하늘이 보낸 사람 같아요."

나는 코니에게 샴페인을 따라주었다. 데버라의 말에 따르면, 그리핀 출판사가 돈이 충분하다면 여름에 출간할 거라고 했다. 계약이 성사되면 편집자가 작업을 맡을 테지만, 편집은 가볍게 할 거라고 했다. 조지나는 별로 손대고 싶지 않은 모양이었다. "그게 좋은 일이라고 생각해요?" 코니가 말했다. "조지나가 날 무서워하는 걸까요?"

"선생님을 만나지도 않은걸요. 만나보세요. 만나보면 진짜 무서워하겠죠."

"난 무서운 사람이 아니에요. 다정한 사람이지."

나는 데버라가 피자를 먹으러 온 날 저녁에 한 말을 기억하며 망설였다. 코니는 기자를 싫어하며 해석을 거부한다는 말을. "다시 책을 출판하면 어떨지 생각해보셨어요?" 내가 말했다. "작품에 대해 사람들에게 설명하셔야죠. 마음의 준비가 되셨어요? 질문할 거예요. 왜 그동안 절필하셨는지 알고 싶어 할 거예요."

코니는 잠시 아무 말도 하지 않았다. "두루뭉술하게 대답할 거예요." 코니가 말했다.

"코니, 농담하지 마세요. 뭐라고 하실 거예요?"

코니는 샴페인을 마셨다. "쓸 가치 있는 이야기가 없었다고 할 거예요. 그게 사실이니까."

"하지만 지금은 왜죠? 콘, 왜 다시 소설을 쓰셨어요?"

코니는 내 쪽으로 머리를 홱 돌렸다. "왜 항상 그걸 묻는 거죠?"

뺨이 달아오르는 것을 느꼈다. "두 번밖에 여쭤보지 않았어요."

"그걸로 충분 이상이에요."

"전…… 준비를 하셔야 할 것 같아서요."

"좋아요. 지금이 적당하다고 느껴서 썼어요. 그리고 준비되었다고 느꼈어요."

"준비라면…… 무슨 준비요?"

코니는 짜증스럽다는 듯한 소리를 냈다. "제발 좀. 왜 당신에게 변명을 해야 하는지 모르겠군요. 이런 식으로 기자 인터뷰 훈련을 시키는 건가요? 나중에 하면 안 될까요?" 코니는 이맛살을 찡그렸다. "아니면 다른 이유가 있나요?"

나는 눈을 감았다. "아니에요."

코니는 코웃음을 쳤다. "그러지 말고. 말해봐요."

"그러니까요, 콘." 내가 말했다. 눈을 떴다. 손가락을 자꾸만, 자꾸만 만지작거렸다. 코니를 마주 보지도 못하고 있지만 더는 감출 수도 없었다. 코니가 알고, 코니가 상황을 더 나아지게 만들어주었으면 했다. "음, 그러니까. 병원에 갔는데……"

코니가 잔을 내려놓았다. "오, 저런. 로라, 아파요?"

"아뇨." 내가 말했다. "아이를 가졌어요."

나는 용감하게 코니를 올려다보았다. 코니의 얼굴은 충격으로 가득했다. 무슨 말이든 듣기를 기다리는 동안, 나는 로라 브라운으로 여기서 사는 생활이 끝났다고 확신했다. 코니는 내가 자기 집에 있는 것을 못 견디리라. 아이 소식이 모든 것을 바꾸어놓으리라. 로라와 코니의 관계는 폭발해버릴 테고, 나는 로즈로 돌아갈 것이며, 어머니 이야기는 또다시 손가락 사이로 빠져나갈 것이다.

1982

33

엘리스가 서핑하러 가겠다고 말하면 코니가 차에 태워 말리부로 데려다 주곤 했다. 코니가 돌아가면 엘리스와 맷은 다른 해변에 가 본다는 명목으로 서핑 보드를 맷의 차에 싣곤 했다. 그러고는 퍼시픽 하이웨이를 따라 여기저기 있는 모텔에 들르곤 했다. 분위기와 질이 각기 다른 방을 가끔은 샤라의 돈으로, 또는 코니의 돈으로 빌리곤 했다. 어딜 가든 엘리스는 자신의 분노를 맷의 몸에 몰아내려 했다.

바버라와 수영장에 함께 있던 모습을 엘리스가 보았다는 사실을 코니는 몰랐다. 하지만 왜 그렇게 조용한지, 왜 그렇게 화를 내는지, 왜 그렇게 서핑을 열심히 하는지, 왜 말도 안 하려 드는지 엘리스의 행동을 지적하기 시작했다. 엘리스는 이런 식으로 다그치는 걸 견딜 수 없었다. 그러다 나올지 모를 대화와 마주할 자신이 없었다. 달아나는 편이, 그대로 놓아두는 편이 나았다. 분홍빛 조명을 단 모텔에 처음 들어간 뒤로 일주일이 지났을 때, 엘리스는 맷에게 떠나자고 했다.

“떠나자고? 하지만 어디로?” 비행기라든가 외국 같은 것은 존재하지도 않는다는 말투였다.

엘리스는 짜증을 꾹 눌렀다. 맷은 이런 일에 엘리스만큼 능숙하지 않았다. "글쎄." 엘리스는 헝클어진 침대 시트에 누워서 말했다. "생각나겠지."

"앞으로 일이 어떻게 될까?" 맷이 물었다.

"그게 겁나?"

"겁나진 않아. 그냥, 모든 게 굉장히 빨라서."

"우리 사이에서 일어나는 일은 우리가 이미 아는 걸 확인했을 뿐이야, 맷. 협정이나 마찬가지야. 우리는 서로를, 출구를 찾았으니 계속 지금처럼 지낼 순 없어. 당신은 항상 저 해변 저택에서 더 못 살겠다고 하잖아."

"그래, 하지만……."

"그리고 나는 그 방갈로에 못 있겠어."

"왜?" 맷은 일어나 앉더니 얇은 베개에 등을 기댔다. "코니가 뭔가 의심하는 것 같아?"

"그게 아니야." 엘리스가 말했다. "우리가 하고 있는 일 말이야. 서핑 보드를 들고 만나서, 사라가 알아낼 때까지 파도를 기다리는 척하는 거?"

맷은 생각해보았고, 얼마 후 그들은 일을 저질렀다. 작은 여행 가방에 짐을 싸서 맷의 차를 타고 공항으로 갔다. 엘리스의 맨발에 맷이 버리지 않은 콜라 캔이 닿았다. 입구에 갈색 흔적이 남은 캔이 바닥에 굴러다녔다. 넉 달 전 엘리스가 들어온 고속도로의 반대 차선으로 맷이 달리고 있을 때, 엘리스는 발바닥으로 그 캔을 굴리면서 조수석 창문 밖을 내다보았다. 세상은 거기 너무 가까이 있지만 엘리스가 손을 내밀 때마다 원하는 것을 주지 않았다. 그녀는 선글라스를 쓴 채 흥분해 들떠 있던 코니를 떠올렸다. 이 여행을 그토록 원했던 코니를.

공항에 도착해 장기 주차장에 차를 세우고 나서야 엘리스는 멕시코시티를 골랐다. 짧은 비행으로 전혀 다른 나라에 갈 수 있으니까. 맷은 목적지에 동의했고, 엘리스는 자신의 어마어마한 아이디어에 그가 좋다고 해주니 기분 좋았다. 이런 중대한 일을 결정하는 사람이 되는 것은 새로운 경험이었다. 국경을 넘자 벗어난다는 느낌이 더욱 강해졌다. 엘리스는 삶이라는 물에서 벗어난 물고기가 된 기분이었다.

"사라에게 편지는 남겼어?" 에어로멕시코 항공사 카운터에 줄을 서 있다가 엘리스가 맷에게 물었다.

"응."

"뭐라고 썼어?"

"잠시 혼자 있고 싶다고."

"잠시? 그렇게만 말했어? 나랑 함께 간다고 해야지. 코니는 내가 어디 있는지 어떻게 알라고?"

"알게 될 거야, 엘리스."

"코니는 바버라랑 자고 있어." 엘리스가 말했다.

앞에 줄을 서 있던 여자가 불쾌하다는 표정으로 뒤를 돌아보았다. 하지만 엘리스는 개의치 않았다. 엘리스는 그 여자가 시선을 돌릴 때까지 노려보았다.

"당신은 뭐라고 했는데?" 맷이 물었다.

"내 말 들었잖아. 콘이랑 바브 사이."

"그렇게 된 지 얼마나 됐어?" 맷이 물었다.

"나도 몰라. 한참 됐어."

"당신은 괜찮아?" 맷이 물었다.
"응. 물론이지."

*

그들 차례가 되었을 때 맷은 편도가 아닌 왕복 항공권을 샀다. 너무나 우울하고 세속적인 결정이었지만, 엘리스는 혀를 놀리지 않고 입을 꼭 다물었다. 이 도시를 벗어나는 것이 가장 중요하기 때문이었다. 맷은 일종의 휴가로, 시간의 블랙홀처럼 잠시 일어났다가 사라지는 일로 취급하고 싶은 모양이라고 엘리스는 생각했다. 하지만 맷은 그들이 하려는 행동의 무게를 감당하지 못한다 해도 엘리스는 감당할 수 있었다. 엘리스는 다시는 로스앤젤레스에 발을 디디지 않을 생각이었다.

비행기에 오르자 중력을 거스르는 움직임이 도움이 되었다. 엘리스는 기적 같다고 느꼈다. 엉망진창인 상황에서 여기까지 왔고, 아무도 죽지 않았다니! 두 사람은 적시에 서로를 발견했다. 맷은 완벽하지는 않았지만 엘리스를 거기서 벗어나게 해주었다. 그는 엘리스의 몸을 숭배했고, 엘리스는 이제 완벽한 사람은 없음을 알고 있었다. 코니가 잔인하게 이 사실을 확인시켜 주었으니까.

맷 역시 발밑에서 땅이 사라지니 진정한 자신으로 돌아갈 수 있다는 듯 긴장을 푸는 것 같았다. 그는 엘리스의 손을 꼭 잡았고, 둘은 음모를 꾸미는 사람들처럼 서로 눈을 맞췄다.

비행기가 멕시코시티에 착륙한 뒤 택시를 타고 소칼로 광장에서 아주 가까운 호텔 거리로 갔다. 엘리스는 작고 깨끗한 침대에 누워, 잠든 맷의 옆에서 코니가 지금 무엇을 할지 생각했다. 엘리스가 사라진 것을 깨닫는 데 얼마나 걸릴까? 엘리스는 코니가 숨바꼭질을 하듯이 테이블과 의자를 뒤엎으며 자신을 찾는 모습을 상상했다. 코니의 염려와 죄책감을 상상했다. 그러자 음산하고 심술궂은 기쁨이 느껴졌다.

옆에서 맷이 몸을 뒤척였다. 엘리스는 그가 샤라를 얼마나 생각하는지 궁금했다. 그가 쓴 편지는 아무 의미 없이 느껴졌고 돌아가는 비행기 표라는 안전망도 있었다. 새로운 시작 전에 모든 것을 지워버릴 수 없다는 사실이 미칠 것 같았지만, 시간이 지나면 그렇게 될 거라며 자신을 안심시켰다. 스튜디오에 있는 샤라를, 샤라가 완성한 아름답고 세심한 그림을 생각하지 않으려 했다. 아기를 갖게 된다면 꼭 낳으라고 말하던 샤라를.

이튿날 그들은 침대에서 일어나 앉았다.

"멕시코 왕궁에 갈까?" 맷이 말했다.

"아니. 인류학 박물관에 가자. 훨씬 재미있을 것 같아."

"좋아." 맷이 이렇게 말하자 엘리스는 또다시 누가 자기 말에 따라주는 데서 전율을 느꼈다. "당신 말이 맞겠지." 맷이 말했다.

*

엘리스와 맷은 18세기 성당을 보수하다가 도시의 땅속에서 파낸, 거대한 아즈텍 선스톤 앞에 오랫동안 서 있었다.

"신을 찾다가 저걸 발견하는 모습을 상상해봐." 맷이 눈을 휘둥그레 뜨고 말했다.

기념비적인 작품이었다. 원판 한가운데 태양신 토나티우가 인간의 심장을 양손에 하나씩 꽉 쥐고 있었다. 혀는 칼 모양이었다. 사방에는 아즈텍의 네 가지 다른 시대를 보여주는 형상이 조각되어 있었다. 엘리스는 옆에 놓인 안내문을 읽었다.

> 오른쪽 아래 사각형은 나우이 아틀 시대를 나타낸다.
> 나우이 아틀 시대는 온 세상에 홍수가 나서
> 모든 인간이 물고기로 변하면서 끝났다.

시 같았다. 엘리스는 표범, 물, 비, 바람으로 시대를 측정하는 사람이 되면 어떨까 상상했다. 태양신이 자신과 맷의 심장을 꽉 쥔 채 희생을 위해 칼을 준비했다고 믿으면 어떨까 상상했다. 이 돌에 들어 있는 경고, 인간이 해야만 하는 희생, 거대한 우주 옆에서 인간 자아는 작다는 사실에 끌렸다. 과거에 이런 영적인 믿음을 본능적으로 가졌던 나라, 이런 보물이 아직도 땅에서 발굴되고 있고, 물고기로 바뀌는 운명이 타당하게 간주되는 이 나라에서 살 수 있을 것 같았다. 비록 살 수는 없다 해도 로스앤젤레스보다는 이미 훨씬 더 좋아졌다.

밤이 되자 창밖에서 오르가슴을 느끼는 여자의 소리가 들려왔다. 하지만 뒷마당에 반원형을 이루는 똑같은 모양의 창문, 빨랫줄, 열기로 인해 어디서 들려오는 소리인지는 알 수 없었다. 엘리스와 맷은 거기 누워 자신들과 너무나 거리가 멀지만 너무나 낯익은 그 소리를 듣고 웃었다. 듣지 않을 수 없었다. 그 소리는 매혹과 유대를 떠오르게 했다. 맷은 엘리스를 뒤에서 안고 그녀 속으로 깊이 밀고 들어갔다. 엘리스는 열린 창문 쪽으로 얼굴을 향한 채 거리낌 없이 자신의 쾌감을 표현했다. 열렸든 닫혔든, 창문은 사라져 버렸다.

*

물가가 싸지 않고 맷이 바닷가에 가고 싶어 해서 멕시코시티에는 오래 머물지 않았다. 맷은 또 비행기 표를 두 장 샀고, 엘리스는 그가 달러를 내는 것을 보았다. 그들은 유카탄 반도로 날아갔다. 에메랄드빛 바다를 보자 엘리스는 거기서도 살 수 있을 것 같았다. 모래는 설탕 같았고 새로운 나라에서 두 사람 사이에 꽃핀 감정은 책임감을 갉아먹었다. 맷은 옷을 다 입은 채 바다로 첨벙거리며 뛰어갔다. 엘리스는 돌아가는 비행기 티켓을 찢어버릴까, 그러면 맷이 알아차릴까 생각했다.

엘리스는 함께 보내는 시간을 구체화하지 않는다면 그가 돌아갈 수도 있음을 알고 있었다.

"집을 빌릴까? 그러면 호텔보다 싼데." 엘리스가 말했다.

맷은 좋다고 했다. 두 사람은 아파트를 빌리고 이 주치 세를 우선 냈다. 바닥 타일이 아름다웠지만 에어컨도 전기 선풍기도 없다는 사실에 살짝 불안했다. 그리고 문제가 입증되었다. 아파트 안팎의 기온이 견딜 수 없을 지경이었다. 산속이라 아침과 밤에 시원해서 몇 시간씩 잘 수 있는 형편도 아니었다. 아파트는 모퉁이 블록의 꼭대기 층이고 뒤쪽 방은 높다랗게 솟은 다른 아파트의 삼면을 내다보고 있었다. 앞에 끝없이 늘어선 다른 집 창문 역시 내내 열려 있었고, 빨래를 널어 두었으며, 건물 사이로 펼쳐진 차고의 양철 지붕 위에는 양말이 떨어져 있었다. 낮에는 앞쪽의 오토바이 소리와 뒷마당 1층에서 아이들이 노는 소리만 들렸다. 얼굴은 또렷이 보이는 법이 없었고, 몸뚱이들이 방에서 방으로 돌아다니며 테이블에서 식사를 하고 티브이를 보고 샤워를 했다.

그들은 속옷만 입은 채 끝없이 카드게임을 하며 길거리 상인에게서 산 이상한 맛의 빙과를 먹었다. 엘리스는 구식 플라멩코 부채를 사서 부쳤다. 허벅지 뒤쪽이 플라스틱 의자에 딱 달라붙어 빙과를 더 가져오려고 일어날 때면 아플 지경이었다. 아무것도 하기 힘들었다.

엘리스는 가끔 자신과 맷이 언젠가 잡힐 죄인이라고 생각했다. 가끔 이 모든 것이 불가피하게 느껴졌다. 모든 것이 너무나 쉬웠다. 차를 타고 운전만 하면 되었다. 샤라는 그를 원하지 않았다. 코니는 바버라와 자고 있었다. 떠나오기를 잘했다. **이건 옳은 일이야.**

엘리스는 더위 탓에 푹 자지 못했고 밤이면 똑같은 꿈을 꾸었다. 어느 집에 여자아이가 있는데, 머리 위 지붕이 내려앉았다. 여자아이는 서까래에 기어올라 바위 웅덩이 쪽으로 갔다. 아침에 엘리스는 맷에게 꿈 이야기를 하면서, 지붕 꼭대기와 해변이 같은 높이인 것이 완벽히 타당하게 느껴졌다고 했다. 바위 웅덩이에 금빛으로 점점이 비추던 불빛과 바다가 너무 멀어 모래사장이 길게 뻗어 빛을 내던 장면이 눈에 선했다. 엘리스가 팔에 안겨 있는 동안 맷은 귀 기울여 들어주었다. 엘리스는 맷이 그렇게 말을 들어주는 것이, 경청을 중요하게 여기면서 어떤 해석도 하지 않는 것이 좋았다. 코니라면 이야기의 방향을 바꿔버렸으리라. 그 사실을 알기에 엘리스는 배 속이 저렸다.

*

아파트를 빌린 지 이 주째 접어들었을 때, 맷은 계약을 연장할 거니 샤라에게 전화를 해야 할 것 같다고 말했다.

"좋아, 그래야지." 엘리스가 말했다.
"괴로울 거야."
"그렇지 않을 수도 있어. 샤라가 이해할 수도 있지."
아파트에 전화가 없어서 맷은 페소 동전을 한 움큼 쥐고 공중전화 부스로 갔다. 엘리스는 부스 밖 벽에 기대서서 기다렸다. 엘리스는 코니가 준 목걸이를 만지작거리면서 체인이 뒷목 살갗을 파고들 때까지 잡아당겼다. 부스 안에서 진행되는 대화를 들어보려 집중해봐도 별로 들리지 않았다. 주인 없는 개 한 마리가 다가오더니 발치에 주저앉았다. 엘리스는 광견병이 무서워 개를 만지지 않았다. 맷은 고함치지 않았다. 지나가는 행인에게는 지극히 정상적인 모습으로 보이리라. 급한 용무로 부스 안에서 전화를 거는 남자와 잠자코 밖에서 기다리는 여자. 현지의 개를 거부하는 관광객.
맷이 수화기를 내려놓더니 부스 문을 열었다. "어디 있는지 샤라가 물었어?" 엘리스가 말했다.
"응."
"뭐라고 했어?"
"비슷하게."
"**비슷하게**?"
"멕시코 바닷가에 있다고 했어. 하지만 유카탄 반도인 걸 샤라도 알 거야."
"왜?"
맷이 어색한 표정을 지었다. "우리가…… 여기 왔었거든."
"그런 말은 안 했잖아."
"음, 당신도 코니와 바버라 사이에 대해 말 안 했잖아." 맷이 말했다.

엘리스는 그 말을 무시하기로 했다. "샤라는 어땠어?"

"생각보다 멀쩡하네. 사실은 아주 사무적이었어. 내가 돌아오길 바라지 않는 것 같아."

엘리스는 샤라의 그런 반응에 맷이 기분 상하고 놀랐음을 알 수 있었다. 맷을 한 대 치고 싶었다. "할 이야기가 있어." 엘리스가 말했다. "아이를 가진 것 같아."

맷이 빤히 보았다. "뭐?"

"아이를 가진 것 같다고. 생리를 안 해."

"얼마나 됐어?"

엘리스는 벽에 기댔던 몸을 세우고 걸어가기 시작했다. 맷이 달려와 나란히 걸었고, 주인 없는 개는 그늘을 찾을 생각이 없는지 흙바닥에서 일어나 뒤따라왔다. "어제부터." 엘리스가 말했다.

"겨우 어제? 그러면……."

"난 규칙적이야."

맷은 겁에 질린 표정이었다. 문득 엘리스는 그에 대해 전부 이해되었다. "기다려봐." 맷이 말했다. "스트레스 때문에……."

엘리스가 걸음을 멈췄다. "좋아. 원하는 대로 생각해. 하지만 **난** 임신했다고."

맷이 처음 보는 사람을 보는 눈빛으로 엘리스를 보았다.

아파트로 돌아온 뒤 맷은 하나뿐인 식탁 의자에서 수영복을 집어 들더니 바다에 수영하러 간다고 했다. 엘리스는 침대에 누웠다. 생리는 시작하지 않을 것이고, 임신이 분명하며, 맷은 인생에서 여자보다 바다를 더 원하는 사람이라고 확신했다.

34

한 달 뒤, 엘리스는 해변을 걸으면서 모래 속을 살피다가 죽은 해파리를 밟았다. 굳은 부채 모양의 커다란 해초 조각, 닳아서 우아한 형태가 된 소금이 말라붙은 널빤지, 만지면 갈색 알처럼 금이 가는 게 껍질을 발견했다. 고개를 들어보니 코니가 다가오고 있었다. 물속에서, 자신의 바다 왕국에서 해변으로 걸어 나온 사람처럼.

코니는 걸음을 멈췄다. 두 사람은 서로 빤히 보았다. 머리 위 하늘은 고래 등처럼 마음을 정화시키는 진청색과 진녹색이었고, 수평선에는 잿빛의 풍성한 구름이 낮게 떠 있었다. 코니가 다가오자 엘리스는 본능적으로 배를 팔로 가렸다. 태풍이 오고 있었다. 달아나야 소용없음을 알았다. 해변은 계속해서 이어졌고, 엘리스는 맨발이라서 제정신으로는 해변 뒤편의 정글이나 다름없는 곳으로 달아날 수 없었다.

"여기서 뭐 하고 있어?" 코니가 말했다.

거의 애처로운 목소리지만 얼굴에 분노가 또렷했다. 엘리스는 다시 가슴이 죄어드는 것을 느꼈다. 그녀가 깨닫지 못하는 사이 작은 금이 가 있었던 심장이.

"무슨 말이에요?" 엘리스는 모래 위 발 옆에 납작해진 해파리를 내려다보며 말했다. 그러고는 해파리를 집어 들어 코니에게 던지며 자기가 쏘인 건 아닐까 생각했다.
"**결혼한** 사람이야." 코니가 말했다.
"네? 뭐라고요?"
"샤라가 지금 얼마나 아픈지 알기나 해?"
"아파요?"
"우울증이 도졌어. 침대에서 나오지 않고……."
"샤라는 내 책임이 아니에요." 엘리스가 말했다.
"아, 빰이라도 치고 싶군. 사방으로 둘을 찾아다녔어."
"코니, 그냥 돌아가요."
하지만 코니는 그 자리에서 꼼짝하지 않았다. "왜 이러는 거야?"
"딱히 샤라에게 상처를 주려는 건 아니에요. 나랑 맷 사이는…… 설명하기 쉽지 않아요."
코니는 독기를 뿜으며 코웃음을 쳤고 뒤꿈치를 모래에 콱 박았다. "**그래**."
"그거 알아요, 콘? 당신은 내가 본 사람 중에 최악의 위선자예요. 나를 찾아내 내 행동에 대해 설교하겠다는 건데, 당신은……." 엘리스는 말을 멈췄다. 그 말을 해버리면 사실이 될 테니까.
"내가 **뭐**?"
"당신은 바버라랑 사귀었으면서. 몇 달이나."
코니는 엘리스를 노려보았다. "무슨 소리야?"
"아, 그만둬요. 다 **봤어요**."
"뭐?"
"내 생일 파티에서."

"엘리스, 그날 제정신도 아니었잖아."

"수영장에서 두 사람을 봤어요. 모두 떠난 뒤, 둘이 있을 때. 둘이서 한 말도 들었어."

엘리스는 코니가 그렇게 화내는 것을 처음 보았다. "**그래서** 여기 온 거야?" 코니가 말했다. "아무도 없는 이 해변에? **맷 시먼스**랑? 내가 바버라랑 잔다고 생각해서 이런 멍청한 짓을 했다고?"

"당신을 믿었어요." 엘리스는 분하게도 흐느끼기 시작했다.

"뭘 봤다고 생각하는지 모르겠지만 바버라랑 절대 안 잤어. 너희가 사라진 이후로……."

"내가 **봤다니까**, 코니. 봤다고요."

코니는 짜증 내며 돌아서더니 바닷가로 걸어가 바다를 보았다.

"무슨 짓을 했는지 인정하기나 해요." 엘리스가 말했다.

"아무 짓도 안 했어." 코니가 외쳤다.

"바버라가 묻는 걸 들었어. '그 애를 원해요, 코니?' 그러니까 당신은 아니라고 했어."

코니는 하얗게 질렸다. "그런 소릴 할 리가 있어?"

"나한테 이러지 말아요." 엘리스는 몸에서 고통이 차오르는 것을 느꼈다. "공정하지 않아. 인정해요."

코니는 여전히 돌아서지 않았다. "그때 딱 한 번이었어, 응?"

코니는 울음을 터뜨렸다. 배신을 확인했다는 안도감이 엘리스의 몸에 차올랐다. 무릎을 꿇으며 주저앉자 부드럽고 폭신한 모래가 닿았다. "한 번이 아니었어. 또 거짓말을 하네요."

코니가 눈물을 닦으며 돌아서서 엘리스가 아직 무릎 꿇고 있는 곳으로 다가왔다. "한 번이었어."

두 사람은 마주 보았다. 엘리스는 뭐라고 해야 할지 알 수 없었다. "그 목걸이를 아직 하고 있군." 코니가 말했다.

엘리스는 본능적으로 목에 걸린 E자를 만졌다. "걸고 있는 것도 잊었어요."

"아름다워." 코니가 말했다.

"목걸이일 뿐이죠."

코니는 망설였다. "바바라와 한 짓은 어리석었어. 아무 의미도 없었어. 실수였어. 이런 일이…… 일어나기도 해, 엘. 딱 한 번이야. 로스앤젤레스에선 제정신이 아니었어. 그리고 바바라에겐 누군가 필요했고."

"나도 필요했어요. 당신이 필요했어요."

"알아. 정말 미안해. 그저…… 무슨 일이었는지 이야기하는 거야. 바바라 전남편은 악몽 같았어. 위로해주려다가, 그만…… 내가 미쳤고……."

"그럼 나는요, 콘? 나는 어떻고요? 런던을 떠나 당신을 따라다니면서……."

"내 가장 친한 친구 남편과 멕시코에 왔잖아. 우릴 버린 거야, 엘리스."

"날 사랑하지 않잖아요. 날 원하지 않고. 그리고 그들도 서로 사랑하지 않아요."

"샤라의 감정에 대해선 뭘 알아? 두 사람이 섹스를 안 한다고 해서 모든 게 끝났다고 생각해?"

엘리스는 일어나서 무릎에서 모래를 털었다. "나는 샤라를 이해해요."

"샤라는 좋겠군. 널 이해하는 사람은 아무도 없으니 안타깝네, 엘리스."

"어떻게 된 건지 더 설명할 필요는 없겠죠. 당신이랑 이런 대화를 나눌 필요가 없어요."

"아니, 있어." 코니가 말했다.

엘리스는 수평선을 바라보았다. "내 인생을 당신이 불쑥 나타나서 망가뜨릴 수 있는, 추악하고 사소한 걸로 만들지 말아요. 당신이 바버라랑 한 짓…… 애초에 왜 내가 떠났다고 생각하죠?"

코니는 눈을 감았다. "부탁이야. 다시는 그런 일 없을 거야. 로스앤젤레스로 돌아와."

"거긴 절대 다시 안 가요. **절대.**"

이번에는 코니가 무릎을 꿇었다. 그녀는 엘리스의 정강이를 끌어안았다. 엘리스는 흔들리지 않으려고, 지지 않으려고 버텼다. "정말 미안해. 이기적인 짓이었어. 하지만 상처주고 싶은 마음은 없었어."

코니의 포옹은 너무나 자신만만하게 느껴졌고 엘리스는 그녀를 떨쳐냈다. "돌아갈 수 없어요. 당신이 거짓말을 했으니까."

"제발……."

"아뇨. 당신은 이해 못 해요." 엘리스는 본능적으로 배를 끌어안았다. 코니는 여전히 모래사장에 무릎을 꿇은 채 엘리스를 올려다보았다. "돌아갈 수 없어요."

코니가 엘리스의 손을 빤히 보았다. "혹시…… 그가……."

엘리스는 고개를 끄덕였다.

코니는 충격에 온몸이 굳어 모래 위에 털썩 주저앉았고 얼굴에 공포가 어렸다. "진짜야?"

"그래요."

"**바보** 같으니. 세상에. 정말 싹 다 망쳐버릴 셈이로군."

"코니, 그런 소릴 할 필요는……."

"아니, 엘리스. 여기서 일어난 일? 난 도저히 이해가 안 돼. 설마 낳을 생각은 아니지?"

"맞아요."

"그게 좋은 생각인 것 같아? 대체 얼마나 이기적인 거야?" 코니가 말했다.

"난 이기적이지 않아요."

"이기적이야. 그리고 순진하고. 자기 자신도 제대로 돌보지 못하면서 무슨……."

엘리스는 정말로 달아났다. 더는 견딜 수 없었다. 몸속에서 자라는 아이라는 진실이 달릴 힘을 주었다. 샤라와 한 약속, 정신 나간 그 약속이 머릿속에서 맴돌았다. **임신한 걸 알게 되면 아이를 꼭 낳아요.**

혹시 임신하게 되면 그럴게요.

2018

35

코니는 안락의자에 기대앉았다. "아기라." 코니가 말했다.

"음, 아기이길 바라요." 나는 유머랍시고 이렇게 말했다.

코니는 몸을 앞으로 숙이더니 샴페인을 한 잔 따르고는 계속 부었다. 병 무게에 손이 떨리지만 내 도움을 원하지 않음을 알고 있었다. "두려워요?" 코니가 말했다.

"아이를 낳는 게 두렵냐는 말씀인가요, 아니면…… 지우는 게 두렵냐는 말씀인가요?" 내가 대답했다.

코니는 떨리는 손으로 병을 내려놓았다. "아이를 지울 건가요? 코니가 물었다.

"그런 말은 아니에요. 모르겠어요, 콘…… 어떻게 할지 모르겠어요. 방금…… 사실 조를 만나고 돌아오는 길이에요. 끝냈어요."

"오, 젠장. 괜찮아요?"

"전 괜찮아요." 정말 기분이 별로 나쁘지 않았다. 당장 더 크게 느껴지는 것은, 몇 달이나 출구 하나 찾지 못하고 헤매다가 그렇게 쉽게 거기서 벗어났다는 사실에 대한 놀라움이었다.

코니는 심각하게 딴생각을 하는 표정이었다. "괜찮으세요? 이상적인 상황은 아니라는 거 알고 있어요. 이런 계획은 없었고……."

"여기서 아기를 키워요." 코니가 말했다.

"네?"

"여기서 아기랑 같이 살라고요."

"코니, 분별 있는 말씀을 하세요. 그럴 순 없어요."

"왜죠? 안 되는 이유가 뭐죠? 내겐 방도 있고. 임신시킨 남자를 이제 원치 않는다고 해서 날 도와주는 일까지 그만두겠다고 생각하지 않았으면 해요."

"그렇게 말씀하시니 그럴듯하네요."

코니는 나를 노려보았다. "조는 알아요?"

"아뇨."

"로라." 코니가 부드럽게 말했다. "엄마가 되고 싶어요?"

"썩 좋은 엄마가 될 것 같지는 않아요."

"그걸 물은 게 아니잖아요."

나는 한숨을 쉬었다. "모르겠어요. 조랑 같이 살긴 싫으니 혼자가 될 거예요. 하지만 그가 개입하고 싶어 하면 어쩌죠? 타이밍이 최악이에요. 전 이제 막……."

"혼자가 되진 않을 거예요." 코니는 머뭇거렸다. "내가 있을 테니까."

우리는 서로 바라보았다. 나는 코니에게 달려가 끌어안고는 그렇게 친절하게 대해준 것에, 이해해준 것에, 놀라운 반응을 해준 것에 감사하고 싶었다. 드라마에 나오는 장면처럼, 코니가 나를 타락한 여자 취급하는 청교도적인 집주인이 되어 쫓아낼 줄 알았다. 오히려 코니는 간절한 표정이었다. 무엇을 간절히 바라는지는 잘 모르겠지만. 코니는 나를 안심시키려 작정한 사람 같았다. 그래서 내 속임수(가명, 여기 온 진짜 목적, 조와 조의 직업에 대한 거짓말까지)가 더욱 지독하게 느껴졌다.

"혹시…… 아기에 대해 아는 게 좀 있으세요?" 내가 물었다.

코니가 웃었다. "별로 없어요. 사는 동안 아기는 한둘 정도 알았는데 그나마도 한참 전이니." 코니는 진지한 표정을 지었다. "하지만 영영 아기로 있는 건 아니잖아요? 어린이가 되고 십대가 되고 주체성을 가진 청년이 되죠. 그리고 완전히 자란 어른이 되고. 아기에 대해서는 잘 모르지만 어른에 대해서는 아는 게 있어요. 다 자라든 자라지 않았든."

나는 무심코 코니의 손을 잡고 한참 그렇게 있었다. 우리는 별로 접촉이 없었기에 코니의 피부가 따뜻해서 놀랐다. 코니도 내 손을 꼭 쥐려 했지만 손에 힘이 없었다.

"로라, 어떻게 하기로 결정하든 여길 집이라고 불러도 좋아요." 코니가 말했다.

"감사합니다." 나는 기어 들어가는 소리로 대답했다. 백만 년을 살아도 이런 일은 상상하지 못했으리라. 내가 코니 홀든의 응접실에서 그녀의 손을 잡고 있고, 코니는 나와 태어나지 않은 아기에게 집이 되어주겠다고 하다니.

코니가 거의 수줍음에 가까운 표정으로 나를 올려다보았다. "당신은 좋은 엄마가 될 거예요."

"저한테는 전례가 없어요." 내가 말했다.

"무슨 말이죠?"

나는 코니의 눈을 들여다보았다. 그 말, 그 말이 나온 시기…… 마침내 적절한 때가 온 것 같았다. "저는 엄마를 몰라요." 내가 말했다.

코니는 나를 빤히 보더니 이맛살을 찌푸렸다. "뭐라고요?"

"제가 아기일 때 엄마가 떠났어요."

코니는 눈을 휘둥그렇게 떴다. "세상에, 로라. 미안해요."

"그래서 엄마가 되는 데 뭐가 필요한지 잘 모르는 것 같아요."

코니는 내게서 눈을 떼지 못했다. "그럼 아버지는?"

"아버지가 절 키우셨어요."

코니는 놀란 마음을 진정시켰고, 아래로 처진 입가가 내 말의 무게를 밀어내는 듯했다. "잘 키우셨네요, 로라. 아버지를 본보기로 삼도록 해요."

웃음이 나올 뻔했다. 내 인생의 진실을 말하기가 이렇게 쉬웠다니. 물론 진실 전체는 아니지만 이제 시작이었다. 그리고 이제 코니도 안다. 아직 전부는 아니어도 상당히 중대한 부분을 알게 되었다. 코니는 생각에 잠긴 표정이었다. 나는 그녀의 호기심을 자극했음을 알았다. 어쩌면 이제 코니가 질문을 하고 나는 진실을 언제 밝힐지 결정하는 편이 되어야 할지도 몰랐다.

"콘, 뭐 좀…… 여쭤봐도 될까요?" 내가 말했다. 코니의 손을 놓지 않았다. "질문 안 좋아하시는 거 알아요."

코니가 미소를 지었다. "임신부는 예외로 해둘게요."

"얼마든지 입 닥치라고 말씀하셔도 돼요. 하지만…… 아이를 갖지 않으신 이유가 있나요?"

나는 곧바로 질문을 후회했다. 질문이 찬바람을 일으킨 것처럼 코니가 긴장하는 모습이 보였다. 코니는 등을 꼿꼿이 세웠고 팔을 다시 샴페인 잔 쪽으로 향했다. "음, 대단한 질문이군요."

"죄송해요……."

"여러 요인이 있지만." 코니는 내 말을 무시하고 말했다. "내가 남자와의 섹스를 싫어한다는 사소한 문제가 있었죠. 우리 때는 요즘처럼 여러 가지 방법이 없었어요. 내 파트너나 내가 남자와 섹스를 해야 했을 거예요." 코니는 인상을 쓰더니 불 꺼진 난로를 응시했다. "입양도 허가를 받지 못했을 테고."

"선생님과 파트너가…… 아이를 원하셨나요?"

코니는 어색한 손놀림으로 잔을 돌렸다. 속에 남은 샴페인이 쏟아질 줄 알았는데 코니는 잔을 다시 테이블 위에 놓았다. "거의…… 아니, 내 마음을 바꿀 뻔한 아이는 한둘밖에 못 만났어요." 코니는 아이가 조그만 엉덩이로 앉아 자길 쳐다보고 있다는 듯이 러그를 내려다보며 미소를 지었다. "나는 대체로 할 일을 하고, 가능한 적은 수의 사람에게 책임을 다하는 사람이었어요." 코니가 말을 이었다. "나쁜 엄마가 될까 걱정이라면 **내가** 완벽한 후보이지 당신은 아닐 거예요. 한편으론 요즘에 아이들을 야단스럽게 돌보는 걸 보면 걔들이 다섯 살을 넘기는 게 신기할 정도죠. 어쩌면 내 무관심이 축복이 되었을지도 몰라요. 어쨌든 **나는** 소홀한 사람이에요. 적응을 할…… 능력도 의지도 없어요." 코니는 안락의자에 등을 기대고 무릎에 손을 얹었다. "난 내가 되고 싶은 여자가 되기 위해 싸우느라 너무 오랜 시간을 썼어요. 그래서 포기할 수도, 내 자주성을 청산할 수도 없어요."

나는 소파에 앉아 등받이에 몸을 기댔다. 기진맥진해져서 눈을 감았다.

36

햄프스테드 히스에서 좀 걷자고 하자 켈은 반가워했다. **난 좀 움직여야 해**. 켈이 문자 메시지를 보냈다. **십팔 일쯤 집에서 안 나간 것 같아.**

벤치에 앉아 있는데 누가 봐도 임신부가 분명한 뒤뚱거리는 걸음으로 팔러먼트 힐을 천천히 오르는 켈이 보였다. 등 뒤의 런던은 사실상 보이지 않았다. 1월 말이었다. 부연 잿빛으로 시야를 가리며 도시 전체를 얇은 백색 막으로 감싸 적시는 안개 속, 보이는 랜드마크는 BT타워뿐이었다. 지금 어디에 있다고 해도 믿었을 것이다. 대기 중에 떠 있다고 해도 믿었을 것이다. 경치를 보러 모인 관광객들이 실망해서 투덜거리다 떠났다.

"크리스마스는 어땠어?" 포옹한 뒤 내가 물었다.

켈리는 옆구리를 짚으며 인상을 썼다. "크리스마스 푸딩•으로 변했지."

"보기 좋아."

• 영국의 크리스마스 전통 디저트로, 견과류 등을 넣어 반구형으로 만든다

"태아가 크레스 씨앗 크기라고 알려주는 앱이 있다는 거 알아?"

몸속의 점을 떠올리자 온몸에 당혹감이 내달렸다. "크레스 씨앗?" 내가 말했다.

"그다음에는 커피콩, 그다음에는 포도알. 그러고는 감자겠지."

"킹 에드워드 품종 아니면 신품종?" 내 말에 켈리가 웃었다. "왜 태아를 먹을 것과 비교할까?"

"몰라. 모양이 익숙하니까 그러겠지."

"말도 안 돼, 켈. 남자들 몸에 혹이 생기면 '골프공만 한 종양이었어'라고 말한다고."

"혹? 방금 내 아기를 혹이라고 했어?"

"아니면…… 10펜스짜리 구멍이라거나! 보통 스포츠나 돈이야, 켈리. 돈이나 골프공은 아무도 먹지 않아. 그런데 이게 뭐 식인 풍습이야? 여자를 먹을 것에 비유하고?"

켈리가 나를 보았다. "페미니스트 소설가랑 같이 있었지? 좋아. 네가 임신하면 네 아기는 토끼 똥만 하다고 해."

"하하. 장작 많이 팼구나?" 화제를 바꿔보려고 내가 말했다.

"아, 좀 팼지." 켈리가 말했다. 켈리는 내게서 조금 떨어지더니 빤히 보았다. "너 정말 좋아 보인다, 로지."

"놀랍다는 말 같네."

켈은 추위에 코를 문질렀다. "그런 뜻은 아니었어."

"알아. 결국 크리스마스에 내가 원하는 일을 했어." 연못 쪽으로 걸어가면서 내가 말했다. "아마 그거 때문이겠지?"

"프랑스에 갔어?"

"아니. 조랑 싸우고 코니랑 지냈어." 내가 말했다. 목으로 손이 갔다. 목걸이는 코니 집의 침대 옆 탁자 위에 두고 나왔다. 켈이 캐

묻는 걸 견딜 수 없을 것 같았다. 켈은 조처럼 쉽게 관심을 돌리지 않을지도 몰랐다.

"어머나." 켈리가 말했다. "내 생각이 옳았네. 너 정말로 그 사람이랑 엄청 많이 지내는구나."

"응."

"그래서 어땠어?"

"사실, 아주 훌륭해. 계시적이야."

"그럼 네가 진짜 누군지 말했어?"

"아니." 켈리는 어이없다는 표정을 지었다. "나, 조랑 헤어졌어."

켈리는 걸음을 멈췄다. 창백한 얼굴로, 눈을 휘둥그레 뜨고 나를 돌아보았다. 켈리는 내 양팔에 손을 얹고 꽉 쥐었다. "괜찮아?" 켈이 물었다.

"응, 옳은 일이었어."

켈리가 내게 고개를 끄덕였다. "**우아**." 켈리가 말했다.

"서른다섯 살이 다 되어서 독신이라니. 이게 웬 루저야."

"아니, 아니지. 이게 웬 히어로야." 켈리는 잠시 말을 멈췄다. "부럽다."

"아, 그만둬. 부럽지도 않으면서."

"아냐. 넌 **자유**롭잖아."

"켈, 내가 어떻게 자유로워?"

"어디든 갈 수 있고, 무엇이든 할 수 있고…… 또 떨어뜨릴 폭탄 없어?"

나는 망설였다. 켈리는 우리가 동시에 아이를 키우면 참 멋지겠다는 말을 자주 했다. 문득 내가 @thestellakella 페이지에서 인터뷰를 하며 출산 계획에 대해 이야기하는 모습이 떠올랐다. 옳은 일

같지 않았다. 앞으로 어떻게 할지 모르겠다고 하면 켈리는 나를 뭐라고 생각할까? 그 순간 나는 우리 애정을 충분히 신뢰하지 않았다. 내가 잘못한 것이다. 켈리가 나를 비겁하다고 생각하지 않기를 바랐을 뿐이다. "아니. 그거뿐이야."

"조는 어때?" 켈리가 물었다.

"모르겠어. 그러니까, 함께 살지 않잖아. 하지만 그 순간에는 슬퍼 보였어. 사실 무서워. 누군가에게서 그렇게 떨어져 나올 수 있다는 게."

"오래전에 시작된 일이야, 로즈버드. 그리고 여자는 늘 그래."

"무슨 말이야?"

"내가 아는 여자 중에서 삼십대에 오래 사귀던 사람과 헤어진 사람은 전부, 이별 전에 이미 마음을 정리했어. 남자랑 만나는 동안 슬픔을 다 겪는 거지. 온갖 시나리오를 다 돌려보고 감정을 처리해서, 실제로 이별할 때는 가볍고 자유로운 느낌뿐인 거야. 남자가 더 힘들어해. 아닌 척하지만 사실은 그래. 아무런 준비도 하지 않았으니까."

"그래. 충격이었을 거야, 켈. 조가 잘 지내기를 바라. 조는 내심 우리가 다시 합칠 거라고 생각했나 봐."

"조는 괜찮을 거야, 로지." 켈이 부드럽게 말했다. "천성이 느긋하잖아. 당장은 너 자신만 생각해."

"조를 미워하지 않아."

"나도 알지. 그저…… 느긋하게 시간을 가져, 알았지?" 켈이 내 팔을 두드렸다. "그런 느낌이 안 들어도 많은 변화가 있을 거야. 네 머리, 마음, 몸…… 각기 다른 시기에 이 사건을 감당하게 될 테니까 무리하지 마."

나는 눈을 감았다. 오늘은 내 몸에 대해 생각하고 싶지 않았다. "그래, 고마워."

켈리는 내 손을 꽉 잡았다. "자, 핫초콜릿 한 잔 마시러 가자."

"**네가** 마신다는 말이겠지." 내가 말했다.

"물론이지." 켈리가 말했고 우리는 걷기 시작했다.

*

우리는 히스 가장자리의 작은 카페에 자리를 잡았다. "올해 9월에 몰이 학교에 들어가." 켈리가 말했다. "믿어져? 그럼 곧 데이트도 하고 나는 신경쇠약에 걸리겠지."

"켈, 잘은 모르겠지만 적어도 이 년은 지나야 일어날 일 아닐까."

"하하. 하지만 몇 주 전까지만 해도 기저귀를 차고 있었다고. 오늘 아침에 걔가 나더러 뭐랬는지 알아?"

"말해봐."

"'로지랑 차분하고 편안한 하루 보내요, 엄마. **엄마의 시간**을 즐겨요.' 네 살짜리가."

"진짜 웃기다."

"알아. 나는 네 살 때 그런 말을 하지 않은 거 같은데."

"켈, 정말로 기분이 어때? 엄마가 되는 거?"

켈이 웃었다. "오, 로지. 내가 대답하길 진심으로 원해?"

"응. 거기 대해 날마다 글을 쓰잖아. 소셜 미디어에 올리지 않는 독점 대답을 들려줘. 말해봐."

켈리는 이런 도전을 좋아했다. 턱을 가슴에 꾹 누르고 있더니 고개를 들었다. "동시에 두 개 차선을 달리는 것 같아. 모든 것에서 최고이면서 최저야. 기분이 더러워지는 것도 상상을 초월해. 그러니까, 정말 **피폐**해져. 마치…… **강도**를 당한 거 같아. 그런데 반대쪽도 마찬가지야. 가끔은 신이 내 삶에 손을 얹고 이 비밀스러운 경험을 선사해준 것 같아. 이 눈물 나는 기쁨을 말이지. 난 너무 운이 좋아! 마약 같다고! 아주 많은 사람이 받은 선물이니까 바보 같은 생각이라는 건 알아. 근데 온전히 나만의 것이라는 느낌이야."

"고마워." 내가 말했다.

"괜찮았어?"

"응."

"온라인에 올려도 될까?"

"네가 한 말인걸."

켈이 미심쩍다는 표정을 지었다. "왜 이런 걸 물어? 조랑 헤어졌다고 그게 네 마지막 기회라고 걱정하는 건 아니지? 내가 장담해. 아닐 거야."

나는 말을 하려고 입을 열었다. 마음속 한 부분은…… 확실히 한 부분은 말하고 싶었다. 그 모험을 시작하고, 그 아이를 존재하게 만들고 싶었다. 지금껏 한 번도 탐색해본 적 없는 나 자신의 일부였다. 켈리가 함께해줄 것이고, 도와줄 것이고, 사랑해줄 것이고, 절대 외롭게 하지 않으리라는 걸 알고 있었다.

하지만 내가 아주 많은 부분으로 이루어졌다는 사실, 그게 문제였다. 나는 너무나도 간절히 온전함을 느끼고 싶었다.

"코스타리카에 가본 적 있어?" 내가 물었다.

"응?"

"기억이 안 나서." 내가 말을 이었다. "가본 적 없겠지."

"뭐, 없어. 멕시코에는 가봤어." 켈리가 말했다.

"코스타리카에 가고 싶어. 재규어의 나라에."

켈리가 이맛살을 찌푸렸다. "또 이상한 데 집착하는 거야? 엄마에, 재규어에. 따라갈 수가 없네."

나는 켈리를 꽉 끌어안았다. "나 잘 알잖아, 케틀벨. 건너편에 뭐가 있는지 늘 궁금해하는걸."

37

코니의 새 출판사는《변심》출간에 맞추어 신문과 잡지사 인터뷰 몇 건을 주선하기로 잠정적인 계획을 세웠다. 가능하다면 라디오와 텔레비전까지 알아볼 생각이었다. 모두 신비의 복귀에 대해 궁금해했다. **콘스턴스 홀든은 무엇 때문에 그토록 오래 절필했는가?** 데버라에 따르면 미디어에서는 코니를 놓친 한 세대 혹은 두 세대 독자에게 새롭게 소개하려 열심이라고 했다. 조이가 얼마나 흥분할지 떠올리니 흐뭇했다.

하지만 코니가 인터뷰를 반기지 않는다는 데버라의 말은 옳았다. 코니는 굉장히 괴팍하게 굴었다. "출판사에서는 세련된 장소에서 고급스러운 인터뷰를 원해요, 콘." 내가 말했다.

"**세련된 장소**?" 나는 되풀이되어 돌아오는 말을 듣고 흠칫했다. 코니가 화를 냈다. "차라리 좋아하는 치즈가 뭐냐고 묻는 게 낫겠군요."

"〈주간 치즈〉에서 관심이 있는지 알아볼까요?"

"〈주간 치즈〉라는 잡지가 있긴 해요? 대답은 됐어요. 어쨌든 난 아무 데도 관심 없어요. 당신에 대해서 알고 싶을 뿐. 어떻게 할지 생각해봤어요?"

불안에 마음이 떨렸다. 코니에게 임신을 알린 지 삼 주가 지났다. 이 상황을 끊임없이 생각했다. 감당할 수 있는 미래와 불가능한 미래를 번갈아 상상하며 그 속에 던져진 나를 그려보았다. 이 사실을 알기 전 나는 이삼 년, 어쩌면 사 년 정도 족쇄 없이 사는 삶을 계획하고 있었다. 사실 보수적인 계산이었다. 최대 사 년. 왜 더 멀리 보지 않았을까? 어째서 사 년이었을까? 더 긴 시간을 원했을지도 모른다. 십 년이 될 수도 있었다. 이십 년은? 완전히 성인이 되었으니 영영 방해받지 않고 살기를 꿈꿀 수도 있었다. 방해 없이, 어른으로서, 행복하게. 그것은 먼저 간 숱한 여성들이 원하고 얻기 위해 싸워온 변화처럼 느껴졌다. 외롭지 않은 혼자. 원하는 것은 무엇이든, 누구와 함께든, 언제든지 할 수 있는 자유. 매인 곳 없이, 욕조에서 비스킷을 먹고, 한낮이 되도록 소설을 읽는 것. 해외여행. **그것**이 내가 원한 일이었다. 믿을 수 없을 만큼 너무나 중요한 일이었다. 혼자서 온전한 존재가 되었다고 느끼는 것은 계시였다.

하지만 또 다른 밤이면 (코니를 위해 파스타를 준비하거나 몰과 공원에서 산책을 하는 낮에도) 나는 또 하나의 작은 사람에 대해 생각하기도 했다. 내가 알 수 없는 무언가로 자라나는데, 여전히 내게 연결되어 있는 작은 생명. 나를 사랑할지도 모르는 존재, 내가 사랑할 존재, 내가 기묘한 이야기를 시작하지만 마지막 장을 쓰지는 못할 존재에 대해서 말이다.

가끔은 머리를 파묻어버리고 싶었다. 어느 쪽이든 너무 잔인했다. **네게서 떠나는 법을 가르치기 위해 아이를 키우는 거야.** 그렇게 생각했다. 그러다가 다른 생각으로 이어졌다. **어머니가 먼저 그**

자리에 있었지.

지금까지 코니는 먼저 이야기를 꺼내기 전까지는 캐묻지 않고 나를 존중해주었다. 하지만 한계에 도달한 모양이었다. 어쩌면 고용주로서 알 권리가 있다고 여겼을지도 모르겠다.

"어떻게 할지 모르겠어요." 나는 속수무책인 느낌으로 이렇게 말했다.

코니는 나를 차분히 바라보았다. "내 생각을 말해도 될까요?"

"말씀하세요."

"어떻게 하라고 말하진 않을 거예요, 로라. 그건 당신만 결정할 수 있어요. 다만 살면서 어떤 결정을 내리든 언제나 한 가지는 잃게 된다는 점을 알아야 할 것 같네요. 아이를 낳는다면 뭔가 잃게 될 거예요. 아이를 낳지 않는다면 또 뭔가 잃게 될 거예요. 이런 상실은 실체가 있기도 하고, 가끔은 전혀 표현할 수 없기도 해요. 그리고 우리 인간은 실제로 잃기 전에는 무엇을 잃을 준비를 해야 하는지 알기 어려워요. 후회할 줄 몰랐던 결정을 후회할 준비를 해야 하죠. 하지만 내 경험상 후회가 결코 영원하지는 않아요."

"결코?"

코니는 나를 빤히 보았다. "언제나 새로운 무언가가 나타나 후회를 밀어내주죠. 좋든 나쁘든 간에요. 모두 언제나 변해요. 그러니까 동등하지만 상이하게 풍요로운 두 길, 똑같이 고난을 겪을 두 길의 갈림길에 서 있다고 생각해봐요. 그 생각에 익숙해지면, 어느 길로 가더라도 성공과 실패를 다 겪을 거라고 여기게 되면, 그땐 마음을 정할 수 있을 거예요."

나는 할 말이 생각 안 나서 코니를 보기만 했다.

"왜요?" 코니가 말했다. "나도 계속 그 생각을 했어요, 로라. 당신을 걱정하니까."

"감사합니다. 전부 다요. 여기서 일하게 해주신 것. 지내게 해주신 것. 이런 상태인데도 좋다고 해주신 것, 그리고……."

코니가 제지하듯 손을 들었다. "누구라도 똑같이 했을 거예요."

*

코니는 서재로 올라갔고 나는 설거지를 시작했다. 두 번째 접시를 닦기 시작하자마자 들리라고 작정한 듯 현관문을 난폭하게 두드리는 소리가 들렸다. 고무장갑을 벗고 문으로 달려갔다. 무슨 정신 나간 이유에서인지 조일지도 모른다고 생각했지만, 스테인드글라스를 통해 짧은 키와 덥수룩한 흰머리가 보였다. 데버라였다.

미소를 지으며 문을 열었다. "안녕하세요. 코니는 막 위층에 가셨어요. 아까 말씀하시긴……."

데버라는 나를 밀치고 지나갔다. "너, 주방으로 와. **당장**." 그녀가 쇳소리를 냈다.

가슴이 두근거렸다. 입이 마른 채 그녀를 따라 복도를 지나서 주방으로 갔다. 침을 삼키려 했지만 그럴 수 없었다. 주방에 들어가자 데버라는 문을 닫더니 나를 마주 보았다. "이 사기꾼 변태." 데버라가 말했다.

"네……?"

데버라가 다가왔다. "대체 무슨 짓거리를 하는 거야?" 나를 향해 손가락질하며 말했다.

"무슨 말씀이세요?" 나는 이렇게 말했지만 이미 알고 있었다.

"당신 누구야?" 데버라가 말했다.

배 속에 소리 없이 공포가 퍼지는 것을 느끼며 주방 카운터 모서리를 잡았다. "전 로라 브라운이에요."

"아, 제발. 본명은 그게 아닐걸. 솔직하게 털어놓을 기회를 주는 거야."

"솔직하게 말하고 있어요. 전 로라 브라운이에요." 내가 말했다. 그리고 그 순간에는 내가 하는 말을 정말로 믿었다. 이곳에서 코니와 일하며 보낸 시간, 코니와 이야기하고, 코니와 함께 살고, 다른 자아가 될 수 있다는 가능성을 흡수하던 순간들은 내가 로즈로서 지낸 시간보다 훨씬 더 중요했다. 로라라는 사람, 로라라는 나 자신이 현실처럼 느껴졌다. 로라는 사랑받고 신뢰받았다. 로라는 여기서 안전했고, 로즈는 그렇지 않았다.

우리는 서로 빤히 보았다. "잘 들어." 데버라가 말했다. "당신이 코니에게 말 안 하면 내가 하겠어. 직접 선택해."

당혹감이 들기 시작했다. "데버라, 부탁이에요. 부탁드려요. 아무 일도 없어요. 전 로라……."

"제발 좀! **코니!**" 데버라가 외쳤다.

나는 데버라의 팔을 잡았고, 데버라는 역겹다는 표정으로 나를 보았다. "이렇게 **빌게요**. 지금은 안 돼요. **부탁이에요**."

데버라가 나를 떨쳐냈다. "진짜 이름이 뭐야?"

대답할 뻔했지만 이 집 안에서는 그 이름이 입 밖으로 나오지 않았다. 본명을 듣고 싶은 것이 아니라 자신의 의심을 확인하고 싶을 뿐인 데버라에게는. 그저 다시 한 번 코니를 구할 백마 탄 기사임을 증명하고 싶은 것이다. "전 코니를 사랑해요. 절대 해치지 않을 거예요."

"뭐, 그러긴 좀 늦은 것 같지 않아, **로라**?"

"설명할 수 있어요. 겉보기랑은 달라요……."

주방 문이 홱 열렸다. "무슨 일이에요, 뎁?" 코니가 당혹감 어린 표정으로 물었다. "여긴 어쩐 일이고, 왜 소리를 지르고 있죠?"

"콘, 앉아요." 데버라가 말했다. "자리에 앉아야 할 거예요."

"아뇨, 아뇨." 내가 코니에게 말했다. "부탁이에요, 제가 설명하게 해주세요. 이럴 생각은 아니었어요."

코니의 표정에 두려움이 어렸다. "뭘 설명하죠?" 코니가 말했다.

"자기가 사기꾼이라는 거." 데버라가 말했다.

"전 **사기꾼**이 아니에요." 나는 화가 나서 말했다. 이 여자는 나한테서 내 이야기를 앗아갈 권리가 없었다.

"콘." 데버라가 말했다. "마지막으로 부탁하는데, **앉아요**."

코니는 시키는 대로 했고, 나도 그 옆에 앉으려 했다. "어딜 감히." 데버라가 말했다. "거기 가만 있어."

"데버라, 왜 그래요? 두 사람 때문에 무섭네요." 코니가 말했다.

"저 여잔 로라 브라운이 아니에요." 데버라가 날 가리키며 말했다. "지어낸 이름이에요. 로라 브라운은 존재하지 않아요."

"데버라, 제가 설명……." 내가 말했다.

"무슨 말이에요, 로라 브라운이 아니라니?" 코니가 말했다.

데버라는 주방에서 이리저리 걷기 시작했다. "**내가** 말하겠어요." 그녀는 어떤 반대도 받아들지 않겠다는 뜻으로 양손을 들어 올리고 말했다. "우리 구인 회사와 대화중이었어요." 데버라가 나를 노려보며 말했다. "그래서 당신이 당신의 로라 브라운, 그들이 찾아준 기적의 아가씨 덕분에 정말 행복해한다고 말했죠."

나는 토할 것 같았다.

"그런데 문제가 있었어요." 데버라는 소맷부리에 마지막 에이스카드를 남겨둔 사람처럼 말했다. 코니는 이미 경계하는 눈빛으로 에이전트를 바라보고 있었다. 분노하는 데버라에게서 시선을 뗄 수 없는 것도 사실이었다. "그쪽에서 내가 누구 이야기를 하는지 모르더군요."

"뭐라고요?" 코니가 말했다.

"처음 듣는 이름이라는 거였어요."

코니가 나를 봤다. "하지만…… 레베카가 면접을 주선했잖아요."

"아, 그렇죠. 레베카가 잘 진행했어요. 하지만 로라 브라운에 대해 구인 회사의 누구와 이야기했는지 물어보니 말을 못 하더군요." 데버라는 나를 보았다. "알고 보니 내 멍청한 비서가, 이제 곧 내 비서가 아닐 테지만, 이름도 묻지 않고 전화 통화만 한 번 했다더군요. 이 여자는 그날 자기가 집에서 일을 하느라 개인 계정으로 이메일을 보낸다고 했고. 레베카가 이 여자에게서 받은 이메일은 매킨타이어라는 이름으로 보낸 지메일 계정에서 온 것뿐이었어요." 나는 눈을 감았지만 데버라는 계속 가차 없이 몰아붙였다. "매킨타이어." 그녀가 되풀이했다. "들어본 적 있어요, 콘?"

눈을 떠보니 코니는 혼란과 염려가 가득한 표정으로 나를 올려다보고 있었다. 코니에게 손을 뻗고 싶지만 움직일 수 없었다. 뭐라고 말하고 싶지만 소리가 나오지 않았다.

"그래서 매킨타이어라는 회사를 검색해봤죠." 데버라가 계속했다. "그랬더니 어디에도 없는 회사예요. 로라, 내가 좀 당황했다는 건 인정하겠어. 약간 짜증이 나기도 했고. 그래서 알고 싶은 건 이거야. 대체 넌 누구고, 어디서 온 거고, 내 클라이언트 집에서 뭘 하고 있는 거니?"

*

이 상황을 성질대로 좌지우지하지 못해서 분노로 시뻘겋게 달아오른 데버라와 멍해진 코니. 나는 잠시 두 사람을 보며 가만히 서 있기만 했다. 데버라가 날 잡아냈다고 생각한다 해도, 내가 이 상황에서 빠져나갈 방법은 없다 해도, 로라 브라운도 잃고 그녀가 내게 제공하던 보호와 자유를 (내가 늘 두려워하면서 동시에 기대했듯이) 잃는다 해도, 내가 여기서 한 일 중에 터무니없다고 느껴진 것은 없었다. 나는 여전히 정당하다고 느꼈다. 나는 여전히 로라 브라운이 로즈 시먼스만큼이나 실재한다고 느꼈다.

로라 브라운은 상황을 파악했다. 지금 여기, 두 여자 앞에 선 그녀는 그들이 자신을 이해하고 용서해줄 거라는 실낱같은 희망을 버리지 않았다. 하지만 나는 주사위를 던질 기회는 단 한 번밖에 남지 않았음을 알고 있었다. 로즈도 말을 해야 했다.

"콘, 우선 이 말씀을 드리고 싶어요." 내가 말했다. "상처를 드릴 생각은 절대 아니었다는 걸 알아주셨으면 해요."

코니는 이맛살을 찌푸렸다. "상처를 줘요? 당신이 어떻게 내게 상처를 주지? 로라, 무슨 말인지 모르겠군요."

"저 여자 이름은 로라가 아니라니까!" 데버라가 말했다.

"입 좀 다물어줄래요?" 내가 말했다. 데버라는 내게 뺨이라도 맞은 듯한 표정을 지었다. 심술이 나서 콧구멍을 벌름거리고 입술을 꼭 깨물었다.

나는 다시 코니에게 말했다. "제 이름은 로라가 아니에요." 나는 부드럽게 말했다. "그러니까, 여기 이 집에서는 로라가 맞아요. 그리고 로라는 제 일부라고 생각해요. 로라가 존재하게 되었어요."

"오, 제발 그만 닥쳐. 경찰을 부르기 전에." 데버라가 말했다. "네가 이상하다는 거 알고 있었어. 난 **알고 있었다고**. 어떤 여자가 네 나이에 이런 집에 기어들어 와. 가족도, 커리어도 없이……."

"**데버라**." 코니가 경고하는 말투로 말했다. "**그만해요**. 이야기를 듣고 싶군요."

"앉아도 될까요?" 내가 말했다.

"안 돼." 데버라가 말했다.

"그래요." 코니가 말했다.

데버라가 콧방귀를 뀌었다. 나는 감사한 마음으로 코니 앞에 앉았다. 이 집에 처음 들어와 차를 끓이겠다고 한 날부터 거의 매일 그랬듯이.

나는 숨을 크게 들이쉬었다.

"데버라 말이 옳아요. 제가 어처구니없는 짓을 한 거죠. 하지만 꼭 그런 건 아니에요. 조금도 그렇지 않아요. 확신해요. 그리고 그럴 이유가 충분히 있었다고 생각해요, 콘. 여기서 함께 지낸 이후로, 제가 뭘 하는 건지 알 수 있다는 느낌을 받기 시작했어요. 제가 누군지 알 수 있을 것 같았어요."

"무슨 말이에요, 로라?"

"아시다시피, 제 엄마는……."

더는 말을 할 수가 없었다. 멈추고 한숨을 쉬었다. "괜찮아요." 코니가 이렇게 말하더니 테이블 위로 굽은 손을 뻗어 내 손 위에 얹었다.

"콘스턴스." 데버라가 말했다. "이 여자가 지금껏 당신을 속였다고요……."

"선생님과 이야기를 해보고 싶었던 것뿐이에요. 그저 묻고 싶어서…….” 나는 다시 멈췄다. “하지만 그럴 수 없었어요. 어떻게 말을 꺼내야 할지 알 수가 없었어요. 아빠 말로는…….”

“뭘 물어요?” 코니가 말했다.

“제 엄마에 대해서요.” 나는 안간힘을 썼다. “아빠가 선생님 책을 갖고 있었어요.”

“내가 당신 어머니 아버지와 무슨 상관이 있죠?” 코니가 어리둥절한 표정으로 물었다.

“절 **보세요**, 콘. 잘 보세요.”

코니는 내 부탁대로 했다. 나는 그녀의 눈을 깊이 들여다보면서 이해해주기를 바랐다. “모르시겠어요?” 내가 말했다.

“무슨 말이에요, 로라? 괜찮아요?”

“전 1983년 7월에 태어났어요. 뉴욕에서.”

장소와 시기를 말한 순간, 코니의 얼굴에서 뭔가 변하는 것을 보았다. 그걸 견딜 수 없었다. 도저히 볼 수 없었다. 코니가 내가 틀렸다고 말한다면 어떻게 해야 할지 알 수 없었다. 나는 식탁의 옹이와 자국, 부스러기를 내려다보면서 무릎 위에 놓은 주먹을 꼭 쥐었다. “제 아빠의 이름은 맷 시먼스예요. 그리고 엄마 이름은 엘리스 모소예요.”

*

그 후 주방에서 이어진 침묵의 순간이 어떤 느낌이었는지 도저히 설명할 수 없다. 내 어머니 이름을 소리 내어 말하기를, 그 소리가 아버지 이외의 다른 사람에게 뭔가 실제로 의미가 있기를, 그래서 내게도 어떤 의미가 될 수 있기를 평생 기다렸다. 그리고 고개를 들었을 때 코니의 얼굴에서 보았다. 어떤 사람이 같은 방 안에 없다 해도, 지구 반대편에 있다 해도, 심지어 죽었다 해도, 그의 존재를 어떻게 알아보는지를. 누군가 그날 오후의 코니처럼 나를 본다면 그건 자신의 자아, 자신에게서 감춰버린 자아까지 바라보는 것이리라. 가장 깊숙이 오랫동안 묻어둔, 삶을 이루는 사랑과 기쁨과 증오와 슬픔이라는 끝없는 오해와 경험을 바라보는 것이리라. 나 역시 처음으로 그걸 드러내는 듯했다. 마치 어머니를 보고 있는 것 같았다.

"오, 세상에." 데버라가 말했다. "오, 세상에."

코니가 눈을 감았다. 교령회라도 주도하듯이 떨리는 두 손을 식탁 위에 올렸다. 경고 한 마디 없이 그녀는 흐느낌을 토해냈다. "로즈로군." 코니는 이렇게 말했고 그건 질문이 아니었다.

"네. 제가 로즈예요."

그녀는 계속 눈을 감고 있었다. "엘리스의 딸이었어."

"네."

다시 주방에 침묵이 내려앉았다.

"나를 찾으러 왔군." 한참 뒤 코니가 말했다.

"그랬어요. 그럼 그게 사실인가요, 콘? 정말 엄마를 아셨어요?"

코니는 눈을 뜨고 나를 보았고, 시선으로 내 얼굴을 훑었다. "거짓말을 했고." 코니가 말했다.

"알아요, 하지만……."

"나는 널 여기서 살게 했고." 코니가 말했다.

"그래서 정말 감사드려요. 저는 어쩔 줄을 몰라서……."

"그렇다면 그 딸이 맞군."

"콘?"

"나가줘요." 코니가 말했다.

"하지만 전……."

"내가 그렇게 바보인 줄 알았나?"

"아뇨. 절대요."

"그렇게 쉽게 속을 줄 알았어?"

"거짓말하는 건 싫었어요. 하지만 어쩔 수 없었고, 지금은 거짓말이 아니에요. 코니, 이렇게 사정할게요. 절 쫓아내지 마세요."

"들었지?" 데버라가 말했다. "나가라고 하잖아."

"전 그 말씀 믿지 않아요." 나는 식탁 위로 손을 뻗어 코니의 양손을 잡았다. 코니는 손을 빼내지 않았지만 마지막 남은 기운이 다 빠진 듯 축 늘어져 있었다. "콘…… 절 걱정하시잖아요. 여기서 아이랑 함께 살라고 하셨잖아요."

코니는 얼굴을 찡그렸다. "나는 바보가 맞아."

"아니에요. 그리고 저도 선생님을 걱정해요. 아주 많이요. 아시잖아요. 부탁이니 이러지 마세요. 제가 멍청했어요. 이 문제는 함께 해결할 수 있어요……."

코니는 내 손에서 미끄러져 나가더니 의자를 뒤로 밀고 일어섰다. 그러고는 물속에서 허우적거리듯이 느릿느릿 주방에서 나가 좁은 복도를 따라 현관으로 향했다. 나는 수치심으로 의자에 붙들린 묶인 기분이었다.

코니를 뒤따랐지만 내 존재에 그녀는 흠칫 물러섰고, 심지어 혐오감마저 느끼는 것 같았다. 코니가 조금 휘청거리면서 벽을 붙잡았다. "아빠는 엄마가 사라지기 전, 마지막으로 본 사람이 선생님이라고 하셨어요. 부탁이에요, 콘. 어떻게 된 건가요?"

"그만!" 데버라가 내 뒤로 다가와서 외쳤다. "더는 못 참겠어. 내 클라이언트는 자기 집에서 이런 일을 겪을 필요가 없어. 나가."

현관에서 코니가 걸음을 멈추더니 나를 향해 돌아섰다. "당신에게 잘 곳을 줬는데." 코니가 말했다.

"알아요. 정말 감사드려요. 하지만…… 제가 여기서 지내는 걸 좋아하지 않으셨나요?"

"아니, 아니, 또 이럴 수는 없어." 코니가 말했다. 명령보다는 애원에 가까웠다. 그녀의 음성이 그렇게 연약하게 들린 적은 없었다.

"또 이럴 수 없다니 무슨 뜻인가요?" 모두 끝났고, 코니를 보는 것이 마지막일 수도 있음을 알았지만 나는 부드럽게 물었다. 말을 듣지 않는 손가락으로 문을 열려고 애쓰는 코니를 도와주지 않았다. "제 기분이 어떤지, 제가 어떤 마음으로 살아왔는지 선생님은 몰라요. 궁금해하며 세월을 보내다 마침내 선생님을 찾았어요…… 엄마를 알았던 사람을."

"그만해." 코니가 말했다.

"선생님이랑 엄마 사이에 무슨 일이 있었죠? 뉴욕에서 무슨 일이 있었어요?"

데버라가 내 가방과 코트를 품에 밀어 넣었다. "나가."

"코니, 이러길 바라지 않는 거 알아요. 여기 있게 해주세요."

코니는 겨우 현관문을 열었다. 문을 밀더니 눈을 부릅뜬 채 나를 돌아보며 말했다. "그럴 수 없어. 가야 해."

나는 바깥으로 나섰고 미처 돌아서기도 전에 문이 닫혔다.

하지만 코니는 여전히 문 너머에 서 있었다. 움직이지 않았다. 몸을 지탱하려는 듯 유리에 짚은 손이 빅토리아식 유리창을 통해 어른어른 왜곡되어 보였다. "코니?" 내가 말했다. "엘리스 모소는 어떻게 됐어요?"

손이 사라졌다. 바깥 공기에 뺨이 식었고 내가 얼마나 헉헉거리고 있는지 깨달았다. 두 사람이 물러나 복도를 걸어갔다. 그 모습이 알아볼 수 없게 변하더니 이내 보이지 않게 되었다.

1983

38

가끔 맷과 엘리스가 뉴욕(정확히는 브루클린. 더 정확히는 리지우드, 코버트 스트리트와 위코프 애비뉴 교차점)에서 빌린 다 쓰러져가는 아파트의 전화가 울렸다. 전화가 계속 울려도 받지 않았다. 둘은 절대 전화를 받지 않았다. 그들이 어디 있는지 아는 사람이 없으니 자신에게 온 전화일 리 없다고 서로 말했다. 엘리스는 아무에게도 전화하지 않았고 맷은 가끔 자기 부모에게 전화했다. 길고 힘든 통화였다. 그가 끈기 있게, 반복해서, 이성적으로 설명하는 것이 엘리스에게도 들렸다. 맷은 이혼 절차를 밟는 중이었다. 옳은 일이었다. 샤라는 이해했다. 맷은 부모에게 엘리스가 임신했다는 말을 하지 않았다. 이혼을 하게 만든 사람이 샤라라는 사실도 언급하지 않았다. 어떤 때는 이렇게 하면 엘리스가 통화가 없었다고 생각할지 모른다는 듯이 수화기를 조용히 놓았다. 그 외에는 던지듯 요란하게 내려놓았다.

코니가 나타난 직후 두 사람은 멕시코를 떠났다. 엘리스가 들통났다고 알리자 맷은 돌아갈 방법이 없어졌음을 마침내 깨달은 사람처럼 황망한 표정을 지었다. 엘리스는 떠나기 힘들었다. 마음의 준비도 되지 않았고, 야생에 가까운 정글의 수풀과 알록달록한 색칠을 한 보데가•와 바닷소리 속에 더 머물고 싶었다. 그래도 망자의 날••까지는 머물렀다. 말수레에 탄 가족들이 세상을 떠난 친척들과 음식을 나누려고 빵과 꽃을 실은 채 묘지로 가는 모습을 보고 엘리스는 숨이 가빠졌다. 샤라가 돌아가신 어머니에 대해 편안하게 말했던 것, 이행과 상실의 언어에 너무나 유창해 보였던 것, 엘리스 자신은 그런 데 서툴렀던 것이 떠올랐다. 콘의 말을 들어보면 샤라는 최근의 상실에 제대로 대처하지 못했다는데도 말이다.

엘리스는 나쁜 사람이 되고 싶지 않았다. 그렇게 큰 고통의 원인이 되고 싶지 않았다.

"바닷가에 살고 싶지 않아?" 엘리스는 맷에게 말했다. "그냥 여기 있자."

"우린 도시에서 살아야 해. 당신 상태 때문에, 말이 통하는 곳에서 말이야. 돈도 필요해. 런던은 어때? 당신 고향이잖아. 자리를 잡을 때까지 집에서 살게 해줄 친구도 몇 명 있어."

엘리스는 모래에 묻힌 자기 발을 내려다보았다. "런던으로 돌아가고 싶지 않아."

"왜지?" 맷이 말했다. 그는 전보다 덜 고분고분했다. "당신 가족이……."

"거긴 돌아가고 싶지 않아." 엘리스는 이렇게 말하고 더는 입을 열지 않았다.

그들은 당분간 뉴욕에서 지내기로 정했다.

또 한 번의 비행기, 또 한 번의 싸구려 호텔. 맷은 로스앤젤레스

• 포도주를 주로 파는 술집

•• 11월 2일, 죽은 가족과 친지를 기리는 멕시코의 기념일

에 있는 연줄을 통해 맨해튼의 텔레비전 방송국 보조 작가 일자리를 구했고, 둘은 브루클린에서 빌릴 집을 찾았다. 엘리스는 이 모든 상황이 어떻게 끝날지 궁금했다. 얼마 안 되는 저축이 있지만 일도 하고 싶었다. 임신하고 첫 석 달은 어이없을 정도의 원초적인 피로와 끊임없이 일어나는 자잘한 메스꺼움에 시달렸다. 주말에는 눈을 떴다가 다시 다섯 시간을 더 자고 일어나도 피곤했다. 침대에서 변기로, 다시 침대로. 이따금 주방에 들러 물 한 잔을 마시고 종이 타월을 가져다 화장실 타일에 묻은 토사물을 닦느라 비틀거리는 동안 생각나는 것은 하나뿐이었다. **왜 더 공개적으로 알려지지 않았을까? 왜 과학적 연구가 더 많이 진행되지 않을까?**

여자는 여기에 침착하게 대처해야 하며, 계속 일하고 먹고 자고 살아가야 한다는 사실. 엘리스에겐 이 상황이 제정신이 아닌 것 같았다. 세상이 실은 어떻게 돌아가는지 엘리스에게 알려주는 사건이나 다름없었다. 모두 다산하는 여자를 원하는데, 하늘은 지옥 같은 하루하루를 내려서 방해하고 있었다. 엘리스는 (진통제도, 소독장갑도, 부드러운 베개도, 멍하니 볼 텔레비전도 없이) 앞서 살았던 여자들을 생각했다. 이상해질 수밖에 없었으리라. 자신이 겪는 일을 그 여자들도 겪었을 텐데, 사회가 도와주지 않았다면 누군들 이상해지지 않았을까?

두 사람은 돈을 아끼려 노력했지만 생활비 자체가 너무 적었다. 이전에 향유하던 생활은 샤라와 코니의 돈으로 가능한 것이었다. 알고 보니 맷은 자산을 관리하는 데 서툴렀다. 식비는 물론, 영화관이나 레스토랑 등 무기력한 죄책감에서 잠시 벗어나게 해주지만 정당화할 수 없는 경험을 사는 데 돈을 너무 많이 썼다. 엘리스는 여전히 돈을 벌 결심을 버리지 않았고, 삼 개월이 지나면서 맨해튼

끝자락 골드만삭스 맞은편에 있는 식당에서 웨이트리스 일자리를 찾았다. 시들링과 달리 요란하고 시끌벅적한, 버거와 샌드위치를 파는 곳이었다. 단골들은 곧 엘리스의 이름을 알게 되었다. 뉴저지와 퀸스 출신 이십대 젊은이부터 산전수전 다 겪은 육십대에 이르기까지 연령대도 다양했다. 거기 오는 남자 중에는 휴대전화가 있는 이들이 많았다. 그들은 마치 금광을 발견한 정복자처럼 휴대전화를 들고 식당에 들어왔다. 그들은 엘리스에게 멋지게 보이고 싶어 했고, 엘리스는 멋지다고 생각했다. 하지만 기술이 멋지다는 것이지 휴대전화 끝에 붙어 있는 남자들은 아니었다.

엘리스와 남자들 사이에 대화가 시작되었고, 엘리스는 그들이 자주 하는 주문을 기억했다. 곧 가장 인기 있는 웨이트리스가 되어 팁도 가장 많이 벌었다. 엘리스는 자신이 효율적이고 재빨라서 좋아하는 건지, 영국 억양 때문인지, 매주 불러오는 배 속 생명 때문인지 알 수 없었다. 월 스트리트는 여성적인 곳이 아니었다. 어쩌면 엘리스가 자연의 여신을, 그 기묘한 곡선과 뜻밖의 형태를, 그 지속성을, 그 법칙을 상기시켰을지도 모른다. 혹 남자들에게 의미 있다는 느낌을 주었을까? 사장 해리는 엘리스에게 체중과 똑같은 금덩이만큼의 가치가 있다고 했지만, 실제로 올려준 급여 액수는 미미했다. 엘리스는 코니와 헤어지면서 잃은 사람들의 시선을 되찾았지만, 그게 좋은 일인지 알 수 없었다. 자신의 의미는 스스로 간직하고 싶었다.

*

엘리스는 식당에서의 하루하루에 대해 맷에게 별로 이야기하고 싶지 않았다. 하루를 마치고 아파트로 돌아가고 싶은 마음이 들기 위해서는 맷과 별개의 무언가가 필요했다. 삶의 크기를 알기 위해 거리가 필요했다. 쉬는 날이면 그녀는 코버트 스트리트의 코카인 중독자들을 떠나 어빙 스퀘어 공원을 산책했다. 거의 공짜로 산 자전거를 타고 허드슨 강을 따라 달렸다. 3월의 약한 햇볕을 얼굴에 느끼며, 자신감이 붙을수록 점점 더 빠르게, 건물이 모노폴리 게임 속 집들처럼 휙휙 지나가도록 페달을 힘차게 밟았다. 기온은 낮지만 자전거를 타고 나면 근처 공원으로 가서 벤치에 앉아 모퉁이 노점에서 산 핫도그를 먹었다. 어느 날, 엘리스는 베티라는 여자에게 바친다는 벤치 명판을 보았다. 베티는 그 공원과 그곳 사람들을 사랑했다고 적혀 있었다. 엘리스는 차갑고 흐릿한 금속을 손끝으로 문질렀다. 오래전 사망한, 재즈의 시대에 태어나 대공황이 닥쳤을 때 열다섯 살이던 베티를 생각했다. 베티 샤인코비츠는 확실히 아니다. 베티 샤인코비츠는 살아서 로스앤젤레스에서 잘 지내고 있었다.

좁은 아파트로 돌아오면 몸속 깊은 웅덩이에 앉아 변화하고 있는 아기에 관한 구슬픈 생각이 엄습했다. 아기가 생기면 이 모든 순간을 잃게 될까? 허드슨 강을 따라 달리는 자전거를, 멕시코로 돌아갈 계획을 (아직 잘 모르지만 추상적이면서도 예리하게 느껴지는 그 모든 순간을) 잃게 될까? 아기 잘못은 아니라고 생각했다. 모두 엘리스 자신의 잘못이었다.

멕시코에서는 꿈이 생생했는데, 뉴욕에서는 태아가 환각제인 것 같았다. 엘리스는 잠이 들면 십대 초반, 어머니가 돌아가신 직후로 돌아갔다. 고향의 강이 무지개처럼 빛나고 라임나무들은 요동치는 듯했다. 밤이면 방을 돌아다니는 어떤 여자아이를 분명히 본 것 같왔고, 식당에서 정장을 입은 남자들에게 파스트라미 샌드위치를 먹이면서 그 여자아이가 태어나지 않은 딸이라고 믿게 되었다. 엘리스는 아이 얼굴을 또렷이 보았다. 아이는 혼자서 늘 움직이고 있었다. 이 환영에 대해 맷에게는 말하지 않았다.

*

배 속 아기에 대한 맷의 태도도 엇갈렸다. 맷은 엘리스의 감정을 세심히 배려했고, 그녀를 위해 긴장을 늦추지 않았다. 아이보다 엘리스에게 더 집중했다. 아이 성별은 무엇일지, 함께 나중에 어디서 살지, 아이가 자신을 닮을지 엘리스를 닮을지 등 미래에 대한 가정은 피했다. 맷은 엘리스를 계속 돕고 싶어 했지만 토할 때 머리카락을 잡아주는 것 말고는 도울 방법이 별로 없었다. 엘리스는 혼자 견딜 일이라고 느꼈다. 맷과의 사이에 물리적인 경계선이 있다고 느꼈다. 그녀에게 일어나는 일은 맷이 결코 이해할 수 없었다. 그는 자신이 할 수 있는 일, 방 두 개짜리 아파트 찾는 일을 시작했다. 즉 지금보다 더 낙후된 곳으로 이사해야 한다는 뜻이었다.

이 시절 브루클린의 여러 지역이 그랬듯이, 리지우드는 붕괴하고 있었다. 한때 아름답던 건물은 버려진 채 사형선고를 받았고 19세기의 웅장함은 사라진 지 오래였다. 호황 때 건설된 옛 거주지를 보존하기 위한 움직임이 있지만 여전히 상황은 좋지 않았다.

엘리스는 빈 공간을 확보해 붕괴를 막으려 하는 예술가, 아프리카계 미국인 커뮤니티를 보았다. 하지만 동시에 코카인 중독자, 혼자 힘으로 살아남아야 하는 축 늘어진 여자들, 부모의 마약 심부름을 하는 대여섯 살짜리 아이들도 보았다. 한편, 월 스트리트는 아주 잘나가고 있었다.

우리 어디서 살지? 엘리스가 맷에게 물었지만 맷은 염려하지 말라고 했다. 그는 엘리스가 잘 먹도록 했다. 작은 책을 넣을 작은 책장도 만들었다. 엘리스는 맷이 나사를 구멍에 박고, 선반 사이의 거리를 체계적으로 계산하고, 짧은 팔이 닿으려면 첫 단이 얼마나 낮아야 하는지 결정하는 모습을 지켜보았다.

그들은 자신들의 관계에 대해 이야기하지도, 관계가 있긴 한 것인지 묻지도 않았다. 마치 이 결합의 유효성에 대해 질문한다면, 둘이 꼭 붙어야 하는 때 균열을 일으킬지 모른다고 여기는 것 같았다. 여전히 함께 잤고, 함께 요리하고 식사했지만, 두 사람 모두 자신들의 관계가 샤라나 코니와 가졌던 관계와는 전혀 다른 것임을 알고 있었다. 가끔 엘리스는 결국 이렇게 되었다는 사실을 믿을 수 없었다. 이따금 낙심도 했다. 그들의 이야기는 서로 구원한 결말이 아니라 서로를 만나 꼴좋게 되었다는 결말로 향하고 있었다. 간통자, 결혼 파괴자. 보기에 따라서 얼마든지 그들의 이야기가 될 수 있었다.

"코니가 샤라에게 아기 이야기를 했을까?" 엘리스가 어느 날 저녁 침대에 누워서 물었다.

"응, 했을 거 같아." 맷이 말했다.

엘리스는 맷을 향해 모로 누웠다. "기분 안 좋아?"

"응, 당연하지."

"가끔, 우리 아기를 줄 수 있다는 생각도 들어."

맷이 엘리스 쪽으로 고개를 돌렸다. "뭐?"

"아기를 샤라에게 줄 수 있다고."

"진심이야? '여기, 샤, 내가 다른 여자랑 낳은 아이를 받아. 자라서 나를 닮으면 1983년에 당신 인생이 얼마나 지랄 맞았는지 기억나게 해줄 거야' 할까? 엘리스, 가끔 당신 머릿속이 어떻게 돌아가는지 궁금해."

그들은 몇 분 동안 말없이 누워 있었다. "엘리스?" 맷이 말했다.

"응?"

"그럼 아이를 포기할 생각을 했다는 뜻이야?"

엘리스는 눈을 감았다. 죽기 전, 엘리스의 어머니는 솔직했다. 아이를 가지면서, 엘리스를 가지면서 이전과 같은 삶을 이어서 살 수 없었다고 했다. 퍼트리샤가 가졌던 것은 모두 사라졌다. 그렇지 않다고 생각하는 사람은 미친 거라고 했다. 아이를 가짐으로써 완전히 새 건물에 들어와 살게 되는데, 열쇠를 어디에 두었는지도 모른 채 몇 주, 몇 달, 몇 년이 지난다고. **완전히 다른 삶이란다, 얘야. 그런 곳에서 살아야 했단다.**

엘리스는 어머니에게 '거기서 사는 게 행복했어요?' 하고 물었다. 그러자 어머니는 엘리스를 안으며 '그랬지'라고 대답했다. 시간이 좀 걸리기는 했지만, 결국 이전의 삶은 기억도 나지 않게 되었다고 했다.

그렇게 자아를 망각하는 경험은 어린 엘리스에게 무섭게만 느껴졌다. 하지만 어머니의 죽음 이후 그녀 또한 조각조각으로 떠다니며 자신의 일부를 상실하는 기분이었다. 지금도 자아의 소멸은 엘리스에게 신비로우면서도 오싹한 매혹이었다.

"아니. 아이를 샤라에게 줄까 생각해본 것뿐이야."

"샤라가 다시 당신 친구가 되진 않을 거야, 엘." 맷이 무거운 목소리로 말했다. "당신이 애써서 아이를 준다 해도 말이야. 우리가 한 짓이 있잖아."

엘리스는 다시 꿈을, 걸어 다니는 딸과 무너지는 지붕을 떠올렸다. 그녀는 목걸이 체인에 손을 뻗어 멍하니 잡아당겼다. 알파벳 금장식을 턱까지 끌어 올렸다가 툭 놓았다.

"상황이 바뀔 거야." 맷이 좀 더 부드럽게 말했다. "지금까지 바뀐 것보다 더. 하지만 전에 말했잖아, 난 아무 데도 가지 않을 거야. 당신 옆에 있을 거야."

"부모님에겐 아이에 대해 언제 말할 거야?"

맷이 말을 멈췄다. "옛날 분들이셔." 그가 말했다.

"그게 무슨 뜻이야?"

"우린…… 결혼을 안 했잖아." 맷이 말했다.

"그럼 결혼을 하자."

맷은 아무 말이 없었다. 엘리스는 자기 목소리에 아무런 열의가 없고, 그럴 가망도 없다는 걸 알고 있었다. 맷은 긴장을 풀려는 듯 이마를 문지르기 시작하더니 감은 눈을 꾹 눌렀다. "부모님이 샤라를 많이 사랑하셨어."

엘리스는 당혹감이 치밀어 오르는 것을 느꼈다. "그런 말을 하다니 잔인해. 나는 절대 사랑하지 않으실 것처럼 말하고 있잖아."

"아냐, 아냐." 맷이 엘리스의 드러난 어깨에 손을 얹으며 말했다. "물론 당신을 사랑하실 수 있지. 당신을 사랑하실 거야. 그저 내가 샤라와 헤어졌다는 사실에 적응하실 시간이 필요하다는 말이지. 나는 당신을 사랑해. 내 말 믿지, 그렇지?"

"믿어."

엘리스는 자신도 그를 사랑한다고 말하지 않았다. 적어도 둘 중 한 사람은 정직해야 할 것 같았다.

39

엘리스의 몸이 점점 더 무거워졌다. 임신 오 개월쯤이 되자 메스꺼움과 지독한 피로가 나아졌다. 그녀는 식당 일을 하루도 쉬지 않았고, 새 동료인 사십대 여성 욜란다와 친해졌다. 욜란다는 노부모가 사는 푸에르토리코로 돈을 보내고 있었다. 아이도 남편도 없었다. "엘 티포 에스타 무에르토"라고 어깨를 한 번 으쓱이며 말했다. **그 남자는 죽었지.** 욜리는 아몬드 맛이 나는 동그란 빵을 구워 설탕 가루를 묻혀 가져다주곤 했다. 엘리스가 맷 이외에 배를 만지게 허락한 사람은 욜리뿐이었다. 욜리는 아기 머리가 있으리라 짐작하는 곳에 다가와 이렇게 말하곤 했다. "올라, 미 카리뇨. 프론토 노스 베모스."

안녕, 내 아가. 곧 만나자꾸나.

엘리스는 늘 욜리 곁에 있고 싶었다.

*

어느 날 어떤 여자가 식당에 오더니 곧바로 창가 테이블에 앉았다. 코니처럼 붉은 머리에 키도 비슷했다. 붉은 머리 백인 여자 특유의 창백해서 거의 투명한 피부를 가졌고, 콧등에 주근깨를 숨길 수 없었다. 엘리스는 눈길을 뗄 수가 없었다. "괜찮니, 미하•?" 욜란다가 말했다. "유령이라도 본 얼굴이네."

여자가 커피를 마시고 〈뉴욕타임스〉 절반을 읽은 뒤 식당에서 나가자 엘리스는 직원 화장실에 몰래 들어가 울었다. 눈물을 도로 밀어 넣으려는 듯 얼굴을 마구 문질렀다. 코니가 너무 그리웠다. 팔다리라도 잃은 사람처럼 안타까웠다.

그날 저녁 엘리스는 작은 아파트 침대에 혼자 누워 창문으로 흘러 들어오는 거리의 불빛을 보고 있었다. 예전에 코니가 시들링의 문으로 들어왔던 것처럼, 오늘 식당 문을 열고 들어왔다면 어땠을까 상상해보았다. 키가 큰 코니, 단정하고 우아한 코니가 긴 모직 코트를 입고서 나타났다면 엘리스는 그녀에게 뭐라고 했을까? 그들의 마지막 조우는 그리스 비극의 한 장면 같았다. 모래투성이 해변에서 울부짖으며 비난까지 했다. 코니는 지금, 바로 이 순간, 무엇을 하고 있을까?

맷은 아직 일하고 있었다. 그는 요즘 자주 늦었다. 하필이면 〈마마 앤드 미〉라는 제목의 새 시트콤을 맡았는데, 이탈리아계 미국인 젊은 신혼부부가 각 가족의 온갖 선의의 방해에도 불구하고 뉴욕에서 독립적인 생활을 해보려 노력하는 이야기라고 했다. "〈대부〉와 〈해피 데이스〉가 만난 것 같은 작품이지." 맷이 말했다.

"재미있어?" 엘리스가 물었다.

"몇 부분은 재미있어. 내가 쓰는 부분." 맷은 씩 웃으며 말했다.

• '내 딸'이라는 뜻의 스페인어로, 연하의 여성을 친근하게 부르는 말

그는 방송국에서 약간 승진해서 시트콤을 몇 편 쓰고 있었다. 파일럿 방송이 성공해서 첫 시리즈가 곧 방송될 예정이었다. 맷은 온종일 대본을 썼고, 촬영을 시작하자 자주 스튜디오에서 최종 수정 작업도 하고 녹음을 지켜보기도 했다. 다시 삶에 열의를 찾은 것 같았고, 퇴근길에 점점 더 큰 장바구니를 들고 돌아와 "당신을 잘 먹여야 하니까"라고 말하곤 했다.

*

결국 엘리스는 코니의 부재를 더는 견딜 수 없게 됐다. 그녀의 부재는 마치 죽어가는 생물처럼, 엘리스를 향해 살려달라고 애원해서 마음을 짓눌렀다. 어느 날 아파트에 혼자 있던 엘리스는 런던의 코니 집으로 전화하기 위해 수화기를 들었다. 손놀림은 확고했고 마음도 정한 상태였다. 옳은 일처럼, 중요한 일처럼 느껴졌다. 엘리스가 유일하게 외우는 전화번호였다. 연결음이 그다지 오래 울리지 않아 깜짝 놀랐다.

"여보세요?" 누군가가 전화를 받았다. 메리 오라일리였다.

그녀의 아일랜드 억양을 듣자마자 엘리스는 그 시절이, 하루하루를 채우던 나른함과 흥분이 떠올랐다. 엘리스는 눈을 감았다. "메리. 엘리스에요. 코니 있어요?"

잠시 아무 말도 들리지 않았다. "안 계세요."

엘리스는 거짓말이라는 것을 알 수 있었다. "부탁이니 통화하게 해주세요."

"여기 안 계세요. 지금 어디에요, 엘리스?"

"뉴욕이에요. 코니와 통화해야 해요."

잠시 침묵이 흘렀다. "당신은 **피해**를 줬어요, 엘리스."

"**제가** 피해를 줬다고요?"

"지금은 돌아오지 않는 게 나아요. 돌아오는 건 아니겠죠?"

"네, 돌아가는 건 아니에요."

"그건 그분에게 필요한 일이 절대 아니에요."

"코니는 잘 있어요?"

메리 쪽에서 옥신각신하는 소리가 들리는데, 엘리스는 그 사람이 뭐라고 하는지 알아들을 수 없었다. "코니?" 엘리스가 말했다. "코니, 당신이에요?"

"미안해요. 전화 잘못 거셨어요." 메리는 이렇게 말하고 전화를 끊었다.

*

엘리스는 소파 팔걸이에 기대앉았다. 밖에서 차들이 지나가며 경적 소리를 냈다. 엘리스는 어둠 속에 앉아 전화기 신호음을 듣고 있었다. 뜨거운 눈물이 차올랐고 뺨을 따라 흘러 송화구에 고였다. 몇 시간을 그러고 있었다. 하지만 맷이 열쇠로 문을 여는 소리가 들리자 엘리스는 일어나 침대로 가서 곤히 잠든 척했다.

40

임신 마지막 두 달 동안 엘리스는 지쳐 있었다. 몸이 정상 크기의 열여덟 배는 되는 것 같았다. 돌아눕는 데만 서너 번의 움직임이 필요해서 한 번에 삼십 분 이상 잘 수 없었다. 자기 발도 보이지 않았다. 몸 여기저기가 문자 그대로 눈앞에서 사라지고 있는데 단 한 부분, 배만 멈추지 않고 커지는 것 같았다. 어쩌면 아기가 나오지 않고 배 속에서 점점 더 커지다가 공중에 붕 떠오르거나 펑 터지지 않을까 하는 생각도 들었다.

엘리스는 많이 먹었다. 식당 일을 그만둔 뒤로, 욜란다가 식당에서 먹을 것을 챙겨서 가져다 주었다. 어떤 때는 자기 집에서 요리한 음식을 가져오기도 했다. 엘리스는 욜리를 자주 만났고 두 사람은 집 주변을 조금씩 산책했다. 팔짱을 끼고 어빙 스퀘어 공원을 돌다가 벤치에 앉아 햇볕을 쬐었다. 엘리스 평생 가장 느린 산책이었다. 뉴욕의 7월, 상쾌한 날씨는 다 지나갔고 견디기 힘든 습도와 열기의 계절이 시작되었다. 둘은 상점 쇼윈도를 구경하면서도 안으로 들어가는 법이 거의 없었는데, 어느 날 엘리스가 서점 앞에서 멈춰 서더니 안쪽이 어둡고 시원하겠다며, 오래된 마룻바닥이 반들반들하다고 했다.

엘리스는 서점이 내내 거기 있었음을 이전부터 자신이 알고 있었는지 새삼 의아했다. '신간'이라는 안내문 아래, 문 옆 테이블에 쌓여 있는 한 더미의 책. 엘리스는 제단 앞에 서는 아이처럼 뒤뚱대며 테이블 쪽으로 다가갔지만 감히 표지를 건드리지는 못했다. 녹색 선으로 그려진 토끼가 여인의 실루엣으로 변하는 것 같았다. **초록 토끼에 대해서 쓰고 있어**. 이렇게 코니의 이름을 다시 보게 되다니 어찌나 낯선지! 브릭스턴 도서관에서 너무 먼 곳에 있었다. 지금 쓰고 있는 글에 대해 말하기 내키지 않아 인상을 쓰면서도 코니가 처음으로 말을 꺼낸 런던의 서재. 거기서 수천 마일 떨어진 곳에서 '초록'과 '토끼' 두 단어가 함께 놓인 모습을 볼 줄이야. 코니는 다시금 여기에 와 있었다. 전화 속 목소리나 옆에 베개를 베고 누운 얼굴이 아니라 글자로, 이곳 서점에 와 있었다. 코니가 다시 자기 존재를 알렸다. 그녀 또한 자신의 지도를 만들었고 엘리스는 그녀를 찾아냈다. 엘리스는 두려움에 가까운 감정을 느끼며 책을 쓰다듬었다.

"그게 뭔데?" 욜란다가 말했다.

"내…… 친구가 쓴 책이에요." 엘리스는 그렇게 말한 뒤 책을 내려놓고 배에 손을 얹었다.

"친구가 썼다고?" 욜란다의 눈이 휘둥그레졌다. "무슨 내용인데? 초록 토끼?"

"이제 알아보려고요." 엘리스가 말했다.

"초록은 재수가 없는 색이야." 욜란다가 말했다.

"나는 항상 희망의 색이라고 생각했는데."

"질투의 색이지. 누구 토낀데?"

엘리스는 책을 펼쳐 표지에 적힌 줄거리를 읽었다. "래빗•이 주인공 이름인가 봐요, 욜리."

욜란다는 엘리스의 배를 보며 눈을 반짝였다. "아 시? 세 물티플리카."

엘리스는 웃었다. "맞아요. 곱절로 늘어나고 있어요."

엘리스는 책을 카운터로 가져가 계산했다.

*

엘리스와 욜란다는 엘리스와 맷의 아파트 입구에서 포옹했다. 욜리는 내일 먹을 것을 더 가지고 오겠다고 했다. 네 블록 떨어진 곳에 살아서 걸어오기 쉬웠다.

"그러지 않아도 돼요, 욜리. 다 어떻게 보답한다죠."

욜란다는 손을 허공에 내저었다. "잘 먹어야지. 니냐••가 곧 나올 거야." 욜란다는 오래전부터 딸이라고 굳게 믿고 있었다.

엘리스는 커다란 배 위에 손을 얹은 채, 데님 스커트를 휘날리는 욜란다가 뜨거운 보도 위를 낡은 구두로 타닥타닥 밟으며 걸어가는 모습을 보았다. 엘리스는 욜리의 발톱을 체리처럼 빨간색으로 칠해주었고, 욜리도 엘리스의 발톱을 칠해주었다. 엘리스는 욜리가 오늘 남은 시간 동안 무얼 할지, 자신은 무얼 할지 궁금했다. 그들은 가까워졌다. 외로움 때문이었고 힘든 식당 일과 불러오는 배 때문이었다. **나랑 같이 있어요!** 엘리스는 욜리를 향해 외치고 싶었다. **부탁이에요. 내가 뭘 하는 건지 모르겠어요!**

• rabbit, 토끼

•• 스페인어로 여자아이라는 뜻

엘리스는 욜란다를 부르는 대신 서점의 갈색 봉투에서 《초록 토끼》를 꺼냈다. 줄거리를 다시 읽었다. '행복하고, 교만하며, 항상 자신만만한 래빗은 자신만의 세상에서 살고 있었다. 어느 날 사랑에 빠지기 전까지는. 래빗은 언제 손을 놓아야 하는지, 언제 붙잡아야 하는지 배워야 한다. 자유가 무엇인지 모를 때는 자유가 사라져도 알기 어렵기 때문이다. 베스트셀러 《밀랍 심장》 작가가 선보이는 변화와 열정, 후회에 관한 아름답고 영원한 우화.'

그 아래로 서평 몇 개가 실려 있었다. '콘스턴스 홀든은 인간 감정을 마스터했음을 다시 한번 증명한다.' '눈부시고, 현명하며, 기묘하다.' '기이한 여인을 주인공으로, 사랑이 우리를 어떻게 바보로 만드는지 보여주는 기이한 이야기.'

엘리스는 어이없다는 표정을 짓고 현관 계단을 올라가 문을 열었다. 좁은 층계로 3층까지 올라가서 느릿느릿 거실 소파에 앉아 책을 펼쳤다.

'사라에게'라고 헌사가 적혀 있었다.

엘리스는 계속 읽었다.

엘리스가 책을 읽어가는 동안 지붕 위로 해가 지고 밤의 거리가 들썩였다. 잘 차려입고 클럽에 가려는 엘리스 또래 젊은 여자들. 농구장에 가는 아이들이 공 튀기는 소리가 들려왔다. 모두 들을 수 있도록 몸에서 떼어낸 심장의 박동처럼 단단하고 리드미컬했다. 책의 문장은 낯설었다. 약간 거리감이 느껴지지만 어떤 우화보다 세세하고 심리적이었다. 래빗의 연인에겐 이름이 없었다. 연인이 남자인지 여자인지 직감으로 알아낼 수 없는 사람이지만, 그럼에도 래빗 머릿속 거대한 자아에 큰 혼란을 일으켰다. 배경에 신비로운 느낌이 있으나 결국 런던이었다. 엘리스는 알 수 있었다. 《밀랍 심장》보다 조용하고, 등장인물도 적고, 더 내면적이며, 거의 시적이고 수식이 없었다. 사랑의 부드러움과 잔인함. 산 채로 가죽이 벗겨진 토끼.

엘리스는 맷이 들어오는 소리를 듣지 못했다. 그는 엘리스에게 다가와 허리를 숙이고 정수리에 키스했다. 엘리스는 그와 완전히 동떨어진 채, 모두와 동떨어진 채, 책 한 권을 쥔 두 개의 손이 되어버린 느낌이었다. 온몸이 소파라는 바다 밑바닥에 떨어진 오십 개의 닻처럼 느껴졌다. 페이지를 넘기는 동안 다시는 움직이지 못할 것 같았고, 언젠가 그 바닷물이 브루클린에 닿으면 사람들이 따개비로 뒤덮인 자신을 발견할 것 같았다. 엘리스는 나이 들고 싶은 욕망을 느꼈다. '더 나이 들면 내가 아무것도 아니라고 느끼지 않을 테니까.' 책을 계속 읽어 나갔다. '드루이드 부족이 절벽에 놓아둔 석상처럼 단단한 느낌을, 존경과 보호를 받는 느낌을, 자유로운 바람 속에서 이끼 덮인 피부가 굉장히 좋은 느낌을 줄 테니까.'

"그게 뭐야?" 맷이 말했다.

엘리스는 책을 들어 보였다. "코니."

"아, 빌어먹을." 맷이 말했다.

*

그날 밤 엘리스는 진통을 시작했다. 새벽 3시쯤 배가 아프기 시작했고, 5시에는 신음하며 어쩔 줄 몰랐다. 맷이 와이코프 병원으로 데려갔다. "자궁문이 아직 열리지 않았습니다." 그들이 말했다. "집으로 데려가세요."

엘리스는 혼미했고 겁에 질렸다. "그게 어딘지도 몰라요!" 엘리스가 말했다. "어딘지 정말 모른다고!"

"부인은 괜찮으신 겁니까?" 의료진이 맷에게 물었다.

"나는 그 사람 부인 아니에요." 엘리스가 말했다. "가자."

그들은 아파트로 돌아갔고 엘리스는 술 취한 사람처럼 3층까지 기어 올라가 의사들 말대로 잠을 청했다. 맷은 침대 가장자리에 앉아 엘리스의 손을 잡았다. "괜찮을 거야. 당신은 할 수 있어. 당신이라면 할 수 있어."

엘리스는 맷을 보았다. 그는 자신이 뭘 부탁하는 건지 전혀 모르는 게 틀림없었다.

*

세 시간쯤 지나고 해가 뜰 무렵, 진통이 점점 더 자주 왔다. "다시 가야 해." 엘리스가 말했다.

"알았어." 맷이 이렇게 말했고 둘은 택시를 타고 분만실로 달려갔다. 아기가 엘리스를 누르고 있었다.

"아, 이런, 아, 이런. 무서워."

"정말 미안해." 맷이 말했다. "내가 대신 아팠으면 좋겠어."

*

엘리스는 진통제를 요구했다. 그런 고통을 겪어서 좋을 게 없을 것 같았다. 맷은 저기서 서 있기만 하는데 왜 자신은 고통스러워야 하는지 알 수 없었다.

*

또다시, 아파서 기다시피 하는 상태. "기다려요." 산파가 말했다. "자, 힘줘요."

"힘주고 있어요!"

"더 세게요, 엘리스. 애가 알아서 나오지는 않아요."

*

끝이 없는 것 같은 기분이었다. 엘리스는 몸을 돌려 창밖을 내다보았다. 오후가 되었고, 곧 홍수가 브루클린을 뒤덮을 테지만, 그래도 자신은 내내 여기서 힘을 주고 있을 것 같았다. 천년째 힘을 주고 있는 것이다.

*

삐삐 소리가 나더니 사람들이 달려 들어왔다. 엘리스는 고통을 느끼지 않았다. 몸이 느껴지지 않았다. 가진 것은 오직 눈, 맷의 파란 앞치마와 파란 샤워 캡을 바라보는 눈뿐이었다. "물에 들어갈 거야?" 엘리스가 말했다.

"정신 차려요." 산파가 말했다.

"이 아기를 꺼내야 해요." 다른 누군가가 말했다.

얼굴이 하얗게 질린 맷. **이건가.** 엘리스가 생각했다. **이제 떠나는 건가. 이제 떠나는 건가.**

*

정신을 차리니 맷이 옆에 앉아 있었다. 엘리스가 움직이는 것을 보고는 벌떡 일어났다. "괜찮아? 아, 세상에. 당신, 괜찮은 거야?"

"어떻게 된 거야?"

"출혈이 심했어. 수혈을 했어."

"아기는?"

"아기는 무사해. 제왕절개로 꺼냈어."

"어디 있어?"

"여기."

맷은 침대 옆 플라스틱 통에 손을 넣었다. 포대기로 싼 아기가 품에 안겨 있었다. 맷이 아기를 엘리스의 가슴 위에 가만히 올려놓았다. "이래도 되는지 모르겠네. 어쨌든 여기 있어."

'그냥 아기네'라고 엘리스는 생각했다. 그 고생 끝에 나왔는데! 이 상황이 참 평범하게 느껴지다니 이상했다. 맷은 기대하는 눈빛으로 엘리스를 보고 있었다. "나 얼마나 잤어?" 엘리스는 작고 빨간 얼굴을 들여다보면서 물었다.

"다섯 시간쯤."

"작아. 손톱 좀 봐."

"그렇지."

"코 좀 봐!"

"그렇지."

"애한테 모든 게 다 있어." 엘리스가 이렇게 말하자, 맷은 지친 표정으로 미소를 지으면서 고개를 끄덕였다. 하지만 엘리스는 그가 이해하지 못한다는 것을 알고 있었다. 깨닫지 못한 걸까? 작은 폐, 심장, 위장, 창자, 닭 뼈처럼 연약한 뼈, 뇌…… 엘리스는 어딜 부러뜨릴까 봐 몹시 불안했다. "아이를 다치게 하고 싶지 않아." 엘리스가 말했다.

"그러지 않을 거야." 맷이 대답했다.

하지만 엘리스는 그건 희망일 뿐이라고 생각했다.

*

옆 침대를 쓰는 스테파니도 응급 제왕절개 수술을 했고 둘은 가끔 이야기를 나눴다. 둘 다 많이 움직이기 쉽지 않아서 고개만 돌려 서로 보았다. "꼴이 엉망일 거예요." 스테파니가 말했다.

"아니에요." 엘리스가 말했다.

"몇 년을 기다린 아이예요." 스테파니가 말했다.

엘리스는 이유를 묻지 않았다. 스테파니의 남편은 소방관이었다. 병실에 자주 오지는 못했지만 찾아올 때면 큰 키에 어깨가 떡 벌어졌고 붉은 머리라서 존재감이 엄청났다. 형제가 여섯 명이라고 스테파니가 말했다. 아일랜드계 가톨릭인 그의 어머니는 50년대에 미국으로 건너왔다.

"그 이후로 계속 사셨어요?" 엘리스가 말했다.

스테파니는 웃었다. "아, 그럼요. 돌아가실 생각은 없었대요."

"손주가 아주 많으시겠네요."

스테파니는 씩 웃었다. "정말 많죠. 애는……." 그녀는 플라스틱 통에 든 아들 캘럼을 가리켰다. "애는 아마 기억도 못 하실걸요."

스테파니의 말투를 보니 진심은 아닌 것 같았다. 스테파니는 캘럼이 잊히도록 그냥 두지 않을 것이다.

*

며칠 뒤, 엘리스는 퇴원하고 싶어 안달이 났지만 침대에 누운 채 천장을 바라보고 있었다. 스테파니는 졸고 있었다. 스테파니의 소방관 남편이 방금 다녀갔는데, 둘은 너무 사랑하는 것 같았다. 서른여덟 살에 마침내 엄마가 된 스테파니를 보고 있으니 엘리스는 문득, 그토록 오랫동안 거부했던 자신의 젊음이 부끄러웠다. 스테파니에겐 모든 것이 타당하고 어울렸다. 스테파니는 자신에 대해 아주 편안했고, 따뜻하고 위트 넘쳤으며, 이제 아기 캘럼으로 보상받았다.

*

엘리스는 일주일 동안 아기와 함께 병원에서 지냈다. 산모와 아기를 지켜봐야 한다고 했다. 침대에 누워 아기를 가슴 위에 올리거나 요람에 눕히고는 천장을 바라보았다. 일주일 후 의사는 엘리스에게 염려할 것 없다고 했다. "젊고 강하니까요." 의사가 말했다. "이제 퇴원해도 좋습니다."

하지만 엘리스의 마음속에 거미들이 줄을 치고 있었다. "괜찮을까요? 정말 괜찮을까요?"

"모두 잘될 겁니다." 의사가 말했다. "아기 이름이 뭐죠?"

퍼트리샤라고 부를까 했지만 엘리스는 새로운 이야기를 원했다. "로즈예요." 엘리스가 말했다. "로즈라고 불러요."

2018

41

코니가 면전에서 문을 닫은 후, 그 집 문 앞에 서서 나는 두 가지를 깨달았다. 내가 아주 중요한 사람을 잃었을 가능성이 크다는 것. 어머니와 코니의 관계뿐만 아니라 지난 몇 달 동안 코니가 내게 가르쳐준 것들 때문이기도 했다. 그녀가 내어주었던 공간도 잃었다. 코니는 당당하고 자각으로 가득한 삶의 본보기를 보여준 한편, 어떤 이름을 사용하든 내 목소리를 찾으라고 격려해주었다. 코니 옆에서 나는 나 자신을 탐색하면서 어디에서 어떻게 어떤 사람이 되고 싶은지 자문하기 시작했던 것이다.

*

나는 제일 가까운 카페로 가서 커피 한 잔을 놓고 앉았다. 가슴이 아팠다. 코니가 지금 무엇을 하고 있을지, 뎁이 함께 있을지, 둘이서 과거의 유령에 대해 밤늦도록 이야기를 나눌지 궁금했다. 80년대에 내 어머니와 코니가 어땠을지 상상해보려 했다. 연인 사이. 어떤 커플이었을까? 민주적이고 균형 잡힌 사이? 이젠 결코 알 수 없을지도 모른다. 그리고 가장 시급한 문제는 살 곳이 없다는 사실이었다.

절대 브릭스턴으로 돌아가 그 아파트에서 살 수는 없었다. 내가 필요하다면 조는 아마 그러라고 할 테고 옷가지와 물건도 아직 거기 있겠지만. 브르타뉴행 표를 끊어 그날 저녁에 바로 떠날 수도 있었다. 하지만 마지막 여정의 표를 끊는 데 비용이 얼마나 드는지도 몰랐고, 아직 아버지를 마주할 수도 없었다. 클레어는 내가 뭔가 달라졌음을 알 수 있을지도 몰랐다. 내가 거짓말을 잘 못하면, 비밀이 (모든 비밀이) 쏟아져 나올 것 같았다. 그리고 켈리와 댄에게 빈방을 내달라고 하면 너무 큰 폐가 될 것 같았다. 몰도 있고 켈리는 임신중이었으니까. 켈리에게 부탁하지 않는 이유는 이런 것이라고 속으로 생각했다. 하지만 사실을 말하자면, 늘 그랬듯이 나를 환영해준다 해도 그 가족 속에서 내가 제대로 행동할 수 있을지 알 수 없었다.

다른 친구들도 있지만 코니와 일한 뒤로 연락을 끊고 지냈다. 갑자기 메시지를 보낸다면 너무 기회주의적으로 보이리라. 하지만 이틀 정도는 받아줄 것 같은 사람이 있었다. 나는 휴대전화를 꺼내 번호를 눌렀다.

"여보세요?" 젊고 가벼운 목소리가 말했다.

"안녕하세요, 조이. 로즈예요. 잘 지냈어요?"

"로즈!" 조이가 기뻐하며 소리 질렀다. "와, 어떻게 지내셨어요? 카페 사람들 모두 보고 싶어 해요. 음, 자일스는 아닐지 모르지만. 전 보고 싶어요."

나는 웃었다. "나도 보고 싶어요. 수다 떨던 거 그리워요. 미안해요. 연락을 너무 안 했죠. 여러 가지 일이 있었어요. 저기, 혹시……

오늘 오후에 시간 있어요? 갑자기 연락해서 어렵겠지만…….”
“오늘 오후요? 물론이죠.”

*

조이는 이스트 런던의 전대轉貸한 공영 아파트에서 네 명이 함께 살고 있었다. 가는 길에 지나친 공용 벽에는 너무 세련된 작은 클럽 홍보 전단이 붙어 있었다. 그곳 밴드와 미학은 이해할 엄두도 나지 않았다. 정교하고 아름다운 그라피티가 벽돌을 장식했고, 우표만 한 실내와 야외 나무벤치를 갖춘 커피숍이 있었다. 가장자리를 예술적으로 거칠게 장식한 일본제 검정 양말만 파는 가게도 지났다. 커피값은 햄프스테드와 같았다.

조이의 집을 찾아 초인종을 눌렀다. 커다랗고 헐렁한 블라우스와 레깅스를 입은 조이가 곧바로 나왔다. 왼쪽 귓불을 작은 금 후프가 장식하고 있었다. 조이는 나를 끌어안았다. “어서 와요!”

조이의 방은 환상적이었다. 양털 러그와 작은 전구, 테이트 미술관에서 산 엽서들을 블루택으로 붙여놓았고, 창틀에는 다육식물이 늘어섰다. 그리고 야간 등, 얇은 소설들, 조그만 책상 위 일기장과 펜 통. 희망과 꿈을 품은 방 같아서 두근거려야 할지 가슴 아파야 할지 결정할 수 없었다.

“지내게 해줘서 정말 고마워요.” 내가 말했다. 진심이었다.

“아, 아니에요. 사람들이 늘 찾아오는걸요. 새 시트를 깔아놨어요. 조랑은 정말 안 됐어요.”

“고마워요. 난 괜찮아요. 그리고 오래 있진 않을 거라고 약속해요. 그저…….”

"로지, 진짜로 괜찮아요. 있잖아요, 오늘 밤에는 커다란 비건 라자냐를 만들어서 〈클루리스〉를 볼 거예요. 같이 볼래요?"

"그러고 싶어요." 나는 3백만 살쯤 먹은 기분으로 말했다. 지극한 젊음과 달콤한 성숙을 완벽하게 합친 조이의 이런 면이 너무나 소중했다.

조이는 와이파이 비밀번호를 알려주었다. VirgosRUs. "우리 중 세 명이 9월생이거든요." 나는 휴대전화로 인터넷에 접속했다. 이메일을 보낸 사람은 아무도 없었다. 조의 @joerritos 인스타그램 계정을 보았지만 크리스마스 이후로 아무것도 포스팅하지 않았다. 하지만 켈리는 바쁘게 일하고 있었다. 가족 셋이 크리스마스 푸딩 잠옷을 입은 멋진 사진. **크리스마스 시즌!** 켈리는 이렇게 적었다. **#푸딩 #오줌마려운데하는일.**

또다시 켈리가 크리스마스 아침에 서리 내린 들판에서 혼자 힘껏 장작을 패는 모습이 떠올랐다. 켈리의 다른 자아를 보고 싶었다. 밝은 원색 사진들 대신 전혀 다른 회녹색과 갈색, 검고 앙상한 나무들, 앤 섹스턴의 시 구절, 도끼를 들고 찍은 사진을 보고 싶었다. 하지만 그렇게 하면 켈리에게 필요한 후원을 얻을 수 있을까. 켈리도 그 점을 알고 있었다. 푸딩 사진 이후로 새해가 되면서 근사한 집 인테리어 사진, 공원으로 들어가는 댄과 몰의 뒷모습, 그리고 물론 '어머니가 되는 기분'에 관한 켈리의 단상이 실려 있었다. 켈리는 내게 한 말을 거의 그대로 기억했다. 댓글은 끝이 없었다. '세상에, 이것 좀 봐.' '정말 그래요. 가끔 최악인 것 같다가도 모퉁이를 도는 순간 태양만 보이거든요!'

나는 휴대전화를 껐다.

*

그날 밤 나는 조그만 멜라민 테이블에 둘러앉아 맛있는 가지 라자냐를 먹으면서 조이와 동거인 친구들의 대화를 듣고 웃었다. 모두 조이와 비슷한 이십대 초반이었다. 네 사람과 함께하고 나서야 내가 얼마나 다른지 깨달았다. 나는 마음속과 뼛속이 더 무거워져 있었다. 시간이 축적되며 일어난 효과였다. 그들은 내가 별로 격려하지 않아도, 자신에 대해 이야기하는 것을 아주 많이 좋아했다. 자기 일화를 흥미진진하고 새롭다고 생각했다. 하지만 상대에게도 관대해서 이야기는 터무니없는 방향으로 새어나갔고, 기분도 돌아가며 독단적이고 변덕스러워졌다. 그들은 직장에 대해 이야기했다. 한 명은 미대 학생이었고, 다른 한 명은 시티에서 회계사로 일했고, 또 한 명은 교사 훈련을 받을지 토론했다. 모두 부채가 상당했지만, 그것 때문에 야심을 꺾지 않았다.

나는 미대 학생인 라라에게 뭘 만들고 있는지 물었다. "주로 플라스틱으로 작업해요." 라라는 자유롭게 술술 말했다. "낡은 플라스틱요. 재성형해서 플라스틱을 향한 비난을 없애주려고 해요. 제가 하는 작업은 전부 저에너지로 진행해요. 태양열 에너지, 자연광, 빗물, 비료화된 물질을 이용해요. 아무것도 사지 않아요. 이미 있는 것만 가지고도 진행할 수 있을 것 같아요."

"라라는 진짜 아름다운 조각을 만들어요." 조이가 이렇게 말했다. 나를 위해 통역사 역할을 해줘야 한다고 생각한 모양이었다. "작품 하나는 어떤 대단한 사람이 샀어요."

"대단한 사람?"

"작품을 사줘야 하는 사람요." 라라는 악감정은 없어 보이는 표정으로 말했다. "베이스워터의 마구간을 개조한 집 마당에 놓으려고 샀어요. 제가 설치해줬죠."

"멋지네요. 졸업하면 뭘 하고 싶어요?"

라라는 미소를 지었다. "지금이랑 비슷하죠. 하지만 쉽지 않을 거예요. 대학에서 받는 학비 보조금이 두 가지 있거든요. 그게 끊어지니까."

"해낼 거예요." 내가 말했다.

라라의 미소가 약해졌다. "글쎄요. 인맥이 필요해요. 사람들 관심을 받아야 하고. 인터넷 팔로워도 필요해요. 지금은 겨우 6천 명뿐이에요."

"팔로워가 1백만이라고 더 좋은 예술가가 되는 건 아닐 텐데."

"저도 알아요." 라라는 살짝 변명조로 대답했고, 나는 너무 언니처럼 굴지 말자고 생각했다.

"사실 라라를 보니 내 친구 켈리가 생각나네요." 내가 말했다.

라라의 얼굴이 밝아졌다. "**그래요? 왜요?**"

"켈리도 라라처럼 단호했거든요. 지금도 그렇고. 뭐든지 해냈어요. 켈리도 학비 보조금이 필요했어요. @thestellakella라고 혹시 알아요?"

모두 멍한 표정으로 날 보았다. 나는 엉뚱한 질문이었음을 깨달았다. "음, 켈리는 열정적으로 매달렸고, 그걸로 생활비를 벌었어요. 사람들이 자길 어떻게 생각할까 걱정하지 않았죠. 자기 생각대로 해나갔더니 얼마 안 돼서 사람들이 켈리를 찾아왔어요. 하지만 도박 같긴 하죠. 그렇게 하는 건."

"왜요?" 라라가 잘 모르겠다는 표정으로 물었다.

"좋아하는 일로 식비, 생활비, 집세를 내려면 관계가 복잡해질 것 같아서요. 어쨌든 켈리는 그래 보여요. 충동적인 것, 가끔은 이해하기 힘든 것 앞에서 현실적이어야 해요. 영혼을 사업으로 바꾸면 영혼이 다치기도 한다는 걸 알아둬야죠."

라라는 눈을 휘둥그렇게 뜨고 날 보았다. "네, 정말 옳은 말이에요. 그리고 이건 이거, 저건 저거 나눌 수 없다는 게 중요하죠. 그러지 않아도 결국에는 대가를 치르게 되겠지만요."

그 이야기를 듣고 있으니 코니가 떠올랐다. 코니가 대가를 치렀다는 느낌이 들었다. 무엇에 대해서인지는 여전히 뚜렷하지 않았다. 하지만 그날 낮에 코니가 보인 반응으로 내면에 해결되지 않은 깊은 고통이 있음을 알 수 있었다. 그 고통은 코니 삶의 모든 면에, 나아가 글을 쓰고자 하는 욕망에도 영향을 주었으리라.

"바로 그거예요." 나는 테이블을 보며 말했다. "그래도 걱정하지 말아요. 여러분은 모두 내 이십대 시절보다 앞서 있으니."

"이십대 때 어떠셨는데요?" 완벽한 손톱과 여전히 불안을 드러내는 눈을 가진 회계사 가브리엘라가 물었다.

나는 한숨을 쉬었다. "아무것도 알 수 없었어요. 정말, 정말 어쩔 줄 몰랐죠."

주방 분위기가 무거워졌다. 누군가 진실을 말할지 모른다는 기대에 사람들이 긴장하는 것이 느껴졌다. "이렇게 말하면 사람들은 항상 내 말이 틀렸다고 했어요." 나는 모인 이들을 둘러보며 말했다. "하지만 학교에서 뛰어난 학생으로 지내는 게 언제나 정답은 아니라고 생각하게 됐어요. 그걸 유지하기가 힘들어요."

모인 사람 중 유일한 남자, 교사가 될까 생각하던 제이콥이 소리 내어 웃었다. 내가 아픈 곳을 건드린 것이다. "케임브리지에서 물리학을 전공하기로 되어 있던 열 살짜리 아이가 신경쇠약으로 다시는 계산기를 보지 못하게 된 일, 기억해요?" 내가 말했다.

"아뇨." 조이가 말했다.

"네, 오래전 일이니까요. 아마 70년대쯤일 거예요. 그러니까 내 상황이 그렇게까지 나쁜 건 아니었어요. 나는 물리학 천재도 아니고, 사실 어떤 부분에서도 천재는 아니죠. 조이가 증명해줄 거예요. 하지만 이십 년 동안 이런저런 일을 하며 일관성 없는 이력서를 갖기도 쉽진 않죠. 주변에서 '옥스퍼드에 가겠네' '뉴욕에서 살게 되겠구나'라고 했고, 세상을 '더 좋은 곳'으로 만드는 멋진 조직을 운영할 거라고 했는데 말이에요."

내 이야기에 모두 빠져들었다. 아무도 내 또래 사람을 모르는 걸까? 그럴 수도 있었다. 나 역시 그들 또래는 아무도 모르니까. 아무도 그들에게 이런 식으로 말해줄 마음의 준비가 안 되었던 걸까? 하지만 이야기를 계속하는 동안 나는 준비가 되었다고 느껴졌다. 지난 몇 달 동안 쌓여온 마음속 무언가가 부서지며 열렸다. 로라와 로즈가 하나 되는 느낌이었다. 흥분되고 가능성으로 가득하며 올바른 일처럼 여겨졌다. 난생처음 자유롭게 나 자신이 되어 내 이야기를 꺼냈다. "사람들이 날 믿어주는 건 좋아요." 나는 제이콥을 보며 말했다. "그 반대보다는 낫죠. 하지만 남들이 알아서 할 일이지 나와는 상관없어요."

"젠장." 제이콥이 말했다. "그 얘기 우리 부모님한테 좀 해주실래요?"

그날 밤, 달력에서 사라진 도둑맞은 그 밤에, 나는 그들에게(날 맞이해준 세 명의 낯선 이와 한 명의 친구에게) 내 이야기를 했다. 사라진 어머니 이야기를, 어머니에 대해 이런저런 판타지를 떠올리며 자라난 이야기를 했다. 가야 할 길이 없다고 느꼈고, 이런저런 일을 하게 되었고, 남들과 비교하며 나는 부족하다고 여겼으며, 다른 사람(남자친구도 포함)의 삶에서 늘 단역이나 맡게 되었다는 이야기도 했다. 로라 브라운이나 왜 그녀가 되고 싶었는지에 대해서는 말하지 않았다. 조이가 코니의 작품을 좋아하는 것으로 보아 그건 다음에 따로 할 이야기였으니까.

"종점은 없어요." 내가 말했다. "도착지는 없어요." 그들 얼굴에 당혹감부터 낙담까지 다양한 표정이 떠올랐다. "하지만 여러분은 모두 아주 똑똑하고 커다란 잠재력을 갖고 있어요. 스물다섯 살이 될 때까지 원하던 곳에 다다르지 못했어도 행운에 감사해야 할 거예요. 진심이에요. 거기 다다르는 것이 어렵다면, 꿈을 놓치지 않는 건 더 어려울 테니까요. 변하지 않는 건 없어요."

모두 살짝 멍한 표정으로 나를 보았다. 목표란 달성하고 나면 손가락 사이로 빠져나갈 수도 있다. 그래서 행복하지 않을 수도 있다. 그 생각을 받아들이기 힘들 수 있음을 깨달았다.

"그럼 이제 뭘 하실 건가요?" 제이콥이 말했다.

"한두 가지 생각이 있어요." 내가 말했다. 그리고 그 말이 사실임을 깨달았다.

*

밤 10시가 되자 졸려 죽을 것 같았다. 이야기도 힘들었지만 임신 때문에 몹시 피곤했다. 실망시키고 싶지 않아서 자정까지 〈클루리스〉를 보며 깨어 있었다. 그런데 제이콥, 개비, 라라, 조이는 그 영화를 박물관의 걸작인 양 보았고, 나는 청소년기의 아련한 추억으로 보았다.

에어베드는 놀라울 만큼 편안했다. 조이는 라벤더 오일을 좋아해서 베개에 몇 방울 떨어뜨려주었다. 내가 욕실에 갔을 때, 조이와 라라는 주방에서 남은 설거지를 하고 있었다.

"로즈, 진짜 멋진데?" 라라가 말했다.

"그렇지? 진짜야." 조이가 말했다.

"나도 나이 들면 저렇게 되고 싶어. 알지? 진짜 자기 자신을 아는 거."

배 속에 열기가 불빛처럼 퍼졌다. 두 사람은 그런 말이 내게 어떤 의미인지 절대 모를 것이다. 에어베드에 다시 누운 뒤 일상에서 벗어나 아주 쉽게 잠들었다. **하지만 이게 내 일상인걸**. 잠들기 직전, 이런 생각이 들었다.

42

조이 집에서 일주일 동안 지내면서 조이가 일어날 때 일어났고 낮에는 되도록 오랫동안 외출했다. 미술관에 갔다. 임뱅크먼트를 따라 체인 워크부터 멀리는 런던탑까지 하염없이 걸었다. 코니와 임신, 두 가지에 대해 끊임없이 생각했다. 코니에게 전화를 해야 할지 궁금했다. 돈도 걱정되었다. 계속 조이에게 얹혀살 수 없었다. 어서 일자리와 살 집을 구해야 했다. 클린 빈에서 다시 카푸치노를 만들 수는 있을 것 같지만, 메스꺼운 기분이 들기 시작했고 카페로 돌아가는 건 퇴행처럼 느껴졌다. 코니의 집에서 우리 식사 준비를 하며 다음에는 어떻게 할지 궁리하고 싶었다. 책이 곧 나올 테니 그다음엔? 코니와의 시간을 영영 날려버렸다고 생각하는 건, 임신에 대해 드는 생각과 좀 비슷했다. 완전히 인정할 수 없었던 것이다. 너무나 갑작스러운 변화였다. 그런데도 어쩐지 코니에게 전화할 수가 없었다. 조이와 지낸 지 닷새째 되던 날, 휴대전화가 울리자 내가 무엇을 기다리고 있었는지 깨달았다.

"로즈?" 누군가 말했다.

"코니." 코니의 음성을 들으니 너무 좋았다. "안녕하셨어요?"

잠시 침묵이 흘렀다. "난 잘 있어요." 코니가 감정을 자제하며 말했다. 그리고 다시 머뭇거렸다. "어디 있어요?"

"강둑에 기대서서 테이트 모던을 보고 있어요."

다시 침묵이 흘렀지만 코니는 전화를 끊지 않았다. 머리가 돌아가는 소리가, 나를 꾸짖고 싶은 마음과 나와 통화하고 싶은 마음이 싸우는 소리가 들리는 듯했다. 이번에는 아무 말도 할 수 없었다. 대화가 어떻게 진행될지 코니가 정해야 했다. 코니가 전화를 먼저 걸었으니까. 한번 실수했다가는 코니를 영영 잃게 될 수도 있었다. 본인이 이 상황을 통제한다고 느껴야 했다.

"아직 화가 나요." 코니가 말했다. "날 속이다니."

"정말 죄송해요, 코니."

"오랫동안 말하지 않던 것들을 당신에게는 이야기했어요."

"알아요."

코니는 아무 말도 하지 않았다. **집으로 와서 나머지 물건을 가져 가라고 할 거야.** 내가 생각했다. "제가 누군지 말씀드려야 했어요. 하지만 저랑 엮이지 않으려고 하실까 봐 겁이 났어요." 이번에도 코니는 아무 말도 하지 않았다. 어색한 진실을 건드린 건 아닌지 의아했다. "애초에 에이전시로 전화한 건 선생님한테 편지를 쓰고 싶어서였어요. 하지만 일이 이상하게 됐어요. 그렇게 하면 잘될 줄 알았어요."

"뭐, 잘못 생각한 거군요, 그렇죠?"

"네. 하지만 다른 방법을 찾을 수가 없었어요. 전…… **아직도** 선생님과 엄마 사이에 무슨 일이 있었는지 몰라요. 과거에 대해 말씀하고 싶어 하지 않으시니까요."

"그건 내 권리예요!"

"알아요. 물론이죠. 그래서 제가 누구인지 밝히면 어떤 반응을 보이실지 알 수 없었어요."

코니는 다시 입을 다물었다. 어떻게 해야 할지, 뭐라고 말해야 할지 알 수 없었다. 늙고 지친 느낌이었다. 이야기의 방향을 바꾸고 싶지만 이걸 마치기 전까지는 그럴 수 없을 것 같았다. "아빠는 거의 아무것도 알려주지 않으셨어요."

"정말요? 그것 참 이상하군요."

템스 강을, 거대하고 깊고 위험한 강을, 평생 별로 관심을 기울이지 않은 오래된 강이 수백 년째 보물을 퇴적해가는 광경을 바라보았다. "선생님과 엄마가 아는 사이였다고 했어요. 한동안 두 분은 뗄 수 없는 사이였다고요. 안 좋게 끝났다고 했어요."

"이제 와서 그런 말을?"

다시 침묵.

"콘, 누가 샌드위치를 만들어드리고 있나요?" 내가 말했다.

"아무도 없어요. 가정부는 필요 없어요."

"그럴 리가요."

"하지만 당신이 와줄 필요는 있어요." 가슴이 두근거렸다. 흥분으로 속이 메슥거렸다. 아이 때문이 아니었다. "당신에게 보여주고 싶은 것이 있어요." 코니의 음성에서는 아무런 감정이 느껴지지 않았다. 아무것도 드러내지 않고 있었다.

"지금요?"

"뭐, 물론 다음에도 괜찮지만……."

"지금 갈게요." 내가 말했다.

"좋아요." 코니는 이렇게 말하고 전화를 끊었다.

*

세인트폴 역으로 가면서 나는 최선을 다했다고 느꼈다. 코니의 타고난 호기심과 타인에 대해 가능한 한 많이 알고자 하는 욕구가, 자존심과 고통을 이기기를 바라야 했다. 코니가 먼저 나를 다시 불러들여야 했고, 나는 응하겠다고 알려야 했다.

역으로 내려가는 동안 다른 한 가지도 깨달았다. 코니가 세상에서 가장 자연스러운 일인 양 나를 로즈라고 불렀다는 사실을.

*

코니의 집으로 가는 길을 걷고 있으니 익숙하게 느껴졌다. 조가 문자 메시지를 보내 휴대전화가 울렸다. **밴을 팔려고 내놨어.**

나는 곧바로 답장을 했다. **왜?**

삼십 초쯤 지난 뒤 그가 답했다. **알잖아.**

뭐라고 해야 할지 알 수 없었다. 녹슨 문이 떠올랐다. 낡아서 금이 간 작업대와 사이사이에 치즈 가루가 들러붙어 있는 모습도 떠올랐다. **그래도 괜찮아?**

음, 엄마는 기뻐하셔.

하하하. 나는 이렇게 적고는 너무 경솔한 반응인지 염려되었다. 밴 이모지와 부서진 하트 이모지를 덧붙였다.

조는 달러 이모지를 세 개 보냈다. **당신에게 절반을 줄게.**

뭐? 아냐.

받을 자격이 있어, 로지.

당신 밴이잖아. 그럴 필요 없어.

아냐, 그래야 해. 돈 받으면 계좌에 넣을게. 확인해봐.

조, 정말 너그럽네. 고마워.

그는 대답하지 않았다. 나는 휴대전화를 다시 가방에 넣었다.

*

코니의 집 열쇠를 아직 갖고 있지만 사용하지 않았다. 문을 노크하고 기다렸다. 아무 일도 일어나지 않았다. 아무도 살지 않아 아무 반응이 없는 곳, 죽은 집 같았다. 우편함을 통해 불러보았지만 대답이 없었다. 소름이 돋았다. 이것이 데버라가 놓은 덫이고, 경찰이 달려와 체포한다면? 내가 밝힌 사실이 심장에 너무 무리가 되어 코니가 바닥에 쓰러져 있다면? 코니가 자살했다면? 분별 있는 생각을 하라고 나를 타일렀다. 코니는 겨우 한 시간 전에 전화를 했다. 자기 집에서 자살하지는 않았을 것이다. 경찰도 들이닥치지 않을 것이다.

어떻게 해야 할지 생각했다. 다시 전화를 걸까? 너무 경계하거나 집착하는 것처럼 보이고 싶지 않았다. 다시 문을 두드렸다.

포기하려는 순간, 얼룩덜룩한 유리를 통해 낯익은 모습이 주방에서 나오는 것이 보였다. 코니가 처음에는 듣지 못했을까? 나를 기다리게 한 걸까? 내가 자기 집 앞에서 얼마나 슬퍼할지, 자기가 가진 것을 내가 얼마나 진심으로 바라는지 보려고 시험하는 것 같기도 했다. 아니면 그저 움직임이 느려졌거나. 머리를 너무 빠르게 굴리고 있음을 깨닫고, 집중하려 노력했다. 현관에서 적어도 십 분은 기다렸을 것이다.

코니는 잠금장치를 푸느라 고생했지만 결국 해냈고, 문을 열어

나를 살폈다. 여전히 예전처럼 꼿꼿하고 단단한, 인상적인 모습이었다. 닷새 만에 그게 변하지는 않을 테니까. 하지만 눈에서 피로와 모종의 경계심이 느껴졌다. 우리는 서로 바라보았다. 나는 간절히 좀 앉고 싶었다. "안녕하세요." 내가 말했다.

"내가 눈이 멀었나 보군." 코니가 말했다.

"네?"

"당신에게서 이제 보이네요."

"뭐가요?"

"그 사람이."

"코니, 속상하게 해드리고 싶지 않아요."

"그러지 않을 거예요. 이미 최악은 지나갔으니까. 들어와요."

코니는 집 안으로 돌아섰다. 나는 가만히 문지방을 넘었고, 코니는 문을 닫아 세상을 차단했다.

*

우리는 응접실로 갔다. 코니는 가운데 서서 나를 마주 보았다. "내가 당신에게 빚진 건 없어요. 알죠?" 코니가 말했다.

"알아요."

"돈은 지불했어요. 일해준 대가로."

"알아요. 그리고 정말 감사드려요."

"왜 오래도록 절필했는지, 《변심》이 끝난 뒤에 마거릿이 어떻게 되었는지, 크리스티나와 마거릿이 아는 사람을 바탕으로 한 인물인지…… 나한테 물은 게 전부 엄마를 찾으려 했기 때문인가요?"

나는 솔직한 게 낫겠다고 생각했다. "처음엔 그랬어요. 그러기를 아주 간절히 바랐던 것 같아요."

"처음엔 그랬고, 결론은요?"

"결론은 못 찾았어요. 실제로 어떻게 된 건지 잘 몰라서 책에서 찾을 수 없었어요."

코니는 만족한 듯 고개를 끄덕였다. "여기 와서 날 도와준다고 해서 내 인생을 당신에게 넘겨야 한다는 뜻은 아니죠, 로즈."

"그건 알아요."

코니가 한숨을 쉬더니 좋아하는 안락의자 끝에 천천히 앉았다. "그럼, 로즈 시먼스. 부친도 당신이 여기 있는 걸 알아요?"

"아뇨."

"허락을 안 하겠지. 그럴 거라는 걸 당신도 알았을 테고. 나에 대해 뭐라던가요?"

나는 심호흡을 했다. "말씀드렸잖아요. 별로 알려주시지 않았어요." 코니가 어이없다는 표정을 지었다. "음, 선생님은 강하고 엄마는 약했다는 말은 하셨어요."

"그랬군요." 코니가 말했다.

"욜란다라는 여자 이야기도 들었어요. 뉴욕에서 엄마가 사귄 친구라고요."

그 이름이 나오자 코니는 눈에 띄게 흠칫했다.

"아빠와 만나기 전에, 선생님과 엄마가 사귀셨다고 했어요." 나는 계속했다. "엄마가 아빠를 떠나면서 저를 데려갔대요. 그러고는 욜란다의 아파트에서 지냈는데, 선생님이 나타나고 엄마는 사라졌다고." 나는 말을 멈췄다. "엄마가 사라지기 전 마지막으로 같이 있던 사람이 선생님이라고 하셨어요."

그 말에 코니는 눈을 감았다. "엘리스가 죽었는지 살았는지 얘기해주던가요?"

나는 대화를 계속하기로 결심하며 침을 삼켰다. "아뇨."

코니는 안락의자에 등을 기대고 먼 곳을 응시했다. "그 사람이 당신을 잘 키워줬나요?"

눈물이 차올라서 눈을 깜빡였다. "네, 아빠를 사랑해요."

"남 행세를 하고, 사람을 기만했지만 말이죠." 코니가 말했다.

놀랍게도 코니의 눈이 빛나는 것 같았다. 즐거움인지, 찬성인지, 허용인지 알 수 없었다.

"데버라가 얼마나 화를 내는지는 알겠죠." 코니가 계속했다. 화제를 바꾸기가 두려웠다.

"그러시겠죠. 하지만 선생님은요?"

코니는 그 말을 무시했다. "당신에게 무슨 꿍꿍이가 있대요."

"있어요. 제 엄마에 대해 아는 거요."

코니가 웃었다. "여기서 그 사람을 찾을 거라고 생각했군요."

"그럴 수도 있죠. 아빠가 자세히 설명하시진 않았지만, 선생님과 엘리스에 대해 말씀하시는 걸로 봐서……."

"알았어요." 코니가 입술을 깨물며 말했다. 무언가에 대해 깊이 생각하는 모양이었다. "이리 와요." 코니가 말했다.

"네?"

"나를 따라와요."

*

코니는 부서질 듯 연약한 손목으로 좁은 난간을 붙잡고 다락으로, 자신의 침실로 올라갔다. 깔끔하고 작은 방이었다. 처음 눈에 들어온 것은 단정한 백라이트 손잡이가 달린 아르데코 양식 화장대였다. 메이크업 브러시와 머리빗이 놓였고 빛바랜 고양이 사진이 든 은제 액자가 있었다. 집 안의 다른 액자에서는 본 적 없는 고양이였다. 크림색 배와 초록색 눈에 잘생기고 커다란 얼룩 고양이가 누군가의 품에 아기처럼 안겨 있었다. 가녀린 손이 고양이 목을 받치고 있지만, 사진의 초점은 분명 고양이에게 맞춰져 있었다.

나는 코니를 따라 안으로 들어갔다.

침대는 깔끔히 정돈되어 있었다. 무늬 없는 하늘색 커버는 반듯이 펴놓았고, 베개도 잘 두드려놓았고, 부드러워 보이는 숄을 가운데 모직 둥지처럼 말아두었다. 침대 옆 탁자 두 개에 모두 책이 쌓여 있고, 한쪽에는 독서 안경과 알약 팩과 반쯤 마신 물 한 잔이 놓여 있었다. 책이 너무 많아 지금 읽는 책이 무엇인지는 알기 어려웠다. 화장대 옆에 책장이 있었다. 재빨리 훑어보니 19세기 고전의 문고본이 가득했다. 플라스, 리치, 키츠, 로르카의 작품들은 책등이 갈라져 있었다. 버지니아 울프와 안젤라 카터까지는 여기 있지만, 나머지 코니의 현대 취향 책들은 아래층 거실에 있었다.

"이걸 보여주고 싶었어요. 봐요."

코니는 문 왼쪽 벽을 가리켰다. 방 안에 미술 작품(그렇게 부를 수 있다면)은 그것뿐이었다. 액자에 넣은 작은 그림이 서랍장 위에 걸려 있었다. 토끼의 어설픈 윤곽선인데, 값비싼 액자에 들어 있지만 싸구려 노트 종이에 그린 것이었다. 노랗게 바랜 종이 속 토끼는 초록색 작은 점으로 채워져 있었다. 전문가 솜씨도 아니고 아름답지도 않지만, 거기서 느껴지는 집중력이 마음에 들었다.

"**잘 봐요.**" 코니가 말했다.

나는 더 가까이 다가갔다. 두 귀는 높이가 서로 달랐고 작은 꼬리는 우스꽝스러웠다. 하지만 모두 강렬한 느낌을 주는 초록색이었다. 이윽고 몸뚱이를 칠한 작은 점이 작은 지문을 반복해서 찍은 것임을 알게 되었다.

그리고 아래쪽 구석에 이렇게 적혀 있었다. **코니에게. 사랑하는 로즈.**

*

나는 뒷걸음질 쳤다. 잠시 침대에 앉아야 했다. 코니는 조심스레 그림 액자를 벽에서 떼어내더니 몰약을 선물하는 동방박사처럼 손을 쭉 내밀고 다가왔다. "초록 토끼, 래빗이라 불린 여인을 위해." 코니가 말했다.

나는 그림을 보았다. 말을 할 수가 없었다.

"당신이 만든 거예요. 음, **엄밀히** 말하면 그렇진 않죠. 당신 엄마가 만들었어요. 그때 당신은 아직 어린 아기였으니, 아주 작은 손가락을 잡아서 초록색 물감을 묻혀 찍은 거죠."

눈이 저릿했다. 연이어 일어나는 일을 막을 수 없었다. 어머니가 작은 손가락을…… 내 손가락을 잡아 조심스럽게, 애정을 담아서, 아낌없이 그림에 무늬를 채워 넣었다. 처음이자 유일하게 우리가 함께 노력한 증거로 가득한 종이라고 생각하니 마음속에서 뭔가 찢어지는 것 같았다. 나는 울기 시작했다.

"당신이 이걸 가졌으면 해요. 그래야 할 것 같아요."

코니의 침대 끝에 얼마나 앉아 있었는지, 언제 울음을 그치고 내 곁에 놓인 그림을 집어 들었는지 잘 모르겠다. 코니가 옆에 앉아 내 손을 잡았다. "오, 로즈. 이런 날이 올지 늘 궁금했어요."

*

전부 꺼내놓고 보니 전에는 알지 못하던 것을 깨달았다. 이 설명을 한두 시간, 심지어 하루 오후에 다 들을 수 없음을. 또 한 번의 평생이 필요할지도 몰랐다. 나는 깔끔하게 정리된 정보를 재빨리 얻은 뒤 그 자리에서 이해하고 싶었다. 하지만 인생이란 그런 것이 아니고, 그 누구의 사연도 그렇지 않으며, 코니는 그걸 대부분의 사람보다 잘 알고 있었다.

그 대신 코니는 아래층에 내려가 차를 준비해달라고 부탁했다. 자신은 몇 분 뒤에 내려오겠다고 했다. 눈물과 기운이 바닥났지만 어머니에 대해 가장 크고 가장 인간적인 사실을 알게 된 데 힘을 얻은 나는 그 말에 따랐다. 어느 날 어머니가 초록 물감을 한 통 사러 가게에 들어갔으리라는 사실. 뉴욕 거리를 걸어가는 한 여자, 너무나 다정한 (사실 지극히 평범한) 모습이었다. 동시에 감동적이기도 했다. 어머니는 삼십사 년 뒤 내가 자신을 그렇게 생각하리라는 걸 몰랐으니까. 나도 유모차를 타고 같이 갔을까? 아니면 아파트에 있었을까? 그럼 누구랑 있었을까? 나는 검지를 문질렀다. 어머니가 그 손가락을 잡아 종이 위로 옮기는 장면을 상상해봤다. 홀린 듯이 주전자를 올리고 콘의 못생긴 머그잔 두 개를 집었다. 티백을 하나씩 넣고 창밖을 내다보았다. 나 자신에게서 완전히 새로운 면이 열리는 느낌이었다. 그저 가만있는 것 말고는 무엇도 할 수 없었다. 내가 그토록 찾던 것이었다.

"차 준비됐어요." 위층을 향해 외쳤다.

"가요." 코니가 대답했다.

나는 비스킷 통에서 펭귄 초콜릿 바를 하나 꺼내 코니를 위해 포장을 열어 작은 접시에 올려놓았다. 코니는 언제 그 그림을 액자에 넣었을까? 늘 가까이 두었을까? 왜 침실 벽에 걸어놓을 만큼 소중히 여겼을까? 코니가 그러기로 결정했다는 사실 덕에 감히 희망도 품지 못하던 것을 생각하게 되었다. 내가 코니에게 의미 있는 존재일지도 모른다고.

*

코니가 맞은편에 앉았다. 주방으로 들고 들어온 것을 테이블 위에 놓았다. 퍼스펙스 액자였다. 이십여 명이 선인장 벽으로 에워싸인 수영장 앞에 모여 찍은 사진이 들어 있었다. 나이 다른 남녀가 행복하게 웃고 있었다. 머리 모양과 옷으로 보아 80년대 같았다. 사진을 집어 들고 얼굴을 살펴보았다. 세 번째 줄 가운데쯤, 훨씬 젊지만 놓칠 수 없는 코니가 있었다. 날카로운 콧날과 섬세한 얼굴, 짧게 자른 머리와 커다란 귀고리, 게다가 오렌지색 바지 정장. 그 화려함이 내가 아는 코니와 어울리지 않지만 꼿꼿한 자세와 자신감은 알아볼 수 있었다. 그리고 또 다른 얼굴들, 끔찍하게 헐렁한 셔츠와 헤어젤로 고정한 머리, 데님 위에 겹쳐 입은 데님, 반짝이 장식과 어깨 패드.

"뒷줄에 있어요. 장례식 드레스를 입고." 콘이 말했다.

나는 심호흡을 하고 다시 보았다. 어머니를 난생처음 만나기 위해. 너무나 오랫동안 바라던 일이었다. 다른 사람들처럼 미소 지었지만 입을 다문 채 망설이는 표정의 여자. 어쩌면 사진 찍을 마음이 아니었을지도 모르겠다. 눈빛이 단호해서 거의 화난 듯이 보였다. 머리는 검은 색이었다. 검은 드레스를 입은 모습이 아주 젊어 보였고, 시대착오적인 차림새의 사람들 속에서 시대를 초월한 듯 보였다. 사진이 잘 받는 얼굴이라서 아마추어 스냅사진에서조차 남다른 아름다움이 눈에 띄었다. 악령을 쫓는 부적처럼, 목에 건 무언가를 쥐고 있었다.

"이 사람이에요." 코니가 말했다. "이 사람이 엘리스예요."

사실 나는 어머니를 알아보지 못했다. 어째서인지 항상 알아볼 거라고 생각했다. 하지만 막상 사진을 앞에 놓고 보니, 어머니에 대한 온갖 끝없는 생각에, 엘리스라는 이름에, 내가 쏟아부었던 희망과 두려움에 얼굴을 붙이고 보니 충격적이었다. 어머니가 너무 어리다는 사실만 눈에 들어왔다. 그리고 이 사진을 찍고 곧 어머니가 나를 임신한 걸 알게 되었다는 생각이 났다. 그 사실을 어머니가 어떻게 생각했을지 간절히 알고 싶었다.

"당신이 태어나기 전에 찍은 사진이에요." 코니도 나와 너무 비슷한 생각을 하다니 심란했다. "엘리스의 생일 파티였어요."

"어디죠?"

"로스앤젤레스예요." 코니가 말했다.

"로스앤젤레스요?"

"엘리스는 스물세 살이었어요. 잠시만요." 코니가 손을 내밀기에 사진을 넘겨주었다. "이날 밤부터 모든 게 틀어지기 시작했어요."

"틀어져요?"

코니가 나를 올려다보았다. "해피엔딩을 기다리나요?"

"전 해피엔딩을 믿지 않아요."

코니가 미소를 지었다. "믿어야 할지도 모르죠." 코니는 한숨을 쉬고 사진을 내게 도로 건넸다. "일주일 내내 당신 생각을 했어요. 당신이 감수했던 일들도. 엘리스 생각도 했어요. 해답을 원하는 걸 알아요, 로즈. 어떻게 해답을 주면 좋을지 생각했어요. 뭐라고 말할지, 어떻게 말할지. 그러다 깨달았죠. 실은 내가 이 일을 삼십 년 넘게 생각하고 있었다는 걸."

나는 버드월드 머그잔을 꼭 쥐었다. "저도 그랬어요."

"당신을 부르지 않는 편이 더 쉬웠을지 몰라요." 코니가 말했다.

"불러주셔서 기뻤어요."

"나는 숨지 않아요. 그런 사람이 아니니까. 당신도 마찬가지죠."

숨지 않았다면 삼십 년 동안 뭘 하고 있었는지 묻고 싶었다. 하지만 그건 현명하지 못한 행동이리라. 자기 말의 역설을 감지한 듯이 코니가 내게 주의를 돌렸다. "당신은 강해요, 로즈. 로라가 강했던 것만큼……."

"콘, 그런……."

"그래서 당신 어머니에 대해 이야기할 거예요. 내가 아는 걸 전부 다. 당신은 이 이야기를 들을 자격이 있으니까."

1983

43

병원에서 퇴원한 후 정말로 시간이 녹아나가기 시작했다. 아파트에는 시간이 존재하지 않았다. 출산 전에 어땠든 간에 이제 시간이란 손에 닿지 않는 거대한 태양계로 부풀어 오르고, 자신은 드넓은 숲 속 아주 작은 버섯을 깔고 앉아 아주 작은 로즈에게 젖을 먹이는 느낌이었다. 그리고 기저귀를 갈고, 기저귀를 갈고, 밤낮으로 기저귀를 갈았다. 설령 이 반복 속에서 찾아낼 은혜가 있다 해도 엘리스는 너무 빠르게 지쳐서 감사할 틈도 없었다. 시간이 아무 의미가 없었다.

맺은 돈 때문에 일주일 뒤 회사로 돌아갔다. 욜리가 일이 끝나면 찾아왔다. 처음으로 아기를 보았을 때는 눈을 반짝였다.

"네가 로즈구나. 비엔베니다•, 아가." 욜리는 시장에서 물건 무게를 가늠하듯이 아이를 손에 들었다. 로즈는 작은 손가락을 꼼지락거리면서 욜란다를 멍하니 올려다보았다. "가볍네."

"건강해요." 엘리스가 말했다.

• 스페인어로 '환영한다'라는 뜻

욜란다는 어깨를 으쓱였다. "울음소리는 크고?"

"그렇진 않아요."

"좀 있으면 그렇게 될 거야."

엘리스는 아이도 없으면서 무슨 근거로 하는 소리냐고 묻고 싶은 걸 참았다. 피곤하다는 이유로 멋대로 굴고 싶지 않았다. 그 대신 낡은 소파에 기대고 눈을 감았다.

"가서 샤워해, 엘리스. 땀 좀 씻어내. 내가 로사를 안고 있을게."

엘리스는 온몸으로 온수를 맞으며 늘어난 뱃살을 내려다보았다. 욕실에서 나가보니 창문으로 들어오는 오후 햇살이 테두리처럼 욜란다를 에워싸고 있었다. 숭배하듯 손가락으로 로즈의 뺨을 쓰다듬고 있었다.

아직 양수 속에서 떠다니고 싶다는 듯이 헤엄치는 것 같은 아이의 움직임을 지켜보며 욜란다와 엘리스는 경이감을 느꼈다. "헤엄치네. 수영을 잘할 거야." 엘리스는 욜리의 어깨에 머리를 기대고 잠들었고 욜리는 맷이 귀가할 때까지 로즈를 안고 앉아 텔레비전을 보았다.

*

젖 먹이기와 기저귀 갈기와 드문드문 잠들기뿐, 시간의 흐름조차 알 수 없는 기묘한 방식으로 이 주가 흘렀다. 엘리스와 아기는 아직 아파트에서 나가지 않았다. 맷이나 욜란다가 아기를 데리고 나가야 한다고 하면 엘리스는 재앙이 일어나는 환영에 시달렸다. 로즈의 유모차가 차에 치였다. 엘리스가 신호등 앞에 서서 가방을 뒤지는 동안 로즈를 도둑맞았다. 하지만 이내 실내에서도 환영이 시작되었다. 로즈가 분유 대신 잘못 놓인 표백제를 먹었다. 로즈를 주방 바닥에 눕혀 두었는데 카운터에서 커피포트가 날아가 끓는 물을 뒤집어썼다. 집 안팎 어디에서든 로즈를 계속 살려두는 행동이 감당하기 벅차다고 느껴지기 시작했다.

엘리스는 훌륭하고 강한 보호자가 되는 미래를 생각해보려 애쓰다가 꼼짝할 수 없게 되었다. 로즈가 엄마를 찾아 우는 순간이 두려워 잠을 잘 수도 없었다. 뉴욕의 습한 여름에 지치고 더러워진 채 요람으로 몸을 끌고 가 그 안에 든 존재를 보다가, 심장이 뛰는 자그마한 존재를 가슴에 안으면 몸은 예상치 못한 힘에 짓눌렸고, 정신은 형언하기 힘든 경험으로 휘청거렸다.

엘리스는 욜란다에게 와달라고 조르기 시작했다. 욜란다의 존재가 자신이 아기에게 무슨 짓을 하지 못하게 막아준다는 듯이. 엘리스는 마음속에 생겨나는 생각을 인정할 수 없었다. 아무것도 못 하는 아기에게 자신이 절대적인 힘을 갖고 있다는 생각. 그런 힘을 가질 자격이 없다는 생각. 딸이 생겼지만 돌볼 능력이 없다는 생각. 맷과 욜란다에게서 너무 많은 사랑을 받고 있지만, 어떻게 받아들여야 할지 모른다는 생각. 악몽이 낮까지 침범하는 느낌이었다. 자신은 의지할 만한 상대가 아니다. 이 일을 해낼 수 없다. 도저히 해낼 수 없다. 해낼 수 없다. 아이를 도저히 키울 수 없다.

*

어느 날 아침, 엘리스는 욜란다와 맷이 거실에서 나누는 말소리를 들었다. 다급하게 속삭이는 소리. 맷이 고통스러운 목소리로 이렇게 말했다. "어떻게 해야 할지 모르겠지만, 일을 그만둘 수는 없어요. 돈이 필요하니까요."

"상태가 안 좋아요." 욜란다가 말했다. "이건 정상이 아니에요."

"왜 여기 와 계신 거죠?" 맷이 말했다.

"당신이 없으니까요."

맷이 출근하고 로즈가 자는 사이, 욜란다는 엘리스를 욕실에 억지로 밀어 넣다시피 했다. 욜란다는 엘리스의 더러운 옷을 벗기고 욕조에 들어가게 한 뒤, 엘리스가 무릎을 꿇을 때까지 어깨를 눌러 앉히고 땀범벅이 된 몸을 씻겼다. 욜란다는 엘리스의 머리에 뜨거운 물과 샴푸로 거품을 낸 다음 깨끗이 헹궜다.

*

어느 날 오전, 로즈가 소리 지르며 우는데 엘리스는 속옷 차림으로 창밖만 멍하니 바라보고 있었다. 그 모습을 본 욜란다가 짜증으로 폭발했다. "애가 애를 키우는 거야, 엘리사?"

엘리스가 욜란다 쪽을 돌아보았다. "글쎄요."

"좀 잤어?"

"아뇨, 아기가 뭘 원하는지 모르겠어요."

"널 원하지." 욜란다는 마음이 누그러져 말했다.

"날 좋아하지 않아요." 엘리스가 말했다.

"정신 나간 소리."

"아기가 당신과 함께 있으면 조용해요."

사실이었다. 욜란다는 아이를 단호하지만 부드럽게 다뤘고, 엘리스가 잠을 청하는 동안 아이를 안은 채 끊임없이 말을 건네며 집 안을 돌아다녔다. 가끔 엘리스는 그 모습을 보며 로즈가 욜란다의 아기 같다고 느꼈다. 욜란다는 더 침착하게 엄마 노릇을 했다. 엘리스는 생각했다. 거리를 두고 사랑하는 것이 더 쉽다고.

*

로즈가 처음으로 보고 듣고 맛보고 냄새 맡을 것이 얼마나 많은지, 엘리스는 믿기 어려울 지경이었다. 그리고 그것을 다시, 또다시, 또다시 해야 하다니. "애한테는 선택권이 없지." 요람 옆에 서서 함께 딸을 내려다보면서 엘리스가 맷에게 말했다. 로즈는 다리를 구부린 채 조그마한 마라카스처럼 작은 발을 움직이고 있었다.

"무슨 말이야?" 맷이 경계하는 눈빛으로 물었다. 맷이 이런 식으로 경계한 지는 얼마 안 되었지만 엘리스는 이미 익숙해졌다.

"나 때문에 이런 상황에 놓였는데, 애한테는 선택권이 없었다고. 로즈는 이 세상에서 살아야 할 거야."

"잘 살 거야."

"하지만 아직 갈 길이 멀었잖아. 이제 겨우 생후 육 주야."

맷이 엘리스를 안으려 했지만 마네킹처럼 뻣뻣하게 서 있었다.

온 힘을 다해 싸우고 나서도, 삶을 잘 살기 위해 온갖 일을 다 하고 나서도, 자신을 제대로 기억하지 못하는 법이라고, 맷이 떠난 뒤 엘리스는 생각했다. 출산이나 죽음처럼 대단한 일이 벌어지면 자신에 대해 알게 되리라고 생각한다. 하지만 결국 자신을 제대로 기억하지는 못할 것이다.

로즈가 처음 하는 말을 듣게 될 것이다. 로즈는 물속에 몸이 들어가면 어떤지, 물방울이 가득한 액체가 새 살갗을 어떻게 왜곡시키는지 처음 알게 될 것이다. 발바닥을 아프게 누르는 자갈이 깔린 바다도 보게 될 것이다. 아이스크림을 처음 맛볼 때의 전율. 어린 시절 꿈속에 자꾸 나타나는 삽화. 어른이 되어 어떤 색채를 보면 어렴풋이 그리워지는 경험. 아이의 작은 몸에 비하면 늑대처럼 커다랗고, 아이의 살갗과는 너무나 다른 털로 뒤덮인 개가 짖어대는 위협. 서로 얼굴이 다른 여자들에게서 짤랑이는 보석. 낯선 들판 같은 아버지의 턱수염. 아버지는 그것을 자꾸자꾸 만져보게 할 것이다. 동물처럼 거친 털이 어느 날 사라졌다가 하루가 지나면 다시 자라날 것이다. 좋아하는 선생님의 따뜻한 향수. 처음 일어났다가 사라질 모든 감각과 확신들.

어쩌면 그래서 사람들이 아이를 가지는 모양이라고 엘리스는 생각했다. 자신이 겪은 일을 기억할 수 있도록. 광기를 만드는 레시피지만, 우리는 그것을 받아들이고 또 받아들인다. 달리 방법이 없으니까. 아니, 방법은 있다. 하지만 더 생각하고 싶지 않다.

엘리스는 천천히 요람에서 벗어났다. 물에 빠지는 느낌이었다. 이런 느낌은 처음이었다. 이런 사랑이나 두려움은 알지 못했다. 수영장에서 바바라와 함께 있던 코니를 보았을 때도 이렇지는 않았다. 어머니가 돌아가셨을 때도 이렇지는 않았다.

가끔 엘리스는 자신이 너무 지쳐 다른 종류의 광기로 넘어간 것이 아닌가 생각했다. 어떤 날에는 꼼짝도 할 수 없었다.

*

“옷 입어야지.” 욜란다가 말했다. “일어나, 엘리사. 내가 같이 갈게.” 욜란다는 엘리스의 눈빛에 두려움이 서리는 것을 보고 이렇게 덧붙였다.

그래서 엘리스는 시키는 대로, 로즈를 데리고 어빙 스퀘어 공원으로 나갔다. 유모차에 누운 로즈는 유모차에 비해 참 작아 보였다. 그들은 잎이 무성한 나무들이 드리운 겹겹의 그림자 속을 걸었다. "로지타는 건강해. 잘 자라고 있어." 욜란다가 말했다. "그런데 뭐가 문제야?"

"모르겠어요." 엘리스가 말했다. "우리 셔벗 먹어요."

셔벗, 소-베이•. 서서히 금 가고 있는 그녀의 마음처럼 둘로 갈라진 해변. 셔벗 가판대 앞에 서 있던 엘리스는 유모차를 그냥 여기 두고 가버릴 수도 있다고 생각했다. 부모가 되면 갖게 되지만 아무도 말하지 않는 엄청난 권력, 별 노력 없이 생겨나는 권력. 도무지 이해할 수 없었다! 진심으로 원하면 아이에게 그런 짓을 할 수 있는데 어떤 법이나 시험이나 절차도 나를 막을 수 없다니 끔찍했다.

엘리스는 유모차 손잡이를 꽉 잡고 눈을 감았다. 욜란다는 유모차에 대고 말했다. "햇빛 좀 보렴, 로지타. 얼마나 밝은지 보이니?"

*

그렇게 하루하루가 지났다. 엘리스는 맷이 귀가할 무렵이 되면 정신을 차리고 맷이 너무 염려하지 않도록 행동할 수 있었다. 하지만 욜리가 식당에서 낮 근무를 하거나 찾아올 수 없을 때, 그런 때가 가장 힘들었다. 로즈가 젖을 물지 않아서 규칙적으로 분유를 먹였고, 엘리스는 몇 시간씩 아무도 만나지 못했다. "엄마와 아기 모임 같은 데를 찾아보면 어떨까?" 맷이 어느 날 밤 함께 소파에 앉

• 셔벗sorbet의 영국식 발음이 톱saw와 만bay을 합친 것과 유사하다

아 있다가 말했다. 얼굴은 매우 지쳐 보였고, 근심으로 이맛살을 찡그리고 있었다.

"뭐?" 엘리스가 말했다.

"있잖아, 다른 아기 엄마들 사귀는 모임."

"알았어." 엘리스가 말했다.

*

포트 그린에서 모임을 한 곳 찾았다. 엘리스는 로즈를 슬링에 넣어 안고 버스에 탔다. 여자들은 바닥에 매트를 깔고 앉아 아기를 옆에 두고 놀아주며 서로 이야기를 나눴다. 엘리스는 다른 엄마들보다 훨씬 젊은 편이었다. 그들은 엘리스를 보고 미소 지었다. 다들 정상으로 보였다. 밝고 따뜻한 주최자 프랜신이 엘리스와 로즈를 환영했다. "이리 와서 앉아요. 주스 한잔할래요? 아님 커피?"

"물 주세요." 입이 말랐고 조난당한 느낌이었다.

그들은 농장 동물이 나오는 노래를 부르기 시작했다. 아기를 안아 들고서 암소와 돼지, 수탉과 양이 되어 함께 노래를 불렀다. 엘리스는 그들의 복화술, 그들의 재주, 지친 와중에도 애정 가득한 미소가 신기했다. 아기들은 넋을 놓고 들었다. 작은 입을 벌리고, 갓 뜨기 시작한 눈으로 엄마의 커다란 입을 살폈다. 엘리스도 노래하려 했지만 좋은 소리가 나오지 않았다. 음이 맞지 않았다. 꽥꽥거리며 괴상한 소리가 났다. 엘리스는 두려워하며 프랜신을 보았는데 놀랍게도 이미 엘리스를 보고 있었다. 프랜신은 격려하듯 미소를 지었다. 엘리스는 속에서 흐느낌이 밀려 나오는 것을 느꼈다. 얼마나 참을 수 있을지 알 수 없었다. 너무 쓸모없고 잘못되고 통제할 수 없는 존재가 되어버린 기분이었다. 혼자일 때는 훨씬 더 쉬웠다. 서핑을 하고, 산책을 하고, 모델이 되고, 자신을 필요로 하는 사람이나 자신이 사랑해줄 사람 하나 없이 가만히 앉아 있으면 되었다. 고개를 숙였더니 누가 어깨에 손을 얹었다. 프랜신이 귓가에 부드럽게 속삭였다. "나 잠깐 볼까요, 엘리스."

*

엘리스는 주민회관 옆 작은 사무실에서 로즈를 무릎에 눕힌 뒤 프랜신을 마주 보고 앉았다. "두려워요." 엘리스 자신이 이렇게 말하는 소리가 들렸다. "두려워요."

"뭐가 두려워요?"

"모르겠어요."

"엘리스. 의사를 좀 만나봐야 할 것 같아요. 남편과 병원에 가보세요."

"알았어요." 엘리스가 말했다.

*

이런 기분이 들어도 괜찮다고 말해주는 사람은 없었다. 다 지나갈 것이라고 말해주는 대신 사람들은 항상 엘리스에게 어딘가에 가보라고 제안했다. 포트 그린의 아기 엄마 모임 참석에 실패한 뒤, 엘리스는 맨해튼 깊숙이 (타임스 스퀘어로) 들어가보기로 마음먹었다. 로즈가 타임스 스퀘어를 본 적이 없었으니까. 누군가의 머릿속을 뒤집어놓은 듯한 화면들, 번쩍이는 불빛, 수천 명의 사람이 모인 광경을 보면 좋을 것 같았다. 광기를 보고 거기서 달아나는 경험을 해보면 좋을 것 같았다. 로즈를 유모차에서 꺼내 높이 들고 세상의 한 모퉁이가 어떻게 생겼는지 보여줄 수 있었다.

엘리스는 사람들 무리 쪽으로 유모차를 돌려 인파를 뚫고 계속 밀었다. **좋았어!** 엘리스가 생각했다. **로즈는 사람이 많은 데 와도 괜찮네.**

이윽고 엘리스는 고개를 든 채 우뚝 멈춰 섰다. 머리 위에 바버라 로든의 거대한 사진이 버티고 있었다. 바버라의 머리는 보통 머리보다 스무 배는 더 컸고, 눈은 접시처럼(아름답고, 검고, 빛나는 접시!) 그윽한 갈색에 완벽한 속눈썹으로 에워싸여 있었다. 붉게 칠해 반짝이는 여신의 입이 빛나고 있었다. 광대뼈에는 구릿빛 색조 화장품을 살짝 발라서 자기 인식이 확고하며 권력을 가진 여인이라는 인상을 주었다. 전혀 인간 같지 않았다. 너무나 **거대**했다. 엘리스는 토할 것 같았다.

수천 명의 사람이 흘러갔지만 저 위의 바버라만 진짜처럼 느껴졌다.

〈하트랜즈〉, 바버라 로든 & 돈 걸릭 주연. 포스터에 그렇게 적혀 있었다. **9월 3일 대개봉**. 마케팅팀의 누군가가 이런 문구를 뽑아놓았다. **마음은 그녀의 고향이었다**. 엘리스는 코니가 그 문구를 혐오하고 비웃었을 거라고 생각했다.

돈 걸릭의 얼굴이 바버라의 얼굴 옆에 있었다. 어깨를 나란히 하고 세상을 바꾸려는 군인들처럼 보였다. 두 사람이 연인 관계이긴 하지만, 서로 아련한 눈빛으로 바라보지 않으니 정교하고 도전적인 느낌이었다. 제대로 만든 이미지였다. 《밀랍 심장》은 결혼으로 완성되는 사랑에 관한 이야기가 아니기 때문이었다. 독신 여성의 책이자 페미니스트 서적이었다. 레즈비언에 대한 찬양이 숨어 있다고 주장할 수도 있겠지만, 할리우드는 그런 작은 디테일은 넘겨버렸다.

사실 포스터에는 바바라만 나와야 했다. 하지만 제아무리 아름답고 강한 바바라 로든이라도 혼자서 박스 오피스를 흔들 수는 없었다. 엘리스는 그런 일은 없을 거라던 콘의 말을 기억했다. 바바라 곁에는 남자가 필요하다고.

코니. 엘리스가 마음속으로 생각했다. **어디 있어요?**

몇 분 동안 바바라의 얼굴을 응시하던 엘리스는 세상이 멈추지 않는다는 사실에 슬픔이 차오르는 것을 느꼈다. 코니에게 포스터를 봤다고 말하고 싶었다. 코니에게 자신이 얼마나 외로운지, 얼마나 슬프고, 얼마나 작은지, 얼마나 두려운지 말하고 싶었다. 아기 이름이 로즈라고 말하고 싶었다. 로즈가 전부인데, 동시에 전부 사라졌다고.

"어이, 아주머니, 좀비요?" 누군가 말했다. 누군가 비켜달라고 엘리스를 툭 건드렸다. 엘리스는 깜짝 놀라 유모차를 밀고 아파트 쪽으로 향했다.

44

의사는 미드타운의 웅장하고 오래된 건물 6층에서 진료를 했다. 짙은 색 패널로 내부를 장식하고 두꺼운 잡지를 놓아두었으며 덧창으로 자연광을 차단한 대기실을 지나면 진료실이었다. 장식이라고는 무늬 없는 하얀 시계뿐이었다. 벽도, 다른 모든 것도 흰색인 진료실에 들어서자 엘리스는 일부러 그렇게 꾸민 것인지 궁금했다. 내키지 않지만 사방에 보호막 하나 없이 노출된 벌레가 된 기분이었다.

"왜 여기 왔는지 알고 있나요?" 의사가 물었다. 보통 '배리어스 선생님'이라고 불리겠지만, 엘리스는 그녀를 뭐라고 불러야 할지는커녕 무슨 과목 의사인지조차 알 수 없었다. 맷이 필사적인 얼굴로 다급하게 예약한 곳이었다.

"《초록 토끼》 읽어보셨어요?" 엘리스가 반문했다.

의사가 고개를 갸우뚱하고는 문 쪽을 흘깃 보았다. 문 너머에는 짙은 색 패널 대기실과 맷과 로즈가 있었다.

"뭘 읽었냐고요, 엘리스?"

"《초록 토끼》요."

"아뇨."

"읽어보세요." 엘리스가 말했다. 엘리스는 의사가 자기 두피의 기름기를 볼 수 있는지 궁금했다. 대답하는 데는 관심이 없었다. 할 대답이 없었다. 핸드백 속에 《초록 토끼》가 들어 있었다. 날마다 다시 읽었다. 맷은 엘리스가 그 책을 읽는 걸 보고 화를 냈다. 그는 코니의 글을 읽어봐야 좋을 게 없다고 생각했다. **나에 대한 책이야.** 엘리스가 말했다. **코니가 나를 잃는 과정이라고.**

"그럴게요." 의사가 말했다. "당신이 좋은 책이라고 생각한다면 말이에요."

"그렇게 생각해요."

의사는 노트에 뭐라고 적었다. 엘리스는 그녀가 칠십대일 거라고 생각했다. 짧은 회색 머리에 뿔테 안경을 쓰고 있었다. 결혼반지를 꼈는데, 오닉스로 보이는 오래된 검은 보석이 끼워져 있었다. 엘리스는 그녀가 남편과 사별했는지 궁금했다. 아주 많은 남자가 배우자보다 먼저 사망하니까. 의사의 펜은 값비싸고 묵직한 것이었다. 위에서 거꾸로 보아도, 그녀의 글씨는 전성기 아라비아의 것처럼 정교했다. 엘리스는 기미가 살짝 생긴 그녀의 손을 보았다. **언젠가 나도 저렇게 늙겠지.** 엘리스는 생각했다. **나도 저렇게 우아하면 좋겠다.** 칠십대가 되다니! 자신의 삶은 간단히 무시해버린 엘리스는, 의사의 삶이 실제로 어땠는지 전혀 모른다는 것을 알면서도 그 삶을 원했다. 밖에서 차들이 빵빵거렸지만 엘리스에게 보이는 건 하늘뿐이었다.

"엘리스, 다쳤군요." 의사가 아름다운 펜을 내려놓으며 부드럽게 말했다.

무례하다. 도발적이다. 의사가 판단할 사안이 아니다. "그 이야기는 할 필요 없어요." 엘리스는 무릎을 내려다보며 말했다. 긴장이 풀리고 침착해진 느낌이었다. 맷은 엘리스가 태평양의 파도에 몸을 던져 온몸에 생긴 멍에 대해서는 아무 말도 한 적 없었다. 코니는 상처에 대해 말했다. 계단에 몸을 던진다고 해서 지금과 뭐가 다르단 말인가.

"당신을 사랑하는 사람들이 이야기할 필요가 있다고 생각해요." 의사가 말했다. "남편분도."

엘리스는 아무 말도 하지 않았다. 목걸이를 집어 들고 E자 장식을 체인에서 이리저리 움직였다.

"남편분이 걱정을 많이 해요." 의사가 말했다.

"남편 아니에요. 그리고 걱정하긴 좀 늦었어요."

"무슨 말인가요?"

"전 괜찮아요. 아기가 태어나서 힘들었지만 괜찮아요."

"아기가 지금 몇 살이죠?"

"두 달 됐어요."

"근처에 부모님이 계신가요?"

"아버지와는 연락하지 않아요."

"그럼 어머니는요?"

"돌아가셨어요."

의사는 펜을 내려놓았다. "유감이군요. 맷에게도 그 이야기를 하나요?"

"아뇨. 어머니는 뇌종양으로 돌아가셨어요. 맷도 알아요."

"그렇군요." 의사가 말했다.

맷이 아는 것은 맞다. 하지만 퍼트리샤가 언어를 잊어버렸고, 말을 다시 배운 뒤에는 말투와 눈빛이 달라졌으며, 다른 여자로 바뀌어 엘리스가 공감할 수 없는 존재가 되어버렸다는 이야기는 하지 않았다. 어머니 머릿속에 끈질기게 새 종양이 자랐고, 사라지지 않는 줄기에 들러붙어 악성 조롱박으로 부풀었다는 이야기하지 않았다. 엘리스는 눈을 감았다. 눈을 다시 뜨니 의사가 여전히 보고 있었다. "어머니가 돌아가셨을 때 몇 살이었죠, 엘리스?"

"아홉 살요."

"그렇군요."

"전 괜찮아요. 엄마 때문이 아니에요."

"눈을 다시 감아보세요. 그렇게 해주겠어요?"

엘리스는 눈을 감았다.

"이제 숨을 천천히 쉬세요. 여기, 이 방에 가만히 계세요. 할 수 있다면 이야기해보세요. 딸에 대해 생각하면 무슨 단어가 떠오르나요?"

엘리스는 심호흡을 했다. 로즈가 작은 눈으로 아파트 천장을 바라보고, 작은 분홍빛 주먹으로 욜란다의 목에 걸린 성모상 금 목걸이를 쥐는 모습이 보였다. "**닿는 것.**" 엘리스가 의사에게 말했다. "**머리. 냄새. 좋은 것.**" 엘리스는 눈을 번쩍 떴다. "바보 같은 짓이에요." 흐느낌이 치밀자 꾹 눌렀다.

"다시 눈을 감으세요." 의사가 여전히 부드러운 음성으로 말했다. "조금 천천히 해보세요. 숨을 쉬면서. 자신에 대해 생각하면 무슨 단어가 생각나죠?"

엘리스는 다시 시키는 대로 했다. 눈을 감고 벽에 걸린 시계 소리를 들었다. 단어를 떠올려보려고 했다. 로즈에 대한 건 쉬웠다. 로즈는 분명하고, 무력하며, 특별한 존재로 **거기** 있었다. 하지만 에펠탑의 높이를 가늠할 수 없듯이 자신에 대한 단어를 찾을 수 없었다. 아무것도 떠오르지 않았다. "아무것도 생각 안 나요." 엘리스가 말했다. "아무것도." 눈물이 흘렀다. 자신에겐 아무런 단어가 없었다.

의사는 가죽의자에 등을 기댔다. "좋아요, 엘리스. 괜찮아요. 티슈를 쓰세요. 여기서 하는 말은 우리 둘만의 비밀이에요."

"맷에게 말할 거잖아요."

의사는 손깍지를 껴서 무릎 위에 올렸다. "아니에요. 왜 내가 그럴 거라고 생각해요?"

"맷이 이해해야 하니까요. 맷은 이해하고 싶어해요. 그래서 나를 여기로 데려왔죠."

"**이해**요?"

엘리스는 한숨을 쉬고 다시 목걸이를 집어 들고 뺨에 문질렀다. "예쁜 목걸이군요." 의사가 말했다. "맷이 줬나요?"

엘리스는 목걸이를 도로 떨어뜨렸다. "아뇨."

의사는 잠시 말을 멈췄다. "엘리스, 당신은 설명할 수 없는 일들을 겪었어요." 한참 만에 의사가 말했다.

"그건 터무니없는 과장이에요."

"출산은 쉬운 일이 아니에요."

"수백만 명이 하고 있어요."

"그렇다고 쉽다는 뜻은 아니죠. 어머니가 되는 법을 배우는 것도 마찬가지예요. 딸이 되는 법을 배우는 것도 그렇죠. 안내서를 주지 않아요." 의사가 다시 말을 멈췄다. "어머니를 그렇게 잃는 건 쉬울 리가 없죠."

"아이 있으세요?"

"아뇨, 없어요."

"그러면서 알긴 **개뿔**."

의사는 미소를 지었다. "그럴지도 모르죠. 그런 감정을 누구에게 이야기했나요?"

"선생님요? 전 괜찮아요. 그냥 피곤해서 그래요. 가도 되죠?"

"약을 좀 처방해주고 싶어요, 엘리스. 조금만. 한번 먹어볼래요?"

"좋아요." 엘리스가 말했다.

"그리고 일주일쯤 뒤에 다시 와주면 좋겠어요."

"좋아요." 엘리스는 이렇게 말했지만 오지 않을 생각이었다.

45

엘리스는 약을 먹을 필요가 없다고 판단했다. 그저 침착한 마음으로 정신을 똑바로 차리기만 하면 된다. 약에 취할 필요는 없었다. 엘리스는 다시 지붕이 내려앉는 집에 갇힌 소녀의 꿈을 꾸었다. 놀라 깨면서 코니가 옆에 누워 있을 거라고 생각했다. 하지만 옆에는 맷이 있었고 로즈가 요람에서 자고 있었다.

9월 3일, 엘리스는 로즈를 슬링에 넣어 안고 나소 스트리트와 풀턴 스트리트가 교차하는 지점에 있는 영화관에 갔다. 매표소 판매원이 엘리스를 빤히 보았다.

"왜요?" 엘리스가 말했다.

"아무것도 아니에요." 판매원이 말했다.

"〈하트랜즈〉 한 장 주세요."

엘리스는 표를 사서 어둠 속에 앉았다. 영화를 보기 시작하면서 바바라를 미워하고 싶었고, 그러려고 노력했지만 불가능했다. 그녀의 경력을 대표할 만한 탁월한 연기였다. 바바라는 얼굴뿐 아니라 온몸이 카메라를 위해 태어난 존재였다. 그녀의 눈은 말없이 이야기를 전달했다.

이상했다. 바바라는 실제로는 그렇게 생기지 않았다. 하지만 카메라와 조명이 있으면 인물이 그녀 속에 자리를 잡았고, 뺨과 입가를 촬영하는 각도가 불안과 유혹을 창조해냈다. 그녀는 다른 사람이 되었다. 대본과 연출과 촬영이 너무 뛰어났다. 영화관 중앙 복도로 걸어 나오며 팝콘이 흩어진 흐릿한 무늬의 카펫을 내려다보던 엘리스는 울고 있었다.

코니가 바바라와 함께 자신에게 저지른 짓 때문이 아니었다. 자신과 맷이 샤라와 코니에게 저지른 짓 때문도 아니었다. 그 영화가 자기 삶이 얼마나 천박한지 보여주었기 때문에 엘리스는 울고 있었다. 영화 속 세상은 아름답고 견고했다. 그쪽이 더 현실의 삶처럼 느껴졌다. 엘리스는 뉴욕이 자신에게 견고함을 선사할 줄 알았다. 그렇지 않았다.

엘리스는 나소 스트리트 주변을 계속 걸었다. 풀턴 스트리트를 지나 골드 스트리트까지 가서 브루클린 브리지를 건넜다. 로즈는 곤히 잠들어 있었다. 발밑에서 자동차들이 천둥소리를 내며 지나가는 다리 한가운데 멈춰 섰다. 어두워지고 있었다. 몇 시간째 밖에 나와 있었다. 해가 지면서 맨해튼이 불빛을 반짝였다. 허드슨 강은 고요했다.

나는 뭘 하고 있지? 엘리스가 자문했다. **어떻게 이 모든 일이 일어난 걸까?** 엘리스는 문득, 곧장 JFK 공항으로 가서 비행기를 타고 캘리포니아로 간 뒤 택시를 타고 말리부로 가서 샤라의 집 문을 두드리고, 샤라의 팔에 로즈를 안겨주는 상상을 했다. **당신 가져요!** 엘리스는 이렇게 말할 생각이었다. **알겠죠? 당신을 위해서 했어요. 당신이 시킨 대로.** 그러면 샤라는 아기를 받을 것이고, 세상 모든 것이 바로 잡힐 것이다.

엘리스는 당장 다리의 강철 구조물 위로 기어 올라가는 상상을 했다. 누가 내려오라고 말릴까? 누가 자신이 물속으로 뛰어드는 모습을 볼까?

*

코버트 스트리트에 있는 아파트에 도착하는 데 두 시간 넘게 걸렸다. 그때가 되자 로즈는 울고 있었다. 집에 들어가니 맷이 거실에서 안절부절못하고 있었다. 그는 정신 나간 표정의 엘리스를 보더니 얼어붙었다. "세상에." 그는 이렇게 말하고 엘리스에게 다가와 양팔을 붙잡았다. "대체 어디 갔었어?"

"뭐?"

"몇 시간이나 기다렸다고. 경찰에 신고할 뻔……."

"극장에 갔다 왔어."

맷이 소파에 주저앉았다. 그러고는 얼굴을 감싸 쥐고 울었다.

"왜 그래?" 엘리스가 놀라서 물었다.

"더는 못 하겠어." 맷이 말했다.

"뭘 못 해?"

맷은 엘리스를 향해, 방 안과 로즈를 향해 미친 듯이 손을 휘저었다. "이건 미친 짓이야, 엘. 우리가 무슨 짓을 한 거지? 당신이 어디 있는지 알 수가 없고, 당신이 어떤 상태인지도 몰라. 당신은 병원에도 안 가고, 약도 안 먹고……."

"욜리네 집에 갈게." 엘리스가 말했다. "나랑 로즈는 욜리한테 갈 거야."

맷이 두려운 표정으로 보았다. "뭐?"

"욜리한테 가서 함께 지낸다고."
"욜란다는 당신이 이러는 거 알아?"
"괜찮을 거야."
맷은 얼굴이 눈물에 젖은 채 일어났다. "도저히 이해를 못 하겠어. 남의 집에 당신 멋대로 쳐들어갈 순 없어…… 당신 상태도 좋지 않고……."
"괜찮아, 맷. 욜리는 날 이해해. 로즈를 돌볼 줄도 알고. 나는 욜리가 필요해."
"하지만 내가 로즈의 **아빠**라고."
"잠시만이야. 물론 찾아와도 돼. 그냥…… 여기 더는 못 있겠어."

*

맷은 엘리스를 막지 않았다. 그럴 거라는 걸 엘리스는 알고 있었다. 막는 건 잔인한 짓이고, 맷은 잔인한 사람이 아니었다. 엘리스가 갓난아기를 데리고 친구 집에서 지내고 싶어 하면 내버려둘 것이다. 혹시 막았더라도 엘리스는 맷이 직장에 있을 때 빠져나갔을 것이다. 맷은 엘리스를 도와 욜란다의 집으로 가져가도록 요람을 분해까지 해줬다. 일단 진정하고 나자 맷이 안도한다는 것을 엘리스는 알 수 있었다. 마침내 뭔가 변하고 있었다. 엘리스는 결정을 내렸다.
맷은 욜란다의 아파트까지 함께 가주었다. 욜란다는 두 사람을 보고도 놀란 표정을 짓지 않았다.
"집세는 낼게요." 엘리스가 말했다.
욜란다는 손사래를 쳤다. "나중에."

엘리스는 짐 가방을 들여놓으려고 욜란다에게 로즈를 안겼다. 그리고 맷을 돌아보았다. 새 아파트를 배경으로, 바깥에 나와 있으니 아주 오랜만에 처음 보는 사람처럼 엘리스를 보고 있었다. 그의 얼굴은 잿빛이고 지쳐 보였다. "괜찮을 거야." 엘리스가 말했다.

"그러면 좋겠어." 맷이 대답했다.

46

두 달 동안 엘리스는 욜란다 집에서 살았다. 맷과 사는 것보다 확실히 더 나았다. 욜란다는 가정식 요리를 잘했고, 튀긴 돼지고기를 넣은 모퐁고•, 레몬과 럼과 마늘로 양념한 튀긴 닭다리, 쇠고기 간 것과 플렌테인••을 넣은 알카푸리아•••는 엘리스의 허전한 배 속을 채워주었다. 욜란다가 식당 일을 마치고 집에 와서 이렇게 맛있는 것을 먹여주리라고 생각하면, 엘리스는 말로 표현하기는커녕 이해하기도 힘든 위안을 느꼈다.

욜란다는 하나뿐인 침대를 엘리스에게 내주고 매일 저녁 소파에서 잤다. 로즈가 다시 조립한 요람에서 끵끵거리고 있을 때, 엘리스는 욜란다의 매트리스에 감사한 마음으로 누워 별처럼 팔다리를 쫙 펴고서 내일은 욜리에게 침대를 돌려주겠다고 저녁마다 다짐했다. 하지만 욜란다는 그 이야기를 꺼내지 않았고, 매일 밤 엘리스는 침대를 거부하지 못했다.

• 푸에르토리코의 볶음 요리
•• 채소처럼 요리에 쓰는 바나나 비슷한 열매
••• 재료를 갈아서 빵가루를 입혀 튀긴 크로켓과 비슷한 요리

맷은 엘리스와 로즈를 둘 다 보고 싶어 했지만, 엘리스는 저녁때 찾아오면 잠든 로즈를 깨우지 못하게 했다. 주말이면 맷을 피하기는 더 어려웠다. 중간에 낀 욜란다가 엘리스를 설득하려 했다.

"계속 숨을 순 없어." 욜란다가 말했다. "그리고 로지타는 **아빠**가 필요해."

"내가 여기 있는 게 싫은 거죠?" 엘리스가 말했다. "내가 나가길 바라는군요."

"아니, 아니야." 욜란다는 한숨을 쉬며 말했고 엘리스는 친구를 이렇게 쉽게 조종하는 것이 미안했다. 이런 말과 비난이 입에서 너무 쉽게 튀어나왔다.

"병원에 가서 진찰을 받아보면 어떨까, 엘리?" 욜란다가 사정했다. "잘 먹는 건 다행이지만, 아파트에서 나가려고 하지 않으니 걱정이 돼. 상자 안에 갇혀 살 셈이야?"

"그게 어때서요? 구두 속에서 산 여자도 있는데."

욜란다가 어리둥절한 표정으로 보았다. "구두 속에 어떻게 들어갔대?"

엘리스는 웃었다. "큰 구두였어요."

욜란다는 불편한 표정을 지었다. "미하, 말 좀 해봐. 둘 사이는 끝난 거야?"

"네." 엘리스는 방금 막 깨달았다는 듯이 말했다. "그래요, 끝났어요."

*

며칠은 몇 주가 되었고, 몇 주는 한 달이 되었다. 결국 욜란다는 지친 표정과 무거운 동작으로 엘리스를 소파에 앉히더니 맷을 만나 상황을 의논했다고 말했다.

엘리스는 충격을 받았다. "나에 대해 불평하러 맷을 만났다고요?" 엘리스가 말했다.

"아니, 엘리. 그냥 네가 걱정돼서 그래. 널 사랑하지만 여기서 영영 살 수는 없어."

"그 사람한테 뭐라고 말했어요?"

"로지타는 잘 있다고 했어. 네가 이제 전보다 더 많이 먹는다고 했고. 하지만 밖에 안 나가고. 씻지도 않는다고."

엘리스는 무의식적으로 자기 머리카락을 만졌다. "나한테서 냄새나요?"

욜란다는 아니라고 했다. "맷이 누구한테 전화를 했어. 어떤 여자였어."

"여자요?"

"이름이 콘스턴스야."

엘리스가 벌떡 일어났다. "욜리, 농담하는 거예요?"

욜란다의 얼굴에 불안이 스쳤다. "아니. 농담하는 거 아니야. 내가 웃는 걸로 보여?"

"코니에게 전화를 했다고요?"

"여기 찾아온다고 했어." 올란다가 말했다. "맷이 그 여자가 네 친구라던데. 그 사람을 보면 네가 행복할 거라고."

"여기 온다고요?"

"응." 욜란다의 표정이 어두워졌다. "집 안을 청소해야 해."

"언제 오는데요?"

욜란다는 소파에서 불편한 듯 몸을 움직였다. "내일."

"말도 안 돼."

"그래도 그 사람을 만날 거지? 친구가 런던에서 여기까지 오는데 그냥 돌려보낼 순 없지."

*

욜란다는 식당 일을 하러 갔고 엘리스는 진공청소기를 꺼내 바닥을 청소했다. 강한 소독약을 써서 욕실 세면대와 수도꼭지와 바닥을 닦았다. 욕조에서 쿠션 커버를 빨고 말리는 동안 솜을 두드렸다. 교장에게 문제아를 넘기듯이 자신을 코니에게 이런 식으로 떠넘기다니, 맷에게 전화해 따지고 싶었다. 하지만 그럼 맷은 집을 나간 사람은 엘리스라고 말할 것이다. 맷은 지독하게 비겁했다.

엘리스는 머리를 감고(두 번) 부스스한 끝을 잘라낸 뒤, 내일이 되면 구불거리도록 가느다란 머리카락을 돌돌 말아 올렸다. 빨래 바구니에 운동복 바지를 벗어 넣었다. 로즈를 슬링에 넣어 안고 밖에 나가 백합 몇 송이(물론 장미도)를 샀고, 자주 가는 터키 베이커리에서 피스타치오 케이크, 식료품점에서 영국 홍차를 샀다.

욜리의 집에 돌아온 뒤, 엘리스는 옷장에서 검은색 드레스를 찾았다. 조금 헐렁할지 모르지만 어울릴 것 같았다. 그 드레스도 욕조에서 빨면서 쿠션 커버처럼 내일까지 마르기를 기도했다. 하지만 이내 마르지 않을 거라는 생각이 들어서 다시 모퉁이 세탁소로 가져갔다.

"저녁에 외출하시나 봐요?" 세탁소 직원이 물었다.

"그런 셈이죠."

드레스는 깨끗하게 말라 좋은 냄새가 났다. 엘리스는 새것처럼 되어 희망을 불러일으키는 드레스에 얼굴을 묻었다. 컴컴하고 이상해서 한 번도 들어간 적 없는 (예전이라면 가장 먼저 찾아갔겠지만) 세탁소 옆 중고품 상점에서 조그만 핑크색 새틴 전등갓을 발견했다. 아파트로 돌아와 욜리의 알전구에 전등갓을 씌우자 벽에 불그스름한 빛이 퍼졌다. 내일 코니가 온다. 코니가 온다!

*

내일이 오자, 오전에서 오후로 이어지는 기다림이 끝이 없는 것 같았다. 커버가 말라서 쿠션에 씌우고 소파 등받이에 줄지어 솜씨 좋게 늘어놓았다.

엘리스에게 충격을 주어 움직이게 하는 목표를 이룬 욜란다는 그 결과가 걱정스러운 모양이었다. "내가 함께 있어줄까?" 욜란다가 말했다.

"아뇨, 욜리. 괜찮아요. 혼자서 해야 하는 일이에요."

"그 여자 마녀 아니야? 널 보니 알겠다. 그 여자가 네게 마법을 걸었어."

"그런 거 아니에요. 난 멀쩡해요."

"음, 내가 필요하면, 응? 식당으로 전화해, 알겠지? 전화기에 번호는 적혀 있어."

욜란다는 아파트를 나섰다. 그 순간이 서로 마지막이 될 줄은 둘 다 알지 못했다. 엘리스는 장미와 백합에 가급적 신선한 물을 주려고 화병의 물을 또 갈았다. 그리고 피스타치오 케이크를 완벽하게 여덟 쪽으로 잘랐다. 찻잔을 한 번 더 씻었다. 하지만 이 모든 행동이 멀게만 느껴졌다. 코니가 올 때까지 아무것도 할 수 없었다.

코니가 지금 맨해튼에 있다니. 엘리스는 딴 데 주의를 돌리려고 욜란다가 장보기 리스트로 쓰는 노트에서 종이 한 장을 찢어 펜으로 커다란 토끼를 그렸다. 그림을 앞에 놓고 앉아 한참동안 코니에 대해 생각했다. 인생은 참 이상하지 않은가…… 전 남자친구가 코니를 데려오다니. 그리고 인생은 기적이 아닌가, 코니가 오고 싶어 하다니. 할 이야기가 너무 많고 서로 용서할 일도 너무 많았다.

엘리스는 결국 흥분했음을 스스로 인정했다. 코니가 무척 그리웠다. 몸속에서 다시 사랑이 솟구치는 느낌이 들었다. 그것이 죽은 줄 알았는데 돌아오고 있었다. 코니도 마찬가지였다.

"토끼에 칠할 물감 사러 나갈까?" 엘리스가 딸에게 속삭였다.

아기를 슬링에 넣어 안고, 엘리스는 보도를 천천히 걸으며 초록색 물감 파는 곳을 찾았다. 코니에게 이 선물을 주려면 물감을 구하는 일이 너무 중요했다.

어린이용 물감을 몇 개 파는 가게를 발견했다. 선반 위에서 조그만 초록색 물감통을 낚아챘다. 질은 아주 별로지만 리지우드에서 구할 수 있는 최선이었다. 점원 머리 위 시계가 거의 2시를 가리키고 있었다. **코니가 올 때 허둥거릴 순 없어.** 엘리스가 생각했다.

*

욜리의 아파트에 돌아온 엘리스는 로즈를 무릎에 앉혔다. 물감 뚜껑을 열고 아기 오른손 검지를 물감에 살짝 담갔다. 로즈는 아무것도 모르고 있는데, 엘리스는 그 손을 종이 위에 올리고 토끼 그림 안쪽에 초록 점을 찍기 시작했다. 토끼의 몸에 점묘화 효과가 생겨나도록 로즈의 손을 움직였다.

"홍역 걸린 것 같네." 엘리스는 이렇게 말했지만 기뻤다. 로즈도 함께 만든 선물이니까. 코니는 그걸 알아주리라. 엘리스는 욕실 세면대에서 아기 손가락을 씻기다가 로즈의 손가락 밑에 초록색 초승달이 생긴 것을 보았다. 평생 본 것 중 가장 작은 달이었다.

엘리스는 그림에 뭐라고 적을지 궁리했다. **환영합니다**. 아니, 코니는 요란 떠는 걸 싫어했다. **코니에게. 사랑하는 로즈**. 종이 하단에 이렇게 적었다. 물감이 빨리 마르지 않았다.

엘리스는 깨끗한 검정 드레스를 입고 욜리의 침대 옆 탁자에서 립스틱을 꺼냈다. 가능한 한 예전의 자신과 비슷하도록, 가면처럼 얼굴을 칠했다. 틀어 올려둔 머리를 풀자 머리카락이 구불거렸다. 거울 앞에 서서 자신을 보았다. 효과가 있어야 했다. 목에 걸린 목걸이, 코니의 선물을 만져보았다. 끝없이 만지작거려서 이제 광택이 조금 사라졌다.

초인종이 울렸다.

*

로즈는 거실의 작은 러그 위에 누워 조가비 같은 주먹을 허공에 대고 부드럽게 흔들고 있었다. 엘리스는 아기를 안아 들고 현관까지 짧은 복도를 걸어갔다. 그제야 맨다리임을 깨달았다. 타이츠도 신지 않고, 로션도 바르지 않았다. 걱정하기엔 너무 늦었다. 아래층 현관을 여는 버튼을 누르고 로즈를 끌어안고, 벽을 등지고, 두근거리는 가슴으로 기다렸다. 머리 오른쪽에서 문 두드리는 소리가 들리자 망설임 없이 문을 당겨 열었다.

"코니." 엘리스가 말했다. "안녕하세요."

엘리스의 머리가 자라는 동안 코니의 머리는 짧아졌다. 머리를 염색했나? 원래보다 더 짙은 색으로, 더 풍성하게? 코니는 트렌치 코트에 검은색 샤넬 가방을 메고 귓불에는 커다란 금 구슬 귀고리를 달고 있었다.

코니는 자기 앞에 서 있는 여자를 예상하지 못했다는 듯, 엘리스를 보고는 한 걸음 물러섰다. 그녀의 눈길은 목걸이로, 그리고 로즈에게로 움직였다.

"엘리스." 코니가 말했다. "잘 있었어? 들어가도 될까?"

47

그들은 포옹도 악수도 하지 않았다. 코니가 들어오도록 옆으로 비켜선 엘리스는 문득, 꽃으로 장식하고 욕실을 닦아놓아도 욜란다의 아파트가 얼마나 허름한지 깨달았다. 장미 향이 아니라 싸구려 잡화점의 표백제 냄새가 났다. 코니를 안내해 짧은 복도를 지나 시끄러운 거리기 내다보이는 응접실로 갔다.

"여기예요!" 엘리스가 말했다. 중고 전등갓은 엘리스 생각처럼 독특하고 개성적으로 보이지 않았다. 얼룩진 살처럼 보였다. 엘리스는 로즈를 바닥에 내려놓고 무의식적으로 자기 몸을 툭툭 쳤다. "앉으세요." 엘리스가 말했다. "차 마실래요?"

"좋지, 고마워." 코니가 말했다. 코니는 소파에 등을 기대고 곧바로 쿠션을 눌러놓았다.

엘리스는 주방으로 들어가 냄비에 물을 담았다. 불안했다. 서로 포옹하며 전부 용서해야 했는데…… 모든 말, 모든 행동, 그 어리석은 모든 것을. 하지만 남처럼 말하고 있었다. **서두르지 마.** 엘리스는 자기 자신에게 말했다. 레인지에 물을 얹고 끓도록 두었다.

코니는 가만히 카펫 위 아이에게 시선을 집중하고 있었다. 로즈를 안아보려 하지 않았다. "얘는 로즈예요." 엘리스가 말했다.
"안녕, 로즈." 코니는 대답을 기대하듯이 말했다.
"로즈가 당신에게 줄 그림을 그렸어요." 엘리스가 종이를 꺼내며 말했다.
"초록 토끼? 똑똑하네. 고마워, 로즈."
"가져도 돼요." 코니는 할 일을 깨닫고 엘리스 손에서 종이를 받았다. 그러고는 잠시 보다가 조심스레 접어 가방 안에 넣었다. 엘리스는 초록 물감이 코니의 샤넬 가방 안에 묻을까 걱정스러웠다. "로즈가 손가락 끝으로 그린 거예요." 코니는 반응이 없었다.
"어떻게 지냈어요?" 엘리스가 말을 이었다. 꺼내지 못한 말에 답답한 가슴을 안고 로즈 옆에 무릎을 꿇었다.
"나는 신경 쓰지 마." 코니가 말했다.
"하지만 알고 싶어요."
코니는 아주 잠깐 망설이더니 《초록 토끼》가 영국에서 극찬을 받았다고 말했다. 데버라와 출판사는 안도했다. 여기 미국에서는 〈하트랜즈〉가 개봉하고 호평을 받았다. 〈하트랜즈〉를 언급하자 바버라가 소환되었다. 엘리스는 코니가 불편함이나 부끄러움, 심지어 기쁨을 드러내는지 살폈지만 아무것도 찾지 못했다. 코니는 자신에 대해서는 아무 말도 하지 않고, 작품 이야기만 했다. 모든 것이 **극찬**과 **호평**이었다. 우중충한 아파트에서 그런 말은 제자리가 아닌 듯 낯설게 느껴졌다.
"글을 쓰고 있어요?" 엘리스가 물었다.
"응."
"뭘 쓰고 있어요?"
"늘 쓰는 거." 코니가 말했다. 엘리스는 위축되는 기분이었다.

그저 늘 바쁘다고 코니가 덧붙였다. 주로 런던에서 지내고, 이따금 캘리포니아에 샤라를 보러 온다고.

드디어 두 사람 사이에 반갑지 않은 이름이 찾아왔다. "당신 일이 잘돼서 기뻐요." 엘리스가 말했다.

"정말?" 코니는 도발하듯이 말했다. "내가 그럴 자격이 있다고 생각하지 않을 것 같은데."

엘리스는 그 말에 반응하지 않기로 했다. 그들은 말없이 앉아, 드러누운 채 아무것도 하지 않는 로즈를 보았다. "영화를 봤어요." 잠시 후 엘리스가 말했다.

"어땠어?" 코니가 물었다.

"내가 보러 간 게 놀랍지 않아요?"

"조금. 기쁘군."

엘리스는 무릎 위에 손을 올려놓고 미소를 지었다. "바버라가 훌륭하다고 생각했어요."

"바버라가 있어서 다행이었지." 코니가 말했다. "그러니까…… 무슨 말인지 알지?"

"네."

"오스카상 얘기가 있어." 코니가 말했다. 엘리스는 아무 말도 하지 않았다. "나는 캣스킬에 가지 않았어." 코니가 불쑥 말했다. "멕시코에서 당신을 보고 나서 말이야. 집으로 갔어. 이 얘기를 해야 할 것 같았어. 사실, 로스앤젤레스 시사회 때 말고는 당신이 떠난 뒤 바버라를 만나지 않았어."

"축하한다고 해야 하나요, 미안하다고 해야 하나요?"

"됐어."

밖에서 자동차 경적 소리가 들렸고 어떤 남자가 강한 이탈리아

억양으로 욕을 했다. 아파트는 신호등 맞은편에 있었고, 늘 보행자와 운전자 사이의 갈등이 있었다. "당신은 나한테 끔찍하게 굴었어요." 엘리스가 말했다. "바닷가에서."

"알아. 하지만 화가 났으니까."

엘리스는 코니가 사과하기를 기다렸지만 들을 수 없었다. 세상에, 코니는 거만했다. 무슨 일이 있어도 굽히지 않았다. 로즈가 까르륵거렸고 엘리스가 토닥여주었다. "《초록 토끼》를 읽었어요." 마치 코니의 창작물을 모두 소비함으로써 다시 가치를 증명하겠다는 듯이 그런 말을 하는 것이 바보 같다고 느꼈다.

"그 그림에 대해선 정말로 궁금했어." 코니가 말했다.

엘리스는 바닥에서 로즈를 안아 들고 소파와 직각을 이루는 딱딱한 나무 식탁 의자에 앉았다. 더는 대화를 부드럽게 이끌려 하지 않겠다. 코니를 여기 부른 건 엘리스가 아니었다. 이 기습을 계획한 건 코니와 맷과 욜란다였다. 엘리스 편은 아무도 없었다. 왜 코니를 칭찬해야 하나. 왜 극찬과 호평을 받는 코니를 떠받들어야 하나. 이미 온 세상이 그러고 있는데?

엘리스는 코니가 듣고 싶어 하는 말을 알고 있었다. **굉장한 소설이에요. 래빗은 당신이고, 연인은 나인가요?** 그러면 소설이 될 만큼 스스로 흥미롭다고 생각하는 엘리스의 허영심을 코니가 비웃어 줄 수 있으니까. 하지만 엘리스는 그 책을 여러 번 읽어 진실을 알고 있었다. 《초록 토끼》는 그들에 대해 쓴 것이다. 엘리스는 의심도 하지 않았다.

"그래서?" 코니가 가볍게 물었다. "어땠어?"

엘리스는 코니를 노려보았다. 지금 코니가 제대로 인정하는 시늉도 하지 않고, 자세히 묻지도 않는 (출산은 어땠는지, 애 키우기는 어떤지, 안아봐도 되는지, 잠은 잘 자는지) 아기를 안고 있었다. 그런데 코니는 그놈의 책에 대한 말만 듣고 싶어 했다. "좋다고 생각했어요." 엘리스가 말했다.

코니는 등을 폈고 쿠션은 더욱 짜부라졌다. "그렇군."

"샤라에게 헌정했더군요."

"그랬어. 화장실 좀 써도 될까?"

"복도 두 번째 문이에요."

엘리스는 로즈와 함께 기다렸다. 흘러가는 매 순간이 평정심을 공격했지만 코니가 떠나는 건 원하지 않았다.

코니가 돌아왔다. 문틀 옆에 선 코니는 이 갈색 공간에 너무나 이례적인 존재 같았다. 작년 할리우드 촬영장의 엑스트라처럼, 시공간에서 벗어나 존재했다. 19세기에 지은 돼지우리 집에 찾아온 빛나는 로마 군인처럼.

"왜 온 거예요?" 엘리스가 말했다. 자제심이 무너지기 시작했다.

코니는 한숨을 쉬고 소파로 가서 다시 앉았다. "당신을 보러 왔어, 엘리스. 그뿐이야. 단순해. 맷에게 당신을 만나겠다고 했어."

"그럼 오고 싶어서 온 것도 아니고, 맷이 부탁해서 온 거군요."

"맷이 걱정하더군."

"난 괜찮아요, 코니. 헤어지길 잘했어요."

코니는 다시 일어났다. "차를 끓일게."

"내가 끓일게요." 엘리스가 말했다. "잠깐만 좀 안아줘요." 엘리스는 코니에게 아기를 건넸다.

"엘리스……." 코니는 로즈를 멀찌감치 들고 말했다.

"안고 있기만 하면 돼요, 콘스턴스. 폭탄이 아니라고요."

*

주방에서 엘리스는 심호흡을 해보았다. 피스타치오 케이크 두 조각을 접시에 담고, 이것이 자신의 삶임을 상기하려 애썼다. 코니의 삶이 아니다. 코니는 자기 공간에 있었다. 코니는 엘리스의 삶을 서술할 수도 바꿀 수도 없었다. 엘리스의 삶이니까.

하지만 소용없었다. 엘리스에게 너무 강력한 영향을 끼치는 코니의 물리적 존재가 지나치게 가까이 있었다. 콘의 피부, 깔끔한 복장, 마치 향수처럼 몸에 붙은 끝없는 성취. 그리고 귓불에 단 금구슬, 여우 같은 맵시, 중고 소파의 얼룩을 들여다보는 자비 없는 시선에 엘리스는 자신을 방어할 의지가 사라지다시피 했다.

주방 카운터에 손을 얹고 몸을 가눴다. 우중충한 옆 창에서 빛이 들어오지 않아 물속에 있는 것처럼 느껴졌다. 로즈의 작은 발에 말리부행 편도 티켓을 매달아 JFK 공항에 버리는 공포스러운 판타지에 대해 코니에게 이야기하고 싶었다. 작은 가방에 기저귀를 싸다가 다시 풀고는 욜란다의 카펫에 얼굴을 묻고 엎드린 채 다시 일어나야 되겠다는 생각이 날 때까지 기다린 날이 있었다는 이야기도. 날마다 이런 생각, 이런 행동과 싸웠으면서 맨해튼의 끔찍한 진료실에 끌려가 의사를 한 번 만났을 때 감히 말을 꺼내지 못했다는 이야기도.

엘리스는 구불거리는 머리카락 아래, 목걸이 죔쇠를 더듬거렸다. 목에 걸 때와 반대 동작으로 목걸이를 빼냈다. 주방 카운터에 목걸이를 올려둔 다음 차와 케이크 쟁반을 들고 응접실로 갔다.

"고맙지만 케이크는 됐어." 코니가 말했다. 코니는 아직 로즈를 안고 있었다. 그건 조금은 의미가 있었다. 로즈를 바닥이나 창밖으로 떨어뜨리지 않았으니까. 그 생각이 드는 순간, 로즈가 허공을 가로질러 보도에 떨어지고, 가벼운 쿵 소리와 함께 온몸의 뼈가 부러지는 강렬하고 생생한 광경이 떠올랐다. 엘리스는 눈을 감았다. 로즈의 두개골이 포춘쿠키처럼 터지고, 살구만 한 뇌가 콘크리트에 부딪히는 소리가 들렸다.

어린 딸에게 벌어지는 나쁜 일만 보이고 들렸다. 자기 마음이 얼마나 혐오스럽던지 스스로 몸을 둘로 쪼개버리고 싶었다.

"괜찮아?" 코니가 말했다.

"괜찮아요." 엘리스는 눈을 뜨고 커피 테이블 옆에 무릎을 꿇고 찻잔을 내려놓았다. "하지만 단것 좋아하잖아요?"

"그런가? 음, 과자를 줄이려 하고 있어."

"그래요."

"아이를 데려갈래?" 코니는 아이를 건네주고는 찻주전자를 들어 따르기 시작했다.

"이 케이크를 안 먹는다니 참 아쉽네요." 엘리스가 말했다. "걱정 말아요, 내가 만든 거 아니니까. 맛있어요." 엘리스는 자기 몫에서 크게 한 조각을 떼어내 보란 듯이 입에 쑤셔 넣었다. 케이크가 손가락에 온통 다 묻고, 가루가 무릎과 로즈 머리에 떨어졌다. "봤죠?" 엘리스가 말했다. "**맛있다니까.**"

"엘리스……."

"당신이 안 먹으면 내 몫이 많아지겠네요."

"좀 흥분한 것 같군."

"흥분은 무슨. 난 사람들이 나더러 흥분했다고 할 때만 흥분하거든요? 그리고 코니, 마지막으로 물어보는데 여기 왜 온 거예요?"

코니는 눈을 가늘게 떴다. "당신 많이 말랐어."

"난 항상 이랬어요. 어쨌든 이건 욜리의 옷이고. 나보다 덩치가 크다고요."

"잘 먹고 있는 거야?"

엘리스는 케이크 조각을 마저 집어 들었다. "지금 내가 뭘 하고 있죠?"

"운동은?"

엘리스는 밤낮으로 몇 마일씩 걷지만 아무 데도 가지 못한 것을 생각했다. "네."

코니는 차를 한 모금 마시고 소파에 기대더니 실내를 둘러보았다. "욜란다가 애인이야?"

"친구예요."

"그럼 욜란다는 어디서 자는 거지? 침대는 하나뿐인데."

한순간, 엘리스는 코니에게 장난을 치고 질투하게 만들 수 있을지 보고 싶었다. 코니에게 다른 어떤 감정도 느끼게 할 수 없는 모양이니까. 하지만 피곤했다. 싸우고 싶지 않았다. "욜란다가 침대를 내줬어요."

코니가 뭐라고 말하려다 참는 것이 보였다. 그렇게 애쓰는 모습을 보고 엘리스는 마음이 누그러졌다. "당신을 용서해요." 엘리스가 말했다.

코니는 엘리스를 빤히 보았다. "이건 용서의 문제가 아니라고 생각해. 이젠 그렇지 않아. 아이가 있으니."

"바로 그래서 용서의 문제인 거예요. 그리고 당신도 날 용서하길 바라요."

"우린 둘 다 선택을 했어." 코니가 어깨를 으쓱이고 차를 마시며 말했다.

"그리고 난 옳은 선택을 했어요." 엘리스가 말했다.

"당신이 정말로 그렇게 생각한다고 믿지 않아." 코니는 잔을 받침에 정확히 올려놓으며 말했다. 그러고는 핸드백을 열더니 수표를 한 장 꺼내 엘리스에게 내밀었다. "여기, 이거 받아."

엘리스는 믿을 수 없어 코니를 보았다. "당신 돈 원하지 않아요."

"전에는 거절한 적 없잖아."

"뭐라고요?"

코니는 짜증을 내면서 찻잔 옆에 수표를 놓았다. "여길 좀 봐, 엘리스. 어떻게 된 거야? 얼마 전까진 나랑 캘리포니아에 있었잖아. 당신이 꿈꿀 수 있는 모든 것이 다 있었고. 앞으로 당신 인생, 친구들, 나……."

"당신이 말하는 건 **당신 인생**이에요. 내가 캘리포니아에 간 건 당신 때문이었어요."

"뭐, 오래 버티지 못했지." 코니가 말했다. "그리고 이제 여기 있어." 코니가 계속해서 냉정한 표정으로 자신을 보자 엘리스는 점점 분노가 치밀었다. "아기 얘기를 듣고 사라가 자살 감시를 받은 거 알아?" 코니가 말했다. "아니면 맷이 그 이야기는 안 했나?"

"나한테 이야기해야 무슨 소용이었겠어요?" 이렇게 말은 했지만 엘리스는 당황스러웠다. 불안을 감추려 했다. "난 임신중이었어요, 코니. 맷은 날 보호한 거예요."

"대체 무엇으로부터 보호하는 건데? 이런 끔찍한 아파트에 살고 있잖아."

"욜리의 아파트를 그런 식으로 말하지 말아요."

"여기 오는 데 길에 주삿바늘이 깔려 있더군. 당신은 완전히 실패야. 게다가 남은 평생 피를 빨아 먹을 아기까지 생겼지."

비로소 엘리스는 깨달았다. 이것은 (냉담한 태도, 잘난 체하는 수표) 전부 엘리스가 떠난 것을 코니가 용서할 수 없기 때문임을. 코니의 연애 경험에서 전례가 없는 일이었을 테고, 자존심에 너무 큰 상처를 주었으리라. 《초록 토끼》를 쓴 것만으로는 엘리스를 찾아와 굴욕감을 선사하고 싶다는 바람을 삭일 수 없었다. 엘리스와 맷이 함께 만든 아기를 혐오스러운 표정으로 본 것도 당연했다. 로즈 시먼스는 엘리스를 불리한 입장에 두지 못했다는, 실패의 상징이었다.

"질투하는 거죠, 그렇죠?" 엘리스가 코니에게 말했다. "내가 당신 없이는 살아남지 못할 줄 알았겠죠. 그래서 이러는군요. 질투가 나서."

"질투?" 코니가 웃으면서 말했다. "겨우 목숨만 부지한 주제에. 그리고 그 아이는 평생 당신 책임이야. 질투는 내가 느끼는 감정과 거리가 멀어도 한참 멀어."

엘리스는 코니가 아이를 빼앗으려 한다는 듯 로즈를 꼭 안았다. 로즈는 엄마 어깨에 머리를 대고 발버둥 치기 시작했다. "아이가 내 책임인 걸 모를 것 같아요?" 엘리스가 말했다. "눈 떠서 그 생각을 하지 않는 순간이 있을 것 같아요?"

코니는 한숨을 쉬었다. "돈이 떨어지면 어쩔 건데, 엘리스. 그러면 어쩔 셈이야?"

"돈이 전부는 아니에요."

"한 푼도 없어지면 전부가 돼. 그땐 어떻게 살아남을 거야? 저 애도 데리고 함께 바닥으로 떨어질 거야?"

"닥쳐요."

코니는 앞으로 다가와 나직이 말했다. "당신은 책임과 마주하는

족족 달아났어. 가까워지면 달아났지. 아버지에게서, 내게서, 맷에게서 달아났어. 살면서 또 누구에게서 달아났는지는 아무도 모르지. 내겐 절대 말하지 않았으니. 그리고 당신이 또 그럴 거라는 느낌이 들어."

"내가 뭘 어쩔 거라고 함부로 말하지 마요." 엘리스가 말했다.

로즈가 울기 시작했다. 코니는 핸드백을 닫더니 가려는 듯 일어났다. "당신, 상태가 좋지 않아. 그건 분명해. 진지한 도움이 필요해, 엘리스. 여기서 영영 숨어 지낼 순 없어."

"타당한 말을 했다고 날 공격하지 말라고요." 엘리스가 쇳소리를 냈다.

이 말에 코니의 자제심이 무너진 모양이었다. 코니는 욜란다의 소파를 손바닥으로 내려쳤다. "당신 친구는 이런 쓰레기에서 잠을 자고 있어…… **당신** 때문에. 맷이 전화를 했어…… **당신** 때문에. 당신은 응석받이야, 엘리스. 당신 결정 때문에 누군가는 삶을 포기한다고."

로즈의 울음소리가 더 커졌다. 코니는 얼굴을 찡그리고 현관으로 향했다. 그러다가 돌아섰다. 얼굴이 핼쑥했다. "내가 여기 왜 왔는지 알고 싶어? 로즈를 포기하라고 말하러 왔어."

엘리스는 로즈를 안고 흔들면서 코니를 노려보았다. 아이의 우는 소리가 빠르게 잦아들었지만, 엘리스는 충격을 받았다. "로, 로즈는 잘 있어요." 엘리스가 더듬거리며 말했다. "깨끗하고, 멀쩡해요, 로즈는……."

코니가 문틀에 기대섰다. "체중 미달이야. 아이를 좀 봐."

"아이를 그냥 빼앗아 갈 순 없어요."

"당신은 엄마도 아니야." 코니가 말했다.

"뭐라고요?"

"당신은 뭘 하는지도 모르고 있어."

"자기가 뭘 하는지 아는 사람은 없어요."

"아이는 다른 데서 더 잘 살 거야, 엘리스. 당신도 알잖아."

"그 말을 하려고 여기까지 온 거예요?"

코니는 엘리스에게 다가왔다. "이건 당신 삶이 아니야, 엘." 코니가 부드럽게 말했다. "아니라고. 당신은 돈도 없어. 돈을 줘도 받지 않아. 기댈 곳도 없어. 당신은……."

"당신은 정말 구식이에요. 돈이나 던지는 게 아니라 날 돕고 싶어 할 줄 알았어. 내가 상처받은 걸 확인하러 여기까지 왔군요."

"도와주고 싶어서 왔어. 당신을 걱정하니까. 그건 사실이야."

"집어치워요."

"오 년, 십 년, 십오 년 후에 당신이 어디 있을 것 같아? 누구 다른 여자 침실에서 자면서 식당에서 햄버거나 나르겠지? 당신 인생은 실패야."

엘리스는 몸속에서 뜨거운 분노가 치미는 것을 느꼈다. "당신은 책도 쓰고 돈도 많으니까 나보다 낫다고 생각하죠. 하지만 아니에요. 아무도 당신을 기억하지 않을 거예요, 코니. 그 정도로 잘하진 않으니까. 그리고 어쨌든 당신 곁에 오래 붙어 있을 사람은 아무도 없어. 다 자기 발 아래라고 생각하는 건방진 년이니까. 애가 없어서 천만다행이지."

코니는 돌아서서 욜란다의 집 짧은 복도를 빠르게 걸어가 현관문을 홱 열어젖혔다. 밖에서 지린내가 밀려들었다.

엘리스는 로즈를 안은 채 코니를 뒤따라 달려갔다. "코니……."

코니는 노기 가득한 얼굴로 돌아보았다. 그러고는 검지손가락을 들어 로즈의 작은 얼굴을, 코 끝에 닿을 듯이 가리켰다. "너 참 안됐구나." 코니가 아이에게 말했다.

엘리스가 코니의 손을 쳐냈다. 손가락이 문틀 옆에 부딪혔다. "꺼져요, 코니."

"엘리스, 당신 엄마는 당신을 제대로 키우지도 않았어. 이제 당신도 똑같은 짓을 하고 있고."

"내 엄마 이야기는 하지 마요."

"종양 때문이라고 말한다는 거 알아. 하지만 머릿속이 너무 이상해져서 대처하지 못했다며?"

"엄만 아팠어요, 코니. 본인이 초인이라고 생각하는 거 아는데, 사람들은 병에 걸리기도 한다고요."

코니의 눈빛은 차가웠다. "당신 엄마가 병에 걸린 게 당신 때문이 아닌가 종종 궁금했지."

엘리스는 무릎에 힘이 빠졌다. 천천히, 멈출 수 없이, 로즈를 안은 채 바닥에 주저앉았다. "닥쳐." 엘리스는 아기의 정수리에 대고 나직이 말했다. "내 잘못이 아니야."

코니는 다시 우위를 차지했음을 감지한 모양이었다. 엘리스가 고개를 들자 코니는 뺨이 상기되긴 했지만 침착한 얼굴로 내려다보고 있었다. "딸이 이러니 부끄러워서 죽었겠지. **퍼트리샤** 말이야." 코니가 엘리스의 어머니 이름을 조롱하며 불렀다.

"제발, 코니. 그만해요."

"그리고 이 애?" 코니는 로즈의 조그만 머리를 내려다보며 말했다. "네 엄마 같은 사람 밑에서 자라면 희망이 없다, 로즈. 넌 저주받았어. 네 핏줄이 그래."

코니는 돌아서서 콘크리트 바닥에 하이힐을 또각거리며 계단을 내려갔다. 거리로 나가는 문이 쾅 닫힌 뒤에도 엘리스는 로즈를 안은 채 그대로 주저앉아 있었다. 어둠 속에서 로즈가 울고 또 울기 시작했다. 엘리스가 그 소리를 더는 견딜 수 없을 때까지.

2018

48

나는 식탁 맞은편 코니를 빤히 바라보았다. 햇빛이 사라졌다. 거기에 얼마나 있었을까? 두 시간이나 세 시간? 엉덩이뼈에 감각이 없었다. 아무 말도 나오지 않는데 정신만은 몇 년 만에 가장 활발히 움직이는 느낌이었다. 어질어질하지만 방금 들은 이야기를 이해하려 노력했다. 코니의 책에서 내 어머니를 찾기를 바랐다. 이런 식으로, 이렇게 자세히, 코니에게서 직접 어머니 이야기를 들을 줄은 꿈에도 생각지 못했다.

"진심으로 한 말이 아니었어요." 코니가 내 침묵을 반감으로 해석하고 말했다. 오랫동안 이야기해서 지치고 쉰 목소리였다. "나 자신이 부끄러워요. 정말 진심은 아니었어요."

나는 여전히 무슨 말을 해야 할지 알 수 없었다. 이렇게 정교하고 강렬한 이야기가 그녀 속에서 똬리를 튼 채 나오기만을 기다리고 있을 줄 몰랐다. 내 아버지는 이전에 결혼한 적이 있었다. 어머니는 (복수심에 불타는, 변덕스럽고, 애정이 많고, 이상한) 유카탄 반도의 해변을 뒤져 해파리 사이에서 예쁜 산호를 찾았다. 여자를 사랑하고, 남자를 사랑하고, 어쩌면 나까지 사랑했을지 모르는 어머니. 나는 아직 끝이 아님을 알고 있었다. 코니는 아직 결말을 이야기하지 않았다.

코니는 기운이 다한 듯, 일흔셋이라는 나이보다 더 늙어 보였다. 이제 그만 쉬어야 할지도 모른다는 생각이 들었지만 너무 오랫동안 기다린 이야기였다. 아버지가 이 모든 이야기를 털어놓는 순간을 상상해본 적도 있지만, 실은 불가능한 일이었다. 이제야 아버지 능력 밖의 일이었음을 알았다. 아버지는 내 이야기를 하는 데 도움될 내용은커녕 자기 이야기조차 전하지 못했을 것이다. 그럴 수 있는 사람은 당연히 코니뿐이었다.

내가 괜찮다는 말을 할 수도 없고, 할 뜻도 없다는 걸 알고서 코니는 이야기를 계속했다. "엘리스 어머니에 대해 그런 말을 하다니 정말 잔인했어요." 코니가 말했다. "너무 잔인했죠. 목표물에 명중했음을 알 수 있었어요. 하지만 나는 화가 나 있었어요. 그 말을 도로 주워 담을 수 있다면 그랬을 거예요. 무슨 생각이었는지 모르겠어요. 그때는 멋대로 지껄여도 된다고 생각했던 것 같아요. 그리고 주로 그랬죠. 내 전성기였으니까. 모든 것을 내가 통제한다고 생각했죠……." 코니는 말을 멈추고 두려운 표정으로 나를 보았다. "이 이야기를 소리 내어 말하니까 끔찍하게 들리는군요. 어쩌면 그래서 절대 입 밖에 내지 않았나 봐요."

코니가 떨리는 손을 얼굴로 가져가더니, 어둠침침한 브루클린의 아파트 복도에 대한 기억을 뽑아내려는 듯 이마를 움켜쥐었다. "부탁이에요, 로즈. 부탁이니 뭐라고 말 좀 해봐요. 날 용서할 수 있겠어요?"

"용서한다고요?"

코니는 손을 내렸다. "네."

"욜란다의 아파트에서 나오신 뒤에 어떻게 됐나요?"

코니는 괴로운 표정을 지었다. "다음 날 아침에 런던으로 돌아왔어요."

"돌아가서 사과하지 않으셨어요?"

코니는 깊은 한숨을 쉬었다. "네. 엘리스가 내가 곁에 오는 걸 원하지 않는다고 생각했어요. 나도 엘리스에게 가고 싶지 않았어요. 어떤 일이 벌어질지 몰랐죠. 알았다면 거기 머물렀을 거예요. 일주일쯤 뒤에 당신 아버지가 전화를 했어요. 욜란다가 오후에 식당에서 돌아오니 엘리스가 사라지고 없었나 봐요. 가방을 꾸리고, 당신을 목욕시키고, 새 기저귀를 채우고, 목걸이랑 쪽지와 함께 요람에 눕혀두었대요."

"아빠는 목걸이나 쪽지 이야기는 한 적 없어요."

"내가 엘리스 생일에 이니셜이 새겨진 목걸이를 선물했어요."

"네?" 나는 아직 목에 걸고 있던 목걸이의 L자 펜던트로 손을 뻗었다.

"그래요." 코니는 그 목걸이를 보며 말했다. 우리는 오싹한 반복에 대해 깊이 생각할 수 없어 서로 바라보기만 했다. "엘리스는 목걸이를 남기고 갔어요. 자랄 때 본 적이 없다면, 당신 아버지가 욜란다에게 주었을지도 모르겠군요."

그 말이 사실일지 의아했다. 어쩌면 아버지는 언젠가 내게 전해주려고 봉투에 넣어 금고 같은 데다 숨겨놓았을지도 모른다. **아니.** 나 자신에게 말했다. **상상은 그만.**

"쪽지엔 뭐라고 적혀 있었나요?" 내가 물었다.

"한 마디뿐이었어요. **미안해.**"

우리는 한참 말없이 앉아 있었다. 아버지가 생각났다. 젊고 요령 없는 아버지가 욜란다에게서 전화를 받고 아파트에 갔더니 욜란다는 울고 있고, 영영 아무것도 밝혀주지 않을 쓸모없는 쪽지와 함께 내가 요람에 누워 있었던 것이다. 아마 아버지는 코니가 준 목걸이를 다시 보고 싶지 않았을 것이다. 나는 그 모습을 지워버리려 눈을 감았지만 (실제로 본 적 없는) 욜란다의 응접실이 더욱 또렷하게 보일 따름이었다.

"아빠가 전화했을 때, 엄마랑 싸웠다는 이야기를 하셨어요? 입양 이야기, 엄마의 어머니에 대해 한 이야기는요? 커피 테이블 위에 수표를 놓고 오셨다는 얘기도요?" 내가 말했다.

코니가 눈을 감고 자세를 고쳐 앉았다. "비난받고 싶지 않았어요." 코니는 크게 한숨을 내쉬며 고개를 숙였다.

"아빠는 도움이 필요했을 텐데……."

코니가 고개를 번쩍 들었다. "맷은 내 가장 친한 친구의 인생을 걸레로 만들었어요. 내 연인과 도망쳤어요. 그 사람과는 엮이고 싶지 않았어요."

"네, 하지만……"

"그리고 그땐 엘리스가 정말로 실종됐다고 생각하지 않았어요! 그저 화나서 장난을 친다고 생각했어요. 전에도 나한테서 달아났으니까. 맷과 통화했을 때, 나더러 엘리스에게 무슨 짓을 한 것 아니냐고 떠보기에……"

"하지만 그게 사실이잖아요." 내가 받아쳤다. "선생님이 도움을 줘야 하는데 상처를 줬잖아요."

"어째서 내가 그랬어야 하죠? 우리가 엉망이 된 데는 모두 책임이 있었어요."

"아빠가 전화해서 도움을 청한 건 엄마에게 선생님이 얼마나 중요한 사람인지 알았기 때문이에요. 오늘 오후에 해주신 이야기만 들어봐도 분명해요. 엄마는 선생님을 사랑했어요. 제 생각엔 선생님도 엄마를 사랑하신 것 같아요. 엄마를 도와주셨어야 하는데 대신 내쫓았죠." 눈물이 나오려 하기에 참으려고, 침착하게 말하려고 애썼다. "이해하지 못하시는 거예요, 코니. 전 아빠한테 어떻게 된 건지 이야기해달라고 조르면서 자랐어요. 하지만 아빠도 모르셨어요. 선생님이 사실대로 말씀해주시지 않아서 모르셨던 거죠."

"난 엘리스가 실종된 걸 알자마자 뉴욕으로 가겠다고 했어요. 돕고 싶었어요, 로즈. 하지만 당신 아버지가 문제의 절반은 나라고 했어요. 그래도 통화한 다음 날 다시 뉴욕으로 갔어요. 데버라도 같이 갔고."

"그럼 아빠는 선생님이 뉴욕에 돌아오신 걸 알았나요?"

코니가 시선을 돌렸다. "말하지 않았어요."

"코니……."

"엘리스를 백방으로 찾아다녔죠. 은행에도 전화해봤어요. 내가 찾아간 날, 욜란다 아파트 근처 지점에서 수표로 현금을 찾았더군요. 그 시절 그 돈이면 어디든 갈 수 있는 기차표나 비행기표를 사고 숙소 비용도 됐을 거예요. 몇 달도 지낼 수 있었을 거예요."

어디든 갈 수 있는 비행기표. 나는 손으로 머리를 감싸 쥐었다. 이야기의 끝이 가까워지는데 아름다운 엔딩은 아닐 것 같았다. 외투 주머니에 100달러 지폐 다발을 넣고 작은 슈트 케이스를 든 채 안내 전광판을 올려다보는 어머니를 떠올렸다. 목적지는? JFK 공항? 펜 기차역? 경품 추첨하듯 목적지를 고를 생각이었을까. 내가 어머니에 대해 아는 것이 한 가지 있다면 도망치는 재주가 뛰어났다는 것이다. 마음속에 무엇이 있었기에 가만히 머물지 못했을까.

왜 작은 뿌리도 내리지 못할 만큼 한곳에서 오래 지내지 못했을까.

"월스트리트에 찾아갔을 때 돌파구가 있었어요." 코니의 말에 내 생각에서 빠져나왔다. "두 사람이 일하던 식당에서 욜란다를 찾았어요. 내가 이민국에서 나온 줄 알더군요. 아니라고 설득하느라 몇 시간이나 걸렸어요. 욜란다는 굉장히 괴로워하며 자책했어요. 엘리스를 소중히 여긴 모양이더군요." 코니는 나를 보았다. "당신이 잘 지내는지 몹시 궁금해하고 걱정했어요. 가장 친절한 행동은 거짓말이라고 생각해서, 아주 잘 있다고 했어요. 물론 당신을 본 적은 없었지만."

"욜란다는 어떻게 됐어요?"

코니는 한숨을 쉬었다. "내가 만났을 땐 푸에르토리코로 돌아간다고 했어요. 그랬는지는 모르겠군요. 오 년쯤 뒤 다시 뉴욕에 갔을 때 욜란다를 찾아봤어요. 혹시 엘리스에게서 소식을 들었는지 알아보려고. 하지만 그 식당에서 일하지 않더군요. 아파트에도 가봤지만 그 사람이 살던 건물을 누가 매입해서 수리했어요. 그러니 욜란다도 사라졌죠. 어디로 갔는지는 몰라요."

"욜란다 이후로는 자취가 사라진 건가요?"

"그래요. 엘리스를 못 찾았어요. 뉴욕에 한 달쯤 있었지만 당신 어머니는 나타나지 않았어요. 시체 보관소나 경찰서에도 갔어요. 뉴욕 어느 공항에서도 엘리스 모소가 비행기표를 산 기록이 없다고 했어요. 우릴 따돌린 거죠."

엘리스를 못 찾았어요. 나는 숨을 크게 들이쉬었다. "콘스턴스, 욜란다에게 거짓말한 것처럼 제게도 거짓말하지 마세요. 엄마가 자살했다고 생각하세요?"

코니는 나를 응시했다. 그러더니 일어나서 천천히 주방 창가로 걸어가 어둠 속을 내다보았다. "그럴 가능성도 있다는 건 부인할 수 없어요. 하지만, 아뇨. 그랬을 거라고 생각하지 않아요."

"확신하실 순 없잖아요."

"누구도 확신할 순 없죠. 그렇지만 중요한 건 엘리스가 가방을 꾸렸다는 거예요. 엘리스는 뭘 넣을지 생각했어요. 속옷, 양말, 신발, 심지어 욜란다의 치약까지 가져갔어요. 당신 아버지는 내게 전화했을 때 그 부분에 매달렸고, 나도 마찬가지였어요. 우리 의견이 일치한 점이 하나 있다면, 자살할 사람은 입 냄새에 신경 쓰지 않는다는 거죠." 코니는 그런 희망이 얼마나 얄팍한지 인정하듯 한숨을 쉬었다. "물론 수표를 현금으로 바꿨다는 사실도 있죠. 그리고 내가 찾아갔을 때 엘리스가 로즈 당신을 안고 있던 모습도. 엘리스는 항상 당신을 보고 있었고, 당신 옆에 무릎을 꿇었고, 당신을 안고 있었어요. 어떤 일을 겪었든 엘리스는 당신을 사랑했어요."

"이상적인 말씀은 하지 마세요, 코니." 그것이 가장 큰 바람이었지만, 나는 이렇게 말했다. "행복한 결말로 절 낚지 마세요. 엄마는 저와 함께 있을 만큼 사랑하지는 않았으니까."

"하지만 난 알아요……."

"저를 포기하라고 하셨잖아요!"

"엘리스의 상태가 좋지 않았어요. 어쩌면 나도 마찬가지였을 거예요."

"그건 선생님 말씀이 옳을 것 같아요. 하지만 선생님이 엄마 대신 그런 결정을 내릴 입장은 아니셨죠. 잠시 아버지에게 맡기라고 설득하지 그러셨어요?"

코니는 식탁으로 돌아와 앉았다. "미안해요. 내가 보기엔 맷도 당신을 돌볼 수는 없었어요. **나한테** 전화를 했다니까요. 숙적인 나한테요. 다들 어쩔 줄 모르고 있었어요."

"엄마는 시간이 지나면 좀 나아졌을지도 몰라요."

"도움을 받고 전문 지식이 있었다면, 그렇죠. 하지만 그러지 않았어요." 코니가 말했다. "요즘은 그걸 산후 우울증이라고 부르더군요. 욜란다의 욕실 세면대에 리튬 알약 병이 있었어요. **리튬**요, 로즈. 약이나 좀 주고 최선을 바라는 게 다였죠. 그래요, 내가 찾아가지 않는 편이 나았을지 몰라요. 적어도 상황을 해결하려고 노력한 거예요." 코니는 애원하는 표정으로 나를 보았다. "이런 말을 한다고 무슨 소용인가 싶지만, 로즈…… 난 당신 어머니가 자살했다고 생각한 적 없어요. 엘리스는 그 약을 버리고 달아났어요. 항상 그랬죠."

"엄마가 그럴 거라고 엄마한테 말씀하셨잖아요, 코니. 엄마에게 아무 신뢰도 없다는 걸 보여주셨잖아요. 그래서 엄마는 들은 대로 한 걸지도 모르죠."

"정말 미안해요, 로즈. 진심이에요. 하지만 엘리스에게 떠나라고 강요하지 않았어요. 어쩌면 결국 엘리스는 떠나는 게 최선이라고 생각했는지 모르죠."

"음, 그렇지 않았어요. 젠장. 차 한 잔 마셔야겠어요."

나는 주전자를 올렸다. 그 주방에서 하루를, 하룻밤을, 평생을 보낸 것 같았다.

"당신은 그렇게 말하지만," 코니가 말했다. "엘리스와 불안정하게 사는 삶을 상상해보면……."

"코니. 그만요." 안간힘을 썼지만 목소리가 갈라졌다. "제가 어떻게 살았는지 모르시잖아요."

코니가 조용해졌고 주전자에서 물이 끓으면서 서서히 쉭쉭거리는 소리가 났다. 나는 그 옆에서 손을 데웠다. 뭐라도 느끼고 싶었다. "엄마를 못 찾겠죠?" 내가 말했다.

코니는 의자에서 천천히 몸을 돌렸다. "그럴 것 같군요. 어디서부터 찾기 시작해야 하는지도 모르겠어요."

"엄마는 늘 유령이 됐어요." 내가 말했다.

코니가 머뭇거리는 표정을 지었다. "이런 걸 물어봐서 미안하지만, 정말로 뭘 찾고 있었던 거죠, 로즈?"

나는 머그잔 두 개에 각각 티백을 넣었다. "무슨 말씀이세요? 간단하죠. 같은 말을 자꾸 하게 되네요. 엄마를 찾고 있었어요."

"이건 삼십사 년 전의 일이에요, 로즈. 그때의 엘리스는 지금 그 사람과 달라요." 코니가 일어나서 아직 주전자 옆에 있는 내게 다가왔다. 표현에 자신감이 없었다. "당신이 내 삶에 나타난 이후……. 지금은 비록 어려운 상태지만, 그렇게 해줘서 진심으로 고마워요……. 왜 당신이 여기 왔는지 이해하기 시작했어요."

"왜 왔는지는 말씀드렸……."

"로즈. 당신이 정말 엘리스를 찾고 있었다고 생각하지 않아요."

나는 한 발자국 물러섰다. "엄마를 찾고 있었어요."

코니는 고개를 저었다. "어떤 개념을 찾고 있었다고 생각해요. 자기 자신을 찾고 있었던 거죠."

나는 이를 앙다물고 울지 않으려 기를 쓰면서 주전자에 손을 뻗었다. 끓는 물을 따르고 티백이 떠오르는 것을 지켜보았다. "무슨 말인지도 모르고 하시는 말씀이에요. 선생님은 아무것도 몰라요. 가끔 저는 **항상** 엄마를 찾고 있는 것 같을 때도 있어요."

"알아요, 하지만……."

"선생님은 모르신다니까요. 문을 노크하는 소리가 들리면, 항상 속으로 '지금일까? 엄마가 돌아온 건가?'라고 생각했어요." 목소리가 떨리기 시작했다. 필사적으로 참으려 한 눈물이 얼굴에 흘러내렸다. 나는 울음을 터뜨렸고, 멈출 수 없었다. "늘 아니었어요. 엄마는 돌아오지 않아요."

코니는 조심스레 손을 뻗어 나를 품에 안았다. 나는 코니의 어깨에 얼굴을 묻고 아이처럼 흐느꼈다.

*

잠시 후 코니는 실례한다고 말하더니 욕실로 갔다. 나는 기진맥진해서 멍하니 주방 창밖을 내다보며 다시 아버지에 대해 생각했다. 아버지는 늘 나와 함께 있어줬다. 아무리 내가 맡은 배역이 작아도 학교 연극 발표 때마다 와주었다. 작품 전시회도 마찬가지였다. 할아버지 할머니가 돌아가시기 전 함께 보낸 휴가도. 우리는 항공편을 구하거나 멋진 곳에 갈 여유가 없어서 영국을 떠난 적이 없었다. 내가 십대가 되어 차츰 멀어지기 전까지, 아버지는 늘 곁에 있었다.

평생 어머니에게 집착했다는 생각이 들자 배신자가 된 느낌이었다. 내 곁에 있어준 적 없는 사람에게 너무 신경 쓰느라 곁에 있어준 사람에게 제대로 감사하지 못했다.

찻잔을 식탁에 올려놓자 코니가 조용히 주방으로 돌아왔다. 내가 자신을 거부하기라도 할 것처럼 거의 두려움으로 가득한 표정이었다.

"샤라가 엄마를 그린 그림은 어떻게 됐나요?" 내가 말했다.

"모르겠군요. 내가 가지겠다고 말할 걸 그랬죠. 이미 그 위에 다른 그림을 그렸을 거예요."

"그럴 만하죠."

코니는 살짝 웃으며 의자에 앉아 머그잔을 자기 쪽으로 당겼다. "샤라는 결국 다른 사람과 결혼했어요. 아이 셋을 입양했고, 아직 캘리포니아에 살아요. 이제 할머니가 됐어요. 거기서 커다란 금빛 여신처럼 살고 있죠. 샤라에게 그 사건은 없던 일처럼 되었어요. 당신 아버지도. 엘리스도."

마음속에서 낯익은 감정이 느껴졌다. 타인의 회복력을 보면 마음을 닫고 싶은 욕구. 그 마음을 물리치며 말했다. "음, 그분께는 잘됐네요."

"잘됐죠. 새 출발을 할 수 있다는 게 좋아요. 당신이 생각하는 그런 건 아니에요. 샤라도 행복할 권리가 있으니까."

"그렇죠." 나는 차를 한 모금 마시고 얼굴을 찡그렸다. 차를 너무 우렸다. "그리고…… 바버라 로든도 다시 만나셨어요?"

"그 사람이 죽기 전에 한 번." 코니가 말했다. "순수하게 친구로서 만났어요. 그 일이 있고 이 년 뒤, 오스카상을 받고 다른 영화를 찍은 바버라가 토크쇼를 하러 런던에 왔어요. 바버라가 묵은 클래리지스 호텔 스위트룸에서 만났어요."

"엘리스가 사라졌다고 이야기하셨어요?"

"아뇨. 아마 이제 연락 안 한다고만 말했을 거예요. 그 이야기 하는 걸 좋아하지 않았어요. 사실 바버라는 〈하트랜즈〉 촬영 중에 벌인 행동에 대해 조금 부끄러워했던 것 같아요. 사생활이 워낙 엉망이던 때라서…… 나도 함께 피해를 본 셈이죠. 안된 일이지만 엘리스도 마찬가지였고."

"그러면 선생님은 어떻게 되셨어요, 런던에 돌아오신 뒤로?"

코니는 머뭇거렸다. "별로 좋지 않았어요. 나는 말하자면…… 망가졌죠."

"다음 소설을 쓰지 않으셨죠. 엄마의 모욕이 선생님께도 상처가 된 모양이네요."

코니는 미소를 지었다. "그랬을지도 모르죠. 우린 상대에게 상처를 주는 법을 알았으니까. 하지만 글쓰기에 대해서라면, 하고 싶은 말을 다 했다는 느낌이 있었어요. 모든 걸 느꼈고 공허했어요. 그래서 여행을 다녔어요. 이 집을 빌려주고 한동안 그리스에서 살았어요. 그러고는 서식스에서 지내기도 했고. 여러모로 좋은 시간이었어요. 나 자신을 위해 글을 썼죠. 각본도 하나 썼는데 넣어두었어요. 여기서 나오는 집세, 책과 영화의 인세로 살았죠."

"하지만 선생님은 예술가시잖아요. 분명히…… 작품 활동이 필요했을 텐데."

"반드시 그렇진 않아요. 무엇도 의미를 알 수 없었어요, 로즈. 우울했어요. 엘리스를 잃은 일, 그 일에서 내가 한 역할이 머릿속에서 떠나지 않았던 것 같아요. 엘리스의 부재가 컸어요. 물리적인 증거는 없어지고 기억은 남았죠. 그걸 정확히 어떻게 설명할지 알 수 없었어요."

"지금까지도 그런가요?" 용기를 내어 물었다. "《변심》까지도?"

코니는 재미있다는 표정을 지으며 나를 보았다. "지금까지도 그랬죠. 로즈," 코니는 이렇게 말을 꺼내더니 멈췄다.

"네?"

"당신이 유령에게서 벗어날 수 있다고 생각해요. 마음만 먹으면 돼요."

나는 내 안의 다른 유령을 떠올렸다. 그렇게 지쳤어도(곧 어떤 결정을 내려야 한다는 걸 알고 있었어도) 후련한 느낌이 들었다. 더 가벼워지고 심지어 자유로워진 기분이었다. "한 가지만 더 여쭤 볼게요." 나는 심호흡을 하며 말했다.

"뭐든지요." 코니가 말했다.

"정말로 절 보면서 궁금하지 않으셨어요? 정말 제게서 엄마가 보이지 않으셨어요?"

코니는 지친 눈으로 내 얼굴을 들여다보더니 거의 애정에 가까운 미소를 지었다. "솔직히 대답할까요?" 코니가 말했다.

"솔직히 대답해주세요."

"아뇨, 보이지 않았어요. 눈여겨봤지만 당신이 보였어요, 로즈."

49

실내는 간소하고 밝았다. 잎이 길게 늘어진 초록색 화분 여러 개와 불쾌감을 줄 요소가 없는 예술 작품이 놓여 있었다. 누군가 이 방을 꾸미는 데 많은 시간을 들였으리라. 그 사실이 나를 안심시켰다. 플래카드를 들고 시위하는 사람들 앞을 지나온 뒤라 더욱 그랬다. 이곳을 찾아오는 여성들이 드러내는 감정에 무관심해 보이기 위해, 사무적이면서 평화로운 느낌을 주기 위해 의도한 실내 장식인지 알 수 없었다. 아니면 상냥하고 세심하며 중립적인 공간으로 보이기 위해 선택된 것인지도 몰랐다.

어쩌면 각 여성들은 의도된 대로 느꼈을 것이다.

"괜찮을 거예요." 회색 머리에 동그란 안경을 쓴 나이 지긋한 여자 간호사가 말했다. "오래 걸리지 않아요."

뭐라고 대답해야 할지 알 수 없었다. 이제 공허하고 알 수 없는 세월이 찾아올 텐데, 이 일은 그렇게 빨리 끝날 수 있다니.

수술을 위해 장신구는 모두 집에 두고 오라는 주의 사항을 들었다. 평소에 장신구를 많이 하지 않았다. 사실 그날도 목걸이만 하고 있었다. 나는 코니의 빈방에 선 채 목걸이를 풀고, 창문으로 들어오는 햇빛에 대고 있었다. 아름답고 정교한 장인의 작품이지만 그날 이후 다시는 걸지 않을 것임을 알고 있었다.

맨몸에 클리닉에서 간호사가 준 가운만 걸치고 침대에 누웠다. 간호사는 서늘한 손으로 나를 만지며 자궁 경부에 국부마취 주사를 놓겠다고 했다. 지나치게 스스럼없지도, 냉정하지도 않은 사람이었다. 공손했다. 나는 무릎을 접어 올렸다. 트레이 위에서 도구가 달가닥거리는 소리, 발치에서 누군가 집중하느라 내는 나직한 콧소리가 들렸다.

"좋아요. 다리를 조금만 벌리고, 숨을 들이쉬세요." 간호사가 말했다.

나는 숨을 들이쉬었다.

"이제 내쉬세요."

간호사가 날숨에 맞춰 검사경을 몸속으로 밀어 넣은 뒤 재빨리 주사를 놓았다. 순식간에 감각이 없어졌다. 몸속으로 넣었을 튜브가 흡입하고 또 흡입하는 소리가 들렸다.

하필 그 명칭이 진공흡인법• 중절이다.

*

침대에 누워 눈을 감고는 전신마취를 하는 게 나았겠다고 생각했다. 다른 감각은 차단되어 있지만 이렇게 깨어서 소리를 다 들어야 하다니 끔찍했다. 내가 이런 자리에 놓여야 하다니, 스스로 여기까지 오다니 분노가 치밀었다. 조는 그럴 일이 없을 텐데! 위에

• '흡인'을 의미하는 'aspiration'에는 '염원'이라는 뜻도 있다

서 내려다보는 모습을 상상하니 슬펐다. 검붉은 핏덩이, 떨어지는 태반 조각, 그 연약한 곳…… 두려웠다. 몸속에 진공청소기를 돌린다는 생각에 기절할 것 같았다. 내가 청하지도 않은 이야기를 제거한다니 경악스러웠다. 메스꺼움과 희망을 동시에 느꼈다.

*

코니가 어머니 이야기를 해주고 며칠이 지난 뒤, 나는 결정을 내렸다. 병원에 예약하고 상담하고 혈액검사를 했다. 다시, 또다시, 또다시 생각해봤다. 결정을 내렸다는 데 안도감과 슬픔과 부끄러움을 느꼈다. 이런 감정을 동시에 느낄 수 있다니, 내가 이런 감정을 느끼도록 할 수 있다니 마음이 놓였다. 결정을 이야기하자 코니는 내가 우는 몇 분 동안 안아주었고, 더욱 상냥하게 대해주었다. 차를 끓여주고, 텔레비전에서 하는 영화를 보자고 권하고, 내가 원할 때는 이야기를 나눠주고, 그렇지 않을 때는 혼자 있게 해주었다.

냉담해지고 싶지 않았다. 냉정하고 싶지도 않았다. 그저 나 자신이 되고 싶었다. 너무 큰 부담이 느껴졌다. 뭐라 불러야 할지도 알 수 없는 부담감이었다. 어디서 오는 감정인지, 내 안에서 오는지 밖에서 오는지조차 알 수 없었다. 하지만 내가 **나쁜 사람** 같았다.

"당신은 나쁜 사람이 아니에요." 시술 전날 저녁, 함께 거실에 앉아 있을 때 코니가 말했다. "그 반대죠. 당신은 아주 용감해요."

"저도 도망치는 게 아닐까요?" 내가 말했다.

우리는 아무 말 없이, 달아난 한 여자를 생각했다. "아뇨." 코니가 한참 만에 입을 열었다. "처음엔 조. 그리고 이 일. 당신은 자신의 진실에 대면하고 있어요, 로즈. 하지만," 코니가 덧붙였다. "어느 쪽을 선택하든 슬픔은 남을 거예요."

"그런 것 같아요. 벌써 시작된 느낌이에요."

"그걸 인정하는 게 좋아요. 이제 우리 아닌 척은 하지 말아요." 코니가 몸을 앞으로 기울였다. "그리고 내가 들어갈 때 함께 있어 줄게요. 나올 때도."

이 모든 과정에서 엄마를 언급하지 않아줘서 고마웠다. 전에 한 번 저지른 실수였으니까.

*

나는 어머니를 찾아 왔지만, 코니는 내게 어머니 대신 자아를 주었다. 사람들이 나를 사랑하고 존중해주길 바라며 이 이상 시간을 낭비할 수 없음을 깨달았다. 조이와 친구들은 내가 이 땅에서 보낸 삼십여 년의 세월 동안 생각보다 많은 것을 배웠음을 알려주었다. 조는 내게 자유를 주었고 아버지는 나를 사랑해주었다. 나 자신이 부족하다고 여기는 걸 멈춰야 했다. 타인의 삶을 위해 나를 희생하는 걸 멈춰야 했다. 로라 브라운의 자신감, 투지를 붙잡아 내 것으로 만들어야 했다. 마침내 내 삶이 열리고 있었다. 런던에서, 아이와 함께 사는 삶. 그건 내 시간이 아니었다. 그런 때가 언제 올지, 오긴 할지 알 수 없었지만, 지금은 그때가 아니었다.

여자가 시간을 지배한다고 생각하면 어리석다는 말을 종종 한다. 여자의 몸은 다른 계획을 갖고 있다면서. 자녀 문제에 대해 사람들은 "좋은 때란 없다"라고 한다. 하지만 나는 나쁜 때가 있을 수 있다는 말로 받아치겠다. 자기 몸도 자기 삶도 아닐 때 사람들은 쉽게 일반화한다. 태어나지도 않은 완벽한 존재의 신화를 이미 여기 있는 훨씬 복잡한 존재보다 우선시하기도 한다. 이미 엄마가 된 사람만이 팔을 붙잡고 '잠깐만요'라고 말해줄 것이다.

어느 쪽이든 완벽하지는 않다. 미루고 기회를 잃을 수도 있다. 하지만 지금 나는 서두른다고 이길 수 있다고는 생각하지 않는다.

그 후에 침대에서 눈을 감고 있던 내가 본 것은 해변을 정처 없이 걷는 여인이었다. 그녀가 멈춰 섰고 나는 손을 뻗어보았다. 코니의 사진 속, 검은 드레스를 입고 할리우드의 수영장 옆에 서 있던 검은 머리의 날씬하고 자그마한 여자. 내 어머니였다. 하지만 어머니만은 아니었다. 그 여자는 나였다. 그리고 얕은 바다에서 익사할지 헤엄칠지 마음을 정하던 마거릿 길레스피이기도 했다. 나는 그녀를 향해 손을 뻗고 싶었다. 그러자 놀랍게도 누군가가 내 손을 잡았다.

코니가 거기, 내 곁에 앉아 있었다. "괜찮을 거예요." 코니는 내 손을 잡고 말했다. 그녀는 다른 쪽 손을 부드럽게 내 이마에 얹었고 그렇게 아주 한참을 앉아 있었다.

50

바닥이 꺼진다고 느끼지 않는 여자, 원치 않는 임신을 겪든 겪지 않든 극복할 수 있는 상황으로 보는 여자는 물론 언제나 있다. 그들은 임신한 여성이 되는 것과 엄마가 되는 것 사이의 엄청난 차이를 알고 있다. 그들은 원치 않는 생물학의 노예가 되지 않을 것이다. 그들은 원치 않는 방향으로 마음을 돌리지 않을 것이다.

나는 전혀 그렇지 않았다. 연인이든 아이든 남의 인생이든, 누구나 자신에게 일어나지 않은 일은 아쉬워한다는 것을 알고 있다. 하지만 여러모로 내 삶은 내게 유령 같았다. 타인을 위해 사는 삶을 만들려면 우선 내 삶을 더 견고하게 해야 했다.

수술 후 이틀 동안 코니의 집에서 침대에 누워 거의 꼼짝도 않고 요양했다. 조이의 집에서 잠시 지낸 뒤, 코니는 돌아와야 한다고 우겼고 사실 나도 그러기를 원했다. 다시 나 자신이 된 것 같았다. 피로와 메스꺼움이 사라지면서 냉정과 기묘한 활기가 자리 잡았다. 코니와 클리닉에서 돌아온 직후 조가 밴을 판 돈을 계좌에 입금했다. 두 사건이 이런 시차를 두고 일어나다니 조금 역설적이지만 깊이 따지지 않기로 했다. 보낸 액수를 보고 눈이 튀어나올 뻔했다. 런던의 2월 초, 연중 최악의 시기라는 데 의심의 여지가 없었다. 그런데 이 기묘한 선물은 창가를 밝히는 작은 촛불 같았다.

켈리에게 메시지를 보냈다. **커피 한잔할까?**

켈리와 약속을 정한 뒤 나는 코니의 집 빈방 침대에 앉아 프랑스에 있는 아버지 집으로 전화를 했다. 신호음이 몇 번 울리고 아버지가 전화를 받았다. 보통은 클레어가 받았기에 깜짝 놀랐다.

"여보세요?" 아버지가 말했다.

"저예요."

"로지, 전화를 하다니 반갑구나! 네 생각을 하고 있었다."

"저도요, 아빠. 잘 지내세요?

"잘 지내지. 너는 잘 있니?"

"잘 있어요. 사실은, 아빠." 나는 잠시 말을 끊었다. "지금 저 콘스턴스 홀든의 집에 있어요."

침묵이 흘렀다. "뭐라고?"

"괜찮아요, 아빠. 염려 마세요."

*

나는 모두 말했고, 아버지는 깊은 침묵 속에서 이야기를 들었다. 코니의 일을 도왔고, 내가 누구인지 밝히지 않아 신뢰를 깼으며, 코니가 자기 실수를 속죄하기 위해 내가 저지른 일을 용서해주었다고 전했다. 샤라 이야기는 하지 않았다. 다음에, 혹은 영영 묻어두어야 했다. 나와 상관없는 다른 시절의 이야기, 아버지가 오래전 떠난 시절의 이야기였다. 하지만 아버지가 모르는 내용은 이야기했다. 코니와 엘리스의 마지막 다툼, 코니가 나를 입양시키라고 한 것. 커피 테이블에 둔 수표. 악의에 찬 말들.

"아빠? 듣고 계세요?"

"듣고 있다." 아버지가 말했다.

"좋은 이야기가 아니라는 건 알아요. 하지만 코니는 아빠가 생각하시는 그런 사람이 아니에요. 저한테 정말 잘해줬어요. 아빠가 제게 그 사람 책을 주셨잖아요. 코니를 미워하지 마세요."

아버지는 여전히 아무 말도 하지 않았다.

"미안하다." 아버지는 한참 만에 낮은 목소리로 말했다. 자제하려고 애쓴다는 것을 알 수 있었다.

나는 눈을 감았다. 눈물이 차오르고 있었다. "그러신 거 알아요. 괜찮아요."

클레어의 브르타뉴 시골집 컴컴한 현관, 밖에는 바람이 세차게 불고 방수 외투와 낡은 구두 사이에 서 있는 아버지를 떠올렸다. 아버지가 한때 캘리포니아에서 살면서 젊은이의 몸으로 서핑을 했다니 있을 수 없는 일처럼 느껴졌다.

"그럼 코니가 엘리스에게 떠나라고 돈을 준 거구나." 아버지가 난생처음 듣는 굳은 목소리로 말했다.

"그렇게 간단한 일은 아니었던 것 같아요. 코니는 도와줄 생각이었을 거예요. 감정적이 되는 바람에 일이 틀어진 거죠. 어쩌면 엄마는 항상 달아날 생각을 한 게 아닐까요?"

"코니가 그렇게 말했니?" 목소리에서 짜증이 묻어났다. 나는 아무 말도 하지 않았다. 코니가 그렇게 말했으니까.

"욜란다는 푸에르토리코로 돌아간 거니?" 아버지가 물었다.

"코니도 확실히는 모른대요. 하지만 뉴욕으로 돌아갔을 때 욜란다를 찾을 수 없었대요."

"그 말은 못 믿겠구나."

"아빠. 아빠가 시작하신 일이에요."

"안다."

나는 숨을 크게 들이쉬었다. "아빠랑 코니는 아는 사이였잖아요. 코니 전화번호를 알아내실 수도 있었어요. 연락해서……."

"로즈, 난 널 데리고 영국으로 와서 키우느라 정신없었어. 코니는 대단한 스타였지. 네 엄마가 사라진 뒤로 코니랑 어떻게 이야기를 할지 알 수 없었다. 네가 봤다면 여왕쯤 되는 줄 알았을 거야. 이야기는 하지 않는 게 쉬웠다."

"누구에게 쉬웠어요?" 내가 말했다.

잠시 침묵이 흘렀다. "그저 네가 불행해지는 걸 원하지 않았다."

"전 불행하지 않아요, 아빠. 지금은 안 그래요."

큰 한숨 소리가 들렸다. 아버지가 우는 건 아닌지 궁금했다. "그렇다니 다행이구나." 아버지가 말했다.

"그리고 제 근황을 말씀드리는 김에, 조와 헤어졌다는 것도 알려드려야 될 것 같아요."

"뭐? 그런 일까지…… 너 괜찮니?"

"전 괜찮아요. 정말 괜찮아요."

"조가 무슨 짓을 **한 건** 아니지? 다른 여자가 생긴 거야?"

샤라가 떠올라서 아버지의 위선에 얼굴이 찡그려졌다. "아뇨, 아무 짓도 안 했어요. 그냥 자연스럽게 그렇게 됐어요."

"언제 그렇게 된 거니?"

"좀 전에요. 제가…… 몇 가지 일이 있었어요." 나는 눈을 감았고 잠시 클리닉으로 되돌아갔다. "친구 사이로 지내요. 괜찮아요."

"그럼, 이제 어떻게 할 거니? 아직도 그 여자 집에서 일하니? 코니하고? 내가 이런 말을 하다니 믿기지도 않는구나."

나는 웃으면서 창밖을, 바람이 휩쓸고 가는 코니의 잿빛 정원을 내다보았다. 앙상하고 벌거벗은 나무들이 보였다. 밴을 팔고 받은 돈이 생각났다. "몇 가지 생각이 있어요, 아빠. 연락드릴게요. 이제 끊어야겠어요. 켈리를 만날 거예요."

"안부 전해주렴."

"그럴게요. 안녕히 계세요, 아빠."

"로즈……."

"네?"

그렇게 멀리 떨어져 있건만 아버지가 용기를 내는 걸 느낄 수 있었다. "코니가 **정말로** 엘리스가 어디 있는지 모르는 거니?"

"네, 아빠. 몰라요. 엄마는 사라졌어요."

아버지가 한숨을 쉬었다. "네 말이 맞다. 물론이지. 그 사람은 사라졌어."

*

켈은 이미 카페에서 나를 기다리고 있었다. 이제 정말 배가 많이 불렀다. 예정일까지 한 달 정도밖에 남지 않았다. "나도 알아." 내 표정을 보더니 켈이 말했다. "축구 팀을 낳을 것처럼 보이지. 축구공이랑."

"괜찮아?" 내가 말했다.

켈이 미소를 지었다. "정말 좋아. 배가 다 늘어나서 늘 둘째 때가 더 커진대. 그냥 여기서 안아줄래? 일어나려면 죽을 거 같아."

"물론이지."

나는 켈을 끌어안았다. "와, 냄새 좋은데. 향수 새로 샀어?"

샤넬이라고 했더니 켈이 노려보았다. "임펄스 보디 스프레이•를 뿌리던 애가?" 켈이 말했다.

"켈리, 관둬. 1995년 얘기잖아."

"그래서," 켈리가 말했다. "한참 소식이 없더니만. 새 향수라니, 그 남자 이름이 뭐야?"

"이름 없어."

"말해봐. 무슨 일인데?"

"엄마 찾기를 그만두기로 했어." 내가 말했다.

켈리는 놀란 표정을 감추지 못했다. "좋아. 로지, 그건 좋은 생각이라고 봐. 용감하네. 네가 자랑스럽다. 잘했어."

"**고마워**, 켈."

"너…… **가벼워진** 것 같다. 네가 일을 도와준다던 그 여자 때문이지, 그렇지?"

"응, 그런 것 같아. 너도 그 사람을 좋아할 거야, 켈. 그 사람 이야기에 정말 관심이 생길 거고. 직접 이야기를 해봐야 돼. 새 소설도 나올 거야. 상당히…… 개성이 강한 사람이야."

켈리는 생각에 잠긴 표정으로 고개를 끄덕였다. "그럴 것 같아. 그래도 여전히 마녀라고 생각해."

"조가 밴을 팔았어." 내가 말했다.

"우아." 켈리가 눈을 크게 뜨며 말했다. "대단한데."

"그러게 말이야. 돈 절반을 줬어, 켈."

켈리가 웃었다. "얼마나 줬는데? 3.5파운드?"

• 향수 대신 사용하는 저가 제품

"2500파운드."

"대박이네." 켈리가 환한 얼굴로 무릎을 탁 쳤다. "**놀라운데.**"

마음속에서 기쁨이 차올랐다. "그러게."

"멋진 이별 선물이네. 이제 좀 존경하게 됐어. 좀 늦었지만 뭐 어쨌든. 그걸로 뭐 할 거야?"

"잠시 여행을 가려고." 내가 말했다.

"오, 어디로?"

"아직은 모르겠어." 거짓말이었다. 어디로 갈지 정확히 알고 있었다. 조금 더 나만의 비밀로 간직하고 싶었을 뿐이다. 그 마법 같은 느낌을. 그 가능성을.

"좋아, 그래도 출산 때까지는 돌아올 거지, 그렇지?"

"그, 글쎄."

가슴이 한 번 고동쳤다. "그래…… 물론 괜찮아. 네가 할 일을 해, 로지. 하지만 엽서는 보내줘. 네가 가는 곳에 엽서가 있기나 하다면 말이야."

켈리가 믿을 수 없을 만큼 동요했다. "나 돌아올 거야." 내가 말했다.

"물론이지. 안 돌아오지 않는다면."

우리는 말없이 앉아 있었다. "저기," 한참 뒤에 내가 입을 열었다. "그럴 가능성은 늘 있어. 하지만 네가 너무 그리울 거야."

켈리가 웃었다. "어디서 지내는지 알게 되면 주소나 꼭 알려줘. 알았지?"

나는 그러겠다고 약속했다. 켈리는 곰곰이 생각하는 표정이었다. "호르몬 때문이야. 난 괜찮아."

"나도 알아."

나는 충동적으로 다시 일어나 켈리에게 다가가서 와락 끌어안았다. "사랑해." 내가 말했다.

"나도 사랑해. 로즈, 나 목 졸려 죽겠어."

"오, 이런. 미안." 나는 이렇게 말하고 켈리를 놓아주었다.

51

주방에서 콘에게 줄 진토닉을 한 잔 만들어 거실로 갔다.

"고마워요." 코니가 양손으로 조심스레 받으며 말했다. 눈은 초롱초롱했고 등은 꼿꼿했다. "준비됐나요?" 코니는 커피 테이블 위에 놓인 A4 규격 봉투를 내려다보며 말했다. "어서 열어봐요."

나는 시키는 대로 《변심》의 접지 않은 하드커버 표지를 꺼냈다. 지극히 아름다웠다. 표지의 삼분의 이는 다양한 청색조(아청색, 진청색, 감청색, 프러시안블루, 하늘색)로 나뭇결처럼 하나씩 겹치며 덮여 있고, 아래쪽 삼분의 일에는 인상주의 기법으로 그려진 해바라기 같은 노란색의 해변이 뒤표지까지 이어져 있었다. 서체는 우체통 같은 붉은색으로, 60년대풍의 역동적인 모양이었다. 색깔만큼이나 표지 속 두 여인이 눈을 끌었다. 모래에 발을 디딘 모습, 상의와 다른 각도로 입은 스커트, 검은색 펜으로 섬세하게 그려진 얼굴. 여성 잡지에서 오려낸 콜라주 같았다. 모든 것이 저마다 생명을 지닌 것 같았다.

"오, 코니! 굉장해요."

"그렇군요. 전에 만들던 쓰레기보다 훨씬 낫네요."

"여기요, 들고 보세요."

콘은 마치 마그나 카르타 원본을 쥐듯이 섬세한 손놀림으로 표지를 받아 들었다. 그러고는 그 색채와 느낌을 오랫동안 감상했다.

"마음에 드세요?" 내가 속삭였다.

"좋아요. 오, 세상에. 굉장해요, 로즈. 당신이 가려는 곳처럼 보이네요."

우리는 함께 종이에 그려진 해변을 내려다보았다. "코스타리카는 더 야생적일 것 같아요, 콘."

"사진 많이 찍어요, 그럴 거죠?" 콘이 말했다. "당신이 돌아오면 천장에 프로젝터를 설치해서 여행지에서 찍은 사진 전부 다 보고 싶어요." 콘은 나를 올려다보았다.

나는 콘에게 다가가 의자 팔걸이에 걸터앉았다. "출간 날짜에 맞춰 올 거예요. 걱정하지 마세요. 절대 놓치지 않을게요. 이제 겨우 2월인걸요."

콘은 고개를 끄덕였다. "당신이 이걸 하면 좋겠어요. 그게 중요해요."

우리가 하지 못한 말에 분위기가 무거워졌다.

"있잖아요. 전 야생 야자나무를 본 적이 없는 것 같아요."

코니는 미소를 지었다. 우리는 말이 없었다. "좋아요." 코니는 활기차게, 사무적인 말투로 무거워진 분위기를 떨쳐냈다. "이제 가야 할 시간이군요."

*

코니가 공항에 데려다주겠다고 했다. 대중교통을 이용할 수 있다고 했지만 고집을 부렸다. 코니의 안전이 (특히 손이) 염려되었지만, 사실 운전석에 앉은 그녀는 상당히 자신만만했다. 코니의 오래된 작은 스포츠카는 도로에 낮게 붙어 달렸다. 두 사람이 겨우 탈 수 있었고 내 배낭은 트렁크에 넣었다. 코니는 차를 빠르게 (정말 너무 빠르게) 몰았지만 히스로 공항으로 달려가는 내내 즐거워 보였다.

"데버라가 내 조수 지원자 면접을 시작하고 싶대요." 자동차 전용도로에 접어들었을 때 코니가 말했다. "안 된다고 했죠."

"누가 곁에 있으면 좋을 것 같아요." 내가 말했다.

그럴 것이다. 나도 알고, 코니도 알고 있었다. 내가 코니에게 의지했듯이 코니도 내게 의지하게 되었으니.

"나한테 당뇨 환자용 비스킷을 먹일지도 모르는데." 코니가 말했다.

"그럴지도 모르죠. 하지만 침실에 펭귄 초콜릿 바는 몇 개 숨기실 수 있잖아요."

우리는 또 1마일가량 말없이 달렸다. "그 사람이…… 선생님 댁에 들어와서 살 건가요?"

코니의 얼굴에 낯익은 작은 미소가 떠올랐다. "아뇨. 그리고 그 자리는 임시직이에요."

"그렇군요."

"당신이 돌아올 때까지요. 그건 당신 방이에요, 로즈. 원할 때는 언제든지 와요. 알겠죠?"

목이 메었다. 울지 않겠다고 다짐했다. "감사합니다."

코니는 계속 운전했고, 나는 휴대전화를 꺼내 켈리에게 문자 메시지를 보냈다. **코스타리카야.**

켈리가 곧바로 답을 보냈다. **안 돼애애애애.** 코스타리카 국기와 파도, 태양과 하트 이모지도 보냈다. **재규어 보겠네!** 또 메시지가 도착했다. 켈리도 기억하고 있었던 것이다. 나는 머물 집의 주소를 보냈고, 도착하면 다시 연락하겠다고 했다.

그래야지. 거북이 구조대원이랑 달아나지 마. 너무 오래는 안 돼.

무릎 위에 휴대전화를 내려놓은 뒤 도로에 뒤섞여 달리는 자동차와 도로변 풀밭을 내다보았다. "아빠에게는 뭘 하는지 알리지 않았어요." 내가 말했다.

코니는 그 말을 듣고 곰곰이 생각했다. "아버지 번호 좀 주세요. 내가 전화할게요."

"네?"

"그럴 때도 된 것 같지 않아요? 우리한테 다시 공통분모가 생겼으니."

나는 이 사건이 일으킬 파장을 상상했다. 코니가 나에 대한 정보를 가지고 전화를 하면, 아버지는 다시 자기만 아무것도 몰랐음을 깨닫게 되리라. 다만 이번에 코니는 아는 것을 공유할 테고 아버지는 더는 소외되지 않으리라.

"괜찮을 거예요. 약속해요. 나도 사과할 줄은 알아요. 우리도 이제 늙었고. 맷은 당신을 사랑해요." 코니는 잠시 말을 멈췄다. "그리고 나도 그렇고."

*

우리는 출발 터미널의 단기 주차장으로 들어섰다. "혹시…… 언젠가 엘리스에 관한 책을 쓰실 거라고 생각하세요?" 내가 말했다.

코니는 곰곰이 생각하는 듯했다. "어쩌면요. 어떤 일이 있었는지. 그녀가 어디에 있을지. 좋은 이야기가 될 거예요. 하지만 지금은 그 생각을 하지 말아요, 로즈."

"그럴게요."

코니가 차를 세웠다. "나도 같이 안에 들어가도 될까요?"

*

공항 안에서 사람들은 익명의 동질적인 존재가 된다. 이별의 고통 또는 이별의 안도, 재회의 기쁨이 모이고 마구잡이로 뒤섞여 분위기가 무겁다. 공항에서는 맑은 정신을 유지할 수 없다. 목적지에 이미 절반은 간 셈이다. 사실 누구도 여기 있고 싶어 하지 않지만, 어딘가로 가기 위해서는 치러야 하는 대가다. 나는 배낭을 부치고 코니가 기다리는 곳으로 돌아갔다.

"가서 몸조심해요." 코니가 말했다.

"선생님도 조심하세요." 내가 대답했다.

"그럴게요. 이따가 뎁이 올 거예요. 저녁식사를 함께하려고요."

"잘됐네요. 냉동실에 상자를 많이 넣어놨어요. 모두 이름표를 붙여놓았으니 전날 밤에 꺼내서……."

"고마워요, 로즈. 해동하는 법은 나도 알아요."

콘이 어색해했고, 하고 싶은 말을 하지 못하는 나 자신에게 짜증이 났다. 핵심은 **감사**였다. 모든 것이…… 진실을 말해줘서, 머물게 해줘서, 신뢰해줘서. 내게 기회를 줘서 감사합니다. "엽서 많이 보낼게요. 하지만 전부 제가 돌아온 뒤에 도착할지도 몰라요."

코니는 웃었다. "바래다줄 수 있게 해줘서 고마워요. 돌아오길 기다리고 있을게요. 언제인지만 알려줘요."

"물론이죠."

코니가 다가와 꼭 안아주었다. "가서 그 야자나무를 찾아봐요." 코니가 말했다. 그러고는 두 걸음 물러섰다. "어서 가요."

"안녕히 계세요, 코니." 내가 말했다.

나는 보안 검색대로 걸어갔다. 마지막으로 손을 흔들려고 돌아보니 코니는 여전히 거기 선 채 내가 먼저 들어가기를 기다리고 있었다.

그녀가 떠나던 때

52

짐을 꾸리고 떠나면 다른 사람들은 불안해한다. 당신이 계속 그 자리에 있기를 바란다. 그편이 이해하기도 쉽고 고민할 것도 적으니까. 하지만 이제는 가야 할 때다. 어쩌면 점점이 그늘이 있고, 놀랍게도 저 멀리서 커다란 고양잇과 짐승의 울음소리가 들려오는 더운 곳으로. 몸을 덮은 옷가지는 줄어들고, 어깨를 공기 속에 드러내는 곳으로. 하루하루가 단순해지고, 놓아버릴 곳으로.

사람들은 늘 당신이 도망친다고, 현실을 직시하지 않는다고 여긴다. 하지만 현실은 이러하다. 누군가 당신에게 돈을 주었다는 것. 표를 사서 비행기를 타고 어딘가 도착하기 전에는, 아무 데도 없는 존재라는 것.

그렇지만 이제 당신은 순진하게 이것이 새 출발이라고 생각하지 않는다. 여러 집에 들어가봤고, 그곳을 다시 떠나보았다. 당신은 다른 곳을 집으로 삼았다가 그들이 당신에게 이야기를 팔았음을 깨달았다. 그것이 옳았던 적은 없다(그때도 아니었고, 그곳도 아니었으며, 그도 아니고, 그녀도 아니었다). 단 한 번도 당신의 이야기가 아니었다.

가볍게 선택한 적 없다는 것을 스스로 알고 있다. 팔을 뻗어 여권을 건네는 행동이 진흙탕 속 수초를 헤치며 나아가는 것처럼 느껴질 수 있다. 꼬치고기가 허리께로 쫓아오고, 발은 갈색 진흙 속에 빠지는 곳에서 말이다. 살아있으려고, 머리를 수면 위로 내놓으려고 애쓰는 행동에 날마다 짓눌리는 걸 느낄 수도 있다. 하지만 그래도 나아가고 싶다. 이것은 바로 당신이 만드는 당신의 이야기니까. 너무나 불완전하고, 이따금 너무나 그릇되고 불행할지라도.

그리고 마침내 구슬 같은 빛이 찾아오고, 그 구멍이 열려 태양처럼 밝은 구들이 보이고, 행복이라는 행성 전체가 폭발을 일으키며 생겨나면, 당신은 그것을 가슴에 품고 걸어 다니리라. 그리고 깨닫게 될 것이다. 이 각성의 순간을 위해 그토록 오랫동안 어둠 속에서 있었음을.

감사의 글

끊임없이 날 격려해주고, 열심히 일하며, 풍부한 상상력을 나눠준 줄리엣 머신스, 프랜시스카 메인, 케이트 그린에게 진심으로 감사드린다.

운 좋게도 내 출판사라고 부를 수 있는 피카도어 출판사의 편집팀에게 고마움을 전한다.

이 세상의 독자 여러분, 도서판매업 종사자 여러분, 사서 여러분께 깊이 감사드린다.

그리고 엄마와 아빠, 항상 고마워요.

앨리스 오라일리, 에이미 커든, 엘리자베스 데이, 진 이들스타인, 로나 베킷, 루크 커나한, 모라 와일딩, 티즐 스콧, 조이 필거에게 특별히 고마움을 표한다.

여전히 함께하는 끝없는 동반자, 마고.

그리고 나의 가장 밝은 빛이자 가장 고요한 보석, 샘. 지금까지 고맙게도 함께 먼 길을 왔지만 이제 시작이에요. 사랑해요.

컨페션

1판 1쇄 인쇄 2021년 3월 18일 **1판 1쇄 발행** 2021년 4월 5일

지은이 제시 버튼 **옮긴이** 이나경
펴낸이 고세규
편집 박정선 **디자인** 조은아 **마케팅** 백미숙 **홍보** 이혜진

발행처 김영사
주소 경기도 파주시 문발로 197(문발동) 우편번호 10881
등록 1979년 5월 17일(제406-2003-036호)
주문 및 문의 전화 031)955-3200 **팩스** 031)955-3111
편집부 전화 02)3668-3291 **팩스** 02)745-4827 **전자우편** literature@gimmyoung.com
비채 카페 http://cafe.naver.com/vichebooks **인스타그램** @drviche **카카오톡** @비채책
트위터 @vichebook **페이스북** www.facebook.com/vichebook

ISBN 978-89-349-9154-0 03840
책값은 뒤표지에 있습니다.
비채는 김영사의 문학 브랜드입니다.